이둔의 기억

MEMORIAS DE IDHÚN

제1부 저항군

MEMORIAS DE IDHÚN. LA RESISTENCIA
by Laura Gallego García

Copyright ⓒ Laura Gallego García, Ediciones SM, 2004
Korean Translation Copyright ⓒ MUNHAKDONGNE Publishing Corp., 2007

This Korean edition is published by arrangement with
Ediciones SM through Imprima Korea Agency.
All Rights Reserved.

이 도서의 국립중앙도서관 출판시도서목록(CIP)은
e-CIP 홈페이지(http://www.nl.go.kr/cip.php)에서 이용하실 수 있습니다.
(CIP제어번호: CIP2007002225)

MEMORIAS DE IDHUN

이둔의 기억

2

제1부 저항군

제2권 드러나는 진실

라우라 가예고 가르시아 장편소설 | 고인경 옮김

문학동네

이둔 연대기

제1시대 § 마법의 시대

고대 신들이 여섯 종족(인간족, 요정족, 거인족, 바루 족, 천상족, 얀족)을 창조한다. 여섯 종족이 신에게 기도를 올리자 유니콘이 도래하여 마법의 시대가 열린다. 마법을 배운 인간들은 마법사가 되었으며 마법의 네 탑이 건설된다. 어둠의 화신 셉티모의 자녀들이 세상에 도래하여 셰크가 나타났고, 여섯 종족의 신들은 이에 대항하여 용을 세상에 보낸다. 이둔인들은 셉티모에 대항해 전투를 벌이지만, 만오천 년 동안 계속된 이 시대는 어둠의 편으로 돌아선 강력한 네크로맨서 탈만논이 '뱀의 눈' 시스카셰그를 손에 넣어 마법사들을 조종하게 되면서 막을 내린다.

제2시대 § 어둠의 시대, 일명 탈만논 제국 시대

이둔을 손아귀에 넣은 황제 탈만논이 자신의 제국을 넓혀가고, 마법 종단의 모든 마법사들이 그에 복종하며 셉티모를 섬기는 약 천 년간의 시기. 시스카셰그의 마법을 견뎌낼 수 있었던 유일한 준마법사 아이셸(아와의 아가씨)이 유니콘과 함께 마법 지팡이인 '아이셸의 지팡이'를 만들고 사제 세력을 집결하여 탈만논에 맞섰으며, 용들도 셰크를 무찔러 이둔에서 추방하며 차원의 문을 닫는다.

제3시대 § 명상의 시대

여섯 신을 섬기는 사제들의 시대. 시스카셰그는 어디론가 사라지고, 셉티모를 섬겼던 마법사들은 추방당하여 지구와 다른 세상으로 탈출한다. 지구의 마법과 림바드를 창조하고 『제3시대의 서』를 쓴 것도 그들이다. 교단에 대한 신뢰가 추락하고 마법사들이 귀환한다.

제4시대 § 대마법사들의 시대

돌아온 마법사들의 전성시대로 네 마법의 탑의 대마법사들이 중심이 되는 시대이다. 그런데 네크로맨서 아슈란이 흑마술로 여섯 천체를 결합시키고, 세크와 동맹을 맺어 그들을 다시 이둔으로 불러들인다. 이날 이둔의 모든 용과 유니콘이 떼죽음을 당하고, 마지막으로 살아남은 어린 용 얀드라크와 유니콘 루나리스가 바니사르 왕국의 왕자 알산과 마법사 샤일에게 구출되어 차원의 문을 넘어 지구로 보내진다.

이야기가 펼쳐지는 시점은 '대마법사들의 시대'의 말기로, 네크로맨서 아슈란은 이둔을 다스리며 지구와 그밖의 세계로 탈출한 '변절자'들을 찾아 처단한다. 탈출한 세력들은 곳곳에서 규합하여 저항 세력을 조직하고, 샤일과 알산은 빅토리아와 잭을 암살자들로부터 구해내어 제3시대에 만들어진 중간계 림바드로 데려와 보호한다.

등장인물 소개

잭 열다섯 살 소년. 금발 머리에 마른 체구, 불같은 성격의 소유자로 주위에 불을 일으키는 염화 능력을 타고났다. 키르타슈와 마법사 엘리온의 공격으로 부모님을 잃고, 샤일과 알산이 이끄는 '저항군'의 일원이 된다. 알산에게 검술을 배운 뒤, 불의 검 도미바트의 주인이 된다. 알산이 구해온 마지막 드래곤 얀드라크와 깊은 관련을 맺고 있다.

빅토리아 열네 살 소녀. 치유능력이 있으며, 전설의 '아이셸의 지팡이'를 주무기로 다룬다. 잭과 키르타슈 사이에서 감정적 교류를 나누며 커다란 감정적 혼란을 겪는다. 샤일이 죽은 뒤부터 그를 대신해 최후의 유니콘 루나리스의 행방을 뒤쫓는다.

키르타슈(크리스티안) 열일곱 살. 갈색 머리에 호리호리한 체구, 얼음 같은 파란 눈동자, 전광석화 같은 검술 실력을 지닌 암살자. 아버지인 네크로맨서 아슈란의 명을 받아 이둔에서 도망친 '변절자'들을 뒤쫓아 암살하고, 최후의 유니콘 루나리스와 최후의 용 얀드라크를 처단함으로써 예언이 실현되지 못하도록 하는 임무를 맡았다. 얼음의 검 하이아스를 주무기로 사용한다. 잭의 맞수로 타고난 운명이며, 빅토리아와 사랑에 빠진다. 그녀의 마음을 사기 위해 얼굴 없는 가수로 활동한다.

알산 이둔의 인간 왕국 중 하나인 바니사르 왕국의 국왕 브룬의 아들. 명예와 용기, 정직을 받드는 누르곤 기사단의 고위직 전사이자 전설의 검 숨라리스의 주인. 엘리온의 흑마법으로 늑대인간이 되어 유럽을 떠돈다.

알레그라 다스콜리 빅토리아를 입양하여 키운 이탈리아의 대부호. 스페인 마드리드의 대저택에 살고 있다. 온화하며 깊은 지혜의 소유자.

아슈란 최강의 흑마술을 구사하는 네크로맨서. 이둔의 여섯 천체를 결합시켜 셰크를 소환하고 용들과 유니콘을 전멸시켰다. 키르타슈의 후견인이자 아버지.

게르데 요정족을 배신하고 아슈란의 편에 가담한, 강한 마력과 마성적인 매력을 지닌 마법사 요정. 빅토리아를 암살하라는 아슈란의 명령에 따라 저항군과 전투를 벌인다. 죽은 엘리온을 대신해 키르타슈를 보필한다.

용어 해설

이둔의 종족들 §

용 불의 신 알둔이 창조했다는 전설에 따라 불(火)을 주요한 성질로 지닌다. 황금빛 눈에 날개와 치명적인 상처를 입힐 수 있는 발톱이 있으며, 불을 내뿜는다. 여섯 천체의 결합으로 멸종하기 전, 이둔 최남단의 아위노르에 살았다. 수백 년을 살 수 있으며, 세크를 제압할 수 있는 유일한 존재.

유니콘 빛(光)을 주요한 성질로 가진다. 하얀 털과 갈기를 지닌 말 모양의 몸뚱이에 이마에 나선형의 뿔을 지녔다. 모습을 드러내길 두려워하는 본성을 지녔다. 이둔의 공기중에 흐르고 있는 마법을 전달해주는 매개체이자 순수의 상징이며 살아 있는 생물에게 마법을 부여해줄 수 있는 유일한 존재. 여섯 천체가 결합하는 날 한 마리만 남고 모두 멸종했다. 마법을 극대화할 수 있어 아슈란에게 꼭 필요한 존재이기도 하지만, 네크로맨서를 파멸시킬 거라는 예언 때문에 제거해야 할 존재이기도 하다. 멸종하기 전, 이둔 서부의 알리스 리스반에 살았다.

세크 물(水)과 얼음(氷)을 주요한 성질로 가진다. 어둠의 왕과 그 세계의 중심인 뱀 샤크시스의 결합으로 태어났다는 전설이 있다.

거대한 뱀의 몸뚱이에 날개가 달렸으며, 눈은 무지갯빛이며 치명적인 독을 지녔다. 다른 셰크들과 텔레파시로 소통한다. 새로운 것에 대한 호기심이 많고 아름다움에 민감하며, 고도의 지능을 지녔다. 용과 유니콘에 대치하며, 그 때문에 오랜 세월 동안 이둔에 들어오지 못하고 세상의 경계에 머물러야 했다. 용에 맞서 이길 수 있는 유일한 존재.

거인족 키가 삼 미터가 넘는 바위처럼 건장하고 용맹한 종족으로, 북쪽의 얼어붙은 산맥 나나이 왕국에 산다. 고독을 사랑해 다른 종족들과 어울리지 않는다. 보통 백 년 넘게 살며 수명이 길다. 돌의 신 카레반의 보호를 받는다.

바루 족 깊은 바다에 사는 양서(兩棲) 생물. 피부는 푸른색에 비늘조직으로 되어 있으며 머리카락이 없다. 납작한 코에 귀 대신 아가미가 있으며, 물갈퀴가 있다. 수중생물이기는 해도 가끔씩 물 밖으로 나와야 하기 때문에 해안가에서 멀리 떨어져 살지 못한다. 이둔 남동쪽의 해양 왕국에 산다. 물의 여신 넬리암의 보호를 받는다.

얀 족 고대 이둔어로 '최후의 존재들'이라는 뜻. 외양은 인간족과 흡사하다. 전설에 따르면, 이둔이 젊은 별이었을 때 불의 신인 알둔이 세상으로 내려오면서 자신의 의지와 상관없이 남쪽 영토를 태워버렸는데, 그 벌로 다른 신들이 알둔의 피조물들을 이둔 중부의 카슈타르 사막에 살게 했는데 그 자손들이 얀이다. 이둔에 사는 종족들 중 신에게나 인간에게나 가장 믿음을 주지 못하는 존재. 불의 신 알둔의 보호를 받는다.

요정족 요정, 님프, 두엔데, 그노모, 트라스고 등으로 이루어진 종족으로, 이둔 동부의 데르바르 왕국의 숲속에 산다. 초록빛 머리 칼에 본능적으로 불을 두려워하는 성질을 지녔다. 대지의 여신 위나의 보호를 받는다.

인간족 지구인과 똑같이 생긴 종족으로, 주로 나델트라는, 고원과 언덕이 있는 곳에 여러 왕국을 이루어 산다. 빛의 여신 이리알의 보호를 받는다.

천상족 인간과 닮은 종족이지만 키가 더 크고 독특한 외양을 지녔다. 길쭉한 두개골에는 머리카락이 없고, 커다란 검은 눈과 하늘색의 고운 피부를 지녔으며 반투명한 옷을 입는다. 절대로 싸움에 개입하지 않는 평화로운 생물로, 이들의 언어에는 암살, 폭력, 전쟁 혹은 배신과 같은 개념들이 존재하지 않는다. 공기의 신 요하비르의 보호를 받는다. 이둔 가운데의 셀레스트라고 하는 넓은 평원과 완만한 계곡에 산다.

이밖에도 이둔에는 지구에는 존재하지 않는 식물과 동물들이 많다. 예를 들어 천상족들이 타고 다니는 황금 새 하이와 카슈타르 사막의 상인들이 타고 다니는 거대한 도마뱀인 투가 등이 그것이다.

이둔의 여섯 신 §

전설에 따르면 이둔에는 여섯 신이 있으며, 이들은 이둔의 세 달 중 가장 큰 에레아 달에 산다.

불의 신이자 얀 족의 수호신인 알둔, 돌의 신이자 거인족의 수호신인 카레반, 공기의 신이자 천상족의 수호신인 요하비르, 빛의 여신이자 인간족의 수호신인 이리알, 물의 여신이자 바루 족의 수호신인 넬리암, 대지의 여신이자 요정족의 수호신인 위나가 있다.

전설의 무기 §

도미바트 잭이 사용하는 전설의 무기. 불(火)의 성질을 지니고 있다. 다른 전설의 무기와 마찬가지로 무기 스스로의 의지가 있어서 아무나 다룰 수가 없다. 전설에 따르면 불의 신이자 용들의 아버지 알둔이 사용한 검으로 용의 불로 칼날을 벼렸다. 금으로 세공한 손잡이에 루비로 장식한 용의 모습이 새겨져 있다. 숨라리스와 함께 하이아스에 대항할 수 있는 무기.

숨라리스 바니사르의 왕자 알산이 사용하는 전설의 무기. '무적의 검'으로 불린다.

하이아스 키르타슈가 사용하는 전설의 검. 얼음(氷)의 성질을 가졌다. 칼날에 스치기만 해도 차츰 몸이 얼어붙는 치명상을 입힌다. 이둔의 북쪽 거인 왕국인 나나이에서 제조되었다.

그밖의 것들 §

네크로맨서 흑마술사. 악 또는 어둠의 상징으로, 마법의 근원적 힘은 '죽음'이다. 신의 성스러운 힘을 이용하는 사제들과 상극이며, 주로 무생물이나 죽은 자를 되살리는 소환술과 주술, 환상, 저주에 능하다. 이둔에서 천체결합으로 권력을 잡는 탈만논, 아슈란이 네크로맨서다.

누르곤 기사단 이둔 전체에서 가장 막강하고 영향력 있는 기사단으로, 가장 고귀한 전사만 입단할 수 있다. 알산 역시 이 기사단의 멤버이다. 명예, 용기, 정직이라는 기치를 세우고 있다. 이둔의 두 교단의 든든한 지원자로서, 사제들과 긴밀한 관계에 있다.

드락웬 탑 유니콘들의 성지 알리스 리스반 숲의 한가운데에 위치한 마법 종단의 메카. 사제 세력과 마법사 세력의 깨지기 쉬운 균형을 자주 위협해 결국 마법사들이 평화를 위해 포기했다. 여섯 천체의 결합으로 아슈란이 패권을 잡은 후, 그의 주요 거처로 사용된다.

루나리스 '마법을 연결해주는 생물'이라는 뜻을 지닌 이름의 유니콘. 이둔에 남은 최후의 유니콘이다. 수풀 속에서 떨고 있는 것을 샤일이 발견해 카슬룬 탑으로 데리고 가 목숨을 건졌다. 아슈란과 세크들을 피해 지구로 도망쳐오다 실종된다.

림바드 이둔과 지구 사이의 중간계. 고대 이둔어로 '경계의 집'이라는 뜻. 시간이 멈춰 있어서 언제나 밤이며, 이둔의 마법과 지구의

기술문명이 공존한다. 겨우 몇 평방킬로미터의 작은 세상으로, 숲하나, 개울 하나, 서로 이어진 작은 산봉우리 몇 개, 공터, 별이 떠있는 하늘 한 조각과 집 한 채로 이루어져 있다. 제3시대 '명상의 시대' 때 사제들의 핍박을 받고 지구로 탈출한 마법사들에 의해 우연히 발견된 공간으로, 아슈란의 공포 정치가 시작된 후 저항군이 머무르는 곳이 되었다. 마법의 힘을 이용해 '알마'라는 파수꾼과 소통하지 않고는 출입이 불가능하다.

마법사(마법의 탑) 이둔의 인간 왕국의 주된 두 세력 중 하나. 시스카셰그(뱀의 눈)에 홀려 네크로맨서 탈만논과 결탁했던 부끄러운 과거를 지니고 있다. 사제들과 대립 관계에 있다.

사제(신탁) 이둔의 인간 왕국의 주된 두 세력 중 하나. 신탁의 예언을 해석하고 왕권의 비호 아래 세력을 유지한다. 오랜 세월에 걸쳐 마법사들을 핍박했다.

셉티모 '일곱번째'라는 뜻을 가진 어둠의 화신. 제3시대 때 마법사들과 결탁해 이둔을 지배하려 했다가 사제들의 저항으로 그 꿈이 좌절되었다.

시슈 뱀 인간. 아슈란의 호위대 및 지상군이며, 셰크들을 섬긴다.

시스카셰그 일명 '뱀의 눈'. 마법 도구로, 선한 의지를 꺾고 의식을 조종할 수 있는 힘을 지녔다. 제2시대 '어둠의 시대'에 이둔을 손에 넣으려는 네크로맨서 탈만논이 마법사들을 조종하는 데 사용되다 탈만논이 몰락한 후 사라진다. 후에 키르타슈의 부적이 되어 그가 빅토리아에게 주는 정표이자 둘 사이의 메신저가 된다.

아와의 아가씨 아이셀 요정과 인간 사이의 혼혈로, 요정들이
사는 아와 숲에 살다 탈만논과 셰크들에 맞서 싸우라는 신탁을 받
고 전사로 거듭 태어난다. 유니콘과 함께 마법의 지팡이를 만들어
탈만논과 싸우다 장렬하게 전사한다.

아위노르 이둔 최남단에 있는 용의 땅.

아이셀의 지팡이 아이셀과 유니콘이 은, 다이아몬드, 수정으로
만든 경이로운 지팡이. 세 달의 달빛, 요정의 눈물, 유니콘의 능력
이 들어 있다. 이둔의 공기중에 떠도는 마법의 기운을 모으는, 유니
콘 뿔과 유사한 능력을 발휘한다. 오직 준마법사만이 다룰 수 있다.
제3시대로 들어오면서 그 행방이 묘연했다가 아프리카의 사막에
사는 얀 족이 수대에 걸쳐 보관해온 것이 밝혀진다.

알마 림바드의 영혼이자 심장. 지능을 지닌 존재로서, 파수꾼의
역할을 한다. 림바드에 사는 사람들을 인식하고 길을 열어준다.

알리스 리스반 이둔 남동쪽에 있는 유니콘의 땅. 아슈란과 셰크
의 공습으로 초토화된다.

얀 드라크 이둔어로 '최후의 용'이라는 뜻. 일만 분의 일 확률로
존재한다는 황금빛 비늘의 용으로, 여섯 천체의 결합으로 용들이
모두 죽은 뒤에 살아남은 유일한 용이기도 하다. 전설에 따르면, 황
금 용은 위대한 업(業)을 이룬다고 한다.

유니콘의 눈물 장인(匠人)들의 도시 라헬드 북부에서 만든, 순수하고 특별한 크리스털로 만든 부적. 마법과 상상력, 직관을 향상시켜준다.

의사소통 부적 세 달과 세 태양이 결합하고 있는 육각형 모양으의 부적. 이둔어를 모르는 지구인도 이 부적을 목에 걸면 이둔인과 아무런 어려움 없이 의사소통할 수 있다.

제3시대의 서書 고대 이둔어로 씌어진 비서(秘書). 수세기 전에 지구로 추방되어온 이둔의 마법사들이 썼다. 지구에서의 경험을 기록한 일종의 일기. 이둔의 보물들을 가지고 온 마법사들이 그 물건을 숨긴 장소 등이 적혀 있다. 피터 패럴이라는 고고학자에 의해 스코틀랜드에서 발굴되어 대영도서관에 보관되어 있다가 키르타슈에 의해 도둑맞는다.

카슬룬 탑 이둔에 있었던 네 마법의 탑 중 유일하게 남아 있는 마지막 마법의 보루. 이곳에 아슈란에 저항하는 마법사와 사제 등 이둔의 저항세력들이 남아 있다.

하이브리드 변종생물. 두 생물의 영혼이 한 생물의 몸에 결합한 존재로 원래의 두 생물로 각각 변신이 가능하다. 두 생물 사이의 결합으로 태어난 혼혈과는 달리 인위적으로 조작된 경우이다.

처음으로 나와 함께 용감하게 문을 넘고,

세 개의 달이 뿌리는 빛 아래서 이 이야기를 들어준

안드레스에게

무엇을 하는가는 중요치 않네.
이 땅 위의 모든 이들은 늘 세상의 역사에서
저마다 중요한 역할을 하고 있으니.
다만 대개는 그 사실을 모르고 있을 뿐이지.

파울로 코엘료, 『연금술사』

M E M O R I A S   D E   I D H Ú N

제1권 **수색**

1장. 잭 _025

2장. 림바드 _052

3장. 빅토리아 _082

4장. 넌 아직 준비가 안 됐어 _116

5장. 위험한 대면 _134

6장. 제3시대의 서 _154

7장. 사막의 결투 _185

8장. 최후의 용과 유니콘 _203

9장. 구출 작전 _222

10장. 숲속의 성 _249

11장. 불과 얼음 _266

12장. 나와 함께 가자 _279

13장. 패배 _296

14장. 저항군의 최후 _310

제2권 드러나는 진실

1장. 재회 _ 025

2장. 새로운 전략 _ 055

3장. 저 너머 _ 074

4장. 네게 조금이라도 의미가 있다면 _ 094

5장. 비밀 _ 119

6장. 분노의 불 _ 145

7장. 넌 기다릴게 _ 174

8장. 키르타슈의 약점 _ 202

9장. 크리스티안 _ 223

10장. 뱀의 눈 _ 244

11장. 네가 누군지 밝혀 _ 272

12장. 배신 _ 310

13장. 빅토리아의 빛 _ 339

14장. 동맹 _ 368

에필로그 문이 열리다 _ 402

옮긴이의 말 _ 425

3권 미리 맛보기 _ 429

제2권
드러나는
진실

1

재회

8월이 끝나갈 무렵의 무더운 아침, 아파트 주민들 대부분은 벌써 해변으로 나간 후였다. 바 옆의 테니스 코트에서는 스무 살 남짓의 한 청년이 형에게 막 승리를 거둔 참이었다.

"이런, 항복이다. 운동하기에는 너무 더운 날씨야. 난 수영장에나 가야겠다."

"형! 조금만 더 해. 진짜 더워지려면 더 있어야 하잖아."

승자의 항의였다.

"정말 더이상은 못 하겠다. 이러기엔 너무 나이를 먹었다고."

동생이 한숨을 쉬며 형 뒤를 따라 테니스 코트를 막 나오려는 순간이었다.

"괜찮다면 내가 한 게임 칠 수 있는데."

이상한 악센트의 어눌한 이탈리아어였다.

청년이 돌아보자 바에서 일하는 아이가 서 있었다. 몇 번 봐서 눈인사 정도 하는 사이였다. 말수는 적었지만 북유럽에서 온 외국인이며 이탈리아에서의 휴가 비용을 마련하려고 웨이터로 일하고 있다는 말은 들었다. 열여섯 살쯤 돼 보였지만 나이치고는 눈빛이 너무 진지했다.

"일해야 하지 않아?"

"지금은 아니야. 오늘 오전은 자유로워."

"테니스 칠 줄 알아?"

청년의 물음에 소년이 대답했다.

"꽤 오랫동안 안 쳤어. 그래도 한번 해보지 뭐."

그러고는 잠시 후에 덧붙였다.

"테니스가 무척 그리웠거든."

청년은 그의 실력을 가늠해보기라도 하듯 시선을 던지더니 미소를 지었다.

"그러자. 이름이 뭐야?"

이번에는 상대방이 미소를 지었다. 초록색 눈이 반짝, 하며 뜨겁게 빛났다.

"잭. 내 이름은 잭이야."

짧지만 흥미진진한 게임이었다. 이탈리아 청년이 기량도 자세도 훨씬 더 좋았지만, 잭의 공격을 막아내기에는 역부족이었다. 그 또래 소년이 어떻게 그렇게 힘이 좋은지 이해하기 어려울 정도였다. 그 금발 소년이 이 년 동안 날이면 날마다 전설의 검으로 훈련을 해왔다는 사실을 모르니, 이해하지 못하는 것도 당연했다.

마침내 이탈리아 청년이 땀을 비오듯 쏟으며 코트에 쓰러졌다.

"그래, 그래, 알았어! 네가 이겼어. 지금까지 라켓을 너처럼 잡는 사람도, 그렇게 분노를 실어 공을 치는 사람도 본 적이 없지만 잭, 확실히 실력이 뛰어나다는 건 인정한다."

하지만 잭은 그의 말을 듣고 있지 않았다. 코트를 둘러싼 울타리 너머 저쪽 길에서 누군가가 그를 지켜보고 있었다. 아주 먼 거리였지만, 그를 못 알아볼 수가 없었다.

잭의 심장이 갑자기 철렁 내려앉았다. 그는 라켓을 내던지고 뒤도 돌아보지 않은 채 코트 밖으로 달려가기 시작했다.

"다음에 보자!"

이탈리아 청년이 당황하며 소리쳐 인사했다.

잭은 경사진 풀밭을 기어올라가 길에 이르렀다. 그는 자신을 관찰하는 사람에게서 불과 몇 미터밖에 떨어져 있지 않은 곳까지 갔다. 그러고는 더 가까이 다가갈 엄두를 못 내며 그 자리에 꼼짝 않고 서 있었다.

두 사람이 조용히 마주 보았다.

마침내 잭이 먼저 말했다.

"알산."

알산이 기분 나쁜 미소를 지었다.

"정말로 내가 알산이라고 생각해?"

잭은 머뭇거렸다. 알산이 반인반수가 되어 림바드에서 도망친 후 그를 처음 보는 것이었다. 그는 바니사르의 자존심 강하고 용감한 왕자의 모습을 또렷이 기억하고 있었다. 그의 앞에 있는 사람은 분명 알산이었다. 하지만 한편으로는 확신을 가질 수 없

었다.

알산은 누더기를 걸치고 있었다. 청바지에, 찜통더위인데도 검은 셔츠를 입고 있었다. 잭이 기억하는 한 알산은 절대로 검은 옷을 입지 않았다. 잭 역시 키르타슈를 만난 이후에는 마찬가지였다.

알산은 여전히 침착하고 거만해 보였지만, 왠지 모르게 긴장하고 있었다. 언제나 자신만만했던 그에게서는 결코 볼 수 없던 모습이었다.

그리고 얼굴은……

얼굴은 여전히 돌처럼 굳어 있지만 그 안에는 고통의 흔적이 깊이 새겨져 있었다. 찌푸린 얼굴은 음울해 보였고, 눈은 신뢰감을 주지 못하고 불안정하게 희번덕거렸다. 하지만 무엇보다 잭의 주의를 끄는 것은 알산의 머리카락이었다.

알산의 밤색 머리칼은 완전히 회색으로 변해 있었다. 비를 머금은 어두운 구름 같은 잿빛. 그 머리칼이 젊은 얼굴과 기이한 대조를 이루었다. 불안해 보이는 것도 바로 그 대비 때문인지 몰랐다.

잭이 심호흡을 했다. 상반되는 수만 가지 감정이 안에서 들끓었다. 알산을 찾아다닌 지 이 년이었다. 그런데 찾을 수 있다는 희망을 완전히 잃어버린 지금, 땅에서 솟아난 듯 느닷없이 그가 이 작은 이탈리아 시골 마을에 나타났다. 잭은 어떤 반응을 보여야 할지, 무슨 말을 해야 할지 몰랐다. 할 말도 많고, 물어볼 질문도 많고, 하고 싶은 이야기도 많았다. 그는 침을 꿀꺽 삼키고 겨우 입을 열었지만, 목소리는 떨리고 있었다.

"모습이 변했군요. 하지만 독일에서의 그 이상한 모습보다는 훨씬 더 알산다워요."

"넌 항상 좋은 면만 봐서 좋아."

여전히 목이 메어 잭은 다시 한번 침을 삼켰다.

"당신을 찾아 유럽을 헤매고 돌아다녔어요. 그동안 도대체 어디 있었던 거죠?"

"이야기가 아주 길다. 괜찮으면……"

"왜 떠난 거예요?"

잭이 말을 잘랐다.

갑자기 목에 걸려 있던 덩어리가 눈물로 변해 터져나오려고 했다. 눈물을 참느라 눈을 깜박였지만, 가슴에서 터져나오는 독한 말을 더는 참을 수 없었다.

"이 년 동안 사방으로 찾아다녔다구요…… 자그마치 이 년 동안이나! 왜 지금까지 살아 있다는 표시 하나 남기지 않은 거예요? 왜 가버린 거냐고요? 빅토리아와 나만 남겨놓고…… 내게 그 많은 걸 가르쳐놓고 정작 자신은 저항군을 버리다니…… 왜 우리를 믿지 않은 거죠? 당신은…… 내게 남아 있던 전부였다고요!"

목소리가 갈라졌다. 잭은 눈물 젖은 눈을 알산에게 보이지 않으려고 고개를 숙였다. 알산이 다가오는 것이 느껴졌다. 마음 한편에서는 뛰어야 한다고, 다가가서는 안 된다고, 이 사람은 예전의 알산이 아니라고 소리치고 있었다. 하지만 잭은 주먹을 불끈 쥐고 가만히 있었다. 본능은 아직도 알산의 몸속에 야수가 있다고 말하고 있었지만, 잭은 너무 오랫동안 혼자였다.

알산이 잭의 어깨 위에 손을 얹었다.

"잭, 미안하다. 너희를 위험에 빠뜨리고 싶지 않았어. 난 제정신이 아닌데……"

말이 중간에 끊겼다. 잭이 갑자기 그를 꼭 끌어안은 것이다. 알산은 어쩔 줄 몰라 눈만 껌벅였다. 하지만 잭의 고독과 절망과 두려움을 조금이나마 느낄 수 있었다. 그 역시 잭이 그동안 어디 있었는지, 무엇을 했는지, 왜 빅토리아와 함께 림바드에 있지 않은지 궁금했다.

"이제 다 지나간 일이야, 녀석."

그는 잭을 진정시키려고 등을 토닥였다.

"이제 내가 있잖아. 다시는 안 떠날 거다. 이제 넌 혼자가 아니야. 절대로 널 혼자 두지 않을게. 약속한다."

마음이 진정된 잭은 알산에게서 몸을 뗐지만, 여전히 눈을 마주치길 피했다.

"당신이 떠나고 너무 많은 일들이 있었어요……"

"땀이 장난이 아니구나. 더위에 질식하겠다, 녀석. 그늘로 가자. 내가 콜라 한잔 살게. 그리고 천천히 이야기하자고, 어때?"

잭은 순순히 그 말에 따랐다. 그는 더위를 잘 견디지 못했다. 그래서 늦봄에 북쪽으로 떠나지 않고 이탈리아에 남아 더운 여름 날씨에 헉헉거리고 있는 자신을 자책하고 있었다.

두 사람은 근처 카페로 향했다. 문 앞에 독일산 양치기 개 한 마리가 늘어져 있었다. 알산을 발견한 개는 고개를 들더니 적개

30

심을 드러내며 으르렁거렸다. 그런데 그가 짧은 눈길을 던지기만 했는데도 개는 즉시 귀를 뒤로 젖히더니 테이블 아래로 숨어들어가 꼬리를 내리며 낑낑거렸다. 잭은 불편한 마음에 침을 꿀꺽 삼켰다.

두 사람이 카페 안으로 들어가 테이블 옆을 지나가자 사람들은 알산을 이상하다는 듯 쳐다보더니, 의자를 움직여 조금이라도 그와 떨어지려고 했다. 그런 모습에 알산이 기분 나쁘게 웃자 모두들 딴청을 부렸다.

"저 사람들이 왜 저러죠? 당신을 알지도 못하는 사람들인데."

창가 테이블에 자리를 잡은 뒤 잭이 물었다.

"본능이지."

알산이 또다시 불안감을 자아내는 미소를 지었다.

"무의식적으로 가까이에 있는 포식자를 알아채는 거야."

잭의 온몸에 전율이 일었다. 무언가 물으려고 할 때 웨이터가 왔다. 잭은 얼음을 가득 넣은 레몬에이드를 시켰지만 알산은 아무것도 시키지 않았다.

"처음에는 여기저기 떠돌아다녔어."

알산이 이야기를 시작했다.

"내세울 일은 아니지만 그러다가 어쩔 수 없이 많은 생명을 해쳤다는 것도 고백해야겠구나."

"알아요."

잭이 작은 목소리로 말했다.

"알마가 당신에 대한 단서를 하나도 주지 않아서, 내 나름대로

찾아봤어요. 신문이고 인터넷이고 다 뒤졌어요…… 기사들 중에
어떤 짐…… 아니, 괴……."

그는 안절부절못하더니 입을 다물었다.

"짐승이나 괴물 말이지."

알산이 대신 말했다.

"그냥 말해도 돼. 사실 그랬으니까, 그리고 아직도 가끔은 그렇
기도 하고."

"그렇군요…… 난 먼저 런던에 갔어요. 거기에 부모님 친구분
들이 있거든요. 오랫동안 연락이 끊겼기 때문에 그랬겠지만 그분
들은 부모님께 일어난 일을 모르고 있었어요. 당연한 일이죠. 그
분들과는 며칠만 함께 지냈어요. 어디서 당신을 찾을 수 있을지
알아냈거든요. 인터넷을 검색하다 숲에서 늑대 인간을 목격했다
는 기사를 본 거예요."

마침내 잭이 알산을 똑바로 보았다.

"그런데 왜 프랑스였죠?"

"몰라. 미리 생각하고 간 건 아니야. 알마가 내게 어디로 가고
싶으냐고 물었을 때, 가능하면 문명 세계에서, 그것도 빅토리아
가 사는 곳에서 아주 멀리 가야 한다는 생각밖에 없었어. 하지만
마음 깊은 곳에서는 아주 먼 곳이나 너희와 영영 만날 수 없는 곳
으로 가기는 싫었던 것 같아. 그래서였겠지.

나는 알프스 산맥 쪽으로 가다 스위스까지 갔고, 그다음에는
이탈리아 북부를 거쳐 오스트리아로 갔어. 사람들을 피하려고 언
제나 빽빽한 숲이나 산악 지대로만 다녔지. 그래도 때때로 어쩔

수 없이 사람들에게 들킬 수밖에 없었고, 그때마다 그들은 나를 죽이려 하거나 생포하려 들었어…… 대부분의 경우 치명적인 피해를 입는 쪽은 그들이었지만."

"당신의 흔적을 좇아 유럽의 절반이나 뒤졌어요."

잭이 중얼거렸다.

"히치하이크를 하거나 되는대로 기차와 버스를 잡아탔어요. 돈이 거의 없었거든요. 그리고 이젠 떠돌이처럼 살아요. 가끔 심부름이나 허드렛일을 하면서 몇 푼씩 벌고요. 겨우 밥 먹고 여행할 만큼만. 노숙하는 대신 어쩌다 여관에서 자기도 해요. 사실 고아원이나 갱생시설 같은 곳으로 여러 번 잡혀갈 뻔했어요."

다시 잭의 목소리는 떨리기 시작했다. 알산은 잭이 돈 한 푼 없이, 갈 곳도 없이, 걸어서 유럽을 떠돌아다니며 자신을 찾아다니느라 겪었을 고생을 충분히 짐작할 수 있었다. 잭은 알산의 눈빛을 알아채고는 대단한 일도 아니라는 듯 덧붙였다.

"그래도 한편으로는 재미있었어요. 매이지 않고 발길 닿는 대로 다닐 수 있었으니까요. 이렇게 자유롭다고 느꼈던 적은 한 번도 없었어요."

잭이 미소짓자 알산도 같이 웃었다.

"넌 림바드에 남아 있었어야 했어. 키르타슈가 널 찾아내기라도 했다면……"

"그럴 순 없었어요. 그리고 설사 날 찾아낸다 해도, 난 이제 준비가 됐어요."

잭은 잠시 머뭇거리다 고백하듯 말했다.

"림바드를 떠날 때 도미바트를 갖고 나왔어요. 그래서 당신이 가르쳐준 동작들을 날마다 연습할 수 있었죠."

알산은 감동한 듯 잭을 바라보았지만 아무 말도 하지 않았다. 잭이 계속 말했다.

"그런데 오스트리아 남부에서 그만 당신 흔적을 놓쳤어요. 반인반수에 대한 기사 검색을 포기한 뒤 뭘 해야 할지 몰랐죠. 그곳에 머물며 자잘한 일거리를 찾는 것 말고는 다른 방법이 없었어요. 하지만 오래 머물 수는 없었고, 그래서 정처 없이 떠돌아다니다 이곳 치아바리까지 온 거예요. 어떻게 여기 있게 되었는진 묻지 마요. 나도 방향을 잃은 지 꽤 오래거든요. 당신의 소식을 듣지 못한 지도 일 년이나 되었고, 빅토리아를 만나러 갈 수도 없었어요. 나 혼자서는 림바드에 갈 수 없잖아요. 또 빅토리아가 정확히 어디 사는지도, 전화번호도 몰라요. 림바드를 떠날 때 너무 서둘러 나오는 바람에 그런 것들을 물어볼 생각도 못 했어요."

잭이 잠시 머뭇거렸다. 빅토리아와의 다툼을, 그녀가 던진 말에 받은 상처를 막 말하려던 차였다. 하지만 상처는 시간이 치료해주었고, 이제 와 돌이켜보면 유치하게 화를 냈던 자신이 정말이지 바보 같았다. 지금은 모든 게 다르게 보였다. 그렇게 서둘러 떠나지 않았을 수도 있었고, 함께 알산을 찾을 수도 있었고, 그러면 이렇게 많은 문제를 겪지 않았을지도 몰랐다. 하지만 빅토리아와 다시 접촉할 방법도 없이 이미 림바드를 떠나온 후였다. 추운 겨울밤 길에서 한뎃잠을 자야 할 때면 림바드의 따뜻한 집이 그리웠고, 자신의 성급함이 더없이 원망스러웠다.

"이젠 알산과 빅토리아의 소식을 영영 알 수 없을 거라고 생각하기까지 했어요."

잭은 입을 다물고는, 오래전 림바드에 도착한 날 빅토리아가 준 육각형 부적을 꼭 쥐었다. 아직도 목에 걸고 다니며 소중히 간직하고 있었다.

빅토리아가 그리웠다. 고통스러울 정도로 아주 많이. 그녀의 부드러운 미소, 눈빛, 둘이 함께 보낸 시간들…… 기억이 밀려들 때면 그는 과거로 돌아갔다. 떠나지 말아야 했던 건 아닐까. 그땐 감히 꺼내지 못했던 말을 당당하게 하는 자신의 모습을 상상하기도 했다. 마음속으로는 수천 번 미안하다고 말했다. 빅토리아를 안아주고, 무슨 일이 있어도 언제까지나 함께하자고 약속하기도 했다.

하지만 이젠 모든 것이 실현 불가능한 일이 되어버렸다. 그 무엇으로도 가장 친한 친구와 떨어져 지낸 지난 이 년을 되돌릴 순 없었다.

알산이 한동안 잭을 물끄러미 바라보더니 물었다.

"잭, 지금 몇 살이지?"

"열다섯 살이오. 4월이면 열여섯 살이 돼요. 하지만 나이보다 더 들어 보이죠. 덕분에 최근에는 좀더 쉽게 일을 구하고 있어요. 열여섯 살이어야 일을 할 수 있거든요."

"열다섯 살이라…… 널 키르타슈한테서 구해 림바드로 데려온 게 엊그제 같은데. 그땐 겁쟁이 꼬맹이에 불과했는데 완전히 어른이 되었구나."

잭이 어색한 듯 미소를 지었다.

"아직은 아니에요. 이둔에서는 열다섯 살이면 어른일지 모르지만 여기서는 아니에요."

"아니야. 봐라, 잭. 훌쩍 컸잖아. 단지 키를 말하는 게 아니야. 훨씬 더 성숙해졌어. 넌 어떤 상황에서도 네 자신을 잘 돌볼 거야. 네가 자랑스럽다."

잭이 쑥스러운 듯 가벼운 기침으로 화제를 환기했다.

"왜 떠났는지 아직 이유를 말해주지 않았어요."

알산은 근심이 담긴 눈으로 잭을 똑바로 응시했다.

"그건 나 혼자 끝내야 할 싸움이었어. 하지만 처음부터 내가 승자가 될 가능성은 거의 없다는 걸 알았지. 그래서 가능한 한 너희한테서 멀리 떨어져야 했어. 그리고 내가 옳았어. 야수의 정신이 나의 인간 영혼보다 훨씬 강하고 잔인했으니까. 제정신이 아니었을 때, 어느 순간 나는 내 목숨을 끝장내버리기로 결심했지.

그런데 어떤 남자가 나를 살려줬어. 이름도 얼굴도 기억나지 않지만, 꽤 오랫동안 내게 무슨 말인가를 했지. 나는 이름도 기억나지 않는 그 마을에서 상처를 회복했고.

이상한 일이었어. 난 그 사람이 쓰는 언어를 모르는데도 그가 하는 말을 완벽하게 이해했거든. 그리고 그가 사라지고 다시 혼자가 되자 내가 해야 할 일과 어디로 가야 할지를 정확히 알게 되었지."

알산의 얼굴에 미소가 떠올랐다.

"최근 몇 달 동안은 티베트에 있는 불교 사원에서 지냈다."

"말도 안 돼!"

잭이 웃으며 불쑥 물었다.

"그럼 머리를 민 거예요?"

"그 질문에 대한 답은 하지 않을 거야."

알산이 웃고는 다시 진지해졌다.

"그곳에 있는 동안 많은 것을 배웠어. 절제, 자제력…… 하지만 무엇보다 내 안의 짐승을 다스리는 데 필요한 평화를 어느 정도는 찾았지."

"그러면, 드디어……"

"완전히는 아니야. 예전의 나와 똑같지는 않아. 그리고 절대로 그렇게 될 수도 없고. 아직도 가끔 변신을 해. 그럴 때면 내 힘을 능가하는 다른 힘이 늑대의 본능을 조종하지. 하지만 적어도…… 대부분의 시간 동안은 다시 인간으로 지낼 수 있어.

어찌 됐든, 이제 나는 바니사르의 왕자 알산이 아니야. 이제 다 끝났어. 지금 내 처지가 내 이름과 혈통을 내세울 만한 권위를 허락하지 않으니 이곳 지구에서 써야 할 새 이름이 필요했다. 그래서…… 지금 내 이름은 알렉산더야."

잭이 가만히 중얼거렸다.

"알렉산더. 괜찮은 이름인데요. 왜 그런지는 몰라도 잘 어울리기도 하고요. 원한다면 그렇게 불러줄게요. 하지만 왜 권위를 잃었다고 생각하는지 이해가 안 돼요."

알렉산더가 미소를 지었다.

"난 이제 예전의 내가 아니니까."

그 말에 묻어 있는 비통함을 느낀 잭은 얼른 화제를 바꿨다.

"그런데…… 나는 어떻게 찾아낸 거예요?"

"꿈을 꾸었어…… 네 꿈을. 네가 여기 이탈리아에 있는 꿈. 이제 너희와 재회할 때가 되었다고 알려주는 표지라는 걸 깨달았지. 그래서 널 찾아온 거야…… 본능이 날 이곳으로 이끌었지."

잭은 알산의 말에 깊은 감동을 받았다.

"내가 당신을 찾아다닐 때도 그런 일이 있었다면 좋았을 텐데. 나를 찾았으니 이제는 뭘 할 거죠?"

"일단은 림바드에서 다시 저항군을 모아야지. 좀더 다른 방법으로 싸울 수 있을 거다."

"계속 용과 유니콘을 찾으려고요? 너무 늦지 않았을까요?"

"키르타슈가 계속 여기 지구에 있는 걸 보니 늦지는 않은 것 같다. 아직 용과 유니콘을 찾지 못한 게 틀림없어."

적의 이름이 나오자 잭의 주먹이 부르르 떨렸다.

"정말 그럴까요?"

"놈이 다시 행동에 나설 준비를 했어, 잭. 너도 준비됐지?"

잭이 머뭇거리며 대답했다.

"나는 더이상 확신이 서질 않아요. 예전의 우리에겐 더 많은 방법이 있었죠. 샤일도 있었고. 하지만 우리가 어떻게 끝났는지 봐요. 이제 뭘 할 수 있겠어요? 어떻게 우리가 다른 방법으로 싸울 수 있을 거라고 생각하는 거죠?"

"여러 이유를 댈 수 있지. 우선 전략을 바꿀 거다. 그리고, 비록 샤일을 잃기는 했지만 너를 다시 얻었잖니."

알산이 그를 똑바로 보았다.

"대의를 위해 싸울 수 있는 전사가 생긴 거다. 전설의 검을 다룰 수 있고, 불길에 휩싸이지 않고도 도미바트를 휘두를 수 있는 전사. 도미바트는 훨씬 강하고 유서 깊고 날랜 검들을 꺾고 승리를 거둔 검이니까."

잭의 얼굴이 붉어졌다.

"다른 이유도 있어, 잭. 그래, 우리는 샤일을 잃었지. 너에게 묻겠다. 너는 우리가 이대로 포기해야 한다고 생각하니? 샤일은 나와 빅토리아의 목숨을 구하려다 죽었어. 우리가 지금 포기한다면 그의 이름을 욕되게 하는 게 아닐까?"

수많은 장면이 잭의 머릿속에 떠올랐다. 저항군의 젊은 마법사로 언제나 쾌활하고 새로운 것을 배우던 샤일. 필요한 곳에 언제든 손 내밀 준비가 되어 있던 그의 모습들. 그런데 그런 그가 알산의 구출 작전을 지휘하고, 두 번 다시 생각하고 싶지 않은 독일 원정에서 빅토리아를 지키려다 죽었다. 한동안 잠잠해졌던 복수의 불길이 다시 잭의 가슴속에서 맹렬하게 타올랐다.

"맞아요. 샤일의 이름을 욕되게 하는 거예요."

알산이 고개를 끄덕였다.

"짐 챙겨. 네가 준비되는 대로 마드리드로 떠날 거다."

잭의 심장 박동이 빨라졌다.

"빅토리아를 보러 가나요?"

"당연하지."

"하지만 난 빅토리아가 어디 사는지도 몰라요. 어떻게 찾아야 할지도 모르고요."

알산이 짧게 시선을 보냈다.

"그럴 줄 알았다. 널 위해서도 빅토리아가 건강하고 안전하게 있기를 바라. 다시 말하지만, 키르타슈가 빅토리아의 위치를 파악했을지도 모르고, 그애 집도 완벽하게 안전하지는 않으니까. 잭, 그러니까 나를 찾겠다고 그애를 혼자 두고 떠나는 짓은 하지 말았어야 했어."

죄책감은 한층 깊어졌다. 한순간 잭은 키르타슈가 빅토리아를 발견하고, 그가 그녀를 납치해 해치는 상상을 했다. 몸속에서 피가 부글부글 끓어올랐다.

알산이 잭의 어두운 표정을 보고는 말했다.

"어쨌든, 다음에 다시 이야기하자. 다행히 내가 빅토리아의 주소를 알고 있다. 지금까지는 그애를 찾으러 갈 상황이 아니었지만, 이제 대부분의 시간 동안 인간으로 있을 수 있으니, 일 분 일 초도 허투루 쓰면 안 돼. 필요하다면 네 귀를 잡아끌고서라도 사과하라고 데려갈 거다."

"그렇게까지 할 필요 없어요. 진정하세요. 나도 혼자 사과할 줄 안다고요."

그것은 잭이 오래전부터 애타게 기다려온 것이기도 했다.

수업 종료를 알리는 종소리가 울렸다. 교실마다 소동이 일더니, 물건을 챙기고 가방을 어깨에 멘 여학생들이 교실을 나섰다.

언제나 그렇듯이 빅토리아는 혼자였다. 교실을 나와 교정을 가로지르면서, 잠시 발걸음을 멈추고 햇살에 얼굴을 내맡겼다. 9월 중순의 부드러운 햇살이었다. 열기가 조금씩 서늘하게 식어 가는 게 무척 기분 좋았다. 하지만 한편으로는 여름이 끝나고 가을이 오는 것이 달갑지 않았다. 그렇게 샤일이 죽은 날이 다가오는 것도.

이런 생각을 털어버리려고 고개를 가로저었다. 신발 끈을 다시 묶으려고 교문 근처에서 몸을 숙이자, 같은 반 여자아이들 한 무리가 속닥거리다가 요란한 웃음을 터뜨리는 소리가 들렸다.

"너 걔 봤어?"

"응, 정말 잘생겼더라!"

"누굴 기다리는 걸까?"

"모르지. 누군지 정말 운이 좋은 애라는 것밖엔."

빅토리아는 여자아이들이 하는 말에 신경쓰지 않았다. 생각해야 할 더 중요한 일들이, 해야 할 많은 일들이, 그리고 무엇보다 완수해야 할 임무가 있었다. 그런 생각에 골몰하다 그녀는 교문 앞에서 기다리고 있던 소년을 그냥 지나칠 뻔했다. 청바지와 바지 밖으로 줄무늬 셔츠를 꺼내입은 금발 소년은 주머니에 손을 넣은 채 나무에 등을 기대고 서 있었다. 여자아이들이 눈길을 끌기 위해 수군거리는 소리에도, 은근히 던지는 시선과 웃음에도 무심한 태도였다.

빅토리아는 무심코 지나치다가 갑자기 가슴이 철렁 내려앉았다. 그리고 소년을 뒤돌아보았다. 그도 몸을 바로 세우고 그녀를 보았다. 빅토리아의 심장이 한순간 멎어버렸다. 그의 이름을 부르려 했지만 말이 나오지 않았다. 소년이 조금 어색한 듯 미소를 지으며 말했다.

"안녕, 빅토리아."

그녀에게는 그의 말이 들리지 않았다. 갑자기 심장이 다시 뛰기 시작했다. 이번에는 지나치게 빨리 뛰었다. 빅토리아는 심호흡을 했다. 수도 없이 꿈꾼 이 순간이 현실이 아닌 것만 같았다. 갑자기 잠에서 깨어나면…… 거기 아무도 없을 것만 같았다.

하지만 그는 그곳에서, 그녀를 바라보고 있었다. 환영처럼, 신기루처럼, 아름다운 꿈처럼 사라지지 않았다. 그는 살아 있는 실체였다.

"잭."

빅토리아가 간신히 말했다.

잭은 무슨 말을 해야 할지 몰라하다가 눈길을 돌렸다. 그녀도 적당한 말이 떠오르지 않았다. 두 사람 모두 이런 순간이 왔을 때 할 말을 수백 번도 넘게 연습했건만, 막상 그 순간이 오자 멍하기만 했다.

잭은 몇 주 전부터 다시 만나리라는 걸 알고 있었기에 두 사람이 만나는 장면을 상상할 시간이 더 많았고, 이 상황에서는 좀 더 준비되어 있었다. 그는 고개를 들고 결심한 듯 그녀의 눈을 보았다.

"다시 만나 반갑다."

"나도…… 반가워."

"모습이 좀 바뀌었네."

그리 익숙한 모습은 아니었지만 잭이 생각한 그대로였다. 빅토리아는 얼마 안 있으면 벌써 열다섯 살이었다. 예전에 알고 있던 그 소녀가 아니었다. 모든 의미에서 훌쩍 자라 있었다. 하지만 그는 이런 생각을 드러내지는 않고 이렇게만 말했다.

"머리가 많이 짧아졌네."

그녀가 짙은 밤색 머리카락을 만지작거리며 어쩔 줄 몰라했다.

"몇 달 전에 잘랐어. 벌써 조금 자랐네. 이것 봐. 하지만 이젠 찰랑거리지 않아."

"너한테 잘 어울려."

이렇게 말해놓고 잭은 자신이 바보 같다고 생각했다. 그렇게 오래 떨어졌다 다시 만났는데 겨우 한다는 말이 머리 이야기라니.

들려줄 이야기가 무척 많았다. 늦은 밤 혼자 있을 때마다 멀리 있는 빅토리아와 상상의 대화를 나눈 일, 별빛 아래 빛나던 빅토리아의 얼굴을 스케치북에 담은 일, 그녀의 커다란 밤색 눈을 생각한 일…… 온통 그녀 생각으로 가득 차 있었던 시간이었다. 백번도 넘게 바람결에 실려온 빅토리아의 목소리를 들었고, 자신이 간 모든 곳, 그중에서도 특히 아름다운 곳에 갈 때면 그녀를 떠올렸다는 얘기도 해주고 싶었다. 그리고 아주 고통스러울 정도로, 절망적일 정도로 그녀가 그리웠다고 고백하고도 싶었다.

하지만 앞에 있는 그녀는 여전히 특별한 빛으로 반짝거리는, 예전과 똑같은 눈동자를 가지고 있지만, 그가 기억하는 빅토리아가 아니었다. 시간이 두 사람을 좁힐 수 없는 거리로 떼어놓은 것 같았다. 잭은 깨달았다. 자신의 기억 속 빅토리아가 지금의 그녀와 같지 않을 수도 있다는 걸. 지난 이 년 동안 그녀의 감정이 싸늘하게 식었을지도 몰랐다. 그녀는 그를 용서하지 않았거나, 아니면 벌써 그 일을 잊어버렸을 수도 있다. 아니, 혹시 이미 남자친구가 있을지도 모른다. 그러지 말라는 법도 없었다.

"너도 변했어."

그때 빅토리아가 약간 얼굴을 붉히며 말했다.

"그래?"

잭이 미소를 지었다. 어쩌면 내가 한 말이 마냥 바보 같은 소리만은 아니었을 수도 있어.

"어떤 점이?"

"음, 키도 좀 컸고, 얼굴도 더 탔고…… 그리고 또……"

'……또 더 멋있어졌어.'

하지만 그녀는 생각만 하고 말은 하지 않았다.

빅토리아가 한숨을 참았다. 그녀는 잭에게 빠져 있었지만, 그는 아닌 것 같았다. 그러지 않고서는 그렇게 뒤도 돌아보지 않고 떠날 리는 없었다. 잭이 알산을 찾으려고 림바드를 떠났을 때에야 깨닫기 시작했다. 비로소 자신의 감정을 알게 되어 고통스러웠다. 한동안은 금발을 볼 때마다 심장이 마구 뛰었다. 하지만 한번도 잭인 적은 없었다. 그리고 지금, 그 감정을 극복했다고 믿고 있는 지금, 잭이 다시 그녀의 인생으로 들어온 것이다.

하지만 그녀의 마음속까지 들어올 수는 없었다, 빅토리아는 다짐했다. 안 돼, 또다시 괴로워할 준비가 되지 않았어. 그녀는 높은 벽을 둘러 마음을 보호했다. 아무도 들어오지 못하게, 또다시 상처받지 않기 위해. 다시는 사랑에 빠지지 않을 것이다. 너무 아팠다.

하지만 그 벽이 잭을 견딜 수 있을까. 그녀는 더 생각하지 않으려고 애썼다. 너무 많은 시간이 흘렀고, 설사 잭이 그녀에게 마음이 있었다고 해도 이제는 아닐 것이다. 그리고 빅토리아 역시 같은 상처를 두 번 겪고 싶진 않았다.

조금 떨어진 곳에서 다른 여학생들이 시기심을 감추고 두 사람을 엿보고 있다는 걸 눈치 챈 그녀는 속으로 웃었다. 잭은 자신이 일으킨 작은 파란을 전혀 모르는 눈치였다. 그래, 네가 얼마나 잘생겼는지 모른다면 굳이 말해줄 필요는 없어.

"……그리고 머리도 길렀네."

빅토리아는 웃으며 말을 맺고는 손을 들어올려 그의 이마에 내려온 금빛 머리카락 한 올을 떼어주었다. 친구들이 샘이 나 죽을 지경이라는 걸 알고 그 순간을 은밀히 즐겼다.

"이것 봐. 머리 좀 예쁘게 잘라야겠는걸."

"네 머리는 짧아지고 내 머리는 길어진 거네."

두 사람이 큰 소리로 웃음을 터뜨렸다. 순간 두 사람 사이에 놓여 있던 거리가 잠시 좁혀진 듯했다.

"그래."

잭이 다시 진지한 표정으로 말을 이었다.

"내가 바보였어. 그동안 있었던 일을 들어달라고 할 자격이 없다는 것도 잘 알아. 하지만…… 결국 네게 부탁하려고…… 말하자면 '정치적 난민'으로서 네게 요청하러 이렇게 온 거야."

빅토리아는 그제야 잭의 발치에 놓여 있는 여행 가방을 발견했다.

"갈 데가 없는 거야?"

"사실 한 번도 갈 곳이 있었던 적은 없어. 덴마크로 돌아가지 않았거든. 그곳에 친척들이 있기는 했지만…… 더구나 키르타슈가 이미 그 사실을 알고 있는 게 마음에 걸렸어. 친척들을 위험에 빠뜨릴 순 없잖아. 그래서 실케보르로 돌아가지 않기로 했어."

빅토리아는 오랜 시간이 지난 지금, 다시 잭과 키르타슈 이야기를 하는 것이 낯설었다.

"그럼 지금까지 어디 있었던 거야? 알산은 찾았어?"

"사실 알산이 나를 찾아냈어. 이야기하자면 꽤 길어."

"알산도 같이 왔니?"

"그래, 하지만 일이 좀 있어서 시내에 남았어. 너와 합류하려고, 림바드로 데려가달라고 오후에 전화할 거라고 했어. 나 먼저 온 거야."

잭은 셋이 만나기 전에 먼저 빅토리아와 단 둘이 있게 해달라고 알산에게 부탁했다는 말은 하지 않았다. 그녀와 풀어야 할 것들이 너무 많았다.

"너는…… 림바드로 돌아가고 싶니?"

빅토리아가 물었다.

"부탁해."

빅토리아는 잭의 눈을 들여다보았다. 그동안의 힘든 시간과 성숙함이 눈 속에 담겨 있었다.

"나를 데려가주면…… 정말 고맙겠다."

두 사람은 잠시 아무 말 없이 서 있었다. 눈빛이 말로 할 수 없는 많은 것을 말하고 있었다. 강렬한 마법의 순간이었다. 두 사람 중 누구도, 세상 그 무엇으로도 감히 깨뜨릴 수 없는.

하지만 아무도 먼저 나서서 말하거나 포옹하는 위험을 무릅쓰진 않았다. 정작 두 사람은 그런 생각만으로도 숨이 막힐 만큼 강렬히 원하고 있었지만.

너무 많은 시간이 흐른 것이다. 그리고 그들은 이제 어린애들이 아니었다. 지금은 모든 일이 그렇게 단순하지도 않았다.

"이제 우리가 돌아가야 할 때가 된 건가?"

침묵을 깨고 빅토리아가 물었다.

잭의 얼굴이 미소와 함께 환해졌다.

"경계의 집으로 돌아가고 싶은 마음이 굴뚝같아."

잭의 짧은 고백에 빅토리아도 미소를 지었다.

"그럼 기다릴 필요 없잖아."

두 사람은 교문과 스쿨버스에서 멀어져 모퉁이를 돌았다. 다시 단둘이 있게 되자 둘은 손을 맞잡았다. 적어도 지금은 손을 잡을 이유가 있었다. 잭은 빅토리아의 손을 더 꼭 잡고 싶었지만 그러지 못했다. 빅토리아는 자신이 쌓은 벽에 균열이 가는 것을 발견했다. 그 벽이 잭을 막을 수 있을 것 같지 않았다. 빅토리아는 서둘러 눈을 감고 알마를 불렀다. 그러자 림바드의 영혼이 행복해하며 옛 친구를 찾아 한걸음에 달려왔다. 그리고 두 사람은 손을

잡은 채 경계의 집으로 돌아갔다.

"그다지 아늑하진 않을 거야."

빅토리아가 미안해하며 말했다.

"사실 나도 요즘엔 이곳에 자주 오지 않거든. 너무 쓸쓸해서……"

잭은 바로 대답하지 않았다. 뒤덮인 먼지도 아랑곳하지 않고 그는 자기 방 책장에 손을 얹어보았다. 그러고는 침대 위에 가방을 내려놓고 옷장에서 기타를 꺼냈다. 줄을 몇 개 튕겨보니 음이 맞지 않았다. 잭이 미소를 지으며 말했다.

"괜찮아. 내가 돌아왔잖아. 그게 중요한 거야."

빅토리아도 미소를 짓고는 나지막이 대답했다.

"그래. 그게 중요하지."

잭이 혼자 있을 수 있도록 빅토리아가 방을 나가자, 잭은 기타를 두고 따라나왔다.

이대로 기회를 놓치고 싶지 않았다. 이번에도 그래선 안 됐다.

"잠깐만."

잭이 빅토리아의 팔을 잡으며 말했다.

그녀는 걸음을 멈추고 돌아섰다. 그는 그녀의 눈을 한참 들여다보더니 심호흡을 한 후 오랫동안 하고 싶었던 말을 꺼냈다.

"미안해. 널 혼자 둬서. 내가 한 말도 전부 미안해. 그러지 말았어야 했는데."

빅토리아는 망설였다. 벽에 계속 균열이 가고 있었다.

"……나도 미안해."

한참 동안 침묵하던 빅토리아가 마침내 말했다.

"너도 알지……? 너한테 다시는 돌아오지 말라고 한 거…… 진심이 아니었어."

잭이 미소를 지었다. 이제 마음이 조금 가벼워졌다.

"그럴 줄 알았어."

잭이 손을 내밀고는 말했다.

"우리, 아직 친구지?"

사실 빅토리아에게 하고 싶었던 말은 그게 아니었다. 하지만 잭은 관계를 새로이 정립하기 전에 깨진 우정을 회복하는 게 우선이라고 생각했다. 하지만 빅토리아는 그의 말을 액면 그대로 받아들였다. 그녀는 고개를 갸웃하다가 조금 굳어진 얼굴로 그를 보고는 말했다.

"다시 떠날 거구나, 그렇지? 기회만 되면 그럴 거지? 이곳에 있는 게 지겨워지면 곧바로 떠날 거구나."

정말로 그렇게 생각해서 내뱉은 말은 아니었다. 무너지고 있는 벽을 세우려고 애쓰는 것이었다. 하지만 잭이 그런 그녀의 마음을 알 리가 없었다.

"뭐라고? 물론 아니야! 말했잖아, 알산이…… 그러니까 알렉산더가……"

"그래, 알산이 돌아온 건 벌써 말했어. 그리고 너는 알산이 가는 대로 따라갈 거고. 이제 알았어."

"빅토리아, 도대체 왜 그러는 거야?"

잭은 한없이 속상해하며 항변했다.

"이미 잘못했다고 사과했잖아!"

빅토리아는 잭을 잠시 쳐다보더니, 고개를 가로젓고는 돌아섰다.

"기다려!"

잭이 빅토리아의 팔을 잡았지만 그녀는 힘껏 뿌리쳤다. 잭은 깜짝 놀랐다.

"이젠 네 맘대로 되지 않을 거야, 잭."

그녀가 경고했다.

"이젠 예전의 내가 아니니까. 나도 많은 걸 배웠다고, 알았니? 나 역시 수련을 하고 있고, 이젠 싸울 줄 안다고. 나 스스로 지킬 수 있어. 그리고 너도 필요 없어. 이젠 아니야."

잭은 모욕을 당한 것 같았다. 뭐라고 대꾸하려 했지만 그러지 않았다. 속에서 수많은 말들이 들끓었지만 꾹 삼켜버렸다. 이렇게 빨리 그만둘 수는 없었다. 이 재회를 얼마나 꿈꾸었는데, 그럴 수는 없었다.

그는 이 년 전에 해야 했지만 하지 못했던 말을 했다.

"나는 네가 필요해, 빅토리아."

빅토리아가 놀라서 그를 쳐다보았다. 잭은 자신이 무척 우스꽝스럽다고 느끼며 심호흡을 했다. 하지만 벌써 말하고 말았어. 이젠 어쩔 도리가 없다고.

"내가 다시 가기를 바라니?"

잭은 아주 진지했다.

빅토리아는 아무 말도 할 수 없었다. 잭의 말에 방어할 준비를 하고 있었는데, 예상 외의 질문에 대답할 말을 잃었다. 잭의 초록색 눈에는 힘겹게 감정을 억누르는 게 보였고, 빅토리아는 자신이 세우려고 애썼던 벽을 그가 단 한 방에 무너뜨렸다는 걸 깨달았다.

'하지만 잭에게 난 그냥 친구일 뿐이야.'

수도 없이 스스로에게 되뇐 말이었다.

'같은 상처를 두 번 겪을 수는 없어.'

그렇다고 분명한 일을 부정할 수도 없었다. 그녀는 나지막이 말했다.

"아니, 가지 않았으면 좋겠어."

두 사람은 다시 마주 보았다.

순간 수줍음도 의심도 모두 사라져버리고, 두 사람 사이엔 모든 거리를 뛰어넘는 감정이 솟구쳤다. 둘은 서로를 꼭 안았다. 잭은 자신이 빅토리아를 얼마나 그리워했었는지를 다시 떠올렸다. 빅토리아도 이 포옹이 영원하기를 바랐다. 또다시 잭의 온기가 얼어붙은 그녀의 심장을 녹였다. 그리고 놀랍게도 그녀가 쌓아올린 높은 벽은 이제 슬픈 폐허로 변했다. 그녀는 잭의 품에서 몸을 떨며 꿈을 꾸었다. 잭은 나를 좋아하고 있어, 언제나 나를 좋아했어.

하지만 그게 사실이 아니라는 걸 잘 알고 있었다.

"가지 말아줘."

그녀는 같은 말을 반복했다.

잭이 약속했다.

"가지 않을 거야. 그리고…… 그래, 내가 떠나지 말아야 했어. 사실 오랫동안 마음속으로는…… 떠나고 싶지 않았다는 걸 말해 주고 싶었어. 널 혼자 둬서 미안해."

말하고 나니 마음이 한결 가벼워졌다.

"아니, 오히려 내가 미안해."

빅토리아가 속삭였다.

"그때는 진심을 말하지 못했어. 그거 아니? 네가 얼마나 필요 했는지."

잭이 침을 삼켰다. 감정이 통제되지 않아. 다시 제자리에 갖다 놓아야 해. 두 사람은 좋은 친구였다. 하지만 그뿐이었다. 냉정을 유지해야 했다. 알산이 조급해서 좋을 것은 없다고 늘 말하지 않 았던가.

떨어져 지낸 동안 두 사람의 우정이 다른 무엇으로 변하는 것 은 불가능했다. 이런 일은 스치는 순간 불꽃이 일듯 일어나지, 멀 리 떨어져 있는 상태에서는 일어나지 않는다. 더구나 지금 빅토 리아는 과거를 말하고 있었다. 지금도 그때처럼 여전히 그가 필 요하다는 뜻은 아니었다.

그녀는 우정을 말할 뿐이다. 단지 우정만을.

자신의 감정과 빅토리아의 감정을 이해하려면 시간이 필요했 다. 두 사람은 오랫동안 서로를 보지 못했다. 그리고 지금이 빅토 리아에 대한 감정을 말하는 데 가장 적절한 순간도 아니었다. 무 엇보다 자신의 마음에 대한 확신도 서지 않았다. 빅토리아의 눈에 떠오를 거절의 답을 읽을 준비도 되어 있지 않았고.

잭은 숨을 고르고 말했다.

"그럼 다시 너의 가장 좋은 친구가 되고 싶어. 물론…… 지금 이라도 괜찮다면 말이야."

포옹을 풀지 않고 있었기 때문에 잭은 빅토리아의 눈에 스치는 고통의 그림자를 볼 수 없었다. 그리고 그녀가 다시 마음의 벽을 쌓는 것도 알아채지 못했다. 아주 빠르게 쌓아올리는 벽을.

"물론이지."

빅토리아가 몸을 떼며 단정적으로 말했다.

"하지만 훈련은 적당히 하면 좋겠어. 편히 쉬고, 샤워도 해. 나는 림바드의 마법을 되살릴게. 지팡이를 사용하면 될 거야. 전기랑 더운 물도 다시 나올 거고……"

"난 더운 물을 사용하지 않아."

잭은 말을 내뱉고는 곧바로 후회했다. 별로 중요한 것도 아닌데…… 두 사람 일 말고 중요한 건 아무것도 없었다.

하지만 빅토리아가 말을 이었고, 그 순간은 지나가버렸다.

"아, 맞다. 잊고 있었어. 넌 항상 찬물에 샤워했지. 좋아, 어쨌든 금방 모든 게 제대로 작동할 거야. 저녁식사 때까지 편안히 쉬어. 난 할머니 뵈러 집에 돌아가야 해, 늦으면 걱정하시거든. 어쩌면 알산이 벌써 전화했을 수도 있고. 우리 집 식구들이 모두 잠자리에 들면 다시 이곳으로 올게. 그러면 다시 모여 뭘 할지 결정하자."

"뭘 하다니? 무슨 말이야?"

빅토리아가 잭을 살짝 흘겨보았다.

"저항군. 우리의 임무 말이야. 알산과 네가 단지 예의상 방문한 것 같지는 않은데, 아니야?"

잭이 뭐라고 말하고 싶었지만 현명한 대답이 떠오르지 않았다. 만일 빅토리아를 만날 방법을 알았다면 저항군과 상관없이 훨씬 전에 만나러 왔을 것이다. 하지만 그건 핑계가 되지 못했다. 어쨌든 빅토리아의 연락처조차 묻지 않고 떠나지 않았던가. 빅토리아가 오해하는 게 당연했다. 잭은 심호흡을 했다. 무슨 말을 하더라도 경우에 맞지 않을 거야. 빅토리아가 내게 얼마나 소중한 존재인지 보여줘야 해…… 말이 아닌 행동으로 증명해야 해.

그는 가만히 입을 다물고 있었다.

조금 갑작스럽게 빅토리아가 다시 입을 열었다.

"그럴 줄 알았어. 그럼, 나중에 보자."

잭이 고개를 끄덕이며 방을 향해 돌아서는 순간, 빅토리아가 다시 그를 불렀다. 그는 무슨 일인가 하고 돌아섰다. 빅토리아가 미소를 짓고 있었다.

"집에 돌아온 걸 환영해."

눈에 애정이 가득했지만 사랑은 아니었다. 우정이 아닌 다른 감정은 마음을 보호하기 위해 세운 벽 뒤에 숨기고 있었다.

하지만 잭은 그걸 알지 못했다.

2

새로운 전략

육감이 불길한 조짐을 말해주었을 때, 데바는 부두에 앉아 맨발을 물에 담그고 있었다. 재빨리 사방을 둘러보았다. 아무도 없었다. 들리는 소리라고는 바람과 파도의 속삭임, 그리고 나이든 어부 톰이 제방에서 부는 휘파람 소리뿐이었다. 저만치 톰의 모습이 보였다.

그녀는 애써 긴장을 풀려 했다. 잘못된 경고일 수도 있어. 놈들이 나를 쫓아 이 세계까지, 호주의 해안 마을까지 따라올 수는 없어. 내 진짜 모습을 알아볼 수 있는 사람은 없다고.

그럴 수는 없는데……

"안녕, 데바."

속삭임은 바로 옆에서 들려왔다.

등줄기로 식은땀이 흘러내렸다. 옆에 검은 옷을 입은 소년이 서 있었다. 그녀는 경계심을 풀지 않은 채 그를 찬찬히 살펴보았다. 누군가 오는 소리를 듣지 못했는데. 불안한 생각이 들었다. 톰이 제방에서 부는 휘파람 소리조차 들리지 않는 듯했다.

그는 십대 후반 정도로밖에 보이지 않았지만, 침착하고 조용한 인상으로 한눈에 봐도 당당했다. 산들바람이 그의 가늘고 밝은 밤색 머리칼을 흩뜨렸고, 차가운 푸른 눈이 수평선의 한 점을 바라보며 반짝였다.

"사람 잘못 봤어······"

데바가 작은 소리로 말했다.

"내 이름은 다이앤이야."

그는 데바 옆에 쭈그리고 앉더니 그녀의 눈을 들여다보았다. 돌연 그녀의 의식이 강하게 뒤흔들리는 듯했다. 그의 눈이 얼음 비수처럼 그녀의 눈을 응시하고 있었다. 미움이나 경멸은 담겨 있지 않았다. 인간미라곤 조금도 찾아볼 수 없는 무심함.

"안 돼."

겁에 질린 데바가 중얼거렸다.

그는 아무 말도 하지 않았다. 오직 시선으로 데바를 완전히 마비시켰다.

한순간이었다. 그녀는 곧 의식을 잃고 바닥으로 쓰러지더니 꼼짝도 하지 않았다. 검은 옷 소년은 조금 떨어져 냉랭하게 데바를 내려다보았다. 죽은 것이다.

여자의 시체가 경련을 일으키며 변형을 일으켜도 전혀 놀라는 것 같지 않았다. 그녀의 피부가 푸른색으로 물들면서 비늘조직이 생겨났고, 머리카락은 완전히 없어졌다. 입술과 눈이 더 커지고,

코는 납작해지고 귀는 두 개의 아가미로 바뀌었다. 손가락 사이에는 물갈퀴가 생겨나 있었다.

부두에 있던 여인이 이상한 양서류로 변신한 것이다.

키르타슈가 가볍게 미소를 지으며 혼자 고개를 끄덕였다.

바루 족 마법사였다. 바루 족 변절자들은 바다에 숨어들어서 위치 파악이 가장 어려웠다. 지구는 바다가 너무 넓어 키르타슈가 완전히 장악하는 게 쉽지 않았다.

그나마 키르타슈에게 다행인 것은, 그들이 수중생물이기는 해도 가끔씩 물 밖으로 나와야 하기 때문에 해안가에서 멀리 떨어져 살지 않는다는 점이었다. 데바처럼 목숨을 대가로 치르는 한이 있더라도 바루 족은 해안가에 살아야 했다.

키르타슈가 여자의 이마 위로 손을 가까이 가져가고는 눈을 반쯤 감았다.

아주 짧게 섬광이 스쳐 지나갔다.

잠시 후, 마치 처음부터 존재하지도 않았다는 듯 양서류의 시체가 부두에서 사라졌다.

키르타슈는 조용히 몸을 일으키고 다시 수평선에 시선을 고정했다. 그의 표정에서는 아무 변화도 찾아볼 수 없었다.

그는 잠시 그대로 서 있었다. 그러고는 돌아서서 해변을 향해 멀어져갔다. 마치 그림자가 미끄러지듯이.

아직 해야 할 일이 많이 남아 있었다.

빅토리아는 허리를 돌려 온 힘을 모아 옆차기를 했다. 그다음에는 앞으로 펄쩍 뛰어오르며 갈고리를 걸듯 앞차기로 상대를 꼼짝 못 하게 했다. 훈련 상대인 장갑 낀 소년은 빅토리아가 전진할 때마다 한 발씩 완벽하게 동작과 박자를 맞추며 뒤로 물러섰다.

"우와, 오늘은 아주 제대로인데."

연습이 끝나자 그가 장갑을 벗으며 손을 문질렀다.

"아침으로 뭘 먹은 거야?"

빅토리아는 웃기만 할 뿐 아무 말도 하지 않았다. 이번에는 그녀가 직접 장갑을 끼고 상대와 역할을 바꾸었다.

빅토리아는 태권도 훈련을 할 때는 거의 말을 하지 않았다. 다른 아이들에게는 취미에 불과했지만, 빅토리아에게 태권도는 집념을 가지고 끈질기게 매달려야 하는 대상이었다. 연습 시간에는 항상 제일 먼저 와서 맨 마지막으로 나갔고, 놀라운 속도로 승급해나갔다. 시작한 지 겨우 이 년밖에 되지 않았는데 벌써 검은 띠 시험에 나갈 준비를 하고 있었다.

빅토리아는 화목 반과 월수 반, 이렇게 두 개 반에 등록을 했고, 지난 과정부터는 금요일의 성인 수업에도 들어갈 수 있도록 학교 수업을 조정하기까지 했다. 하루도 빠지지 않고, 실전에 임하듯 아주 진지하게 연습했다. 같이 강습을 받는 학생들은 늘 혼자 있는 빅토리아만 보았기에 이날 오후, 비록 곁눈질로 힐끔거릴 뿐이지만 한 청년에 주목하지 않을 수 없었다. 청년은 빅토리아와 함께 와서 오후 내내 도장 한쪽에 서서 수업을 지켜보았다. 어떤 이들은 그의 머리색이 온통 잿빛이라 빅토리아의 아버지로 착각했지만, 이내 문제의 인물이 기껏해야 한 스물둘 혹은 스물셋의 청년이라는 걸 알아챘다. 그는 진지하면서도 어딘지 고약해 보이는 인상이었지만, 빅토리아와 아주 잘 아는 사이라는 데는 의심의 여지가 없었다.

그가 지켜봐서인지 아니면 단지 어딘가에 분노를 쏟고 싶은 것인지는 모르지만, 빅토리아는 최고의 기량을 마음껏 발휘했다. 마치 자신의 능력이 어디까지인지 시험하며 그동안 얼마나 배웠는지를 증명해 보이는 것 같았다. 가끔씩 젊은이의 칭찬을 구하듯 그를 향해 돌아서기도 했다.

수련이 끝나자, 사범이 대련을 할 수 있게 짝을 지으라고 지시했다. 연습 대련이었지만 빅토리아는 최선을 다했고, 온 힘을 다해 싸웠다. 그녀의 발이 상대의 복부에 닿자 상대방은 자신도 모르게 고통스런 신음 소리를 내며 그만 하라는 몸짓을 했다. 그녀는 조금 늦게 알아차리고는, 상대의 몸 몇 센티미터 앞까지 가서야 발차기를 멈추었다. 다시 현실로 돌아왔다.

"다쳤니? 정말 미안해!"

"진짜로 할 거라고 말해줄 수도 있었잖아. 그러면 보호대라도 했을 텐데."

빅토리아의 표정이 딱딱하게 굳었다.

"난 항상 진짜로 하고 있어."

"아, 그래? 하지만 난 아니었어. 그리고 너랑 연습한 지도 꽤 되는데 이렇게까지 심하게 하는 건 처음 봐."

빅토리아가 긴장을 풀었다.

"그래, 그래. 네 말이 맞아. 미안해."

그녀가 무슨 말을 더 하려는데 사범이 수련이 끝났음을 알렸다.

빅토리아가 탈의실에서 나오는 데는 채 십 분도 걸리지 않았다. 그녀는 샤워를 마치고 옷을 갈아입고 도장에서 나왔다. 밖에서 알렉산더가 기다리고 있었다. 빅토리아와 합류한 그는 한동안 아무 말 없이 걸었다.

"알산이 보기에 어땠어요?"

잠시 후 빅토리아가 물었다.

"싸우는 방식이 이상해. 발만 쓰고. 한 번도 본 적이 없어. 무슨 운동이야?"

"태권도요. 손으로 공격하는 법도 배워요. 하지만 손은 덜 사용하죠. 내가 왜 이 운동을 선택했는지 알아요? 지팡이 때문이에요. 지팡이를 잡으면 손으로 싸울 수가 없으니까요."

"그렇구나."

알렉산더도 동의했다.

"지난여름에는 일본 검도 강습도 강도 높게 받았어요. 목검으로 싸우는 걸 배웠죠. 때리기나 찌르기를 막으려면 지팡이를 무기처럼 다뤄야 하는데, 도움이 될 거라고 생각했거든요. 전에는 본능적으로 했지만 이젠 요령이 생겼어요."

"네가 한 일 중에서 제일 마음에 든다. 넌 훨씬 강해졌고, 빨라졌고, 저항력도 세졌어. 싸우기 위해 지팡이의 마법을 사용하는 것과는 별도로, 필요한 경우 빨리 달리고, 강한 공격을 할 수 있다는 건 좋은 일이지."

"알아요."

빅토리아는 잠시 침묵하다 나지막이 말했다.

"이제 샤일이 더이상 마법을 가르쳐줄 수 없으니 나 자신을 방어하려면 다른 방법을 찾아야 하잖아요."

"잘하고 있어."

다시 침묵이 이어졌다. 이번에는 알렉산더가 먼저 말을 꺼냈다.

"묻고 싶은 게 있어, 빅토리아. 키르타슈에 대해 새로 알아낸 건 없니?"

그의 이름이 한줄기 차가운 공기처럼 빅토리아의 정신을 관통했다. 암살자의 눈빛, 말, 손을 잡았을 때 피부에 와 닿은 느낌을 생생히 기억하고 있다. 키르타슈는 그녀의 머릿속을 샅샅이 조사했다. 그녀가 누구인지, 어디에 사는지 틀림없이 전부 다 알았을 것이다. 하지만 그후론 그를 다시 보지 못했다.

키르타슈가 근처를 맴돌고 있다는 건 알고 있다. 때때로 얼어붙듯 차가운 공기가 목덜미를 타고 흐르며 전율이 일었고, 어둠 속에서 그의 얼음 같은 시선이 감지되기도 했다. 하지만 그때마다 뒤돌아보면 그는 없었다. 한번은 인적이 드문 음침한 공원을 지나가다 어둠 속에서 그녀를 감시하는 그의 존재가 느껴져 소리친 적도 있었다.

"이제 그만 해! 모습을 드러내고 한판 붙자고!"

하지만 돌아온 대답은 침묵뿐이었다.

키르타슈가 왜 그런 식으로 행동하는지 종잡을 수 없었다. 그런 일이 여러 차례 계속되자 그녀는 자신의 직감이 상상의 결과라고 생각하며 자신을 의심하게 되었다. 그러다가도 때때로 키르타슈가 이 게임에 지쳐 그만 그녀를 죽일 결심을 하는 건 아닐까 두려워 떨기도 하고, 그를 죽이거나 자신이 죽을 때까지 싸우는 악몽을 꾸기도 했다. 반대로, 모순되는 감정을 느끼기도 했다. 결코 인정하고 싶지 않았지만, 그가 돌아와 다시 손을 내밀고 '같이 가자'고 속삭여주길 바라는 것이다.

키르타슈 생각은 하기 싫었다. 그녀는 고개를 가로저으며 말했다.

"아뇨, 다시 보지 못했어요. 하지만 내가 어디 사는지 이미 알고 있을 거예요. 아직까지 찾아오지 않는 걸 보면……"

그녀는 잠시 말을 끊고 알렉산더를 쳐다보았다.

"설사 나를 내버려두기로 했다 해도, 그게 알산과 잭까지 내버려둔다는 말은 아닐 거예요. 그러니 둘은 이곳에 다시 나타나지 않는 게 좋겠어요."

"우리를 놀라게 하는 건 그에게도 좋은 생각은 아니겠지, 그건 분명해. 하지만 그렇다고 계속 그를 피해 숨어 있어야 한다는 의미는 아니야. 이번에는 우리가 먼저 치고 들어가야 해. 기습 공격이 효과가 있을 거야."

빅토리아가 무슨 소리인가 싶어 알렉산더를 쳐다보았다.

"림바드로 데려가줘. 오늘 밤 회의를 해야겠어."

샤워를 마친 잭은 뭐가 그렇게 좋은지 연신 휘파람을 불어댔다. 그날 오후 빅토리아의 태권도 연습을 보고 돌아온 알렉산더와 예전처럼 검술 훈련을 했다. 도미바트를 휘두르는 데 익숙해져서 그런지 검 다루기가 한결 더 쉬웠고, 동작들도 예전보다 더 빠르고 가벼워졌다. 그러나 너무 오래 혼자 훈련을 해왔기에 상대의 동작에 재빨리 반응하고 예측하는 것이 어려웠다.

그는 연습이 무척 즐거웠다. 다시 나는 림바드에 있는 거야. 알렉산더는 예전에 잭이 알던 알산이 아니었다. 그랬다. 하지만 어쨌든 그는 어려운 상황을 극복해냈다.

그는 빅토리아의 방 앞을 지나가다 문득 그녀가 샤일을 떠나보냈다는 사실을 떠올렸다. 그는 발걸음을 멈추고 머뭇거렸다. 빅토리아도 뭔가 할 일이 필요할 텐데 자기 혼자만 즐거운 것 같아 죄책감이 들었다.

문은 닫혀 있었다. 안에서는 음악 소리가 들렸다. 이유 없이 기분 나쁜 음악이었다. 가수의 목소리가 들려온 것 같기도 한데…… 어쨌든 마음에 들지 않았다.

그는 가벼운 한숨을 내쉬고 부드럽게 문을 두드렸다.

"들어와."

빅토리아가 안에서 대답했다.

잭이 들어갔다. 그녀는 책상 앞에 앉아 무심하게 교과서 표지를 싸고 있었다. 눈빛에는 깊은 향수와 우수가 깃들어 있었지만 미소를 지으며 인사를 했다.

"안녕, 연습은 어땠어?"

"잊어버린 것들도 있는데, 그래도 머지않아 꼭 따라잡을 거야.

너는? 알렉산더 말로는 실력이 대단하다고 하던데."

빅토리아가 어깨를 으쓱했다.

"할 수 있는 만큼 하는 거야."

잭이 주위를 둘러보았다. 빅토리아의 방은 조금 바뀌어 있었다. 가장 눈에 띄는 건 유니콘들이었다. 사방이 유니콘 천지였다. 벽에는 유니콘 그림의 포스터들이 붙어 있었고, 책장에는 작은 유니콘 조각들이 놓여 있고, 꽂혀 있는 책들도 의미심장했다. 『유니콘의 전설』『최후의 유니콘』『유니콘의 역사와 진실』……

잭은 아무 말도 하지 않았다. 유니콘, 정확히 말하자면 루나리스를 찾는 일은 샤일의 임무였는데, 이제 빅토리아가 그 임무를 맡으려는 것이다.

책장 한쪽에 나선형의 긴 뿔이 얹혀 있었다.

"유니콘 뿔은 아니지?"

"당연히 아니지. 무슨 소리 하는 거야."

빅토리아가 어이없다는 듯 웃었다.

"외뿔 물고기의 어금니야. 고래의 일종이지. 중세에는 사람들이 이걸로 장사를 했대. 이걸 진짜 유니콘의 뿔이라고 선전하면서 팔았다는 거야."

"어디서 이걸 구했는데?"

빅토리아는 바로 대답하지 않고 가만히 있다가 한참 뒤 나지막이 말했다.

"샤일 거였어."

잭은 더 말하지 않았다. 주위를 둘러보다 한쪽 벽에 걸려 있는 세계 지도에 시선이 멈추었다. 형형색색의 압정이 수없이 꽂혀 있었다.

"이건?"

잭이 고개로 지도를 가리키며 물었다.

빅토리아는 조금 뜸을 들였다. 잭은 그녀의 눈빛이 순간 흔들리는 것을 놓치지 않았다. 무엇 때문에 그러는 걸까?

"그것도 샤일 거였어."

평정을 유지하려고 애쓰며 빅토리아가 말했다.

"샤일이 유니콘에 대한 이야기나 전설과 관련된 모든 지역을 찾아내 지도에 표시해놓은 거야. 지금은 내가 하고 있어. 이중 몇 곳은 직접 가보기도 했고. 하지만 전부 오래된 기사나 전설이었고, 최근 건 없었어. 유니콘을 봤다는 사람이 수세기 전부터 아무도 없는 것 같아."

잭이 고개를 저었다.

"계속 찾고 있었다고…… 혼자서? 그러다 키르타슈와 마주치기라도 하면 어쩌려고?"

빅토리아는 대답하지 않았다. 그 이름을 듣는 것만으로도 온몸이 오싹했다. 하지만 이 한기가 두려움 때문인지, 아니면 키르타슈의 목소리, 눈길, 손길이 떠올라서인지는 확실하지 않았다. 그녀는 혼란스러워져 얼른 고개를 돌렸다.

잭이 빅토리아의 어깨를 잡고 그녀의 눈을 들여다보았다. 이 년 전 빅토리아의 생일날 샤일이 선물한 목걸이, 유니콘의 눈물이 스탠드 불빛을 받아 가슴께에서 반짝였다.

"이제 알겠다. 일부러 키르타슈를 만나려는 거지, 그렇지?"

잭은 아주 진지했다. 빅토리아가 놀라 잭을 쳐다보았다. 그가 그녀의 생각이나 마음을 읽는 건 불가능했다.

"내 말 잘 들어, 빅토리아. 그럴 가치가 없어. 알아듣겠어? 네가 아직도 샤일의 일로 그를 증오하고 있다는 거 알아. 하지만 너 혼자 키르타슈와 맞서려고 해서는 안 돼. 우리가 힘을 합친다면 그를 끝장낼 기회가 생길 거야."

빅토리아는 안도의 한숨을 내쉬었다. 키르타슈에게 증오와는 전혀 다른 감정을 품고 있다는 걸 친구들이 아는 건 상상도 하기 싫었다.

"지금 내 앞에서 큰소리 치는 거야? 내가 왜 혼자였는지 몰라서 그래?"

잭은 그녀의 꾸중 어린 질문에 웃었다.

"좋아, 난 아무 말도 하지 않은 거다. 그나저나 다마가 안 보이네. 어떻게 된 거야?"

그녀는 어깨를 으쓱하며 말을 이었다.

"내가 할머니 댁으로 데려갔어. 그런데 그 나쁜 녀석이 환경이 바뀌자마자 빠져나갈 궁리만 하더라고. 녀석이랑 소식 끊긴 지 꽤 됐어."

잭은 빅토리아의 무심한 어조에 놀랐다. 빅토리아는 다마를 무척 귀여워했었기 때문이다. 잭은 그녀가 보여주는 강하고 투쟁적인 모습이 진짜인지, 아니면 겉으로만 그런 척하는 건지 궁금했다.

66

그는 고개를 가로저었다. 음악이 계속 신경을 건드리고 있었다.

"무슨 음악이야?"

빅토리아가 마치 무언가에 홀린 듯 눈빛을 반짝였다. 이 음악은 빅토리아를 멀리, 아주 멀리 데려갔다. 하지만 잭은 이 음악이 낯설면서도 기분 나빴다.

"〈저 너머〉라고, 크리스 타라의 노래야."

빅토리아는 얼굴에 물음표를 그리고 있는 잭을 살피더니 덧붙였다.

"설마 모르는 건 아니겠지?"

"잘 모르겠는데. 어쨌든 음악이 아주…… 기이하네. 머리카락이 온통 쭈뼛쭈뼛 서는 거 같아."

빅토리아는 기분이 상한 듯했지만 웃으려 애쓰며 설명해주었다.

"난 아주 좋아하는걸. 특히 이 노래는 완전히 다른 세상의 느낌을 담고 있어. 절대로 빠져나갈 수 없는 감옥에 갇혀 있는, 그런 느낌 말이야. 그리고 날고 싶어지지, 아주 높이, 아주 멀리…… 하지만 그 다른 세상에서 무엇이 기다리고 있는지는 모르지."

빅토리아가 한숨을 쉬었다.

"이상한 음악이라는 건 알아. 하지만 팬들이 얼마나 많은데."

"한 인물 하는가보네. 어떻게 생겼는지 볼까?"

잭은 시디 재킷을 살펴보고는 실망을 감추지 못했다. 가수 사진은 없고 대신 뱀 모양의 상징 같은 것만 있었다.

"윽, 싫어."

잭이 작은 소리로 말했지만 빅토리아는 아무 반응도 보이지 않

았다. 잭이 뱀을 얼마나 싫어하는지 아주 잘 알고 있으니까. 그녀는 말을 이었다.

"어떻게 생겼는지 몰라. 하지만 아무래도 좋아. 난 가수가 아니라 음악이 좋은 거라고."

"여자애들은 늘 그렇게 말하더라."

잭이 웃으면서 말했다.

빅토리아가 잭 쪽으로 돌아섰다. 아주 진지한 얼굴이었다.

"내가 좋아하는 가수야. 남의 음악 취향을 참견하러 온 거라면, 문이 어디 있는지는 알고 있지?"

잭은 생각했다.

'빅토리아와의 오랜 우정과 신뢰를 회복하려면, 이렇게 행동해서 좋을 건 하나도 없어.'

그가 기억하는 것보다 빅토리아는 더 예민했다.

"미안해. 네 마음을 상하게 하려는 건 아니었어. 요새 내가 왜 이러는지 나도 잘 모르겠다. 너랑 이야기할 때면 늘 시시콜콜 참견만 한다니까."

그가 진심으로 미안해하는 것 같자 빅토리아는 사과를 받아들였다.

"괜찮아. 이제 도서관에 가자. 알렉산더가 우리를 기다릴 거야."

알렉산더는 자신이 하는 말에 주의를 기울이고 있는 두 사람을 바라보았다. 한층 성숙하고 어른스러운 모습이었다. 많은 역경에도 불구하고, 아니 어쩌면 바로 그 역경 때문에 두 사람은 안팎으로 성장했을 것이다. 나약한 어린아이들이 아니라 저항군의 젊은 두 전사로 보여 더욱 자랑스러웠다. 그래서 샤일이 더 생각났다.

'친구야, 네가 이 아이들을 볼 수 있다면 얼마나 좋을까.'

알렉산더가 말을 시작했다.

"좋아, 잘 들어. 이 년이 지났지만 우리는 저항군으로 림바드에 다시 모였다. 물론 한 사람은 이제 다시 올 수 없지만."

빅토리아가 고개를 푹 숙였다.

"하지만 우리는 계속 싸워야 해. 지구에 용과 유니콘이 존재하는 한 이둔엔 희망이 있으니까. 그리고 샤일의 희생을 헛되게 해서는 안 되니까.

우리가 뭘 잘못했는지 계속 생각해봤어. 유니콘은 천성적으로 붙임성이 없으니 루나리스도 사람들의 시선을 피해 숨어 지낸다는 게 전혀 이상한 일은 아니지. 반면 용은 훨씬 더 시선을 끌어. 특히 내 용은 이제 어른이 되었을 테고."

잭은 알렉산더가 '내 용'이라고 하는 말을 듣고 속으로 미소를 지었다. 그들이 찾고 있는 용이 새끼였을 때 알렉산더가 죽음의 고비에서 용을 구해줬다는 이야기를 샤일에게 들은 적이 있었다. 알렉산더에게 직접 듣는 건 이번이 처음이었다.

알렉산더가 계속 말을 이었다.

"아마 이 둘은 세상 사람들로부터 숨어 지내는 다른 방법을 찾아냈을 텐데 그걸 우리가 놓친 것 같아. 왜 숨어 있는지 그 이유도 이젠 알 것 같아."

그제야 빅토리아도 알렉산더의 말을 이해했다.

"키르타슈 때문에?"

그녀가 낮은 목소리로 물었다.

알렉산더가 고개를 끄덕였다.

"바로 그거야. 그래서, 우리가 키르타슈를 끝장낸다면, 우리가 키르타슈라는 위협을 제거한다면, 용과 유니콘이 조만간 그 모습을 드러낼 거야."

잭이 진지한 표정으로 대답했다.

"그리고 설사 용과 유니콘이 나타나지 않는다 해도, 세상은 큰 재앙에서 벗어나는 거고 우리도 훨씬 수월하게 일을 할 수 있겠죠."

"그런 뜻으로 한 말은 아니지만, 그래, 기본적으로 내 생각도 너와 같아."

알산이 말을 마치자 빅토리아가 입을 열었다.

"그러니까 이제 용과 유니콘을 찾는 일을 그만두고 먼저 키르타슈를 치자는 말이죠? 우리가 당하기 전에요?"

"수비에서 공격으로 전환한다, 괜찮아 보이는데요. 하지만 그가 어디 있는지 어떻게 알죠?"

잭이 고개를 끄덕이며 물었다.

"행방을 찾는 건 어렵지 않아. 잭이 한번 해본 적이 있잖아. 그래서 나도 방금 알마를 통해서 그를 다시 찾아봤지."

알렉산더의 대답에 잭이 펄쩍 뛰었다.

"뭐라고요? 그때는 그렇게 야단을 치더니 혼자서 똑같은 일을 했다고요?"

"아주 조심했어. 지나치게 가까이 가진 않았어. 날 알아채지 못하게. 일은 그렇게 하는 거다, 녀석아."

잭은 잔뜩 뿔이 나서 대답했다.

"알았어요. 키르타슈는 도대체 뭘 하고 있던가요, 알아낸 거라도 있어요?"

알렉산더는 잭의 건방진 말투를 모른 척하며 목소리를 잔뜩 낮춰 이야기했다.

"여전히 도망친 이둔인들을 찾아다니고 있더군. 늘 그랬듯이 그들을 차례차례 사냥하면서. 단지 이번에는 혼자 일을 하고 있었다는 게 달라진 점이지. 내가 늘 바랐던 바야."

빅토리아는 키르타슈가 같은 편인 엘리온을 살해하던 순간을 생생하게 떠올렸다. 샤일을 죽였다고 그를 처벌한 것일까? 아니면 엘리온을 없애고 싶었는데 때마침 완벽한 구실이 생겼던 것일까?

알렉산더가 이야기를 계속했다.

"하지만 지구 생활에 꽤 잘 적응하고 있는 것 같았어. 미국의 대도시에 살고 있는데 훨씬 지구인다워 보였지. 일도 하고 돈깨나 버는 것 같던데."

잭이 메스껍다는 듯이 말했다.

"놀랄 일도 아니죠. 무슨 재주가 있는지는 모르겠지만 뭘 하든 잘해나갈 거예요."

빅토리아는 한마디도 하지 않고 아랫입술을 깨물며 생각에 잠

졌다. 키르타슈가 어떻게 변해 있는지 궁금했다.

보아하니 잭도 같은 생각을 하고 있는 듯 작은 목소리로 말했다.

"그도 우리처럼 자랐겠지."

알렉산더가 고개를 끄덕였다.

"그도 나이는 먹으니까. 이제 열여섯이나 열일곱 살쯤 됐을 거다, 내 기억이 틀린 게 아니라면."

'언제나 나보다 나이가 많겠군.'

그렇게 생각하자 잭은 기가 꺾였다. 아무리 검술을 연마해도 소용없는 것이다. 경험이라는 면에서 키르타슈는 언제나 잭을 앞설 것이다.

도서관에 긴장된 정적이 흘렀다.

"좋아요, 그런데 알렉산더의 계획은 뭐예요?"

침묵을 깨고 빅토리아가 물었다.

"키르타슈가 일하는 시간에 가면 방심한 그를 잡을 수 있을 거야. 사람들이 주위에 많으면 그도 우리를 감지하기 힘들 거고. 너희 능력을 봤으니 이제 행동을 취하기만 하면 될 거 같다."

빅토리아가 불쑥 말했다.

"네? 지금요?"

"아니, 지금은 아니야. 여덟 시간 후 키르타슈가 어디 있을지 알고 있어. 그때가 공격하는 데 적기일 거다."

빅토리아가 시계를 봤다. 오후 여덟시 삼십분이었다. 그녀는 머릿속으로 재빨리 계산했다.

"마드리드 시간으로 새벽 네시 삼십분."

72

"시애틀 시간으로는 오후 일곱시 삼십분이지."

알렉산더가 맞받아치며 웃었다.

"우리가 시애틀로 가는 거예요?"

잭이 들떠서 물은 반면 빅토리아는 한숨을 쉬었다.

"어디가 됐든, 두 시간은 넘지 않으면 좋겠는데. 학교가 여덟시에 시작하니까, 늦어도 일곱시까지는 집에 돌아가 있어야 하고……"

빅토리아는 둘이 던지는 책망의 눈길을 느끼자 사태를 수습했다.

"알았어요, 알았어. 임무가 길어지면 학교에 안 갈게. 하지만 할머니가 아시게 되면 무슨 일이 생길지 몰라. 나 혼자 할머니를 감당해야 한다고요."

저 너머

"도대체 우리가 여기서 뭘 하는 건지 한 번만 더 설명해줘봐요."

화가 난 잭이 말했다.

"키르타슈 사냥하기."

알렉산더의 대답이었다.

"이렇게 사람들이 많은데 그를 어떻게 알아본다는 거예요?"

잭이 불만을 터뜨렸다.

시애틀의 키아레나 센터는 소리치고, 노래 부르고, 난리 법석을 피우는 젊은이들과 청소년들로 넘쳐나고 있었다. 두 사람도 그랬지만 잭은 유독 불편함을 감추지 못했다.

이곳에 들어오는 일은 별로 힘들지 않았다. 입장권이 없어도 가능했던 것은 빅토리아의 위장 마법 덕분이었다. 몇 년 전에는 사용할 수 없었던 주문이었지만 지금은 지팡이의 능력 덕분에 훨씬 수월해졌다. 잭은 잔뜩 겁먹고 있었지만 빅토리아는 태연히 웃으며 백지 석 장을 검표원에게 건네주었다. 나머지는 마법의 몫이었다.

"어떻게 한 거야?"

센터 안으로 입장하자 어리둥절한 잭이 물었다.

"그냥 환영이야. 지금 우리의 진짜 모습을 숨기고 있는 환영과 같아."

잭이 알아듣고 고개를 끄덕였다. 운동복 차림의 빅토리아는 등에 지팡이를 지고 있었고, 알렉산더와 잭도 자신의 검을 각각 허리에 차고 있었다. 하지만 다른 사람들 눈에는 그저 콘서트를 즐기러 온 세 젊은이로만 보였다.

비록 쉽게 들어왔다고는 해도, 잭은 이게 좋은 생각인지 확신하지 못했다. 알렉산더에게도 꽤나 고역인 것 같았다. 키르타슈를 잡기 위해 일단 이곳에서 잠복하자고 제안한 건 그였지만, 이제야 비로소 '록 콘서트'라는 지구 말에 포함된 모든 뜻을 이해하기 시작한 것이다.

잭은 계속 마음이 편치 않았다. 왜 그 크리스 타라라는 놈은 하고많은 동물 중에 하필 뱀을 자신의 상징으로 골랐을까. 공연장은 온통 뱀 상징으로 뒤덮여 있었다. 모든 사람들이 자신들의 우상을 위해 뱀이 그려진 셔츠와 스웨터를 입고, 뱀 모양의 팔찌, 귀고리를 하고 심지어 뱀 문신까지 하고 있었다. 어질어질했다. 뱀 공포증이 있는 그에게는 온통 적의에 찬 분위기였다.

빅토리아만 입이 귀에 걸려 마치 구름 위를 날고 있는 것 같았다.

"우리, 임무차 온 거 맞죠? 나한테 깜짝 선물을 주려고 데려온 거 아니죠?"

그녀는 수도 없이 물었다.

하지만 알렉산더의 얼굴은 놀기 위해 키아레나에 온 표정이 아니었다. 그는 꽤 진지했다.

"그렇게 생각하면 되겠네, 빅토리아. 키르타슈도 너와 같은 음악을 좋아하나봐. 아니면, 그가 추적하는 사람이 이곳에 왔던지. 그러니 그만 웃고, 눈 크게 뜨고 그가 왔는지나 잘 봐, 알았니?"

빅토리아가 입을 삐죽였다.

"알았어요. 뭐 그렇게까지 빈정거릴 필요는 없잖아. 이 콘서트에 날 데려온 건 바로 두 사람이라고요. 내가 무슨 생각을 하길 바라는 거야?"

잭은 심호흡을 하며 머릿속에서 뱀 생각을 떨쳐버리려 애썼다. 그는 두 사람의 관계를 회복하는 일이 얼마나 중요한지 다시 한 번 떠올렸다.

"그래, 네가 음악을 즐긴다고 나쁠 일이 뭐가 있겠어."

잭이 웃으면서 빅토리아의 팔을 다정하게 잡고는 말했다.

"내 말에 너무 신경쓰지 마. 내가 이런 음악 별로 안 좋아한다는 거 알잖아. 그래서 라이브로 직접 듣는다 하더라도 내겐 별로 흥분되는 일이 아니라고. 하지만 개인적인 감정은 전혀 없어."

"없어야지."

빅토리아가 아직도 선뜻 믿지 못하겠다는 듯 중얼거렸다. 잭은 계속 말했다.

"게다가 뱀이 이곳의 공식 엠블렘인 것 같아. 봐, 어디를 봐도 뱀이야. 내가 불편해하는 걸 이해해줘."

"이해해. 네가 뱀만 보면 더 공격적으로 변하는 건 사실이니까."

"공격적? 아니야, 사실 나는……"

그때 알렉산더가 주의를 주었다.

"방심하지 마. 곧 시작한다."

세 사람은 콘서트장 전체를 한눈에 보려고 무대 오른편 위쪽 통로로 올라갔지만, 사람이 너무 많았다. 잭은 이렇게 많은 사람들 속에서 어떻게 키르타슈를 찾겠다는 건지 궁금했다. 빅토리아의 생각은 어떤지 물어보려고 돌아보니, 그녀는 난간을 꼭 붙들고 무대를 뚫어지게 보고 있었다. 두 눈은 흥분으로 반짝였고, 두 뺨도 홍조를 띠었다. 잭은 그녀를 다정하게 쳐다보았다. 그래, 어쨌든 빅토리아가 조금 즐긴다고 나쁠 건 없어. 무엇보다 그녀는 아직 어리고, 비록 자신이 원해서이기는 해도 샤일이 그녀의 어깨에 지운 책임은 너무 무거우니까.

"알렉산더!"

크리스 타라의 이름을 연호하며 열광하는 팬들 때문에 잭은 소리를 질러야 했다.

"키르타슈가 여기 있을 거라는 걸 어떻게 알아요?"

알렉산더가 똑같이 큰 소리로 대답했다.

"콘서트 프로그램에 있었어. 다른 이름을 쓰고 있지만 분명해."

"다른 이름을 쓴다고요? 그게 무슨 말이에요?"

뭔가 이상하다는 생각이 머리를 스치고 지나간 그때, 무대에 차가운 청록색 조명이 들어왔다. 키아레나 안을 물들이던 다른 불빛들이 서서히 잦아들더니 마침내 사방은 암흑으로 덮여버렸다.

수천 명의 팬들이 내지르는 환호 속에 크리스 타라가 무대에 등장했다. 열일곱 살쯤 되어 보이는 그는 검은 옷 차림에 날씬하고 호리호리했으며, 동작은 고양이처럼 우아했다. 그 순간 얼음처럼 차가운 한줄기 바람 같은 무언가가 잭의 심장을 짓눌렀다. 비로소 잭은 그가 누군지 알아보았다.

그가 무대 중앙에 우뚝 서서 추종자들 앞에 팔을 높이 쳐들어 보였다. 콘서트장 전체가 아래로 꺼지는 듯했다. 수천 명의 사람들이 열광하며 크리스 타라의 이름을 외쳤고, 그의 옷과 몸을 장식하고 있는 뱀들이 스포트라이트의 차가운 불빛 아래 물결치고 있었다. 잭은 순간 자신이 뱀을 신으로 숭배하는 밀교 의식 한가운데 있는 듯했다. 다리가 너무 후들거려 난간을 꼭 잡아야 했다. 상상조차 못 한 광경이었다.

"내가 지금 꿈꾸고 있는 거라고 말해줘……"

잭이 중얼거렸지만, 자신들의 우상에 환호를 보내는 팬들의 들끓는 소리가 그의 말을 삼켜버렸다. 빅토리아도 하얗게 질려 뭐라고 중얼거렸지만, 잭은 아무 말도 알아듣지 못했다.

서서히, 쏟아지는 갈채 뒤로 음악이 콘서트장을 지배하기 시작했다.

드디어 크리스 타라가 노래하기 시작했다. 그의 노래는 다른 세상에서 온 듯, 자석처럼, 최면처럼 사람을 끌었다. 목소리는 부드러웠고, 어루만지는 듯했으며, 무언가를 암시하는 것 같았다.

잭은 온몸에 소름이 돋는 듯했다. 자신의 눈을 믿을 수 없어 그는 빅토리아의 귀에 대고 말했다.

"내가 제대로 본 거야? 저놈이 크리스 타라야?"

빅토리아는 두 눈을 동그랗게 뜬 채 고개를 끄덕이기만 했다.

"누군지 모르겠어? 그놈이야!"

잭은 고개를 가로저었다. 상황이 점점 이상하게 흐르고 있었다. 짓누르는 분위기에 점차 숨이 막혀 그는 원래 하려고 했던 말보다 더 심한 말을 하고 말았다.

"네가 제일 좋아하는 가수가 키르타슈라는 말이야? 너 미친 거 아냐?"

빅토리아가 항변했다.

"키르타슈인 줄 몰랐어! 한 번도 본 적이 없다고 했잖아! 음악 잡지에도 나오지 않고, 인터뷰도 안 하고, 콘서트에 와야만 볼 수 있다고."

잭이 폭발했다.

"그런 말을 어떻게 믿어! 어쩐지, 그의 음악이 그렇게 싫을 수가 없더라고!"

알렉산더가 무대에서 눈을 떼지 않은 채 말했다.

"도대체 어떻게 된 일인지 설명 좀 해봐."

화를 억누르지 못한 잭이 간신히 말했다.

"말도 안 되는 황당한 상황이 벌어지고 있는 거예요. 키르타슈가 인기 록 가수라고요. 무슨 말인지 알아요? 저놈 노래를 들으러 이 많은 사람들이 모인 거라고요. 봐요, 엄청난 성공을 거두고 있잖아요. 유명인이 된 거죠. 정말이지 믿을 수가 없어."

잭이 분개하여 고개를 흔들었다.

"난 몰랐다고 했잖아!"

빅토리아는 당황스럽고 창피하기도 했지만 화가 나 계속 우겨댔다.

잭이 메스꺼움을 간신히 참으며 말했다.

"아니, 아니야. 뭔가 해명이 있어야지. 저놈이 사람들한테 최면을 걸었거나 아니면 그 비슷한 능력이 있는 게 분명해."

빅토리아가 반발했다.

"난 최면에 걸린 게 아니야! 내가 무슨 일을 하는지 정도는 제대로 알고 있다고."

"키르타슈의 음악을 들으면서?"

빅토리아는 얼굴을 붉혔지만 시선을 피하지 않고 잭을 똑바로 노려보았다.

"내가 좋다면 어떡할 건데?"

알렉산더가 끼어들었다.

"그만들 해. 키르타슈는 지금 방심한 상태야. 바로 지금이 그를 없앨 절호의 기회다."

빅토리아가 펄쩍 뛰었다.

"네? 이 많은 사람들 앞에서요? 콘서트가 끝날 때까지 기다릴 수는 없어요?"

잭이 빅토리아의 말을 꼬집으며 되물었다.

"끝나면 어떻게 할 생각인데? 콘서트가 끝난 뒤 록 스타에게 접근하는 게 가능할 것 같아?"

알렉산더가 대답했다.

"하지만 여기서는 안 돼. 각도가 좋지 않아. 더 가까이 가야 해."

"지금 나한테 이 콘서트장 안에서 그에게 몰래 마법 광선을 쏘라는 거예요?"

빅토리아의 항의하는 듯한 말투에 기분이 언짢아진 잭이 말했다.

"왜 안 돼? 그거 말고 더 좋은 방법이 있어?"

"콘서트가 얼마나 걸리지?"

알렉산더가 끼어들었다.

"두 시간 정도일 거예요."

"그 정도면 됐어! 시간은 충분하니까 그를 확실히 처치할 수 있는 더 좋은 장소를 찾아보자고. 빅토리아, 너는 여기서 기다려. 에너지를 모으거나, 아니면 지팡이를 사용할 준비를 하든지. 우리는 더 가까이 가볼게. 들키지 않고 그를 더 손쉽게 공격할 수 있는 지점을 찾아봐야겠어. 그런 곳을 찾으면 널 데리러 잭을 보낼게. 아니면 십오 분 내로 내가 다시 여기로 오든지."

"하지만……"

빅토리아가 뭐라고 말하려 했지만 두 사람은 벌써 일어섰다. 잭의 눈이 이글거렸다.

"콘서트 잘 즐기라고."

빈정거리는 말투였다.

두 사람이 군중 사이로 사라지고 나자 빅토리아는 혼자 남았다. 몹시 혼란스러웠다. 잭이 화를 냈고, 그건 당연했다. 알렉산더는 아직 무슨 일인지 제대로 이해하지 못하고 있었다. 이해 못 하기 자신도 마찬가지였다. 뺨이 화끈거려 멍한 채로 얼굴을 난간에 갖다댔다. 크리스 타라, 아니 키르타슈에게서 시선을 뗄 수 없었다. 그는 지금 무대 위에서 빅토리아가 아주 잘 아는 노래를 부르고 있었다. 틀림없이 키르타슈였다. 그의 몸짓, 그의 움직임……조금 더 가까이 간다면 얼음처럼 타오르는 그 푸른 눈의 시선을 한 번 더 느낄 수 있을지도 모르는데.

바로 그때, 키르타슈가 타이틀곡인 〈저 너머〉를 부르기 시작했고, 그의 추종자들은 다시 한번 환호성을 질렀다. 빅토리아는 눈을 감고, 그녀를 유혹하는 매혹적이고 호소력 짙은 음악에 몸을 맡겼다. 처음 들은 그날부터 그녀를 사로잡은 음악이었다. 키르타슈의 목소리로…… 어루만지는 듯한, 암시하는 듯한 목소리로……

이곳은 네 집도, 네 세상도 아니야
네가 있어서는 안 될 곳이야
네 마음 깊은 곳에서도 알고 있지
아무리 믿고 싶지 않아도
지금 넌 사람들 사이에서 길을 잃은 것 같을 거야
이게 전부일까,
저 너머에 뭔가 있지 않을까, 궁금해하면서

이 사람들 너머로, 이 떠들썩함 너머로

이 밤과 낮 너머로, 천국과 지옥 너머로
너와 나 너머로
그냥 그대로 둬
그냥 내 손만 잡고 같이 가자
나와 같이 가자……

그리고 달려가, 날아가, 뒤돌아보지 마
그들은 너를 이해 못 해
그들은 널 어둠 속에 남겨뒀어
아무도 네 빛을 볼 수 없는 곳에
문을 넘어설 수 있겠니?
나와 함께 갈 수 있겠니?
우리가 속한 세상으로

이 연기 너머로, 이 지구 너머로
거짓과 진실 너머로, 생명과 죽음 너머로
너와 나 너머로
그냥 그대로 둬
그냥 내 손만 잡고 같이 가자
나와 같이 가자……

빅토리아의 눈에 눈물이 그렁그렁했다.
'같이 가자.'

키르타슈가 한 말이었다. 부드럽고 속삭이는 목소리로…… 어떻게 이 목소리를 못 알아들었을까? 라디오에서 키르타슈의 목소리가 나온다는 게 말도 안 되는 생각이고, 그런 상상조차 못 했기 때문에?

어떻게 그게 가능한 일이겠는가? 크리스 타라의 음악은 깊은 감동을 주었고, 빅토리아는 이 곡을 들을 때마다 자신이 이 노래의 주인공이 된 듯한 기분이 들었다. 마치 그녀 자신을 위해 쓴 것 같았다. 가사를 쓴 사람이 키르타슈라고 생각하니 불안을 떨칠 수가 없었다. 키르타슈가 그녀의 마음, 그녀의 가장 큰 열망을 읽고 노래라는 형식을 빌려 표현한 것이다. 그리고 키르타슈만이 그녀의 마음 깊은 곳에 이르는 길을 찾아냈다는 뜻이기도 했다.

결코 좋은 상황이 아니었다.

빅토리아는 가만히 무대 위의 남자를 응시했다. 키르타슈는 그녀가 있다는 걸 알아채지 못한 것 같았다. 알렉산더가 옳았다. 발 디딜 틈이 없을 정도로 사람들이 많기 때문에 그들을 감지하기가 쉽지 않을 것이다. 빅토리아는 키르타슈를 관찰하면서 이제는 서로 역할이 바뀌었음을, 그가 아니라 자신이 어둠 속에서 그를 관찰하고 있음을 의식했다. 빅토리아는 키르타슈가, 이둔의 암살자가 이 무대 위에서, 수천 명의 지구 젊은이들 앞에서 신비한 음악을 선보이며 도대체 뭘 하려는 건지 그 답을 찾으려고 애썼다. 그리고 잭이 옳을지도 모른다고 인정했다. 음악은 많은 사람들에게 영향을 미칠 수 있는 방법인 것이다. 하지만, 무엇 때문에?

빅토리아는 계속 키르타슈를 관찰했다. 겉으로 보기에 그는 이 일을 즐기고 있었다. 놀라운 일이었다. 키르타슈는 환호하는 사람들을 보지 않고 자신을 노래로 표현하는 데만 열중하는 듯했다. 그런데, 그가 표현한다고? 무엇을? 빅토리아는 궁금했다. 자신의 마음을? 그렇다면, 무슨 마음을?

'너와 내가 별로 다르지 않기 때문이야.'

키르타슈가 그녀에게 한 말이었다.

'너도 곧 이 사실을 알게 될 거야.'

사실일까? 두 사람이 많이 닮았기 때문에 같은 것을 좋아하고, 그래서 자신이 그의 음악을 이렇게 좋아하는 것일까?

주변으로 시선을 돌리니 수천 명의 사람들이 크리스 타라의 음악에, 키르타슈의 음악에 열광하는 모습이 보였다. 이 모든 사람들이 그녀가 이 노래를 들을 때 느끼는 것과 같은 기분을 공유한다는 사실에 마음 깊은 곳에서 설명할 수 없는 반발심이 일었다. 아니, 키르타슈가 내 가장 은밀한 생각에까지 닿을 순 없어. 잭의 말이 옳아. 이 음악에는 자석 같고 암시적인 뭔가가 있어서 모든 사람을 최면 상태로 빠져들게 하는 거라고.

그녀는 억지로 크리스 타라가 아닌, 자신을 사로잡는 이 음악이 아닌 다른 것을 떠올리려 했지만 오직 키르타슈의 얼굴, 암살자의 얼굴만이 머릿속을 가득 채웠다. 갑자기 분한 마음과 모욕당한 기분이 들었다. 키르타슈가 또 한번 그녀를 속였고, 빅토리아는 다시 그의 꾐에 빠지고 말았다. 마치 바보처럼, 어린아이처럼. 하지만 이제 그녀는 어린아이가 아니었다. 다시는 키르타슈 앞에서 무기력하게 물러서지 않겠다고 맹세했었다. 그리고 이제

이 맹세를 지키기 위해 뭔가 해야 할 때가 된 것이다.

키아레나 센터는 수천 명의 사람들이 만들어내는 열정적이고 불꽃 튀는 에너지로 가득했다. 빅토리아는 등에 메고 있던 지팡이를 꺼내 두 손으로 꼭 잡고는, 에너지를 모으라고 속으로 명령했다.

아이셀의 지팡이 끝에 달려 있는 작은 수정 구슬이 샛별처럼 빛났다. 그러나 위장 마법이 효력을 발휘하고 있어 아무도 그 빛을 볼 수 없었다. 그러나 빅토리아는 알고 있었다. 키르타슈가 곧 이 힘을 감지하리라는 걸. 준비할 시간이 많지 않았다.

키르타슈는 이제 다른 노래를 부르기 시작했다. 더 힘차고 강하고 가슴을 후벼파는 듯한 멜로디에 불쾌한 기분을 참을 수 없었다. 빅토리아는 이 노래도 잘 알고 있었다. 음반에서 제일 싫어하는 노래였다. 마음을 휘저어 들을 때마다 혼란스러워졌다. 키르타슈를 잘 알지 못하는 사람이었다면, 이 노래에 분노와 고통 그리고 절망의 감정이 담겨 있다고 생각할 것이다.

하지만 그건 불가능한 일이다. 키르타슈는 그런 감정을 갖고 있지 않기 때문이다.

"네가 뭘 하든, 무엇 때문에 하든 내겐 마찬가지야."

두 눈에 증오의 눈물이 가득 고인 빅토리아가 중얼거렸다. 그러는 동안 지팡이는 분출되려고 아우성치는 에너지를 가득 채우고 머리 위에서 탁탁 불꽃을 튀기고 있었다.

"널 죽일 거야. 그리고 이제 더는 너 때문에 두려워하지도, 망설이지도 않을 거야."

그녀가 지팡이를 높이 들었다.

바로 그때 잭이 돌아왔다. 잭인지 정확히 보지는 못했지만, 그녀를 저지하려고 달려오는 그의 존재는 어렴풋이 감지됐다.

너무 늦었다.

'거짓과 진실 너머로, 생명과 죽음 너머로……' 빅토리아는 이 가사를 떠올렸다. '너와 나 너머로…… 그냥 그대로 둬…… 그냥 내 손만 잡고 같이 가자…… 나와 같이 가자……'

"더이상은 안 돼!"

빅토리아가 다짐을 하며 지팡이를 힘차게 휘둘렀다.

지팡이에 모인 에너지가 일시에 무대를 향해 발사되었다.

갑작스런 공격에도 불구하고 키르타슈는 간신히 몸을 피했다. 그와 불과 일 미터 정도 떨어진 무대 바닥에서 불꽃이 일었다.

경악, 비명, 공포, 혼란이 콘서트장을 휩쓸었다. 키르타슈는 빅토리아를 향해 고개를 돌렸고, 그녀는 처음으로 놀라고 당황스러워하는 그의 모습을 만족스럽게 내려다보았다.

"빅토리아, 도대체 뭘 한 거야!"

빅토리아의 곁에서 잭이 야연실색해서 말했다. 하지만 곧 그는 그녀의 행동이 의도적이었다는 걸 알아챘다.

빅토리아는 지팡이를 꼭 잡고, 단호하고 도전적인 얼굴을 어둠 속에서 빛내며 똑바로 서 있었다. 두려움과 혼란을 자아내는 그녀의 모습에 주변의 관객들이 혼비백산하여 흩어졌다.

키르타슈는 금세 냉정함을 되찾고 무대에서 팽팽하게 긴장한 상태로 빅토리아를 올려다보았다. 단 한순간도 자제력을 잃지 않는 모습이었다.

"뭘 하고 있는 거야?"

이제 막 달려온 알렉산더가 말했다.

빅토리아의 귀에는 아무것도 들리지 않는 것 같았다. 키르타슈가 그녀를 알아보고는 줄곧 쳐다보고 있었다. 원하기만 했다면 빅토리아는 그를 죽였을 수도 있었다. 그리고 자신 또한 그 사실을 알고 있었다.

키르타슈는 고개를 끄덕이더니 그림자처럼 조용히 무대 뒤로 사라졌다. 빅토리아는 그 모습을 가만히 바라보고만 있었다.

갑자기 다리에 힘이 풀리면서 빅토리아가 비틀거렸다. 잭이 그녀의 팔을 잡았다.

"여기서 나가자. 안전요원들이 오고 있어."

크리스 타라의 매니저가 성마른 목소리로 난리를 쳤다.

"도대체 그 미친놈들은 누구야? 경찰은 왜 놈들을 못 잡은 거야?"

키르타슈는 두 질문 모두에 대답할 수 있었지만, 구석의 의자에 앉아 특유의 모습 그대로 조용히 침묵만 지켰다.

"좋아, 중요한 건 크리스가 괜찮다는 거야."

제작자가 매니저를 진정시키며 말했다.

"좋은 면을 보자고. 이 사건이 음반 홍보에 좋은 기회가 될 수도 있어."

"무슨 소리야? 이건 암살 시도였어, 저스틴. 좋은 면이라니! 더 끔찍할 수도 있는데 이 정도로 끝난 거라고. 그 세 놈이 누구고, 뭘 노렸는지, 그리고 도대체 어떻게 그…… 뭐야…… 콘서트장에 어떻게 입장할 수 있었는지 알아내야 해."

제작자가 뭐라고 대답을 했지만 키르타슈는 그 말에 신경쓰지 않았다. 그는 자리에서 일어나 한마디 말도 없이 문으로 향했다.

"어디 가는 거야, 크리스? 우리가 요청한 특별 경호팀이 아직 도착하지 않았어."

매니저가 그에게 대답을 요구하자 키르타슈는 그를 향해 돌아섰다.

"우리가 한 계약을 잊었나요, 필립?"

아주 예의 바른 말투였다.

"난 내가 맡은 의무를 다하고, 그 대신 당신은……"

매니저의 얼굴이 창백해졌다.

"인터뷰 절대 사절……"

기억을 되살리듯 남자는 중얼중얼 나열했다.

"사진 촬영 사절, 공공장소 출연 사절, 단 콘서트 제외. 질문 사절, 통제 사절, 완전한 자유 보장."

"이제야 마음에 드는군요."

키르타슈가 웃고는 문 뒤로 사라졌다.

"도대체 저 자식, 자신이 뭐라고 생각하는 거야? 필립! 저 녀석한테……!"

제작자는 거의 고함을 치다시피 했다.

"가게 내버려둬. 본인이 뭘 해야 할지 잘 알고 있으니까."

매니저가 말리며 중얼거렸다.

"하지만…… 밖은 온통 사람들로 가득하다고. 그러다……"

"저애가 일부러 자신을 드러내지 않는 한 알아보는 사람은 없을 거야. 날 믿어. 그냥 둬, 저스틴. 크리스 타라를 원한다면 본인이 내건 조건을 들어줘야 해."

제작자는 더이상 아무 말도 하지 않았다. 다만 황당하다는 표정으로 고개를 가로저었다.

모든 일이 정리되었을 때는 이미 자정이었다. 키아레나 센터를 샅샅이 조사했지만 경찰도 크리스 타라의 콘서트에서 소동을 일으킨 세 명의 광팬들을 찾지 못하고 철수했다.

알렉산더와 잭, 그리고 빅토리아는 환영을 만들어내는 위장 마법 덕분에 사람들 눈에 띄지 않을 수 있었다. 마법에 친숙한 이둔인의 직감은 쉽게 속일 수 없기에 들키지 않고 지나가려면 다른 사람의 모습으로 '변장'을 해야 하지만, 마법을 믿지 않는 무딘 지구인들에게 주문은 큰 효력을 발휘했다. 필요하다면 이곳에 아무도 없다고 믿게 할 수도 있다.

세 사람은 키아레나 입구에 서서 사람들이 전부 다 나오고 콘서트장이 폐장하길 기다렸다. 마드리드 시간으로 벌써 아침 아홉시였지만, 빅토리아는 시간은 완전히 잊어버린 듯, 창백한 얼굴로 조용히 지팡이를 꽉 붙들고 어둠을 응시하고 있었다. 잭은 그녀의 옆에 바짝 붙어 앉아 있었다. 두 사람은 중요한 순간이 다가오고 있음을 예감하고는, 서로에게 힘을 주려는 듯 무의식중에 서로 가까이 다가갔다. 잭이 빅토리아의 어깨에 팔을 두르자, 빅토리아는 그와 거리를 두려고 했던 것도 잠시 잊고 그에게 몸을 기댔다.

키아레나 센터에 정적이 감돌자, 알렉산더가 빅토리아를 똑바로 보며 다그쳤다.

"넌 일부러 실수한 거야. 왜지?"

"내가 보기에 옳은 일 같지 않았으니까요."

빅토리아가 낮은 목소리로 대답했다.

알렉산더가 그녀의 대답을 되풀이했다.

"옳은 일 같지 않았으니까요? 우리 편을 그렇게 많이 암살한 놈을 끝장내는 일이 네가 보기에는 옳은 일이 아니다, 그 말인가?"

빅토리아가 알렉산더의 눈을 담담하게 쳐다보았다.

"나도 그를 없애고 싶어요. 하지만 이런 식으로는 아니에요. 도대체 왜 그래요? 서로 거리를 두고 상대편을 죽이는 일이 비겁하다며 총 같은 무기도 혐오했잖아요?"

"키르타슈는 그런 정중한 대접을 받을 자격이 없는 놈이야."

"그렇게 생각하면 알산도 그와 같은 수준이 되는 거예요. 알산이 변했고, 예전과 같지 않다는 건 알아요. 그래도 아직 그 안에는 우리에게 명예와 정의를 말해주던 누르곤의 기사도가 남아 있죠. 그리고 누르곤의 기사는 잘 알고 있을 거예요. 내가 왜 지시대로 하지 않았는지."

잭은 끼어들지 않고 듣고만 있었다. 키르타슈를 증오하기는 하지만, 마음속으로는 빅토리아의 의견에 동의하기 때문이었다.

알렉산더는 한참이나 곰곰이 생각하더니 마침내 고개를 끄덕였다.

"네 말도 이해하고 존중한다, 빅토리아. 하지만…… 그렇다면 왜 그를 공격했지?"

빅토리아가 대답하려고 입을 열었지만 잭이 먼저 끼어들었다.

"도전장을 던진 거예요. 정정당당하게 맞서자고. 지금 이렇게 그를 기다리고 있는 것도 그 때문이 아닌가요?"

"그 생각은……"

알렉산더가 말을 꺼내는 찰나, 빅토리아가 무슨 신호라도 받은 듯 용수철처럼 튀어올랐다. 그녀가 나지막하게 외쳤다.

"조심해! 때가 됐어."

그녀는 갑자기 키아레나 센터 중앙으로 달려가기 시작했다. 알렉산더와 잭이 그녀의 뒤를 따라갔다. 그들 위로 시애틀의 상징인 스페이스 니들 타워가 환상적으로 빛나고 있었다.

세 사람은 수풀이 우거진 녹지에서 자신들을 기다리고 있는 키르타슈와 대면했다. 그의 뒤로 거대한 분수가 별들과 초승달을 향해 물줄기를 뿜어내고 있었다. 전조등 불빛을 받으며 서 있는 암살자의 모습은 그 어느 때보다 위협적이었다. 빅토리아까지 있는 자리라 긴장감은 더욱 고조되었다.

"나를 죽이러 왔군."

키르타슈가 침착하게 말했다. 질문이 아닌 단정이었다.

"너를 죽일 수 있었어. 공연을 하는 동안."

빅토리아는 목소리가 떨리지 않게 애쓰며 말했다.

"알아."

키르타슈의 대답은 짧았다.

"내가 방심했어. 다시는 그럴 일 없을 거야."

빅토리아를 바라보는 키르타슈의 시선에는 분명한 관심이 드러나 있었다. 잭도 알아챌 정도였다. 그는 분노를 누르려고 도미바트 손잡이를 너무 세게 잡은 나머지 손에 상처가 날 정도였다. 키르타슈가 빅토리아를 데려가게 놔두진 않을 것이다. 절대로.

"우리와 맞서러 온 거냐?"

잭이 도전적으로 물었다.

키르타슈가 잭을 향해 돌아섰다.

"잭."

침착한 말투였지만 모두 그의 목소리에 담긴 억눌린 증오를 눈치챌 수 있었다.

"어떻게 상대해줄까? 일 대 일로, 아니면 일 대 삼으로 한꺼번에?"

잭이 대답하려고 입을 열었지만 키르타슈는 그때까지 기다리지 않았다. 그가 하이아스를 칼집에서 꺼내자 푸르스름한 흰 빛이 반짝 하고 어둠 속에서 떨렸다.

네게 조금이라도 의미가 있다면

잭이 방어 자세를 취했지만 이미 늦은 뒤였다. 키르타슈가 날렵하고 우아한 동작으로 잭을 향해 검을 내리친 것이다. 잭은 도미바트로 하이아스를 가로막았다. 두 칼날이 희미한 어둠 속에서 불과 얼음처럼 부딪치자 또다시 대기가 진동했다.

빅토리아와 알렉산더도 이를 알아챘다. 빅토리아는 고함을 지르며 두 사람을 향해 달려가다 멈춰 섰다. 키르타슈의 움직임을 포착하려 했지만 그의 움직임이 너무 빨랐던 것이다. 그의 검은 옷 때문에 어둠 속에서 알아보기가 더욱 힘들었다. 잘못해서 잭을 공격하는 위험을 무릅쓸 수는 없었다. 아랫입술을 깨물며 걱정하는 것 말고는 할 수 있는 일이 없었다.

하이아스의 날이 어둠 속에서 불꽃을 뿜었다. 하지만 이젠 잭도 애송이가 아니었다. 그는 도미바트의 힘을 느끼고, 검이 품고 있는 불이 어떻게 적의 공격을 견디는지를 느끼며 맞섰다. 빅토리아의 얼굴과 전에 그녀에게 한 약속이 떠올랐다. 세상이 빅토리아에게 더 안전한 장소가 되도록 키르타슈를 없애주겠다고 약속했었다. 그 생각에 힘이 솟았다. 그는 키르타슈가 옆으로 다가온 것을 감지하고는 재빨리 몸을 돌렸다. 도미바트가 가벼운 불꽃을 내뿜자 키르타슈는 한쪽으로 펄쩍 뛰어 피했다. 잭은 그에게 간신히 숨 쉴 틈만 주었다. 그리고 온 힘을 다해 공격했다. 분노로 가득 찬 전설의 두 검이 잠시 진동했다. 우열을 가리기 어려웠다. 잭과 키르타슈는 몇 발짝씩 뒤로 물러나며 숨을 골랐다.

잭이 다시 공격에 들어갔다. 그러나 그의 자세는 불안정했고, 속도 면에서 키르타슈보다 떨어졌다. 힘겨운 몇 분 동안 두 사람은 빠르게 몇 번의 찌르기를 주고받았다. 다시 키르타슈가 날렵하면서도 단호하게 공격해 들어왔다. 잭은 결정적 순간에 도미바트를 들어올렸지만, 그 동작에는 단호함과 확신이 없었다. 두 검이 다시 부딪쳤을 때, 그 충격으로 뭔가가 폭발했다. 잭은 나동그라졌고, 키르타슈는 두 발로 단단히 땅을 딛고 서서 검을 높이 쳐들었다.

넘어지면서 분수대 물줄기를 온몸에 뒤집어쓴 잭이 다시 일어나려 애쓰며 검을 들어올렸으나, 키르타슈는 이미 다른 상대와 전투를 벌이고 있었다.

알렉산더가 자신의 검, 숨라리스를 빼들고 있었다. 무적의 검이라고도 불리는 숨라리스는 하이아스의 전광석화 같은 공격을 막아낼 만큼 충분히 강했다. 하지만 어둠 때문에 키르타슈가 훨씬 유리한 상황이었다. 어찌나 재빨리 움직이는지, 키르타슈의 다음 공격을 예측하기 힘들었다. 하이아스는 밤하늘에 번쩍이는 번개처럼 멈추지 않고 공격을 퍼부었다. 잭은 알렉산더가 어떻게 대응하는지 숨을 죽이고 지켜보았다. 언제나 침착하고 절제력 있는 그였기에 이렇게 격렬하게 싸우는 모습은 처음이었다. 잭은 고개를 들고 하늘 높이 솟아 있는 초승달을 응시했다. 알렉산더 안의 야수성이 힘을 발휘하고 있는 걸까.

키르타슈 역시 상대방이 보여주는 변화에 흥미를 느끼고는 알렉산더를 자극하려고 위험천만한 공격을 여러 차례 시도했다. 알렉산더는 맹렬히 대응하기는 했지만, 여전히 평정을 잃지 않았다. 그리고 어느 순간은 그가 이길 것처럼 보이기도 했다.

하지만 그건 단 한순간이었다. 순간 키르타슈가 눈앞에서 사라진 듯하더니 다음 순간 그의 칼날이 알렉산더의 몸을 찌른 것이었다.

알렉산더가 고통과 놀라움이 뒤섞인 모호한 소리를 냈다.

"알산!"

잭은 자신도 모르게 그의 옛 이름을 부르짖고는 단숨에 일어나 두 사람을 향해 달려갔다.

알렉산더는 검으로 하이아스의 칼날을 막아내며 다음 공격을 차단했다. 그 초인적 힘에 키르타슈도 밀려나 뒷걸음질을 쳤다. 알렉산더는 바닥에 쓰러졌지만, 여전히 숨라리스를 높이 쳐들어 거리를 유지하고 있었다.

키르타슈는 조금도 망설이지 않고 하이아스를 치켜들었다.

잭이 이를 막기 위해 키르타슈에게 달려드는 순간, 누군가가 그를 앞질렀다.

빅토리아였다. 그녀는 키르타슈와 알렉산더 사이에 침착하고 도전적인 자세로 우뚝 섰다. 지팡이의 빛이 별의 심장처럼 어둠 속에서 깜박였다. 키르타슈가 빅토리아를 향해 칼을 휘둘렀지만 이미 빅토리아는 준비를 하고 있었다. 그의 일격을 막기 위해 지팡이를 들어올리자 불꽃이 튀었다.

그러는 동안 잭은 칼을 바닥에 내려놓고 알렉산더 옆에 무릎을 꿇었다. 상처를 살펴보니 다행히 마지막 순간에 일격을 피한 덕분에 중요한 장기는 다치지 않은 상태였다. 잭은 안도의 한숨을 내쉬었다. 하지만 특이하게도 상처 주변에 서리가 덮인 듯 이상한 모양의 흔적이 남아 있었다.

키르타슈가 두세 걸음 뒤로 물러섰다. 하이아스의 푸르스름한 빛이 희미하게 그의 얼굴을 비췄다. 빅토리아는 그가 그녀의 눈을 바라보고, 그리고 웃음 짓는 모습을 보았다.

그때 다시 키르타슈가 사라졌다. 빅토리아는 방어 자세를 풀지 않은 채, 어둠 속에서 언제 나타날지 모르는 그를 기다렸다. 잭 또한 도미바트를 높이 쳐들고 알렉산더 주변을 지키며 어둠 속을 응시했다. 하지만 키르타슈는 나타나지 않았다. 가버린 것이었다.

"저기야!"

빅토리아가 나무 사이로 미끄러져 들어가는 그림자 하나를 가리키며 소리치더니 그 뒤를 쫓기 시작했다. 그녀는 지팡이를 가로등처럼 최대한 밝혔다. 잭이 그녀를 불렀다.

"빅토리아! 빅토리아, 기다려!"

그는 알렉산더를 돌아보며 어떻게 해야 할지 몰라 머뭇거렸다. 알렉산더는 덜덜 떨며 바닥에 누워 있었다. 가능한 한 빨리 따뜻한 곳으로 데려가지 않으면 온몸이 꽁꽁 얼어버릴 것이다. 응급 조치를 받아야 했다. 하지만 어둠 속에 도사리고 있을 키르타슈의 손에 빅토리아를 남겨두고 갈 수도 없었다.

알렉산더는 잭의 갈등을 알아채고 말했다.

"빅토리아를 따라가, 잭. 그를 막아야 해. 빅토리아는 금방 함정에 빠질 거다."

잭은 더 망설이지 않았다. 그는 고개를 끄덕이고는 빅토리아의 뒤를 쫓아 달리기 시작했다.

메모리얼 스타디움 근처에 도착한 빅토리아는 잔뜩 긴장한 채 사방을 둘러보았다. 그제야 그녀는 친구들과 따로 떨어졌다는 것을 깨닫고 아차 싶었다. 알렉산더가 부상당했다는 사실이 떠올랐다. 잭이 그와 함께 남아 있을 것이다. 그러나 지금 자신은 혼자였다. 뒤에서 차가운 숨결이 느껴졌다. 어둠 속에서 키르타슈의 목소리가 들려왔다.

"내 제안을 생각해본 거야, 빅토리아?"

"제안?"

빅토리아가 그의 말을 반복하고는 주변을 둘러보며 싸울 태세를 갖췄다.

"네게 손을 내밀었잖아."

키르타슈의 목소리가 바로 귓가에서 들려와 그녀는 소스라치게 놀랐다. 너무도 다정하고 도발적인 목소리였다. 전율이 일었다.

"내 제안은 아직도 유효해."

빅토리아는 간신히 당황한 모습을 감추고 아이셀의 지팡이를 높이 들어올렸다.

"난 관심 없어."

빅토리아가 인상을 쓰며 대답했다.

"널 죽일 거야. 그러니 어서 시작해."

"원한다면."

곧바로 하이아스가 빅토리아를 내리쳤다. 그녀는 지팡이로 막아 대응했다. 다시 한번 두 무기가 만나 불꽃을 일으키며 두 사람의 얼굴을 비추었다. 빅토리아는 있는 힘을 다해 버티다 허리를 돌려 옆차기를 날렸다. 키르타슈는 피하느라 검도 물려야 했다. 빅토리아는 균형을 찾고 다시 방어 자세를 취했다. 두 사람의 시선이 짧은 순간 마주쳤다. 빅토리아는 자신의 생각과는 다르게 흘러가는 모순된 감정을 끝장내고 싶었다. 지팡이를 휘두르자, 그가 검으로 막았다. 그녀는 재빨리 그의 팔을 내리쳤다. 번쩍 하는 섬광과 함께 타는 냄새가 났다. 키르타슈가 고통스러운 표정을 지으며 신음을 삼켰다. 그러나 그는 순식간에 빅토리아의 뒤로 돌아가 그녀의 목에 하이아스를 들이댔다.

"이 정도면 충분히 재미있게 논 거 같은데, 빅토리아."

키르타슈는 화를 억누르며 말했다.

이렇게 쉽게 항복할 순 없었다. 목숨이 걸린 일이라는 걸 잘 알면서도 빅토리아는 키르타슈의 복부에 발차기를 날리려고 몸을 돌렸다.

키르타슈는 손목을 슬쩍 한번 돌리기만 해도 그녀를 죽일 수 있었지만 그러지 않았다. 그냥 빅토리아의 공격을 피할 뿐이었다. 빅토리아는 손끝에 온 힘을 모아 키르타슈를 가격했다. 키르타슈는 그녀의 손이 자신의 얼굴에 닿자마자 그녀의 손목을 잡아 벽으로 밀어붙였다. 둘의 몸이 맞닿을 듯 가까이 있었다. 빅토리아는 한동안 숨쉬는 것조차 잊어버린 듯했다. 키르타슈에겐 신비로운 매력이 있었다. 정신을 똑바로 차릴 수가 없었다. 그의 눈은 위험한 기운으로 반짝이고 있었다.

"이렇게까지 해야 하다니 유감이야."

그가 한마디 했다.

키르타슈의 눈을 바라보면서, 빅토리아는 그의 의식이 자신의 안으로 들어와 생명의 끈을 조정하는 것을 느꼈다. 나는 곧 죽을 거야. 비명을 지르고 몸부림치고 싶었지만 움직일 수도, 가느다란 외마디 소리조차 내뱉을 수 없었다. 공포에 질려 온몸이 마비되었다.

빅토리아가 마지막으로 떠올린 것은 잭이었다. 다시는 잭을 볼 수도, 심지어 작별인사조차 할 수 없다니.

빅토리아가 눈을 떴을 때 제일 먼저 본 것은 잭의 얼굴이었다.

"잭……"

그녀는 몸을 일으키려 했지만 온몸이 두들겨맞은 듯 아팠다.

"무슨……?"

더이상 말을 할 수가 없었다. 갑자기 잭이 아무 말도 하지 않고 꼭 껴안은 것이다.

"잭?"

"널 잃었다고 생각했어."

그가 쉰 목소리로 말했다.

"도착해 보니, 넌 바닥에 누워 있었고…… 너무 늦은 줄 알고…… 빅토리아, 네가 잘못되었다면 절대로 나 자신을 용서하지 않았을 거야."

빅토리아는 어지러워 눈을 감으며 잭의 어깨에 머리를 기댔다. 무슨 일이 있었는지 제대로 알 수 없지만 이렇게 안겨 있는 게 말할 수 없이 편안했다.

그녀가 말했다.

"내게 무슨 일이 있었던 거야?"

잭이 빅토리아를 떼어놓으며 그녀의 눈을 바라보았다.

"여긴 병원이야. 넌 키르타슈의 공격을 받고 의식을 잃었던 거야. 곧 회복되겠지만 충분히 쉬어야 해."

빅토리아가 생각을 정리하려고 애썼다.

"난…… 그가 날 죽일 거라고 생각했는데."

"그런데 안 그랬어."

잭은 빅토리아만큼이나 의아해하는 것 같았다. 그가 힘없이 덧붙였다.

"기회가 있었는데도…… 널 죽일 수도 있었고, 데려갈 수도 있었는데…… 그런데도 의식을 잃은 너를 두고 그냥 간 거야."

"나와 싸우고 싶지 않았던 거야."

빅토리아가 중얼거렸다.

'왜지? 왜 죽이지 않았지?' 궁금했다. 갈피를 잡을 수 없었다.

잭이 빅토리아의 머리를 다정하게 쓰다듬었다.

"네가 무사하니까 됐어."

그리고 잠시 망설이더니 말을 이었다.

"콘서트장에서 화내서 정말 미안해."

"그건……"

빅토리아는 자세한 기억을 떠올리기가 힘들었다.

"그래, 됐어. 아무래도 상관없어."

"아니야, 상관있어."

잭이 빅토리아의 얼굴을 두 손으로 부드럽게 감싸며 눈을 들여다보았다.

"난 너하고 툭하면 싸우기만 했는데…… 하마터면 이번에 널 잃을 뻔했어. 만일 네게 무슨 일이 있었다면, 나는……"

그의 얼굴이 붉어졌다. 적당한 말을 찾기 어려웠다.

"내 말이나 행동이 전부 진심은 아니야, 빅토리아. 마음속으로는 널 소중하게 여기고 있어. 바보 같은 싸움이나 하면서 그걸 망치고 싶지 않아, 왜냐하면…… 그래, 지금 저항군으로서 다시 싸움에 나섰고, 널 볼 때마다 이게 마지막이 될 수도 있다는 생각이 어쩔 수 없이 들기 때문이야. 내 말 이해하겠니?"

잭은 자신의 감정을 온전히 전하려고 애쓰며 그녀를 뚫어지게 보았다. 빅토리아는 약간 당황하는 듯했다. 잭이 뭔가 중요한 말을 하려 한다는 것을 알았고, 그 말 뒤에 다른 뭔가가 있다는 걸 직감했지만 잭의 말에 집중하기가 힘들었다. 무슨 이유에서인지 키르타슈의 얼음 같은 눈이 계속 떠올랐다. 그녀의 정신과 마음은 지금 이곳에서 멀리 떨어진 곳에 있었다.

"나 때문에 많이 걱정했구나."

그녀가 간신히 말했다.

"그래, 그게 내가 하고 싶었던 말이야."

잭이 다시 뭔가 말하려고 입을 뗐다가, 빅토리아의 생각이 다른 데 가 있다는 것을 깨닫고는 그만두었다.

"하지만…… 그러지 않아도 돼."

그녀가 소곤거렸다. 어지러웠다.

"키르타슈는 나를 죽이지 않을 거야. 날 해치지 않을 거야."

왠지는 모르지만, 착각이 아니라는 걸 확신할 수 있었다. 그러나 모든 일이 너무 혼란스러웠다. 그녀는 신음 소리를 내며 손을 머리로 가져갔다. 잭이 말했다.

"지금 머리가 뒤죽박죽일 거야. 두 시간 정도 의식을 잃고 있었으니까. 하지만 내일이면 집에 돌아갈 수 있을 정도로 좋아질 거야."

"우리가 아직 시애틀에 있는 거야?"

잭이 고개를 끄덕였다.

"너 없이는 림바드로 돌아갈 수 없잖아."

"나는 지금 학교에 있어야 하는데."

빅토리아가 후회스러운 얼굴로 중얼거렸다.

"내가 수업에 빠졌다고 학교에서 할머니께 알렸을 거야. 뭐라고 말씀드리지?"

"그건 내일 생각하자."

빅토리아가 다른 일을 떠올리고 걱정스럽게 잭을 돌아보았다.

"알렉산더는 어때?"

"그도 입원해 있어. 지금 회복중이야. 의사들도 그런 상처는 본 적이 없다고 당황해했어. 뱃속이 얼어버렸거든."

"하이아스 때문이야."

빅토리아가 속삭였다.

"내 마법으로 치료해봐야겠어. 더 빨리 회복할 거야."

"하지만 지금은 아니야, 빅토리아. 지금은 좀 자, 알았지?"

빅토리아가 고집을 꺾지 않았다.

"아니야. 알렉산더가 어떤지 봐야겠어."

빅토리아는 단숨에 침대에서 몸을 일으켰지만 순간 머리가 핑 돌아서 잭에게 몸을 기대야 했다. 두 사람이 복도 이쪽저쪽을 살폈지만 아무도 보이지 않았다. 병원은 조용했고, 조금 떨어진 곳에서 간호사 둘이 나누는 대화만 희미하게 들렸다.

두 사람은 알렉산더의 입원실로 향했다. 그녀는 기운을 차렸지만 계속 잭에게 기대고 있었다. 힘든 일을 겪고 난 후, 이렇게 서로 의지하고 있으니 비로소 안전하다는 기분이 들었다.

그녀는 땅에 발을 꼭 붙이고 있었다. 조금만 방심하면 다시 키르타슈 생각이 떠올랐고, 다정하고 부드러운 그의 목소리가 그녀를 혼란스럽게 해 멀리, 다른 곳으로 데려갈 것만 같았다.

두 사람은 알렉산더의 병실 안으로 들어갔다. 알렉산더는 문을 등진 채 자고 있다가 그들이 들어오는 소리를 듣고 바로 눈을 떴다. 두 사람을 돌아보는 그의 눈이 어둠 속에서 위협적으로 빛났다.

"알렉산더, 우리예요."

잭이 조금 불안한 목소리로 중얼거렸다.

"들어와, 잭. 불은 켜지 마라."

두 사람이 걱정스러운 기색으로 알렉산더에게 다가갔다. 빅토리아가 비어 있는 옆 침대에 앉자, 알렉산더는 그녀의 의도를 알아챘다. 그는 이불을 걷어 창문으로 들어오는 부드러운 달빛 아래 빅토리아가 자신의 상처를 살펴볼 수 있게 했다.

그녀는 상처 부위에 손을 갖다대고 마법이 흘러들어가게 했다. 많은 힘이 필요했다. 상처는 쉽게 나아지지 않으려고 했고, 빅토리아 역시 체력이 약해진데다 마음이 다른 데 가 있어 정신 집중도 어려운 불리한 조건이었다. 그녀는 있는 힘을 다해 에너지를 계속 전달하려고 애썼고, 드디어 마법의 열기가 피부를 덮고 있던 서리를 조금씩 녹이기 시작했다.

그러나 알렉산더를 치료하는 데 너무 많은 힘을 쓴 나머지 빅토리아의 기운이 완전히 소진되어버렸다. 그녀는 이를 악물었다. 지금 그만두면 다시 얼음이 퍼질 것이고, 그렇게 되면 다시 치료를 시도할 에너지는 고갈될 것이다. 그럴 순 없었다. 일단 시작했으니 끝을 보아야 했다.

딱 한 번만 더 힘쓰면……

갑자기 잭의 손이 그녀의 팔을 잡았다.

"이제 그만 해, 빅토리아. 네가 더 할 수 있는 일은 없는 것 같아."

잭의 표정은 너무나 진지했다.

그런데 어떻게 된 일인지, 잭의 손길이 닿자 빅토리아의 몸에 다시 에너지가 차오르기 시작했다. 마지막 에너지를 쏟아붓자 얼음은 완전히 사라졌다.

알렉산더가 말했다.

"이제 된 거 같다. 이제는 안 추워."

"다행이에요."

빅토리아가 희미한 미소를 짓고 일어서려는 순간, 갑자기 눈앞이 빙빙 돌았다. 다행히 잭이 그녀를 받아 안았다. 빅토리아는 기절하고 말았다.

알렉산더가 말했다.

"지쳐서 그래. 다시 기운을 추슬러야 해. 치료하는 데는 지팡이를 쓰지 않아. 그리고 이 아이의 마법은 지팡이와는 달리 무한한 게 아니니까. 방에 데려가서 눕혀. 좀 자고 나면 나을 거다."

잭이 좀처럼 걱정을 떨치지 못하자 알렉산더가 덧붙였다.

"좀 쉬면 괜찮을 거야. 걱정 마."

잭이 고개를 끄덕였다. 그는 빅토리아를 안아 방으로 데려가 침대에 눕히고, 조심스럽게 이불을 덮어주었다. 그러고는 잠시 가만히 바라보았다. 빅토리아가 경기장 옆에 죽은 듯 쓰러져 있던 모습이 떠올랐다. 온 세상이 산산조각나는 것 같았다. 그녀가 살아 있다는 걸 확인하기 전까지는 심장이 멈추어버린 것처럼 느껴질 정도였다. 그녀가 무사하다는 걸 알았을 때는 키르타슈가 고맙기까지 했다. 그는 빅토리아를 꼭 끌어안으며 그녀가 얼마나 소중한 존재인지 귓가에 속삭였지만 그녀는 그의 말을 들을 수 없었다.

그리고 지금도 역시 그랬다.

잭은 미소를 짓고 다정하게 빅토리아의 머리를 쓰다듬으며 속삭였다.

"쉬어, 내 작은 친구야. 나으면, 그때 이야기하자. 네게 할 말이 많아…… 하지만 지금은 푹 자고 기운을 차려야 해. 필요하다면 내가 곁에 있을게…… 언제까지나."

빅토리아는 새벽에 잠에서 깨어났다. 무슨 일이 있었는지 기억을 떠올리는 데 한참이 걸렸다. 어느 정도 정신을 차리고 주위를 둘러보니, 잭이 침대 옆에 놓인 의자에 앉아 잠을 자고 있었다.

몸을 일으키자 어지러웠다. 그녀는 어지럼증이 가라앉기를 기다렸다가 가방을 찾아 일어섰다. 의자 옆에 놓인 가방을 뒤져 마드리드 시간을 알려주는 시계를 찾다가 잭을 돌아보았다. 그가 얼마나 걱정했는지를 떠올리자 미소가 떠올랐다. 왠지 모르게 머리를 쓰다듬어주고 싶어 손을 뻗었지만, 선뜻 그럴 수가 없었다. 부끄럽기도 했고 잠에서 깰까 두렵기도 했다. 그녀의 손끝이 잭

의 이마를 스쳤다. 그는 움직이지 않았다. 잭은 언제나 아주 깊이 잠을 잤다.

그녀는 가방을 들고 침대로 돌아와 안을 뒤적거렸다. 시디플레이어를 보자 그 안에 든 시디가 기억났다. 그녀는 플레이어의 뚜껑을 열고 시디를 꺼내 노래 제목 주위로 고리처럼 맞물려 있는 뱀 모양을 달빛 아래 비춰 보았다. 화도 나고 창피하기도 했다. 그녀는 시디를 쓰레기통에 던져버렸다. 하지만 침대로 돌아가기 전에 생각이 바뀌었다. 다시 시디를 꺼내와 시디플레이어에 넣고는 이어폰을 끼고 플레이 버튼을 눌렀다.

크리스 타라, 아니 키르타슈의 암호로 가득한 노래가 빅토리아의 의식 속으로 몰려왔다. 그녀는 〈저 너머〉를 여러 차례 반복해 들으며 생각에 잠겼다. 왜 키르타슈가 이런 노래를 부르는 걸까. 왜 내 마음속 가장 깊은 곳까지 어루만져준 목소리가 하필이면 적의 목소리일까.

'빅토리아……'

그녀는 몸을 똑바로 세우며 경계했다.

'빅토리아……'

시디플레이어를 껐다. 자신을 부르는 소리가 머릿속에서 세번째로 들렸고, 이번에는 그녀를 초대하고 있었다.

'빅토리아…… 우리 얘기 좀 해.'

온몸이 오싹했다. 지금은 기운이 없어 싸울 수도 없었지만, 키르타슈를 다시 보고 싶었다. 그녀는 그의 수중에 있었고 그와 싸워서 졌지만, 그런데도 그는 그녀를 그냥 내버려두었다. 빅토리아는 그 이유를 알고 싶었다.

그녀는 마치 꿈결에 움직이듯 일어서서 조용히 옷을 갈아입었다. 잭은 몸을 뒤척였지만 잠에서 깨지는 않았다. 빅토리아는 운동화를 신고 문으로 향했다.

그녀는 잠시 주저하다 돌아서서 아이셀의 지팡이를 보았다. 지팡이는 보호막에 싸인 채 벽 한구석에 세워져 있었다. 빅토리아는 지팡이를 놔두고 가기로 결심했다. 키르타슈가 생각을 바꾸어 그녀를 데려가려고 하더라도, 지팡이까지 가져가게 해서는 안 되니까.

방 밖으로 살며시 빠져나오자 심장이 거세게 두방망이질쳤다. 그녀는 쥐 죽은 듯이 조용한 병원 복도를 지나갔다. 접수대를 지날 때 간호사는 고개조차 들지 않았다. 하지만 이상한 일도 아니었다. 빅토리아가 마법을 쓴 것이다.

거리로 나오자 차가운 바람이 불었지만 그녀는 느끼지 못했다. 방향을 몰라 주위를 둘러보았다. 여기가 어딘지조차 알 수 없었다.

'빅토리아……'

그녀를 부르는 소리가 다시 들렸다. 빅토리아는 그 소리를 따라가기로 마음먹었다.

망설이는 발걸음으로 그녀는 근처 공원까지 갔다. 대도시의 작은 허파 역할을 하는 공원 산책로 양옆으로 작은 가로등이 희미한 빛을 내뿜고 있었다.

공원 안쪽에서 나무에 기대선 그림자가 보였다. 그녀는 목적지에 이르렀다는 걸 알아차렸다. 빅토리아는 그에게서 불과 몇 걸음 떨어지지 않는 곳까지 걸어갔다. 두 사람은 서로 마주 보았다.

키르타슈는 검은 가죽재킷 주머니에 손을 넣고 편안한 자세로 기다리고 있었다. 칼은 안 보였다. 그를 감싸고 있는 신비로운 분위기가 아니었다면 다른 소년들처럼 평범해 보였을 것이다.

하지만 그는 평범하지 않았다.

그제야 빅토리아는 친구들 몰래 암살자이자 살인자인 키르타슈를 만나러 왔다는 것에 죄책감이 들었다. 아마 그 때문이었을 것이다. 그녀가 느닷없이 질문을 한 것은.

"무슨 이야기를 하고 싶은 거야?"

그러나 키르타슈의 대답은 그녀를 혼란에 빠뜨렸다.

"너에 대해서."

키르타슈가 자신을 똑바로 보자 빅토리아의 온몸에 전율이 일었다.

"무슨 말인지 모르겠어. 나한테서 원하는 게 뭐야?"

"나도 잘 모르겠다."

그가 솔직히 털어놓았다.

"아마 널 이해하는 것, 아니면 널 잘 아는 것. 아니면…… 다시는 너를 보지 않는 것. 나도 내가 원하는 게 뭔지 알고 싶어."

"하지만, 왜……?"

적당한 말을 찾을 수 없었다. 키르타슈라는 이름만 들어도 두려워하며 몇 년을 보냈다. 그리고 지금은 이렇게 둘이서 그동안 아무 일도 없었다는 듯 이야기를 나누고 있다. 상상할 수 없는 상

110

황이었다.

"왜 그렇게 애를 쓰는데? 그게 네게 왜 그렇게 중요한 거야?"

키르타슈는 고개를 갸웃하며 그녀를 보기만 할 뿐 아무 말도 하지 않았다.

"대답해줘, 제발. 아무것도 이해할 수 없어. 혼란스러워. 나는…… 너를 죽여야만 한다고 생각했어. 네가 한 그 모든 짓을 생각하면 말이야. 하지만 또 때로는……"

빅토리아는 입을 다물고 어쩔 줄 몰라했다.

"가까이 와."

키르타슈가 다정하게 말했다.

빅토리아가 다가갔다. 그의 눈에는 자석처럼 끌어당기는 무언가가 있었다.

키르타슈가 손을 들어 빅토리아의 뺨을 어루만졌다. 그녀는 눈을 감고 자기 안에 있는 뜻밖의 감정들을 일깨우는 그 다정함에 몸을 맡겼다. 이건 그냥 이상한 꿈일 거야……

그때 키르타슈가 말했다.

"너도 알다시피 우리는 서로 전쟁중이잖아."

빅토리아가 눈을 뜨고 돌연 현실로 돌아왔다.

"하지만 내 전쟁은 아니야."

빅토리아가 말했다.

"알렉산더의 전쟁이고, 잭의 전쟁이지. 잭의 부모님은 그 싸움에서 돌아가셨으니까. 그리고 샤일의 전쟁이었지."

빅토리아가 작은 소리로 덧붙였다.

"하지만 나는…… 나는 그런 것들과 아무 상관이 없어."

"생각은 그렇게 하면서, 그런데도 이 년 동안이나 수련을 하고 있었던 거로군. 나를 죽이려고."

빅토리아는 되돌려줄 대답을 곰곰이 생각했다. 그리고 키르타 슈의 말을 바로잡았다.

"스스로를 지키기 위해서야. 네가 나를 죽이려 했으니까. 그런데 이제는 나를 해치고 싶지 않다고 하고, 게다가……"

그녀는 혼란스러움에 입을 다물었다. 그때 오래전부터 하고 싶었던 질문이 기억났다.

"샤일을 기억하지, 그렇지?"

키르타슈가 거의 알아챌 수 없을 정도로 살짝 고개를 끄덕였다.

"넌 그의 목숨을 살리려고 했어. 맞지?"

키르타슈는 대답하지 않았다.

"난 똑똑히 봤어. 넌 엘리온을 막으려고 했어. 왜 그런 거야?"

"샤일의 죽음이 미래의 우리 동맹에 좋지 않을 거라고 생각했기 때문에. 그리고 보다시피 내가 잘못 생각한 게 아니잖아."

"그래도 난 여전히 이해할 수 없어…… 왜 네가 날 데려가길 바라는 건지."

"그게 네 목숨을 살릴 수 있는 유일한 길이니까, 빅토리아. 나와 같이 가지 않으면, 네가 우리 편이 되지 않으면, 난 널 죽여야만 하니까."

"다른 해결책은 없는 거야?"

키르타슈가 고개를 가로저었다.

112

빅토리아는 그의 노래를 떠올리며 새로운 세상, 마법, 자유에 대한 약속을 기억했다. 그것들은 그녀가 어린 시절부터 열망해온 것들이었다. 하지만 그 꿈을 이루라고 제안한 사람이 다른 사람 아닌 바로 키르타슈라는 게 당황스러웠다.

빅토리아가 한숨을 쉬었다.

"하지만 난 떠날 수 없어. 너랑 갈 수 없다고. 알렉산더를 두고 갈 수 없어, 그리고……"

빅토리아가 망설였다.

"잭도."

키르타슈가 그녀의 말을 마저 마무리했다. 위험한 어조였다.

빅토리아가 눈길을 피했다. 키르타슈가 차갑게 말했다.

"늦든 빠르든 그 두 사람 모두 죽을 거야. 내가 죽일 거니까. 하지만 너는 살리고 싶어."

빅토리아는 다시 현실로 돌아와 그를 노려보았다.

"안 돼. 그럴 순 없어. 두 사람 근처에도 못 가게 할 거야."

키르타슈가 웃었다.

"아, 하지만 난 이미 림바드에 대한 모든 정보를 입수했어. 원한 건 아니었겠지만…… 이 년 전 독일에서 네가 알려줬거든."

그는 빅토리아의 공포에 질린 표정을 보고 덧붙였다.

"하지만 걱정 마. 내가 그곳에 갈 수 없다는 건 너도 알잖아. 네가 날 데려가지 않는 한…… 아니면 너희 작은 요새를 지키는 알마를 통해 그곳에서 나를 불러주지 않는 한은 말이야."

'키르타슈는 모든 걸 알고 있어.'

공포에 질린 빅토리아가 도망치려고 돌아서자 키르타슈가 팔을 잡으며 막아섰다.

"난 네 친구들을 죽일 거야."

그는 빅토리아의 눈을 똑바로 보며 장담했다.

"너도 내가 조만간 그럴 거라는 걸 알지. 한 가지만 물을게. 오늘 왜 나온 거야?"

"네가 최면을 걸었으니까."

빅토리아가 매몰차게 대답했다.

"그렇지 않다는 걸 너도 잘 알 텐데. 네 의식은 네 거야, 감정들도 그렇고. 난 아무것도 조종하지 않았어…… 물론 그렇게 할수도 있었지만. 하지만 그런 식으로 하고 싶진 않았어. 아니야, 빅토리아. 넌 너 자신의 의지로 온 거야."

"놔줘, 놔달란 말이야. 그러지 않으면……"

"그러지 않으면, 뭐?"

키르타슈가 가죽재킷 안주머니에서 단도를 꺼냈다. 빅토리아는 겁에 질려 뒷걸음질치며 무기를 들고 오지 않은 자신을 책망했다. 하지만 키르타슈의 다음 행동에 놀라고 말았다. 그는 빅토리아를 확 잡아끌더니 그녀의 손에 단도를 쥐여주며 자신의 목을 겨누게 했다.

"난 네 친구들을 죽일 거야."

키르타슈가 다시 반복해 말했다.

"왜냐하면 난 그렇게 해야만 하니까. 그들은 변절자들이고, 그들을 죽이는 게 내가 할 일이니까. 그리고 지금 넌 나를 죽일 기회를 얻은 거야. 별로 어렵지 않아. 난 방어하지 않을 거니까."

빅토리아는 할 말을 잃고 눈만 깜박였다.

"무슨…… 무슨 말인지 모르겠어."

하지만 그녀는 단도를 꼭 쥔 채 그의 목을 겨누고 있었고, 원하면 바로 그 목을 찌를 수도 있었다. 조금 더 아래로 손을 내리면 심장을 찌를 수도 있었다. 손만 움직이면…… 그러면 많은 생명을 구할 수 있어. 그는 살인을 멈출 생각이 없다는 뜻을 분명히 밝혔으니까.

"생각해봐. 넌 나를 끝장낼 수 있어. 오늘 오후 콘서트장에서 시도했던 것처럼. 내가 조만간 네 친구들을 없애버릴 거라고 말했잖아. 특히 잭을."

빅토리아가 이를 악물었다.

"내가 살인을 즐기거나 쉽게 생각하는 건 아니지만, 잭은 기꺼이 죽일 거라는 걸 고백해야겠는걸."

빅토리아는 자신을 돌보다 병원 의자에서 잠든 잭을 생각했다. 두 눈에 분노와 증오의 눈물이 고였다. 그녀가 중얼거렸다.

"넌 절대 그럴 수 없어. 잭의 손끝 하나 건드릴 수 없어. 만약 그런다면……"

"날 죽이기라도 할 건가? 그럼 어서 찔러. 넌 이 자리에서 날 죽일 수 있어."

빅토리아는 단도 손잡이를 꽉 잡았다. 가느다란 핏줄기가 키르타슈의 목을 타고 흘렀지만 그는 미동도 하지 않았다.

"난 잭을 죽일 거야."

키르타슈가 다시 말했다.

빅토리아가 소리를 지르며 단도에 힘을 주었다. 그러나 단도는 손가락 사이에서 스르르 미끄러지더니 바닥에 떨어지고 말았다. 빅토리아는 주먹으로 키르타슈를 때리려 했지만 그가 그녀의 손목을 잡았다. 나약한 자신을 탓하며, 빅토리아는 머리카락이 얼굴을, 그리고 두 눈에서 떨어지는 눈물을 가리도록 그냥 내버려 두었다.

"왜 난 널 죽일 수 없는 거지?"

빅토리아가 흐느끼며 물었다. 키르타슈가 그녀의 턱을 들어올려 눈을 들여다보았다.

"나도 같은 질문을 했었어."

그가 나지막이 말했다.

그리고 몸을 숙여 그녀에게 부드러운 입맞춤을 했다. 빅토리아는 숨을 쉴 수 없었다. 가슴속에서 뭔가가 폭발하는 것 같았고, 간지러운 느낌이 온몸을 타고 흘렀다. 키르타슈의 입술이 그녀의 입술을 부드럽게 감쌌다. 몸을 떼자 기운이 빠졌다. 빅토리아가 키르타슈의 어깨에 고개를 기대고 속삭였다.

"내게 왜 이러는 거야? 이건 공평하지 않아."

"인생은 공평하지 않은 거야."

이상한 이유이기는 했지만, 이런 상황에서도 빅토리아는 잭을 생각하지 않을 수 없었다. 키르타슈에게서 떨어지며 빅토리아는 그를 쳐다보았다.

"넌 지금 잭이 어디 있는지 알고 있지? 우리가 어디 있는지 알아냈을 테지. 그래서 이렇게 나를 불러낼 수 있었고."

키르타슈가 고개를 끄덕였다. 빅토리아는 혈관 속의 모든 피가 얼어붙는 듯했다. 잭은 그녀와 알렉산더를 돌보기 위해 병원에 머물러 있었다. 병원은 공격받기 쉬운 곳이다. 키르타슈가 가기 전에 먼저 돌아가 잭과 알렉산더를 림바드로 데려가야 한다.

키르타슈는, 잭을 죽이고 싶다고, 진심으로 그렇게 말했어.

키르타슈가 방금 입맞춤을 했어. 그리고 나도 그 입맞춤을 즐겼고.

자신이 너무 싫었다. 저항군을 배신한 것이다. 더 나쁜 일은 친구들을 배신한 것이다. 그녀는 다시 적에게 돌아서서 간청했다.

"오늘 밤은 안 돼. 부탁이야. 오늘은 잭을 해치지 마. 제발……"

키르타슈의 눈이 순간 번쩍했다.

"내게 지금 뭘 부탁하는 건지 알고 있는 거야?"

"부탁이야. 우리의 입맞춤을 위해."

빅토리아가 불쑥 말했다.

"네게 조금이라도 의미가 있다면…… 오늘 밤에는 잭을 건드리지 말아줘."

키르타슈가 잠시 그녀를 바라보다가 등을 돌렸다. 그가 낮은 소리로 말했다.

"가. 곧 그들이 널 찾으러 올 거야."

어떻게 해야 할지, 무슨 말을 해야 할지 모른 채, 그녀는 돌아서서 병원 쪽으로 뛰어가기 시작했다.

잭은 여전히 자고 있었다. 그를 보자 순간 마음이 어지러웠지만, 그녀는 친구를 위해 목숨을 바칠 수 있다고 생각했다. 그런데, 기회가 있었는데도 키르타슈를 죽일 수가 없었다.

오히려 키르타슈가 입맞춤하도록 내버려둔 것이다.

빅토리아는 눈물을 참으려고 눈을 깜박이고는 잭에게 속삭이며 고백했다.

"오래전부터 말이야…… 첫 키스는 너와 하길 꿈꿨어. 하지만 넌 떠났고, 오랫동안 널 기다렸지만 오지 않았어. 그리고 이제는…… 이미 너무 늦어버렸구나."

빅토리아는 잭이 자신의 말을 듣지 못한다는 걸 알았다. 만약 잭이 들을 수 있는 상황이었다면, 과연 이런 말을 할 수 있었을까? 아마 못 했을 것이다.

잭의 머리카락을 어루만지고 빅토리아는 다시 이불 속으로 살며시 들어갔다. 뺨이 여전히 화끈거렸다. 빅토리아는 잭이 잠들어 있는 의자 쪽으로 돌아누워 잠시도 눈을 떼지 않았다. 하지만 입술에는 키르타슈의 입맞춤의 흔적이 생생히 남아 있었고, 가장 친한 친구를 배신했다는 비참한 기분 역시 사라지지 않았다.

잠들고 싶지 않았지만 기진맥진한 그녀는 곧 잠에 빠져들었고, 키르타슈의 꿈을 꾸었다. 다음 날 아침, 새벽 첫 햇살 아래 깜짝 놀라 잠에서 깬 빅토리아는 혼란스러운 감정을 어쩌지 못하고 있었다. 잭은 여전히 평온하게 잠들어 있었다.

5

비밀

    드락웬 탑은 수세기 동안 버려져 있었다. 유니콘들의 성스러운 숲인 알리스 리스반 한가운데 위치한 그곳은, 마법 종단 최고의 전성기 때 대마법사들이 수련한, 막강한 마법사들의 메카였다. 이둔의 다른 어떤 곳보다 강한 마법의 기운이 승한 곳이기도 했다. 드락웬 탑은 그 존재만으로도 마법 종단과 신탁 사이, 즉 마법의 힘과 신성한 힘 사이의 깨지기 쉬운 균형을 위협했다. 그래서 고민 끝에 결국 마법사들은 그곳을 포기하기로 결정했고, 그후 드락웬 탑은 점점 폐허로 변해갔다.

    그러나 유니콘들마저 사라진 후, 그곳은 아무도 살지 않는 죽음의 땅이 되어버렸다. 유니콘들이 전멸하자 요정족들마저 아와 숲으로 도망쳤고, 그곳에서 네크로맨서 아슈란과 그의 동맹 세력 셰크들의 제국에 대항하여 계속 저항하고 있었다.

    이제 드락웬 탑은 아슈란의 차지였다. 그는 그곳에서 자신이 정복한 세계의 운명을 결정했다.

키르타슈가 특유의 가볍고 침착한 발걸음으로 탑의 복도를 걸어갔다. 그는 창가에 잠시 멈춰 밖으로 눈길을 던졌다. 죽어가는 나무들 위, 하늘 위로 길쭉하고 날렵한 형상 하나가 우아하게 날고 있었다. 셰크였다. 셰크가 날기를 멈추고 공중에 멈췄다. 키르타슈가 나타난 것을 알아차린 듯했다. 셰크는 알리스 리스반 위로 거대한 날개의 그림자를 드리우며 시시각각 다른 색으로 번득이는 눈으로 젊은 암살자가 있는 창가를 바라보았다. 키르타슈가 고개 숙여 인사했다. 거대한 뱀이 인사를 받고 북쪽을 향해 가던 길을 계속 갔다.

키르타슈는 계속 나아가 복도 안쪽의 홀에 이르렀다. 문이 열려 있었다. 그는 입구에 서서 시선을 들었다. 홀 안쪽의 커다란 창문 옆에 아슈란이 등을 보이고 서 있었다. 키르타슈가 군주에게 경의를 표하기 위해 한 무릎을 바닥에 꿇었다. 뒤돌아보지 않고도 그는 키르타슈가 나타난 걸 알아차렸다.

"키르타슈."

아슈란이 말했다. 갑작스레 내려치는 채찍 소리 같은 말투였다.

"네, 아슈란 님."

키르타슈가 작은 소리로 대답했다.

"너의 마지막 보고에 대해 얘기하려고 불렀다."

키르타슈는 아무 말도 하지 않았다. 기골이 장대한 아슈란의 뒷모습을 쳐다볼 뿐이었다. 아슈란은 세 태양 중 마지막 태양이 지평선 아래로 저물기 시작하며 내뿜는 빛을 가로막고 서 있었다.

"저항군이 되살아났다고 하던데?"

"그렇습니다."

"그리고 너를 죽일 뻔하기도 했고?"

"그렇습니다."

키르타슈가 순순히 인정했다.

"하지만 두 번 다시 그런 일은 없을 겁니다."

"그들이 널 놀라게 했구나, 키르타슈. 이제 널 놀라게 할 수 있는 건 아무것도 없을 거라고 생각했다."

키르타슈는 대답하지 않았다. 할 말이 없었다.

"음악에 빠져드는 네 변덕도 모른 척하고 지나가주었다. 네가 나를 잘 섬기고 있기 때문이지."

아슈란이 말을 이었다.

"넌 지구로 도망간 변절한 마법사들을 거의 다 처단했다. 그래서 용과 유니콘도 곧 찾아낼 거라고 믿어 의심치 않았다. 예언에서 말한 대로, 그들이 내 미래를 위협하기 전에 말이다. 그런데…… 왜 조무래기 패거리가 자꾸 너를 방해하는 것이냐?"

"그들 모두 전설의 무기를 지녔습니다. 그리고 제가 들어갈 수 없는 피신처에 숨어 지냅니다. 곧 놈들을 진압하겠습니다."

"안다, 키르타슈. 널 믿는다. 모두 시간문제라는 것도 알지. 그렇지만…… 너 혼자 처리하기에는 무리라는 생각이 드는데."

키르타슈가 아무 말도 하지 않고 살짝 인상을 찌푸렸다.

"예전에 네가 부탁했던 마법사를 찾아냈다. 요정족 마법사, 그렇게 말했지?"

"생각이 바뀌었습니다."

키르타슈가 공손하지만 단호하게 대답했다.

"혼자 일하는 것이 낫습니다."

"예전에는 그랬지."

아슈란이 돌아섰다. 그러나 등 뒤에서 비치는 빛 때문에 얼굴은 여전히 그늘 속에 있었다.

"하지만 그들과 다시 대결하게 되었고, 지금은 네 편이 훨씬 적다. 그 여마법사가 있다면 균형이 맞을 거고, 특히 유니콘을 찾는데 많은 도움을 받을 수 있을 것이야."

아슈란은 잠시 침묵하다가 덧붙였다.

"요정들은 유니콘을 감지하는 특별한 감수성을 지녔으니까."

"여마법사라고 하셨습니까?"

키르타슈가 나지막이 반문했다.

"우리 편에 가담하려고 자기 종족을 배신한 요정이다. 희한한 일이다. 그렇지 않느냐? 그렇지만 쓸모 있는 마법사라는 데는 의심의 여지가 없어. 곧 지구로 보내 너를 돕도록 하겠다."

"하지만 저는 말 그대로 대도시인 뉴욕의 펜트하우스에 살고 있습니다. 요정에게 적합한 장소가 아닙니다."

"그러면 예전에 있었던 성을 복원하는 것이 어떻겠느냐? 난 아직까지도 왜 그곳을 포기했는지 이해할 수 없지만, 어찌 되었든 다시 사람이 살게 하는 건 어렵지 않을 텐데. 그렇지?"

키르타슈는 조금 뜸을 들였다 대답했다.

"네, 아슈란님."

"됐다."

아슈란이 다시 등을 돌리고 손톱만큼 남은 태양의 마지막 부분이 사라지는 모습을 응시했다.

"모든 준비를 갖추면 내게 알려라. 그러면 마법사가 차원의 문을 건너 너를 찾아가도록 하겠다."

키르타슈는 알현이 끝났음을 알았다. 고개를 숙이며 나오려고 돌아서는 순간, 아슈란이 이미 문에 이른 그를 불러세웠다.

"키르타슈. 네가 그 여자아이에게 집착하고 있는 게 아닌가 싶구나. 아이셀의 지팡이를 가지고 있다는 아이 말이야."

키르타슈는 대답하지 않았다. 이미 침묵이 충분한 답이 되었다.

"그럴 가치가 있는 아이인가?"

아슈란의 목소리에서 위험한 분위기가 느껴졌다.

"그렇다고 생각합니다. 하지만 원하신다면……"

아슈란이 조용히 하라는 손짓을 하자, 키르타슈가 입을 다물었다.

"그애도 네게 같은 마음을 갖고 있나? 너 때문에 친구들을 버릴 수 있을 것 같으냐?"

"그게 제가 알아내려고 하는 점입니다."

"좋다. 하지만 오래 걸리지는 않게 해라, 키르타슈. 그 아이의 마음에 한 치의 의심이라도 남아 있다면 그럴 가치가 없으니까. 내 말 알겠느냐? 그러면 그 아이를 제거해야 할 것이야. 명심해라."

"명심하겠습니다."

"좋다."

키르타슈는 아무 말도 하지 않고 다시 절을 하고는 그림자처럼 신중하게 홀을 나왔다.

잭이 림바드의 별빛 가득한 하늘을 올려다보았다.

"여긴 달이 없어요. 그런데도 당신이 변할 거라고요?"

알렉산더가 고개를 끄덕였다.

"달이 커지면서 내 안에서도 무언가가 같이 요동쳐. 그걸 느끼고, 냄새도 맡는걸. 이 년 전 독일에서 처음으로 내가 변했던 밤, 그 성 위에서 환하게 빛나던 달이야. 내 몸은 그때부터 계속 그 달의 주기를 따르고 있다. 내가 어디에 있든 달과 함께 변하지."

"알았어요."

잭이 고개를 끄덕였다.

"그게 지나갈 때까지 넌 반드시 나를 묶어서 가둬야 해. 키르타슈 때문에 생긴 상처가 아직 다 아물지는 않았지만, 그래도 난 위험한 존재가 될 거야."

잭이 다시 고개를 끄덕이며 생각에 잠겼다. 두 사람은 알렉산더의 방에 있었다. 알렉산더는 계속 침대에서 누워 지내다 이제 겨우 기운을 회복한 터였다. 잭은 창턱에 앉아 림바드의 부드러운 밤을 응시했다. 건물 옆면에 거대한 조가비처럼 붙어있는 테라스 쪽으로 시선을 돌리자, 건물 끝에 달린 커다란 대리석 물받이에 등을 기대고 난간에 편하게 앉아 있는 하얀 형상이 보였다. 가사 없는 부드러운 멜로디가 림바드의 밤하늘에 울려퍼지고 있었다.

"네가 얘기 좀 해봐."

알렉산더가 말했다.

"네. 사실 요 며칠 동안 행동이 아주 이상해요."

"그 말이 아니야. 내게 일어날 일을 설명해주고, 며칠 동안 림바드에 오지 말라고 말해주라고."

"아, 알았어요. 그렇게 할게요."

알렉산더가 잭을 쳐다보았다. 알렉산더 역시 빅토리아가 시애틀 여행 이후 예전 같지 않다는 걸 알고 있었다. 공상에만 빠져 마치 이곳에 없는 사람인 듯 굴고, 평소보다 더 많은 시간을 숲에서 보냈다. 종종 난간에 앉아 플루트를 불거나, 별을 쳐다보며 혼자 생각에 빠진 채 한숨을 내쉬었다. 공부한다고 책을 펴놓고는 몇 십 분 동안 같은 페이지만 들여다보는가 하면 몇 시간이고 태권도 연습만 할 때도 있었다. 도대체 무슨 일이 있었는지 알 수 없었다. 샤일이라면 알 텐데, 잭은 생각했다.

알렉산더는 다른 사람들의 마음을 남달리 잘 이해해주던 샤일을 떠올렸다. 그가 지금 살아 있다면 내게 뭐라고 이야기해줬을까……

빅토리아가 연주하는 멜로디가 경계의 집을 감싸고 있었다. 달콤하면서도 우수에 젖은 듯한 음악으로, 부드러움과 향수를 동시에 자아냈다. 순간 알렉산더는 샤일이 직접 정답을 속삭여주기라도 한 것처럼 그 상황을 이해하고는 나지막이 말했다.

"사랑에 빠진 거야."

잭이 뭔가에 찔리기라도 한 듯 알렉산더를 돌아보았다.

"빅토리아가 사랑에 빠졌다고요?"

그는 고개를 가로저었다.

"누구한테요? 학교에 남학생은 없고, 내가 알기로는 친구도 많지 않은데요."

알렉산더가 어깨를 으쓱했다.

"아마 태권도 강습을 같이 듣는 친구일 수도 있지. 아니면……"

그가 미소를 지었다.

"어쩌면 너일 수도 있고, 이 녀석아."

잭의 가슴이 빨리 뛰었다.

"나요? 아니에요. 그건 아닐 거예요. 항상 분명히 밝혔는 걸요, 그애한테 나는……"

그는 말을 끊더니 어색하게 마무리지었다.

"아무래도 아니에요."

생각만으로도 고통스러웠다. 빅토리아가 그에게 특별한 감정을 품는다면 그건 분명 멋진 일일 테지만, 그럴 리 없다는 건 잘 알고 있었다. 림바드로 돌아온 지 며칠 되지 않지만, 그 역시 빅토리아 생각이 머릿속에서 떠나지 않았다. 하지만 그녀는 그전보다 더 차갑게 그와 거리를 두었다.

"어쨌든 가서 얘기 좀 해봐. 만월에 대해 말해줘야 해."

잭은 화제를 바꿀 핑계를 찾은 게 다행이다 싶어 고개를 끄덕였다. 계속 이 이야기를 하다가는 결국 알렉산더에게 마음속 이야기를 털어놓을 터였고, 그런다면 그런 자신의 마음을 알렉산더가 빅토리아보다 먼저 알게 될 것이었다. 그건 별로 좋은 생각이 아니야. 몇 주, 몇 달, 혹은 몇 년이 걸리더라도…… 언젠가 직접 빅토리아에게 말해야지. 그 점은 확고했다.

잭은 벌떡 자리에서 일어나 곧장 방을 나섰다.

테라스로 나가보니 빅토리아는 아직도 플루트를 불고 있었다. 잠옷 위로 흰 가운을 입고 있는 걸 보고 잭은 마드리드 시간으로 지금이 밤인 것을 알았다. 그렇다면 빅토리아는 그녀의 방이나 버드나무 아래의 안식처로 곧 자러 갈 것이다. 요즘 들어 그곳에서 보내는 시간이 부쩍 많아졌다.

"빅토리아."

잭이 그녀에게 다가가며 불렀다.

빅토리아가 연주를 멈추자, 잭은 경이로운 마법이 사라진 듯한 느낌을 받았다. 그녀가 낯설고 우수에 젖은, 그러나 애정이 담긴 눈빛으로 그를 보았다. 잭은 순간 할 말을 잃고 그대로 서 있었다.

"괜찮은 거야?"

잭이 물었다.

"방금 알렉산더와 네가 요즘 좀 이상하다고 이야기했었어."

"그래."

빅토리아가 대답했다.

"그냥 좀 지친 것 같아, 그리고…… 할머니께서 아직 화가 나 있어서 말이야, 너도 알잖아…… 시애틀 일 때문에. 수업에 빠졌다고 벌을 주셨어."

"그래, 그래도 할머니께서 주무시는 동안에는 이곳으로 빠져나올 수 있잖아."

잭이 웃었다.

잠깐 침묵이 흘렀다. 빅토리아는 여전히 멍한 시선으로 허공을 바라보고 있었다. 잭은 그녀가 멀리 떨어진 어딘가에 마음을 두고 온 사람처럼 지금 그의 말을 건성으로 듣는 것 같아 마음이 불편해졌다. '알렉산더가 잘못 안 거야. 나한테 반한 게 아니야. 다른 사람을 생각하고 있어.' 그렇게 생각하는 것만으로도 너무 큰 상처였다. 그는 억지로 다른 생각에 집중하려고 무진 애를 쓰며 말했다.

"할 말이 있어. 알렉산더에 대한 거야."

빅토리아가 대화에 집중하려고 애썼다.

"알렉산더는 괜찮은 거지, 그렇지? 상처도 아물어가고……"

"그 말이 아니야. 이 년 전 독일에서 있었던 일 이야기야. 엘리온이 알렉산더에게 한 일 말이야. 그의 몸에 늑대의 영혼을 집어넣었어. 그래서 짐승처럼 변한 거야."

"알아."

빅토리아가 한기를 느끼며 속삭였다.

"나도 봤잖아……"

"그래, 그래서…… 그런데 그 늑대의 본성이 완전히 사라진 게 아니야. 그 본성이 아직도 남아서, 비록 잘 통제하고 있기는 하지만, 때때로…… 풀려나기도 한대."

"무슨 뜻이야?"

"늑대가 그의 몸을 지배한다는 거야…… 보름달이 뜨는 밤에는."

빅토리아가 소스라치며 외마디 소리를 지를 뻔했다.

"그러니까 알렉산더가 늑대인간으로 변한다는 거야?"

잭이 고개를 끄덕였다. 그리고 지난 늦여름 이탈리아에서 마드리드까지 오는 동안 무슨 일이 있었는지 이야기해주었다. 제노바에서 만월이 되자 두 사람은 알렉산더가 변하는 동안 갇혀 있을 장소를 찾아야 했다. 잭이 설명했다.

"삼 일 밤 동안이야. 보름날, 그리고 그 전후로 하루씩. 우리는 들판에 버려진 빈집을 발견했고, 난 그곳 지하실에 그를 가뒀어. 그가 짐 속에 사슬을 가지고 다녔거든. 무슨 뜻인지 알아? 늑대로 있는 동안 조심하려고, 아무도 다치지 않게 하려고 그러는 거야. 내가 직접 사슬에 채워 사흘 밤 동안 문을 지켜야 했지."

"끔찍했겠구나."

빅토리아가 몸을 떨며 말하자 잭이 어깨를 으쓱했다.

"좋게 생각하려고 해. 더 나빴을 수도 있잖아. 우리가 성에서 빠져나왔을 때 그가 어땠는지 기억나? 영원히 그 상태였을 수도 있었어."

빅토리아가 고개를 끄덕이고 따뜻한 미소를 보내며 말했다.

"그래서 나는 네가 좋아. 넌 항상 사물의 좋은 점을 보거든."

"어, 그래? 고마워."

잭이 당황해하며 시선을 피했다.

"그러니까 이 경우는…… 벌써 거의 보름달이 떠오르니까…… 또 같은 일이 일어날 거야. 오 일 후에. 그리고 그가 원하는 건…… 아니, 우리 두 사람이 바라는 건……"

그가 말을 고쳤다.

"네가 그동안 림바드에 오지 않았으면 해."

빅토리아가 항변했다.

"왜? 너도 알다시피 이제는 나도 그렇게 무방비 상태는 아니야. 알렉산더가 사나워지더라도 나 자신을 지킬 수 있다고. 그리고 네가 그를 통제하는 걸 도와줄 수도 있고……"

"알아, 너 스스로 지킬 수 있다는 거."

그는 빅토리아를 진정시켰다.

"키르타슈와 맞섰던 날 충분히 보여줬지. 네가 알렉산더의 목숨을 구했잖아."

빅토리아가 어깨를 으쓱했다.

"그때는 아주 조심했으니까. 그뿐이야."

하지만 그후 잭의 생명을 구했던 것도 어쩔 수 없이 떠올랐다. 정확히 말하자면 지팡이로 구한 게 아니라……

'입맞춤으로.'

빅토리아는 생각했다. 그리고 이렇게 말했었지.

'네게 조금이라도 의미가 있다면…… 오늘 밤에는 잭을 건드리지 말아줘.'

그리고 키르타슈는 그녀의 부탁을 들어주었다. 그가 정말로 그녀에게 어떤 감정을 가지고 있다는 뜻일까? 생각만으로도 심장이 마구 뛰었다.

하지만, 그럼 잭은? 적과 입맞춤해 잭의 목숨을 구한 것이다. 잭이 이 사실을 알게 되었을 때의 표정을 생각하자 오싹해졌다.

잭이라면 그의 생명을 구해달라고 간청하기보다는 결과가 어찌 되든 키르타슈와 맞서기를 원했을지도 모른다는 생각이 들었다.

부끄러워진 빅토리아는 잭의 얼굴을 똑바로 볼 수가 없어 고개를 떨어뜨렸다. 그 일을 생각할 때마다 점점 더 그를 배신하는 기분이 들었다. 비록 잭과 빅토리아 사이에 아무 일도 없다 해도, 아무리 단순한 친구 사이라 해도, 잭은 키르타슈를 극도로 증오하고 있었다. 빅토리아가 키르타슈와 키스한 일은 잭의 등에 비수를 꽂는 것과 같았다.

"너 때문에 그러는 게 아니야."

빅토리아의 마음을 뒤흔드는 감정의 소용돌이와는 상관없이 잭이 계속 말했다.

"알렉산더는 혹시라도 자기가 널 해칠까봐 걱정하고 있어. 속으론 네가 자신의 모습을 보지 않았으면 하는 마음이 더 큰 것 같아."

빅토리아는 대화에 집중하려고 노력했다.

"하지만…… 너는 남아 있을 거잖아."

그녀는 간신히 말할 수 있었다.

"누군가 그 일을 해야 하니까. 자, 빅토리아. 그렇게 심각한 일은 아니잖아. 알렉산더를 위해서 그렇게 할 거지? 가엾게도 벌써 상태가 악화되고 있는 것 같아."

빅토리아가 억지로 미소를 지으며 말했다.

"물론이야."

"좋아, 그러니까…… 그게 다야."

잭이 어색한 듯 중얼거렸다.

"이젠 귀찮게 하지 않을게."

잭이 벌떡 일어나자 빅토리아가 팔을 잡아 세웠다.

"잭……"

두 사람이 서로 바라보았다. 빅토리아의 눈에 물기가 어려 있었다. 잭은 심장이 죄어오는 것 같았다.

"무슨…… 일이야?"

별안간 빅토리아가 그의 목에 팔을 두르고 몸을 떨더니 어깨에 얼굴을 묻었다. 잭은 당황한 채 안아주었다. 이렇게 가까이 빅토리아를 안자 용암처럼 심장이 타오를 듯 뜨거워졌다. 마음대로 할 수만 있다면 영원히 이 포옹을 풀고 싶지 않았다.

"부탁이야."

빅토리아가 귓가에 속삭였다.

"제발, 잭, 나를 미워하지 마……"

"무슨……?"

잭이 안절부절못하며 말했다.

"널 미워한다고, 내가……? 난……"

잭은 세상 그 누구보다도 너를 좋아해, 라고 말하려 했다. 하지만 빅토리아는 돌연 몸을 떼더니 집 안으로 달려갔다. 잭은 테라스에서 어찌할 바를 모른 채 우두커니 서서 모든 여자가 다 이렇게 복잡한 건지, 아니면 빅토리아만 그런 건지 모르겠다고 생각했다.

빅토리아가 일주일 내내 림바드에 오지 않자, 잭은 자신이 그녀에게 뭔가 잘못한 건 아닌지 불안한 마음이 들었다. 시간이 지나면서 의심과 고통이 점점 더 그를 괴롭혔고, 그곳에서 나갈 수도 그녀와 소통할 수도 없다는 사실에 고통스러워졌다. 림바드에는 영원한 밤이 계속되고 있었고, 빅토리아도 언제 돌아올지 모르는 상황이었다. 그녀가 속으로 무슨 생각을 하는지도 전혀 알 수 없었기 때문에 잭은 미칠 것만 같았다. 마침내 그는 다른 일에 몰두하기로 했다.

　만월이 다가오자, 알렉산더는 점점 더 고약하게 굴었고, 눈은 노르스름한 빛으로 번득이기 시작했다. 지하실 문이 오랫동안 부서져 있던 상태라, 잭과 알렉산더는 그가 완전히 변하는 밤이 오기 전에 문을 고치려고 온 힘을 쏟고 있었다. 낮 시간에는 검술 연습을 하거나 만월을 대비하며 시간을 보냈는데, 무엇보다 이야기를 많이 나누었다. 지난 이 년 동안 많은 일들이 있었기에, 두 사람은 서로의 모험과 경험을 나누었다.

　하지만 아무리 바쁘게 지내려 해도, 잭은 빅토리아에 대한 생각을 멈출 수 없었다.

　한편 빅토리아는 자기 세상에만 갇혀 깊은 우울증에 빠졌다. 수업에도 신경을 쓰지 않아, 여러 차례 꾸중을 들었다. 거의 먹지도 않고, 밤에는 잠을 이루지 못했다. 이어폰을 꽂고 키르타슈의 음악만 들으며, 그를 다시 만나는 꿈과 입맞춤을 떠올리며 시간을 보냈다. 다시 그와 입맞추고 싶었다. 그러나 그럴 때마다 점점 더 자신이 비참하게 느껴질 뿐이었다.

할머니는 손녀가 평소와 다르게 우울하다는 걸 알고 대화를 나눠보려고 했지만, 빅토리아는 애매하게 얼버무리기만 할 뿐이었다. 그러나 할머니는 곧 알아챌 수 있었다. 손녀에게 무슨 일이 생겼는데, 그것이 다름 아닌 사랑이라는 걸. 하지만 빅토리아는 창피해하며 그 무언의 질문에 대답하지 않았다. 할머니는 모두 이해한다는 눈으로, 빅토리아의 마음속 깊은 곳까지 다 읽기라도 한다는 듯 미소를 지으며 말했다.

"네가 벌써 열네 살이구나. 힘든 나이지. 무슨 안 좋은 일이 있는 거 같구나. 하지만 곧 지나갈 거다. 그러면 어른이 되고 더 현명해진단다. 잘 견뎌내거라……"

빅토리아는 고개만 끄덕일 뿐 아무 말도 하지 않았다. 그리고 다시 혼자 있게 되자 처음으로, 어쩌면 정말로 키르타슈를 사랑하게 되었는지도 모른다고, 그게 사실일지도 모르겠다는 생각이 들었다. 그를 생각할 때마다 심장이 점점 더 빨리 뛰었다. 그녀는 머리를 베개에 묻었다. 어떻게 이런 일이 일어날 수 있지? 어떻게 키르타슈가 나를 유혹하고 속였는데도 그냥 내버려뒀을까, 왜? 자신이 나약하게 느껴졌다. 저항군에 속할 자격이 없다는 생각이 들었고, 그녀의 목숨을 구하려다 죽은 샤일이 떠올랐다. 반면에 자신은, 무엇을 했던가? 키르타슈와 단둘이 만나 키스를 허락하고…… 그에게 반하고 말았다.

잭에게 전부 털어놓고 싶었다. 하지만 잭은 그녀를 이해하지 못할 것이다. 키르타슈와 관련된 일이라면, 음악에서부터 옷 색깔에 이르기까지 모든 것이 잭을 미치게 했기 때문이다. 그리고 빅토리아가 그런 잭에게 뭐라고 할 입장도 못 되었다.

불면의 날들이 계속되다 마침내 키르타슈를 영원히 잊기로 결심한 밤, 그가 다시 빅토리아를 불렀다.

그녀의 의식 어디에선가 키르타슈의 목소리가 들려왔다. 그가 가까이 있는 것이다. 심장이 두근두근 고동치는 가운데, 빅토리아가 일어나 옷을 입고 까치발로 조용히 방을 나섰다.

밖으로 나온 그녀는 고개를 들어 하늘을 바라보았다. 한없이 아름다운 달이 떠 있었다. 그제야 알렉산더와 잭이 떠올랐고, 림바드에 남아 있는 두 사람의 안부가 궁금해졌다.

그녀는 넓은 계단을 서둘러 내려가 본능에 따라 걸어갔다. 그리고 그 본능은 그녀를 곧바로 키르타슈에게로 데려갔다.

키르타슈는 저택 뒤편에 있는, 작은 소나무 숲을 굽어보는 누각에서 기다리고 있었다. 그는 돌계단에 앉아 보름달을 응시하고 있었다. 빅토리아가 그의 옆에 앉았다. 두 사람은 한동안 말없이 달을 쳐다보고 있었다.

"아름다운 달이야, 그렇지?"

빅토리아가 속삭였다.

키르타슈가 조용히 고개를 끄덕였다. 빅토리아는 키르타슈가 아름다움에 사로잡힌 듯 보름달을 쳐다보고 있다는 사실에 놀랐다. 그는 빅토리아가 자신을 주시하고 있음을 깨닫고는 그녀의 이름을 불렀다.

"빅토리아."

"키르타슈."

바로 앞에서 그의 이름을 불러보는 것은 처음이었다. 무슨 이유에서인지 그가 괴로워한다는 게 느껴졌다.

"왜 온 거야?"

"네가 나를 불렀으니까."

빅토리아는 당연한 일이라는 듯 순순히 이야기했다.

"왜 그날 밤 잭을 죽이지 않았어?"

"네가 그러지 말라고 부탁했으니까."

빅토리아의 심장이 너무 빨리 뛰어 가슴 밖으로 튀어나올 것 같았다. 이렇게 간단하고, 직접적이고, 분명한 대답이라니. 불가능했다. 두 사람이 서로에게 감정을 느끼다니.

그렇지만……

얼음 같은 키르타슈의 눈빛에 홀린 듯, 빅토리아가 다시 낮은 목소리로 그의 이름을 불렀고, 그 속삭임은 한숨으로 이어졌다.

"키르타슈……"

그녀가 혼몽한 가운데 정신을 차리려 애쓰며 물었다.

"네 이름은 무슨 뜻이야?"

키르타슈는 잠시 입을 다물고 있다가 대답했다.

"고대 이둔어에서 파생된 말이야. '뱀'이라는 뜻이지."

"마음에 안 들어."

빅토리아가 오싹한 기운을 느끼며 말했다.

"다른 식으로 불러도 돼?"

키르타슈가 어깨를 으쓱했다.

"너 좋을 대로 해. 하지만 그냥 이름일 뿐인 걸, 빅토리아처럼."

그가 빤히 쳐다보자, 빅토리아는 얼굴이 화끈거렸다.

"그건 그냥 이름일 뿐이라고, 안 그래? 더 중요한 건 안에 있는 우리가 어떤 사람인가 하는 거지."

빅토리아는 그가 무슨 말을 하는지 이해할 수 없어 시선을 피하며 속삭였다.

"지구에서 너는 크리스 타라라고 알려져 있잖아. 왜 그 이름을 고른 거야?"

"내가 고른 게 아니야. 매니저가 내 원래 이름을 제대로 발음할 줄 몰라서 자기가 그렇게 바꾼 거야. 나한테는 아무래도 마찬가지야. 이미 말한 것처럼 그냥 이름일 뿐이니까."

"크리스는 무슨 뜻이야? 크리스토퍼, 크리스티안······?"

"네 마음대로 생각해."

"크리스티안? 크리스티안이라고 불러도 돼?"

"날 제대로 나타내지 못하는 거 같은데, 안 그래? 키르타슈가 내 개성에 딱 맞는 이름이지."

그가 냉소적으로 말하자 빅토리아가 맞받아쳤다.

"하지만, 네가 말한 것처럼 그건 그냥 이름일 뿐이잖아."

키르타슈가 씩 웃더니 빅토리아를 보았다.

"그렇다면 크리스티안이라고 불러. 그게 더 좋다면, 그게 내가 누군지 잊게 해준다면, 너와 네 친구들을 제거하기 위해 파견된 이둔의 암살자라는 사실을 잊게 해준다면 말이지."

빅토리아가 불편한 듯 눈을 돌렸다.

"그래도 난 계속 널 빅토리아라고 부를 거야, 네가 괜찮다면."

그리고 덧붙였다.

"그럼 나는 널 죽여야 한다는 사실을 잊게 되거든."

빅토리아는 혼란스러워하며 고개를 흔들었다.

"하지만 넌 날 죽이고 싶어하지 않잖아."

"맞아. 널 죽이고 싶지 않아."

"왜?"

그가 손을 들어 빅토리아의 턱을 감싸고, 그녀의 고개를 부드럽게 들어올렸다. 그 영원의 시간 동안 그녀는 그의 눈빛에 빠지는 것만 같았다. 그가 고개를 숙여 키스를 하려고 하자 빅토리아는 심장이 터질 것 같았다.

하지만 그는 키스하지 않았다.

"넌 너무 많은 질문을 하는구나."

"당연하잖아."

그녀는 조금 뒤로 물러서며 실망감을 감추려 애쓰며 대답했다.

"키르타슈, 난 너에 대해 아무것도 몰라. 반대로, 넌 나에 대해 뭐든 다 알고 있고."

"그래, 맞아. 난 네가 아직 모르는 사실들도 알고 있지. 하지만 내게도 배워야 할 새로운 것들은 언제나 있어. 예를 들면 이 집이 그렇지."

그가 저택을 가리켰다.

"우리 집에 무슨 일이 있는데?"

"너를 보호하는, 호의적인 아우라 같은 게 있어. 그것 때문에 아주 불쾌해."

"그냥 우리 할머니 집이야."

빅토리아가 당황하여 중얼거렸다.

"물론이야. 그분은 그냥 네 할머니일 뿐이지."

크리스티안이 웃으며 농담처럼 한마디 했다.

"어쨌든, 이곳에 살면 너한테 좋을 거야. 많은 위험에서 지켜줄 테니까."

"너로부터도?"

크리스티안이 다시 강렬한 눈빛으로 보자 빅토리아는 몸을 떨었다.

"나한테서 널 지킬 수 있는 건 거의 없어, 빅토리아. 이 집이라도. 보다시피 난 이미 여기 있잖아."

빅토리아가 눈길을 돌렸다.

"왜 내게 이런 말을 하는 거야? 혼란스럽잖아. 내 마음을 모르겠어. 네 마음이 어떤지도 모르겠고."

크리스티안이 어깨를 으쓱했다.

"그게 중요해?"

"당연히 중요하지! 네가 계속 날 놀릴 수는 없어, 알아? 나도 감정이 있다고. 너한테는 없을지도 모르지만…… 내가 무엇에 마음을 뺏긴 건지 알아내야 한다는 걸 이해해줘. 네가 어떤 마음인지, 내가 정말로 네게 소중한 존재인지 알고 싶고, 나는……"

갑자기 그녀는 말을 중단했다. 그가 빅토리아의 팔을 잡고 가까이 다가왔다. 그의 숨결이 그녀에게 느껴졌다.

"내가 널 죽여야 한다는 걸 알잖아."

크리스티안이 말했다.

"그런데 난 아직 그러지 않고 있어. 그럴 생각조차 하지 않지. 그게 나한테 어떤 문제를 일으킬지 넌 짐작도 못할 거야. 나한테 네가 중요하냐고? 너한테 난 어떤데?"

크리스티안이 풀어주자, 빅토리아는 멍한 채 심호흡을 했다. 가슴은 여전히 두방망이질치고 있었다. 정신을 차리는 데 조금 시간이 걸렸다. 그녀는 다시 크리스티안을 쳐다보았다. 하지만 그는 다시 돌아서서 석고상처럼 꼼짝 않고 진지한 자세로 달을 응시하고 있었다.

"하지만 우리 두 사람의 감정이 어떻든 변하는 건 없어."

빅토리아가 작은 소리로 말했다.

"너는 계속 우리랑 싸울 거니까. 맞지?"

"그리고 너는 계속 럼바드에 숨어 있을 거고."

그가 돌아보지 않은 채 대답했다.

"어느 정도까지는 괜찮아. 왜냐하면 그때가 오면…… 그래 알게 되겠지, 빅토리아. 언제까지나 숨어 있을 수는 없어. 내가 아니더라도 널 죽이러 다른 사람이 갈 거야. 누군가 널 죽이기로 작정하면 목적을 이룰 때까지 멈추지 않을 거야. 죽음을 피할 유일한 방법은 우리가 한편이 되는 거야."

크리스티안은 빅토리아를 향해 돌아섰다. 그리고 그녀의 어깨를 붙잡고는 눈을 똑바로 바라보았다.

"이미 한번 말한 적이 있지만 다시 말할게. 나와 같이 가자."

그의 강렬한 눈빛은 전류가 흐르는 듯, 뭔가 말하려는 듯 신비로운 약속과 비밀로 가득 차 있었다. 빅토리아는 그 눈빛에 자신이 사로잡혔음을 깨달았다. 앞으로 절대로 이 눈빛을 잊지 못할 것이었다.

"이둔으로?"

가느다란 목소리로 빅토리아가 물었다.

"이둔으로."

크리스티안이 단호하게 말했다.

그가 손을 떼자, 빅토리아는 갑자기 혼자가 된 듯 공허한 느낌이 들었다. 이둔은 어떤 곳일까, 그렇게 많은 이야기를 들었지만 아직 가본 적이 없는 그 세계가 궁금했다. 날개 달린 괴물 뱀인 셰크들이 그곳을 침공했다는 말이 기억났다.

"혹시 셰크를 본 적이 있니, 크리스티안?"

크리스티안이 웃음을 참는 듯한 표정을 지었다.

"그럼, 아주 자주."

"어떤 것들이야?"

"네 상상처럼 그렇게 끔찍하지는 않아. 그들은…… 나름대로 아름다워."

빅토리아가 한마디 하려 했다. '잭은 뱀을 질색해.' 하지만 입을 다물었다. 잭의 이름을 언급하는 게 별로 좋은 생각이 아니라는 직감이 들었던 것이다.

잭이 떠오르자, 키르타슈를 따라간다면 다시는 친구들을 못 볼 거라는 생각이 들었다. 하지만 그보다 더 안 좋은 일은 친구들을

배신하게 되리라는 사실이었다. 크리스티안의 손에 죽게 될 거라
는 생각보다 더 무시무시했다. 당황스럽고 수치스런 마음이 들었
다. 그때 크리스티안이 날 죽였더라면, 그랬다면 모든 일이 훨씬
더 간단해졌을 텐데.

그녀는 이런 생각을 머릿속에서 떨쳐버리려 했다.

"그러면…… 아슈란, 네크로맨서와도 아는 사이야? 개인적으
로?"

짧은 침묵이 흘렀다.

"그래."

마침내 크리스티안이 대답했다.

"아주 잘 아는 사이지."

그는 빅토리아를 향해 미소를 지었다.

"우리 아버지거든."

빅토리아가 기겁하며 그를 쳐다보았다.

"뭐라고?"

간신히 나온 말이었다.

그녀는 벌떡 일어나, 두려움에 뒷걸음쳤다. 크리스티안……
키르타슈…… 네크로맨서 아슈란의 아들이라니, 놀라 까무러칠
것만 같았다. 하지만 가능한 일이었고, 그러고 보니 많은 의문이
해소되었다.

크리스티안은 여전히 미소를 지은 채 일어서서 다가왔다. 그녀
는 계속 뒷걸음질치려 했지만 누각 난간에 부딪혔고, 정신을 차
리고 보니 그가 아주 가까이에서 그녀의 눈을 들여다보고 있었

다. 그가 속삭였다.

"내가 약속을 지키지 않을 거 같아? 나랑 같이 가면, 이둔의 황후가 될 거라고 말했잖아. 내가 거짓말한다고 생각한 거야? 빅토리아, 우리 세상은 거대하고 아름다워. 그리고 우리, 너와 나 두 사람의 것이지, 네가 원하기만 한다면."

"하지만……"

빅토리아는 안타깝게 속삭였다.

"난 할 수 없어……"

무슨 이유에서인지 잭의 모습이 머릿속에서 떠나지를 않았다. 웃고 있는 잭, 초록빛 눈에 애정을 담아 그녀를 바라보는 잭……

"그럴 수 없어……"

빅토리아가 작은 소리로 말했다.

크리스티안은 여전히 그녀를 바라보고 있었다. 유리 얼음처럼 차가웠던 푸른 눈에는 다정함이 가득 담겨 있었다. 그런 눈빛은 처음이었다.

"안 돼……"

빅토리아가 절망적으로 중얼거렸다.

하지만 크리스티안이 고개를 숙여 키스하려 하자, 그녀는 그의 목에 팔을 두르고 더 가까이 다가가 눈을 감고 그가 하는 대로 몸을 맡겼다. 그의 입술이 자신의 입술을 스치자, 머리부터 발끝까지 전율이 일었다. 온몸이 녹아드는 입맞춤이 끝나자 두 사람은 몸을 떨며 보름달 아래 서로를 포옹한 채 가만히 있었다. 이제 빅토리아의 머릿속에는 잭도, 알렉산더도, 샤일도 없었다. 이둔도,

아슈란도 없었다. 그녀는 크리스티안의 어깨에 머리를 기대고 속삭였다.

"사랑해."

크리스티안은 아무 말도 하지 않고 그녀를 꼭 안아주었다.

그러나 두 사람 중 누구도 저택 창문에서 자신들을 지켜보고 있는 그림자를 눈치채지 못했다.

분노의 불

잭이 막대기를 휘두르며 가쁘게 숨을 내쉬었다. 짐승은 잭을 조심스럽게 살피며 쉬지 않고 낮은 소리로 으르렁거렸다.

"안 돼요, 알렉산더."

잭은 그 짐승이 알렉산더가 아니고, 그렇기 때문에 자신의 말을 듣지 않는다는 걸 잘 알면서도 말했다.

첫날 밤 쇠사슬은 기적적으로 잘 견뎠다. 하지만 둘째 날 밤, 늑대가 있는 힘을 다해 몇 시간 동안이나 던지고, 물어뜯고, 이로 갉고, 흔들어대자 쇠사슬은 풀려버리고 말았다.

잭은 늑대를 죽일 수도 있었다. 도미바트를 휘두를 수 있었다. 원하기만 했다면 그 칼날에 아주 살짝 스치기만 해도 늑대는 불길에 휩싸여 산산조각이 나버렸을 것이다.

하지만 잭은 그런 식으로 맞설 수는 없었다. 그 짐승의 가죽 아래에는 친구이자 스승인 알렉산더가 숨어 있었다.

늑대가 다시 으르렁거리며 잭을 향해 달려들었다. 그는 간신히 몸을 피하며 늑대를 세게 내려쳤다. 하지만 늑대는 네 발로 땅을 딛고는 고개를 들어 다시 끈질기게 덤벼들었다. 잭은 늑대를 다치게 하고 싶지 않았다. 하지만 막지 않으면 자신이 위험했다.

튼튼한 발과, 무시무시한 송곳니, 날카로운 발톱을 지닌 거대한 회색 늑대는 옆에서 보는 것만으로도 경이로웠다. 하지만 놈의 본능은 피를 요구했고, 잭은 늑대와 너무 가까이 있었다. 그는 막대기가 검이라도 되는 것처럼 휘두르며 늑대의 배를 가격했다. 놈이 괴성을 지르며 뒤로 쓰러졌다. 하지만 그 정도로는 어림도 없었다. 잭은 거칠게 소리를 내지르며 짐승의 등에 올라탔다. 짐승은 잭의 무게에 짓눌려 발이 꺾였는데도 고개를 들고 기를 쓰며 그를 물어뜯으려 했다. 늑대의 턱이 잭의 팔뚝을 파고들었다. 그는 고통스런 비명을 지르고 몸을 흔들어 겨우 빠져나왔다. 그러고는 뒤로 물러서서, 상처 난 팔을 붙잡고 조심스럽게 늑대를 주시했다. 막대기는 멀찌감치 바닥에 떨어져 있었다.

잭은 깊이 숨을 들이마시며, 늑대에게서 눈을 떼지 않았다. 놈은 낮게 으르렁거리며 언제라도 달려들 태세를 갖추고 있었다.

"알렉산더…… 정신 차려요, 제발. 나예요, 잭."

자신이 우스꽝스러웠다. 말을 못 알아듣는 게 분명했다. 몇 걸음 뒤로 물러서자, 늑대도 그만큼 잭을 향해 앞으로 나왔다. 놈은 덮칠 기회를 노리고 있었다. 잭은 생각했다. 기회는 단 한 번이야. 그는 온몸의 근육을 팽팽히 긴장시키며 때를 기다렸다.

드디어 늑대가 공중으로 솟구쳐 날아올랐다. 잭은 가만히 기다리다 늑대가 거의 머리 위에 왔을 때 재빨리 자리를 벗어났다. 그러고는 늑대 등 위로 몸을 날려 짐승을 바닥에 쓰러뜨렸다. 둘은 풀밭 위로 굴렀다. 늑대가 앞발로 잭을 후려치자, 잭의 스웨터가 찢기면서 살갗을 후벼팠다. 고통이 몸 구석구석으로 퍼져나갔지만 잭은 집중력을 잃지 않았다. 젖 먹던 힘까지 짜내 늑대의 목을 두 팔로 감고 세게 조였다. 짐승이 신음 소리를 내며 몸부림을 쳤지만 곧 잠잠해졌다. 움직이면 움직일수록 숨쉬기가 곤란했기 때문이다. 그래도 양쪽 모두가 꼼짝하지 않을 때까지는 몇 분이 더 지나야 했다. 잭이 숨을 헐떡였다.

"이제 됐죠? 이만하면 충분히 재미있었죠?"

늑대가 낮게 으르렁거렸다. 잭은 그제야 긴장을 풀었고, 아침이 오자 안도하며 감사했다. 림바드는 언제나 밤이지만, 잭은 늑대인간의 증세가 언제 끝나는지 알 수 있었다. 늑대가 알렉산더로 다시 변하기 전에는 힘이 눈에 띌 정도로 약해졌다.

잭은 짐승을 풀어주었다. 놈은 으르렁거리기는 했지만, 일어설 힘도 없는 듯 그대로 풀밭 위에 뻗어서는 주둥이를 잭 쪽으로 돌린 채 쳐다보기만 했다.

잭은 독일 시간에 맞춰놓은 시계를 보았다. 아침 일곱시가 다 되어가고 있었다. 그는 기진맥진한 채 다리를 절룩거리며 집에 들어와 알렉산더의 옷과 담요를 찾았다.

잭이 돌아왔을 때도 늑대는 여전히 풀밭 위에 늘어져 있었다. 담요를 덮어줘도 쳐다보지도 않았다. 잭도 하늘을 바라보며 풀밭 위에 누웠다. 늑대에 물린 팔은 찢어졌고, 발톱에 할퀴인 가슴은 아직도 따끔거렸다. 하지만 다시 일어날 기운도 없어 눈을 감고 그대로 누워 있었다.

"대단한 밤이었어요. 그렇죠?"

"네가 그렇게 말한다면야."

알렉산더의 목소리였다.

"도대체 내가 어떻게 그 사슬들을 끊은 거지?"

"맞혀봐요."

잭이 속삭였다. 온몸이 아팠다. 물린 자국들 외에도, 사방이 온통 긁히고 멍든 자국이었다.

알렉산더가 상체를 조금 일으켰다. 다시 본래의 모습으로 돌아와 있었지만 머리는 온통 흐트러진데다 눈은 여전히 사납게 번득이고 있었다. 알렉산더가 말했다.

"다른 방법을 찾아야 해."

잭이 하품을 했다.

"어떤 방법이요? 더 강한 사슬을 말하는 거예요? 아니면 수면제? 아, 그것도 좋은 생각이겠네요. 왜 우리가 이 생각을 못했죠?"

알렉산더가 잭을 보며 잠시 생각에 잠겼다. 모든 일을 좋게 생각하는 잭의 느긋한 성격이 부러웠다.

"엉망진창이구나, 녀석. 들어가서 상처나 치료하는 게 낫겠다."

잭이 힘차게 일어나 구급상자를 보였다.

"내가 뭘 가져왔는지 봐요. 난 선견지명이 있다니까요."

알렉산더가 웃었다. 과산화수소수로 팔의 상처를 소독하는 동안 잭은 빅토리아를 생각했다.

"빅토리아가 돌아올까요? 벌써 일주일째 오지 않고 있어요."

"네가 오지 말라고 했잖아, 아니야?"

"네, 하지만…… 난 어제 오늘만 오지 말라고 했어요. 그런데 벌써 일주일째 럼바드에 모습을 보이지 않고 있어요. 내가 무슨 기분 상할 말이라도 한 건 아닌지 모르겠어요. 왜냐하면…… 뭐, 좋아요, 어쨌든 빅토리아가 다른 애들이랑은 많이 다르고, 나도 가끔 좀 실없는 소리를 하기는 하지만……"

"올 거다, 잭."

알렉산더가 잭을 안심시켰다.

"빅토리아가 돌아오지 않으면 우리는 이곳에서 나갈 수 없어. 그애도 그걸 알고 있고. 설마 이런 식으로 우리를 버려두겠어?"

"당신 말이 맞아요."

잭이 중얼거렸다.

"가끔, 특히 최근 들어 그녀를 잃어가고 있다는 기분이 들어서요. 그런데 난 무얼 어떻게 해야 할지 모르겠어요."

알렉산더가 깊이 숨을 들이쉬더니 눈을 감았다. 무슨 말을 해줘야 할까. 잭은 지금 충고를 구하고 있다. 그러나 나는 이런 일은 영 젬병이니.

"네가 그애에게 어떤 감정을 갖고 있는지 말해야 할 것 같다."

마침내 그가 의견을 말했다.

잭이 미소를 지었다. 알렉산더가 이미 자기 마음을 알고 있다는 것이 놀랍지 않았다. 알렉산더가 보기에는 모든 게 분명했고, 그의 관점에서 보자면 오히려 빅토리아가 아직 알아차리지 못한다는 것이 이상했다.

"내가 빅토리아에게 갖는 감정 말이에요?"

잭이 물었다.

"장담하지만, 빅토리아는 알고 싶어하지 않을 거예요. 내게 너무 쌀쌀맞게 굴거든요. 이 년은 너무 긴 시간이었어요. 나를 친구로 좋아하는 건 분명하지만, 지금 내 마음속 이야기를 전부 말한다면…… 아마 도망가버릴걸요."

"왜 그렇게 확신하지?"

"그애는 지금 다른 사람을 사랑하고 있거든요."

"이 년 전에는 널 사랑했다."

잭이 이상하다는 듯 알렉산더를 보았다.

"빅토리아가 날 림바드에서 떠나게 해주었어. 그 이유가 뭔지 알아? 내 안의 짐승이 널 죽이게 될 거라고 말했던 거 기억하지?"

"네, 기억나요."

"그때 나는 그녀에게서 두려움과 공포와 절망의 냄새를 맡았어. 그때까지만 해도 빅토리아는 나를 그렇게까지 무서워하지는 않았다. 적어도 내가 그 말을 하기 전까지는 말이야. 그녀가 나를 보내준 건 널 보호하기 위해서였어. 단지 너를 위해서라고."

잭은 눈을 감았다. 아찔했다. 그때 일이 전부 기억났다. 알렉산더가 떠난 지 겨우 몇 시간 후 잭 자신도 그를 찾아 빅토리아를 혼자 남겨두고 림바드를 떠났던 것이다.

"그리고 너도 그애를 혼자 남겨두고 떠나버렸지."

알렉산더가 마치 잭의 생각을 읽기라도 한 듯 말을 마무리지었다.

"그 일 때문에 아직도 죄책감을 느껴요."

잭이 한숨을 내쉰 후 괴로운 듯 덧붙였다.

"바로 그때 난 그애를 영원히 잃은 거예요, 그렇죠?"

"잘 모르겠구나. 그후로도 넌 계속 빅토리아에게 아주 특별한 사람이었어."

잭이 한숨만 푹 내쉴 뿐 아무 말도 하지 않았다. 헛된 꿈은 꾸지 않는 게 나았다.

시선을 돌려 테라스를 바라보았다. 빅토리아 없이 어떻게 이 년을 보낼 수 있었는지 스스로도 믿을 수가 없었다.

"저 테라스가 무슨 용도로 사용되었는지 알아?"

알렉산더가 물었다. 잭은 고개를 가로저었다.

"예전에 용들이 이둔에서 지구로 올 수 있었던 시절이 있었다. 그때 가끔 림바드에도 왔다는군. 이 집의 테라스는 그들이 수월하게 내려앉을 수 있도록 지은 거야."

"착륙장 같은 거군요."

잭이 중얼거렸지만 알렉산더는 그 말을 이해하지 못했다. 갑자기 잭의 머릿속을 스치고 지나가는 게 있었다.

"알렉산더, 그 용은 어떻게 찾아낸 거였어요? 우리가 찾고 있는 용 말이에요."

"자세히는 기억나지 않아. 전부 잊으려 했거든, 키르타슈에게 잡히면…… 그가 내 머릿속에서 용과 관련된 건 읽을 수 없게 하려고."

"그래서 그 일에 대해 아무 말도 하지 않는 거예요?"

알렉산더가 고개를 끄덕였다.

"하지만 이젠 그렇게 중요한 것 같지도 않아."

잭은 기다렸다. 알렉산더가 다시 풀밭 위로 드러눕더니 이야기하기 시작했다.

"기억나는 거라곤, 그때 난 남쪽에 있는 용의 왕국 아위노르로 가고 있었다는 거야. 우리 수색대원의 수는 꽤 많았지. 예언을 실현하기 위해 아무 용이라도, 적어도 단 한 마리라도 구해야 했거든.

하지만 남아 있는 용은 없었어. 어찌 된 일인지 여섯 천체가 창공에서 서로 결합하자 용들에겐 치명적인 결과를 가져왔지. 그냥 그대로…… 불길에 휩싸인 거야. 그러고는 유성처럼 하늘에서 떨어져내렸어. 곧바로 아위노르 전체가 불타버렸지. 그렇게 용의 왕국도 함께 죽어버렸어."

잭은 가슴이 옥죄어오는 기분이 들었지만 참고 기다렸다. 알렉산더가 말을 이었다.

"내가 아위노르에 도착했을 때, 그곳은 온통 재로 덮인 살벌한 황무지에 지나지 않았어. 사방에 용의 사체들이 흩어져 있었는데, 정말 끔찍한 광경이었지.

하지만 난 계속 찾아다녔어. 그러다 어떻게 된 건지 잘은 모르겠지만, 둥지 하나를 발견했지. 용들은 철통같이 알을 지키기 때문에 정상적인 상황이었다면 들어갈 엄두도 못 냈겠지만, 당시 상황은 너무 절망적이었어. 용들의 시대가 끝난 거야. 감히 해서는 안 되는 생각이었지만, 마음속으로는 용이 한 마리도 남아 있지 않을 거라고 생각했지.

알은 전부 깨져 있었어. 새끼들도 모두 죽어 있었고. 어떤 새끼들은 껍데기에서 채 다 나오지도 못한 채 죽었지.

그런데 안쪽에 아직 멀쩡한 알이 보였어. 껍질 안에서 긁는 소리가 들리는 것 같았어. 기다렸지…… 그러자 껍데기가 깨지고, 안에서 새끼용이 나왔어. 금방이라도 숨이 끊어질 듯 바르르 떨고 있었지만 분명히 살아 있었어. 그게 바로 황금용이었지."

"황금용이라구요? 뭔가 특별한가요?"

"아주 진귀한 용이야. 일반적으로 용은 금속 빛깔을 띠지 않아. 그런데 가끔 황금빛이나 은빛이 도는 비늘을 가진 용이 태어나기도 하지. 만분의 일 정도의 확률이랄까. 어쩌면…… 자세히 설명해줄 순 없지만 어쨌든 그들은 특별한 존재야. 용들은 그런 색을 갖고 태어난 새끼들이 위대한 업을 이룰 운명이라고 믿어. 그 순간 나도 이 용이 살아남을 것이고, 바로 그것이 예언이 전하는 용이라는 걸 알 수 있었지.

나머지 이야기는 네가 이미 아는 대로야. 내가 카슬룬 탑으로 용을 데려갔고, 용은 살아남아 여행을 하게 된 거야. 그리고……"

알렉산더가 잠시 쉬었다가 덧붙였다.

"그 용이 지구에서도 살아남았기를 바라."

"이름은 지어줬어요?"

알렉산더의 얼굴에 그리움이 스쳐 지나갔다.

"사실 아무에게도 그 이야기를 한 적은 없는데. 그 용과 나 사이에 뭔가 있다는 생각이 들었거든. 내가 부른 이름은…… 웃지 마…… 얀드라크야."

잭이 웃었다. '얀드라크'는 이둔어로 '최후의 용'을 뜻했다.

"상상력이 그다지 풍부하지 않아서 말이야."

알렉산더가 변명했다.

"딱 맞는 이름이에요. 그 이름 그대로에요. 얀드라크가 지금은 어디 있을까요? 뭘 하고 있을까요?"

"아마…… 우리처럼 별을 보고 있겠지."

알렉산더가 미소를 지었다.

"이둔의 별일까요, 지구의 별일까요?"

"그냥 별."

빅토리아는 이틀 뒤에 림바드로 돌아왔다. 잭은 그녀가 지난번 테라스에서 마지막으로 만났을 때보다 더 행복해 보인다고 생각했다. 하지만 무슨 이유에서인지 그녀는 그를 피하며 눈도 마주치려 하지 않았다. 그녀가 무슨 생각을 하는지 알 수 없었다. 여전히 다른 사람에게 마음을 주고 있는 듯했지만, 하지만 왜 나를 이런 식으로 대하는 걸까? 잭은 그녀와 얘기를 해봐야겠다고 생각했다.

기회는 의외로 빨리 왔다. 이둔에 돌아온 빅토리아가 가장 먼저 한 일이 잭의 상처를 치료하는 것이었기 때문이다. 그녀는 마법이 효과를 더 잘 발휘하는 버드나무 아래의 안식처로 잭을 데려갔다. 부드럽고 따뜻하고 무척 유쾌한 기분이었다. 잭은 이 순간이 영원히 계속되기를 원했다. 하지만 상처가 아물고 치료가 끝나면 두 사람은 경계의 집으로 돌아갈 것이고, 그러면 그녀와 얘기해볼 기회도 사라질 것이다. 그래서 빅토리아가 치료를 끝내자 잭이 먼저 물었다.

"빅토리아, 나한테 화났니?"

"뭐라고?"

빅토리아가 당황해했다.

"아니야, 잭, 너한테 화나지 않았어."

"그럼 왜 요새 이상하게 구는 거야? 왜 내 얼굴도 안 보고 나랑 같이 있는 걸 피하는 건데?"

빅토리아가 별안간 등을 돌렸다. 하지만 잭은 이미 눈물을 글썽이는 그녀의 눈을 보아버렸다. 그는 빅토리아의 옆에 앉아 그녀의 어깨에 한 팔을 둘렀다.

"미안해. 기분 상하게 하려는 게 아니었는데. 부탁이야, 무슨 일인지 말 좀 해봐. 이런 네 모습은 보고 싶지 않아. 내 탓이라면……"

"네 탓이 아니야."

빅토리아가 속삭였다. 그러고는 잭에게 기댄 채 눈을 감았다. 그가 품에 안고 다독여주는데도 그녀는 가만히 있었다.

"내가 아주 나쁜 짓을 저질렀어. 절대로 날 용서하지 못할 거야."

"무슨…… 바보 같은 소리를 하는 거야."

잭이 황당해하며 말했다.

"누구든지 한번쯤은 실수를 해. 게다가 분명 그렇게 심한 일도 아닐 거야."

"아니야, 심해. 더 나쁜 건 내가 할 수 없었다는…… 아니, 피하는 법을 몰랐다는 거야."

"무슨 이야기를 하고 싶은 거니?"

"너한테는 말하고 싶어. 하지만 그러고 나면 네 얼굴을 볼 자신이 없을 거야. 아직 준비가 되지 않았어. 잭, 널 잃고 싶지 않아."

잭은 눈을 감고 그녀를 꼭 끌어안았다.

'나도 널 잃고 싶지 않아. 넌 지금 어디 있는 거니? 너와 함께 있어주고 싶어.'

"네가 날 잃어버릴 일은 없어, 빅토리아. 난 여기 있어, 보이지? 그리고 네가 나를 필요로 하면 언제나 여기 있을 거야. 네가 돌아오기를 기다리면서…… 네가 지금 어디에 가 있든 이곳으로 돌아오기를 기다리면서 말이야."

"하지만…… 하지만 난 여기 있잖아."

빅토리아가 어쩔 줄 몰라하며 속삭이자 잭이 고개를 가로저었다.

"아니, 넌 지금 여기 있지 않아. 먼 곳에 있어…… 내가 쫓아갈 수 없는 곳에."

빅토리아의 두 눈에 눈물이 글썽글썽했다.

"네 말이 맞아, 잭. 난 너무 멀리 있어…… 네가 가장 보고 싶어하지 않는 곳에. 그래서 난 네게 이런 말을 들을 자격이 없어. 네 사랑이나 우정도 받을 자격도 없어."

빅토리아는 돌연 잭에게서 몸을 떼고 벌떡 일어서더니 집 쪽으로 달리기 시작했다. 잭이 일어섰다.

"빅토리아!"

그러나 그녀는 멈추지 않았다.

빅토리아를 이렇게 내버려둘 수는 없었다. 이런 식으로 괴로워하는 모습을 볼 수 없었다. 그녀를 품에 안아 토닥여주고, 진정시켜주고, 귓가에 위로의 말을 속삭여주고 싶었다. 그녀의 기분이 좋아질 수 있다면 무엇이든 하고 싶었다.

빅토리아를 쫓아갔지만 그녀는 이미 건물 안으로 들어간 뒤였다. 잭은 어디에서 그녀를 찾을 수 있을지 직감했다. 재빨리 도서관으로 올라가자 알마가 나타난 구슬에 손을 대고 있는 빅토리아가 보였다. 그녀는 집으로 돌아가려는 중이었다. 하지만 잭은 지난번처럼 오랫동안 그녀를 보지 못하게 될까 두려웠다. 이제 그렇게 오래 기다릴 자신이 없었다. 그는 빅토리아를 향해 달려가 팔을 잡으려고 손을 뻗었지만 소용이 없었다. 그런데 그의 손이 구슬에 들어갔고, 빛이 잭을 감쌌다. 사방이 빙빙 도는 듯하다가, 마음 깊은 곳에서 어디로 가고 싶은지 묻는 알마의 목소리가 들려왔다. 잭은 알마가 당혹스러워하고 있는 걸 감지했지만 어떻게 연결될 수 있었는지는 자신도 설명할 수가 없었다. 구슬을 건드렸을 때 빅토리아의 마법이 계속 작동하고 있었던 것 같았다. 잭은 '빅토리아와 같이'라고 말했다가, 곧 생각을 고쳤다.

'빅토리아의 집으로.'

회전이 멈추자, 잭은 갑자기 컴컴하고 조용한 방에 있었다. 어색하게 주위를 둘러보다 친구의 물건들을 알아보고는 자신이 마드리드의 빅토리아의 방에 있다고 추측했다. 빅토리아를 찾았지만 없었다. 탁자 위의 알람시계는 새벽 두시를 가리키고 있었다. 그녀는 어디에 있는 걸까? 알마에게 이곳으로 데려가달라고 한 것이 과연 옳은 일이었는지 알 수 없었다.

그는 곰곰 생각에 잠겼다. 두 가지 선택이 있었다. 하나는 조만간 돌아올 빅토리아를 이곳에서 기다리는 것이다(이 경우 할머니에게 발각될 위험을 무릅써야 한다). 아니면 그녀가 어디 있는지 알아보러 찾으러 나가는 것이다(이 경우에도 어찌 되었든 할머니에게 발각될 위험이 있기는 마찬가지다).

그는 두번째를 선택했다. 집은 정적에 휩싸인 듯했다. 모두 잠들어 있을 것이다. 설사 이곳에서 발각된다고 해도, 빅토리아의 방이 아닌 다른 곳이어야 했다. 방에서 발각된다면 크나큰 창피를 당하게 될 것이었다.

그는 복도로 나와 소리를 내지 않으려고 조심하며 현관문을 찾았다.

빅토리아는 서둘러 돌계단을 내려와 저택 너머에 펼쳐져 있는 소나무 숲까지 왔다. 숲이 그녀를 부르고 있었다. 림바드의 버드나무 아래에 조금이라도 더 머물고 싶었지만, 잭의 곁에 있을 수가 없었다. 후회가 깊어질수록 괴로움도 더해갔다.

그녀는 나무 아래 풀밭으로 몸을 던졌다. 온몸이 떨려왔다. 혼란스럽고 갈피를 잡을 수가 없었다. 너무 많은 감정이 한꺼번에 몰려와 제대로 생각하기가 힘들었다.

"같은 편을 배신한다는 건 힘든 일이지."

크리스티안의 목소리에 빅토리아는 소스라쳤다. 고개를 들자 별빛 아래 그림자처럼 바로 옆에 우뚝 서 있는 그가 보였다.

"그래…… 내 기분이 어떤지 아니?"

크리스티안이 곁에 앉으며 조용히 고개를 끄덕였다.

"네가, 어떻게?"

"너와 내가 별로 다르지 않다고 이미 말했잖아."

빅토리아는 자신이 어떻게 그의 음악에 빠져들었는지를 떠올렸다. 그리고 고개를 들어 오래전부터 머릿속을 맴돌던 질문을 던졌다.

"노래는 왜 하는 거야?"

크리스티안이 어깨를 으쓱했다.

"여러 가지를 표현하고 싶었거든. 내 음악이 마음에 드니?"

"그래."

빅토리아가 수줍어하며 고백했다.

"노래하는 사람이 너라는 걸 알기 전에는 더 많이 좋아했지. 특히 〈저 너머〉를. 하루 종일 들었을 정도니까."

크리스티안이 미소를 지었다.

"〈저 너머〉…… 널 생각하며 작곡했어."

빅토리아의 심장 박동이 빨라졌다.

"그때 내 생각을 하고 있었단 말이야?"

"항상 네 생각을 했지. 널 죽일 수 있었지만 그렇게 하지 않은 그날 밤부터. 그날 밤 난 너를 죽여야 했어. 그런데 네가 자꾸 신경이 쓰여, 빅토리아. 넌 날 매혹시키지. 네 마음을 들여다볼 때마다 널 지켜주고 싶어져."

빅토리아가 한숨을 내쉬며 크리스티안의 어깨에 머리를 기댔다. 그는 순간 움찔했지만 움직이지는 않았다.

"그게 사랑이라고 생각하니?"

마침내 용기를 내 빅토리아가 물었다.

"굳이 이름을 붙일 필요는 없잖아. 그냥 있는 그대로야."

크리스티안이 대답했다.

"그래, 그럴지도 모르지. 하지만 너에 대해서…… 알 수 없는 게 너무 많아. 날 두렵게 하는 것들도, 그리고 널 용서할 수 없는 이유도."

"알고 있어."

"내가 널 이렇게 잘 알고 있는데도 어떻게 이런 감정이 드는지 모르겠어."

크리스티안이 빅토리아를 똑바로 바라보았다.

"너는 날 안다고 믿지만 모르는 게 더 많아."

그의 목소리는 다정했다.

"묻고 싶은 게 하나 있어. 네게 뭐가 더 중요한 거지? 나에 대해 좀더 아는 거야? 아니면 네 마음이야?"

"……모두 중요해."

빅토리아가 한참을 머뭇거리다 대답했다.

"모두 중요하다……"

크리스티안이 낮은 목소리로 그녀의 말을 따라했다.

"어느 정도까지? 나 역시 스스로에게 같은 질문을 해봤어. 널 잘 알고 있으니 난 널 죽여야만 했어. 지금도 그 사실엔 변함이 없어. 그런데 그러지 않고 있어. 앞으로도 절대 그럴 수 없을 거고, 그게 당연한 거라고 여기기 시작했지. 도대체 내가 왜 이러는 거지?"

그는 다시 강렬한 눈빛으로 빅토리아를 보았다.

"감정 때문이야. 그런데 그게 정말 가치가 있는 건가?"

"모르겠어, 난…… 아, 모르겠어. 이성은 널 증오해야 한다고 말하고 있어. 하지만 감정은……"

그녀는 말을 끝까지 잇지 못했다.

크리스티안이 벌떡 일어서자 빅토리아도 따라 일어섰다.

"네게 뭘 바랄 수 있지?"

빅토리아가 물었다.

"내가 뭘 해줄 수 있는지 묻는 거야?"

그가 묘한 표정으로 웃으며 말했다.

"내가 늘 네 곁에 있어줄 수는 없어. 너와 언제나 이야기를 나눌 수 있는 동반자도 못 될 거야. 난 언제나 혼자였고, 다른 누군가와 함께하는 삶에 익숙하지 않아. 하지만 그럼에도, 나는 어디에 있더라도 늘 너를 지켜볼 거야. 그리고 필요하다면 목숨을 바쳐서라도 널 지킬 거야. 이 감정 때문에."

빅토리아는 입을 다물었다. 마음이 복잡했다. 그때 그가 물었다.

"나는 네게 뭘 바랄 수 있지?"

"내게 저항군을 버리라고 하는구나. 내 친구들을."

빅토리아가 중얼거렸다.

"친구들에게 내 얘기 했니?"

"아니. 친구들은 이해하지 못할 거야."

크리스티안이 말없이 고개를 끄덕였다. 그리고 빅토리아의 눈을 보며 다정하고 부드럽게 뺨을 어루만졌다. 그녀의 온몸이 떨려왔다. 그녀가 속삭였다.

"네 이런 손길이 좋아."

"알아."

그의 대답은 간단했다. 빅토리아가 말했다.

"나중에 집으로 돌아가 정신을 차리고는 여기 있지 말았어야 한다고 깨닫게 되더라도…… 럼바드로 돌아가 너와 맞서 싸우기로 결심하게 되더라도…… 지금은 감정이 시키는 대로 할 거야."

"알아. 그럼 지금은 내가 누구인지, 무슨 짓을 했는지는 잊어버려. 그리고 네 감정이 시키는 대로 내버려둬."

크리스티안이 키스하려고 몸을 숙이자, 빅토리아도 가까이 다가갔다. 또다시 심장이 터질 것만 같았다. 눈을 감고 이 기분을 즐겼다. 이 순간이 영원히 끝나지 않기를 바랐다.

하지만 그 순간은 지속되지 않았다.

별안간 크리스티안이 긴장함과 동시에 분노를 억누르는 것이 느껴졌다. 그가 별안간 빅토리아에게서 몸을 뗐다. 빅토리아는 눈을 떴다. 그리고 저기 떨어져 있는, 집 쪽으로 난 산책로 쪽을 보았다. 그 순간, 온 세상이 그대로 얼어붙는 것만 같았다.

잭이 그곳에서 두 사람을 보고 있었다.

잭은 빅토리아의 탓이라고는 단 한순간도 생각하지 않았다. 두 사람이 다른 보통 연인처럼 무척 다정하게 행동하는 모습에 무척 놀라고, 자신이 본 것이라고는 키르타슈가 빅토리아와 함께 있는 모습이 전부였지만, 그는 키르타슈가 빅토리아를 유혹하여 속인 것이고 그 행동이 분명히 좋은 의도에서 나온 건 아니라고 판단했다. 키르타슈가 빅토리아에게 상처를 줄까봐, 자신이 세상에서 가장 소중하게 생각하는 사람을 다치게 할까봐 두려웠다. 그의 본능은 빅토리아가 위험에 처했다고 경고하고 있었다.

그러자 미칠 것만 같았다.

그래서 무기도 없었지만, 키르타슈가 빅토리아를 다치게 하기 전에 놈을 죽이려고, 빅토리아가 상처받기 전에 놈을 끝장내려고 달려들었다.

모든 일은 순식간에 일어났다. 잭이 키르타슈에게 달려들었고 두 사람이 바닥에 구른 것이었다.

"죽여버리겠어!"

잭이 부르짖었다.

빅토리아는 아무것도 하지 못하고 그냥 바라보고만 있었다. 예전에도 두 사람이 싸우는 걸 본 적이 있었지만, 그때는 검을 들고 날렵하고 절도 있게 겨뤘다. 하지만 지금은 되는대로 주먹질에,

발길질을 해가며 싸우고 있었다.

키르타슈가 미꾸라지처럼 빠져나오더니 잭을 고꾸라뜨렸다. 그러고는 어디에선가 단도를 꺼내 높이 쳐들었다. 그의 강철 같은 두 눈에 죽음의 빛이 스쳐 지나갔다. 빅토리아는 키르타슈가 이번에는 반드시 비수를 사용하리라는 걸 알 수 있었다.

그런데 잭의 안에서 무언가가 묶여 있다 풀려난 듯, 화산처럼 폭발했다.

익히 잘 알고 있는 느낌이었다. 이제껏 두세 번 겪었을 뿐이지만, 잊어버릴 수 없는 느낌이었다. 무슨 일이 일어났는지 깨달으며 되돌리려 했지만 이미 너무 늦었다. 그의 몸 안에 굴레를 벗어던지고 싶어하는 무언가가 있었다. 잭이 고함을 질렀다. 이제는 피할 수 없었다.

잭의 주위로 불로 된 고리 같은 것이 생겨나더니 그 고리가 격렬하게 일렁대며 공중으로 번져나갔다.

오랫동안 끔찍한 악몽으로 그를 쫓아다니던 장면이 눈앞에 펼쳐지고 있었다. 빅토리아는 두려움에 질려 꼼짝 못 한 채 서 있었다. 잭은 자신이 그녀에게 쏜, 이글거리는 불길을 뚫어져라 보고 있었다. 그 상황에서 그가 할 수 있는 일은 그녀의 이름을 외치는 것뿐이었다.

"빅토리아!"

모든 것이 혼란스러웠다. 빅토리아는 자신을 보호하려고 불길을 뚫고 몸을 던지는 크리스티안을 보았고, 두 사람은 땅바닥에 쓰러졌다. 불은 두 사람 위를 지나 근처에 있는 나무를 가격했다.

나무는 곧 화염에 휩싸였다.

빅토리아가 넋이 나간 채 몸을 일으켰다. 크리스티안은 이미 특유의 날렵함으로 일어서 있었다. 비록 등을 지고는 있었지만, 빅토리아는 그가 분노로 불타고 있음을 감지했다. 불안한 예감이 들었다. 이런 모습은 한 번도 본 적이 없었다. 그러나 그 분노의 이유는 알 수 있었다.

잭은 조금 떨어진 곳에 서서 어쩔 줄 몰라하고 있었다. 이성을 되찾은 듯 모든 분노가 거품처럼 사라진 듯했다. 그는 갑자기 기운이 빠진 듯 다리가 후들거리더니 풀 위로 털썩 무릎을 꿇으며 넘어졌다. 무슨 일이 일어났는지, 왜 그런 일이 일어났는지 알 수 없었다. 사실 그런 것은 조금도 중요하지도 않았다. 머릿속에 떠오르는 것은 빅토리아가 무사하다는 것, 안전하다는 생각뿐이었다.

키르타슈가 내 친구의 목숨을 구했어…… 정작 나는 그렇게도 사랑하는 빅토리아를 위험에 빠뜨렸는데, 그가 그녀를 보호했어. 그는 멍하니 키르타슈를 쳐다보았다. 적의 눈에서 번득이는 분노는 알아채지도 못한 채. 자신을 위협하는 위험을 감지하기에는 너무도 혼란스러운 상황이었다.

반면 빅토리아는 무슨 일이 일어날지 알고 있었다. 그녀는 크리스티안을 막으려고 팔을 잡았다. 그러나 그는 빅토리아의 존재를 잊은 듯 팔을 뿌리치고는 잭을 향해 달려갔다. 잭이 머뭇머뭇 일어섰다. 크리스티안이 잭과 이 미터 정도 떨어진 지점에 멈춰 섰다. 그러고는 마치 그를 처음으로 보는 듯, 무한한 증오가 담긴 표정을 지으며 소리쳤다.

"너! 이런 일이 일어날지 진작 알았어야 했어!"

빅토리아가 두 사람 쪽으로 달려와 잭 옆에 이르렀다. 하지만 앞으로 벌어질 상황에 대해서는 그녀도 속수무책이었다.

분노로 떨린 크리스티안의 몸이 잠시 경련을 일으키더니 변신하기 시작했다. 눈 깜짝할 사이에 두 이미지가 하나로 겹쳐지며 뒤섞이고 있었다. 잠시 후 눈앞에 나타난 것은 십대 소년이 아닌 환상의 생물, 거대한 뱀이었다. 고개를 똑바로 쳐들고 둥근 몸을 분노로 떨던 뱀이 거대한 날개를 펼쳐 밤하늘을 가렸다.

잭과 빅토리아는 겁에 질려 몇 걸음 뒷걸음질치다 함께 쓰러졌다. 두려움에 몸이 마비된 두 사람은 풀밭에 앉은 채 거대한 뱀에게서 눈을 떼지 못했다. 숨이 막힐 만큼 무시무시하면서도, 매력적이고 위엄이 있었으며, 신비롭고 치명적으로 아름다웠다. 셰크는 이둔이 아직 젊은 별이었을 때 땅속에서 태어난, 어둠의 신이 가장 총애하는 자식이자 반신(半神)이나 다름없는, 어떤 면에서는 용보다 우월한 존재였다.

"크리스티안?"

빅토리아가 믿을 수 없다는 듯 중얼거렸다.

"키르타슈."

잭이 어두운 목소리로 말했다.

뱀이 고개를 쳐들더니 날개를 활짝 펼치며 날카로운 소리를 내뿜었다. 오랫동안 불편하고 좁은 장소에 갇혀 있다 이제야 자신에게 필요한 공간을 누리게 된 것을 즐기는 모습이었다.

뱀은 무지개 색으로 번득이는 눈으로 잭을 노려보았다. 빅토리아는 그 눈에서 키르타슈, 크리스티안의 눈이 반짝이는 걸 발견했다. 그리고 그가 누구인지, 아니 무엇인지 깨달았다. 바로 자신이 사랑하게 되었다고 믿었던 존재였다.

셰크는 빅토리아는 안중에도 없는 듯했다. 비늘 하나하나에서 증오와 분노가 스며나오고 있었다. 빅토리아는 알 수 있었다. 잭의 존재만으로도 키르타슈는 괴물로 변할 수 있는 것이다. 잭은 그 생물의 자석 같은 눈에서 시선을 떼지 못한 채 그 자리에 붙박여 서 있었다. 움직일 힘이 없어서인지, 셰크의 최면에 걸려서인지 알 수 없었다.

친구의 죽음을 예감한 빅토리아는 잭 위로 몸을 날렸다. 그리고 눈을 감고 죽음을 기다렸다.

잭은 셰크가 현실에 존재하고 있는 것인지 믿을 수가 없었다. 언제라도 깨어날 수 있는 악몽을 꾸는 것만 같았다. 뱀은 그가 지닌 모든 두려움의 화신이요, 모든 증오의 대상이었다. 자기 안의 감정이 너무 강렬하여 도무지 현실 같지가 않았다.

셰크가 잭을 공격하려다 말고 빅토리아를 바라보았다. 그녀는 눈을 계속 감고 있어서 볼 수는 없었지만, 오싹한 한기는 느낄 수 있었다. 익숙한 그 느낌, 바로 크리스티안 혹은 키르타슈가 근처에 있을 때 느끼던 그 한기였다. 너무 겁에 질려 있어 상황을 제대로 파악하기 힘들었지만, 마음은 찢어지고 있었다. 크리스티안을, 아니 크리스티안이라고 믿었던 이를 영원히 잃어버린 것이다.

'빅토리아.'

목소리가 머릿속에서 속삭였다. 두려움에 온몸이 떨려왔다. 크리스티안의 목소리였다. 어디서라도 금세 알아들을 수 있는 목소리. 하지만 지금 이 목소리는 비인간적인 음색으로 그녀를 두려움으로 몰아갔고, 얼음처럼 차갑고 감정이 없었다. 그가 다시 말했다.

'빅토리아, 그에게서 떨어져.'

감히 눈을 뜨고 쳐다볼 엄두가 나지 않았다.

셰크가 바로 앞에 우뚝 서서 그녀를 위협하고 있었다. 하지만 날개를 조금 접었고, 몸의 진동도 조금 약해져 있었다.

'떨어져, 빅토리아.'

머릿속에서 다시 목소리가 들려왔다.

'나를 선뜻 죽이지 못하고 있어.'

빅토리아는 알고 있었다. 그녀는 셰크를 조심스럽게 돌아보았다.

"크리스티안…… 너니?"

'난 키르타슈야.'

"이게…… 네 본모습이구나."

'놀랐니? 이제 비켜, 빅토리아. 난 해야 할 일이 있어.'

빅토리아가 훅 숨을 들이마시고 침을 삼킨 다음 고개를 가로저었다.

"안 돼. 그렇게는 안 될 거야. 잭을 죽이고 싶다면 먼저 나를 죽여야 할 거야."

이 말에 잭이 이유를 알 수 없는 마비 상태에서 깨어났다. 여

168

전히 손 하나 까딱할 힘은 없었지만, 어떤 상황이 벌어진 것인지를 파악하기 시작했다. 잭은 움직이기 위해 있는 힘을 다했고, 빅토리아의 안전을 위해 그녀를 떼어놓으려 애썼다. 그러나 능력 밖이었다. 몸은 계속 마비되어 있었다. 그가 간신히 입을 열며 말했다.

"안 돼, 빅토리아. 그가 말한 대로 해, 내가…… 그와 맞설게……"

"잭, 넌 움직일 수 없어. 왜 그런지는 모르겠지만 힘이 다 빠져버렸다고."

"빅토리아, 제발."

그가 간청했다. 빅토리아를 잃는 것보다 자신이 이 생물의 손에 죽는 게 나았다.

"붙잡히면 안 돼. 떠나, 가, 멀리 도망쳐."

빅토리아가 잭을 뜨거운 눈빛으로 바라보더니, 종종 그랬던 것처럼 그의 이마에 흘러내린 머리카락을 떼주었다.

"너 없이? 절대로 그럴 수 없어, 잭."

잭의 온몸에 전율이 일었다. 지금 이 말이 현실일 리가 없었다.

'감동적이군.'

키르타슈는 말은 그렇게 했지만, 조금도 감동한 것 같지 않았다.

'내가 설명해줄까, 빅토리아? 네가 살기 위해서는 이애가 반드시 죽어야 해.'

"뭐라고?"

빅토리아가 셰크를 돌아보았다.

"무슨 말을 하는 거야?"

'잭이 죽으면, 빅토리아 너는 안전할 거야. 내가 널 지켜주겠다고 말했지. 지금 내가 하려는 일이 바로 그거야. 네가 그렇게 하게 해준다면 말이지.'

"잭을 죽이고? 그게 나를 지키는 방법이라고?"

빅토리아의 목소리가 높아졌고, 두 눈에는 눈물이 그렁그렁했다.

"넌…… 못돼먹은 거짓말쟁이야! 이거야말로 처음부터 네가 원하던 거였어. 그렇지? 잭을 죽이기 위해 이곳으로 찾아온 거야! 넌 날 이용한 거라고! 이 악당!"

'그렇게 생각하는 게 마음이 편하다면 그렇게 해.'

셰크의 말에 빅토리아는 불과 며칠 전에 크리스티안이 이와 비슷한 말을 한 기억을 떠올렸다. 온몸이 고통으로 찢어지는 듯했다. 그녀는 눈을 감았다. 어떻게 그가 그녀가 사랑했던 사람과 같은 사람일 수 있을까? 빅토리아는 그의 속에 키르타슈처럼 아무렇지도 않게 생명을 빼앗을 수 있는 자가 있다는 걸 이제야 이해했다. 그리고 그의 신비로운 텔레파시 능력과, 시선 하나만으로도 상대를 죽일 수 있는 능력과, 그의 손에서 살아남을 수 있는 건 아무도 없다는 것을 비로소 이해했다. 그 모든 걸 납득하기 위해서는 앞에 우뚝 솟아 있는 이 생물을 응시하기만 하면 됐다.

하지만 무엇보다 이해할 수 없는 것들이 있었다. 어떻게 그가 그렇게 다정한 입맞춤을 해주었을까, 어떻게 그의 말이 그렇게 진지했을까, 어떻게 그가 그렇게 강렬한 눈빛으로 나를 바라보았을까. 키르타슈…… 날개 달린 뱀, 셰크 같은 존재에게 감정을 표현할 능력이라는 게 있을까? 그의 안에 어느 정도 인간적인 부분이 있는 것인지, 그저 환상일 뿐이었는지, 빅토리아의 마음은 복잡했다.

하지만 그녀가 그것들을 알아낼 틈이 없었다. 어찌 되었든 그녀는 끔찍한 실수를 저질렀고, 그녀의 잘못으로 잭이 죽게 할 수는 없었다.

"잭의 목숨과 바꾸어 살아야 하는 목숨이라면 포기하겠어."

빅토리아가 몸을 떨며 대답했다.

"그러니 넌 우리 두 사람을 같이 보내주든지…… 아니면 둘 다 죽여야 할 거야. 네가 직접."

빅토리아는 그의 답을 알 수 있었고, 잭 역시 그랬다. 키르타슈가 초인적 힘을 발휘하며 그녀와 잭을 떼어놓으려 했지만 그녀는 그렇게 하도록 내버려두지 않았다.

잭이 간청했다.

"빅토리아, 제발, 가란 말이야!"

"너 없이는 안 가. 그게 내 마지막 대답이야."

잭이 뭐라고 말하려고 했지만 빅토리아는 있는 힘껏 그를 껴안으며 귓가에 속삭였다.

"제발, 나를 용서해줘."

그리고 눈을 감았다.

긴장된 긴 침묵이 흘렀다.

"넌 아직 이 상황을 이해할 준비가 되지 않았어."

키르타슈의 부드러운 목소리였다.

빅토리아가 깜짝 놀라 눈을 떴다. 그 말이 머릿속이 아닌 귓가에서 들렸던 것이다. 그녀는 뒤를 돌아보았다.

갈색 머리와 푸른 눈의 소년 키르타슈가 그녀를 어두운 표정으로 내려다보고 있었다. 셰크, 날개 달린 뱀은 모습을 감추고 없었다.

"크리스…… 키르타슈?"

빅토리아가 혼란스러운 듯 중얼거렸다.

그는 아무 말도 하지 않았다. 키르타슈가 잭에게 시선을 돌리자 잭이 빅토리아를 부축하며 공격 자세를 취했다. 키르타슈는 다시 빅토리아를 향해 돌아섰다.

"언제까지나 그를 지켜줄 수는 없어, 너도 알잖아."

빅토리아는 울고 싶고, 소리치고 싶고, 그를 욕하고 싶고, 때리고 싶고…… 그리고 안아주고 싶었다. 하지만 당황한 눈빛으로 그를 쳐다볼 뿐 여전히 잭의 품 안에서 바들바들 떨었다.

키르타슈는 빅토리아에게 비웃음 같기도 한 고통스러운 모호한 미소를 보내더니, 뒤돌아서서는 밤의 어둠 속으로 사라졌다. 슬프게도 빅토리아는 자기 안의 일부도 그와 함께 가버렸고, 다시는 돌아오지 않을 것 같은 느낌이 들었다.

'그를 언제까지나 지켜줄 수는 없어, 너도 알잖아.'

잭과 빅토리아는 잠시 꼼짝 않고 긴장 속에 그대로 있었다. 하지만 키르타슈는 돌아오지 않았다.

잭은 자신을 꼼짝 못하게 하던 알 수 없는 마비 상태에서 갑자기 풀려난 듯했다. 심호흡을 하고 빅토리아를 보았다.

여전히 몸을 떨며 눈물을 글썽이는 두 사람은 서로를 꼭 안아주었다.

7

널 기다릴게

"키르타슈라고?"

알렉산더가 소리쳤다.

"빅토리아가 미친 거 아니야? 지금 어디 있어?"

그는 잔뜩 화가 나 방 안을 서성거렸다.

"빅토리아와 얘기 좀 해야겠어!"

그러나 잭이 문 앞에서 그를 막아섰다.

"버드나무 아래 있어요. 그냥 내버려둬요. 이미 충분히 괴로워하고 있어요."

"나가게 해줘, 잭."

알렉산더가 노기를 참지 못하고 명령했다.

눈은 위험하게 번득였고, 어두운 표정은 위협적이었고, 목소리는 평소보다 훨씬 더 쉬어 있었다. 잭은 그게 무슨 의미인지 알고 있었다. 대부분의 시간 동안 알렉산더는 자기 내면의 짐승을 통제할 수 있지만, 그러려면 먼저 본인의 감정부터 통제해야 했다. 분노, 격노 혹은 증오 등의 감정이 그의 안에 살고 있는 야성을 풀어놓기 때문이다.

누구라도 그의 이런 모습을 보면 잔뜩 겁에 질리고 말겠지만, 잭은 물러서지 않고 침착하게 알렉산더의 눈을 똑바로 들여다보았다. 잭은 알렉산더의 눈에 깃든 야성 따위는 조금도 두렵지 않았다. 알렉산더가 조금 누그러진 듯했다.

"빅토리아가 무슨 짓을 했는지 알기는 하는 거야?"

알렉산더가 못마땅하다는 듯이 물었다.

"네, 내 목숨을 구했죠."

잭의 말투는 부드러웠지만 눈빛은 여전히 단호하고 결의에 차 있었다.

"빌어먹을, 난 도무지 이해가 안 된다. 알아듣게 좀더 설명을 해봐."

그리고 의자에 털썩 앉더니 두 손으로 머리를 감쌌다. 잭은 알렉산더의 마음을 이해할 수 있었다. 자신 역시 혼란스러웠다. 그는 알렉산더 옆에 앉았다.

"결론은 키르타슈가 세크라는 거예요."

"그래, 그건 이미 말했잖아. 그래서 내가 이렇게 놀란 거고."

"왜요?"

"그가 인간의 모습을 하고 있기 때문이지. 잭, 너는 눈을 폼으로 달고 다니니? 세크들은 거대한 뱀이고……"

"알아요, 이제 본색을 드러낸 놈을 봤으니까요."

"그래, 잭. 그는 진짜 모습을 감추고 다른 모습으로 위장하고 있다. 그런 식의 환영이라면 몇 개라도 만들어낼 수 있을 테니, 다른 모습으로 보이게 하는 것쯤이야 식은 죽 먹기겠지. 하지만 그건 그저 환영일 뿐이야, 내 말 이해하겠어? 환영은 이미지야. 만질 수도 없고, 맞서서 싸울 수도 없고, 상처를 입힐 수도, 반대로 그에게서 상처를 입을 수도 없다고.

가장 막강한 셰크들이 인간의 모습을 취한다고 하자. 하지만 일시적으로 그럴 수 있을 뿐이야. 시간이 지나면 셰크라는 것이 금방 탄로가 나지."

"맞아요, 우리는 키르타슈가 정말 사람일까 의심했잖아요."

"그게 문제야, 잭. 네 말대로 그가 셰크라면 그런 의심은 하지 않았을 거야. 이미 처음부터 알고 있었을 테니까. 하지만 어떤 셰크도 그렇게 오랫동안 인간의 모습으로 지낼 수는 없어. 우리보다 뛰어나다는 걸 고려해도 말이야. 셰크들은 인간의 모습을 취하는 걸 아주 굴욕적으로 여기지. 하지만 내가 본 키르타슈는 인간의 몸으로 위장하고도 아주 편안한 모습이었어."

두 사람은 잠시 침묵을 지켰다. 알렉산더가 생각에 잠겨 있는 동안 잭도 이 새로운 정보를 어떻게 받아들여야 할지 곰곰이 생각하고 있었다.

"셰크에 대해 어떻게 그렇게 잘 알죠?"

알렉산더가 어깨를 으쓱했다.

"용들에 대해 공부 좀 했거든. 그러다보니 자연히 셰크들에 대해서도 잘 알게 되었지. 이둔에서 용에 맞설 수 있고, 용을 이길 수 있는 유일한 종족이니까."

"난 셰크를 본 게 이번이 처음이잖아요. 전부 키르타슈와 같은 지는 모르겠지만, 정말이지……"

"무시무시하지? 경이로운 생물이지. 아직도 너희가 어떻게 살아서 왔는지를 도무지 이해할 수 없다."

"빅토리아 덕분이었어요. 키르타슈가 빅토리아를 죽이고 싶어 하지 않았으니까요. 놈은 우리 둘 다 단번에 끝장낼 수 있었어요. 우리는 무방비 상태였으니까요. 그런데, 그냥…… 돌아서서 가버렸어요. 그는 우리 둘 다 죽일 건지 살려둘 것인지 선택할 수 있었고, 결국 살려두기로 한 거예요…… 이해할 수가 없어요. 왜 빅토리아를 보호하는 걸까요?"

"셰크들은 뒤틀리고 사악한 지능을 지녔어. 인간보다 훨씬 우월하지만, 어쨌든 왜곡된 지능이지. 왜 그렇게 행동하는지 이유를 알려고 애쓰지 마라. 알아내지 못할 거야."

잭이 잠시 망설이다 물었다.

"키르타슈가 빅토리아에게 어떤 감정을 느낀다는 것이 가능할까요?"

"정신 차려, 잭. 그는 셰크야. 인간 여자아이에게 감정을 느낄 수는 없어."

"만일 어느 정도 인간적인 면이 있다면요?"

잭이 우겼다.

"그게 중요해?"

잭은 조금 뜸을 들인 후 대답했다.

"네, 중요해요. 왜냐하면 빅토리아가 그와 사랑에 빠졌으니까요."

"그리고 그게 네 마음을 아프게 하고, 맞지?"

잭이 별안간 일어서서 등을 돌렸다. 자신의 마음을 알렉산더에게 들키기 싫었다. 잠시 그렇게 그는 창밖의 밤하늘을 물끄러미 바라보았다.

"키르타슈에겐 꼭 인간적인 면이 있어야 해요."

잭이 질문에는 대답하지 않은 채 말했다.

"빅토리아가 그런 짐승에게 반할 수는 없으니까요."

알렉산더는 대답하지 않았다. 대신 의자에서 일어나 잭의 곁으로 다가가 위로하려는 듯 어깨에 손을 얹었다.

"그게 사랑일지는 심히 의심스럽군. 셰크들은 우리가 모르는 힘을 갖고 있다고 이미 말했잖아. 빅토리아에게 최면을 걸고, 유혹하고, 복종하게 만든 거야. 네가 원한다면 그걸 사랑이라고 불러도 좋아. 하지만 그건 최면이고 환영일 뿐이야."

잭은 고개를 흔들었다. 그날 밤 빅토리아의 고통을 감지했다. 환영이 아닌 진짜 고통을.

"내가 이해할 수 없는 건 왜 빅토리아가 그대로 속아 넘어갔느냐는 거야. 그애가 이것보다는 강할 거라 믿었는데."

알렉산더가 인상을 쓰며 계속 말했다.

"빅토리아를 심하게 질책하지 말아요, 알렉산더. 사실 나도 신경쓰여요. 하지만 당신은 그…… 놈을 보지 않았잖아요. 당신의 추측대로 놈이 사람들에게 최면을 걸 수 있다면 빅토리아도 반항

할 수 없었을지도 몰라요."

잭이 속으로 생각했다.

'하지만 꼭 알아봐야 해. 두 사람 사이에 있었던 일이 진지한 감정에서 비롯된 것인지, 아니면…… 어쨌든 알아볼 필요가 있어.'

"그것보다 더 걱정스러운 게 있다."

그때 알렉산더가 말했다.

"뭐가요?"

잭이 고개를 들었다.

"키르타슈는 셰크야. 이 말은 우리가 그와 맞설 수 없다는 뜻이야. 셰크는 아주 막강한 생물이니까, 잭. 어떤 인간도 셰크와 맞서 살아남을 수 없어. 처음부터 불리한 싸움이야."

"우리는 살아남았잖아요."

"하지만 언제가 됐든 우리는 패하고 말 거야. 아슈란은 용과 유니콘을 찾기 위해 셰크를 보냈어. 단 한 마리만. 더는 필요가 없으니까, 알겠어? 아슈란은 우리의 수가 아무리 많아도 셰크를 이길 수 없다는 걸 아는 거야.

저항군은 실패할 수밖에 없는 운명이라고."

'언제까지나 그를 지켜줄 수는 없어, 너도 알잖아.'

빅토리아는 머릿속 목소리를 떨쳐버리려는 듯 고개를 흔들었다. 세상을 피해 숨어버리고 모든 것을 잊고 싶었다. 하지만 모든 일이 여전히 생생하게 떠올랐고, 그 끔찍한 밤에 본 광경들이 자신을 고문하려는 듯 자꾸만 찾아오고 있었다.

"안녕."

잭의 목소리였다.

빅토리아는 한참을 머뭇거리다가 결국 나지막하게 대답했다.

"안녕."

잭은 언제나처럼 커다란 나무뿌리 위에 앉았다. 그리고 그녀를 뚫어지게 바라보았다. 지금까지 일어난 모든 일을 아직도 받아들일 수 없었다. 빅토리아는 그의 적수이자 살인자, 그것도 인간이 아닌…… 거대한 뱀 키르타슈를 사랑하고 있었다. 잭이 이 세상 그 무엇보다 증오하는 뱀을.

그의 마음을 아프게 하는 건 질투나 분노나 절망감 같은 감정이 아니었다. 그는 키르타슈가 빅토리아에게 상처를 주었고 그녀가 자책하고 괴로워한다는 사실이 진심으로 슬펐다. 지금 빅토리아에게 필요한 것은 질책이나 원망이 아니었다. 그녀에게는 친구, 기대어 울 수 있는 사람이 절실했다. 잭은 일단 마음을 다해 그녀를 도와주기로 결심했다. 다시 한번 자신의 속내를 감추어야 한다 해도.

"좀 어때?"

빅토리아에게 다정하게 물었다.

"모르겠어. 너무 많은 일들이 한꺼번에 벌어져서……"

목소리가 갈라져나왔다.

빅토리아는 대화의 주제를 바꾸려고 잭을 돌아보며 물었다.

"알렉산더, 화 많이 났지?"

잭이 어깨를 으쓱했다.

"괜찮을 거야."

빅토리아가 시선을 피하며 중얼거렸다.

"내가 바보 같았어."

"그놈이 널 속인 거야, 빅토리아. 누구라도 속았을 거야."

"아니야, 난 그가 누구인지 알고 있었고, 또……"

"셰크인 줄도 알고 있었단 말이야?"

빅토리아가 침묵을 지키다 한참 만에 말했다.

"아니. 그건 몰랐어. 암살자라는 걸 알았고, 또…… 그가 아슈란의 아들이라는 것도 알고 있었어. 하지만 아무리 그래도……"

"잠깐만, 기다려. 누구의 아들이라고?"

"아슈란, 네크로맨서의 아들. 그가 그렇게 말했어."

"그러니까 네게 거짓말한 게 분명해, 빅토리아. 아슈란은 인간이잖아."

"그래. 키르타슈는 인간이 아니지."

잭이 주저하며 물었다.

"그가 왜 널 해치지 않았을까?"

"모르겠어. 나한테 어떤 감정이 있다고 생각했는데 지금은…… 모르겠어."

잭이 빅토리아를 바라보았다. 안아주고 싶은 마음이 굴뚝같았지만, 그녀가 어떻게 생각할지 자신이 없었다. 갑자기 빅토리아가 낯설게 느껴졌다. 두 사람 사이에는 힘들 때 서로를 위로해주며 안아줄 수 있을 정도의 충분한 믿음이 있었다. 하지만 빅토리아가 그가 아닌 다른 사람, 그것도 키르타슈에게 특별한 감정이 있다는 걸 안 지금, 그녀가 멀게만 느껴졌다. 이제 그녀의 마음속에 잭을 위한 자리는 없었다. 그는 감히 다가갈 엄두도 내지 못하고 있었다.

"넌 어땠는데? 계속 그에게 마음이 있었던 거야?"

잭이 용기를 내어 물어보았다.

"그렇다고 생각했어."

잭을 쳐다보는 빅토리아의 눈에 눈물이 고이기 시작했다.

"미안해, 잭. 그와 몰래 만나다니, 난 저항군을 배신한 거야. 그리고……"

"……내 생명을 구했지. 내겐 그게 제일 중요해, 빅토리아. 그가 너를 살려주려고 했는데도 넌 나와 같이 죽으려고 했잖아."

빅토리아는 뭔가 말할 듯하다 입을 다물었다. 그녀는 얼굴을 붉히며 고개를 돌렸다.

"넌 내게 소중하니까."

나지막한 소리로 간신히 한 말이었다.

"넌 내게 아주 소중하니까. 그 괴물이 널 죽이게 그냥 내버려 둘 알았니? 더구나 내 잘못 때문인 줄 뻔히 알면서. 만약 네게 무슨 일이 생겼다면 절대로 나 자신을 용서할 수 없었을 거야."

잭은 문득 그녀를 안아주고 싶은 충동에 가슴이 두근거렸다. 그의 손이 그녀의 팔에 닿자, 빅토리아가 몸을 떼며 놀란 어린 사슴처럼 쳐다보았다.

"미안해. 난 그냥……"

잭이 속삭였다.

'바보처럼 굴지 마.' 그는 속으로 자신을 탓했다. '헛된 꿈은 꾸지 말라고. 그녀는 네가 아니라 키르타슈를 보고 있었어.'

그는 빅토리아에게 자신의 고통을 들키지 않으려고 황급히 고개를 돌렸다.

하지만 빅토리아는 보고 말았다. 그녀는 가만히 그를 쳐다보았다.

"잭, 너를 이해할 수 없어. 내가 한 짓을 다 알잖아. 그런데도 왜 날 미워하지 않지? 왜 이렇게 잘 대해주는 건데? 왜 아무 일도 없었던 척하는 거야? 왜 알렉산더처럼 화를 내지 않아?"

"어떤 질문부터 대답해야 할지 모르겠다."

잭은 당황했다. 자신의 마음을 고백하지 않고는 이 질문들에 대답할 수 없다는 걸 깨달았다.

"그리고 지금이 적당한 때인지도 모르겠고."

빅토리아는 괴로운 표정으로 잭을 바라보고만 있었다.

"적당한 때?"

그녀가 되물었다.

"안 돼, 부탁이야. 대답해줘. 넌 내가 뭘 숨겼는지 이제 알잖아. 나도 네가 무슨 생각을 하는지 알고 싶어. 왜냐하면……"

잭이 다정하게 빅토리아의 입술에 손가락을 갖다대며 입을 다물게 했다.

"괜찮아, 괜찮아. 걱정하지 마. 내가 이런 설명을 잘 못한다는 걸 너도 잘 알잖아. 그래도 네가 꼭 들어야겠다면 그래, 말해줄게."

빅토리아가 고개를 끄덕였다. 잭이 심호흡을 했다. 이런 대화를 수도 없이 연습했었다. 하지만 빅토리아와 키르타슈 사이의 비밀스런 관계를 알고 난 후에 이런 대화를 나눌 거라고는 한 번도 상상해본 적이 없었다. 잭은 잠시 눈을 감고 생각을 정리했다.

"물론 나도 그동안 벌어진 일은 신경이 쓰여, 빅토리아. 네가 사랑에 빠졌다는 게, 키르타슈를 사랑할지도 모른다는 게 괴로워. 다른 사람도 아니고 그를 사랑하다니……

하지만 저항군도, 자존심도, 증오와도 전혀 상관없는 일이야, 내가 이러는 건 말이야, 빅토리아……"

그는 호흡을 가다듬고 단숨에 털어놓았다.

"질투 때문이야. 그것도 너무 지독한 질투심."

"뭐?"

빅토리가 어이 없다는 표정을 지었다.

"하지만 내겐 화낼 권리가 없어. 우선, 넌 날 위해 목숨을 건 위험을 무릅썼잖아. 그래, 넌 내게 정말 소중한 존재야. 그 마음은 지금도 변함없어."

잭의 얼굴이 더욱 붉어졌다. 그는 빅토리아가 뭐라 말하기 전에 얼른 말을 이었다.

"둘째로, 너와 나 사이에는 우정밖에 없어. 네가 뭘 하든, 누구를 좋아하든, 전적으로 너만의 일이지. 내가 네 남자친구나 뭐도 아니고. 네가 나 아닌 다른 사람과 있는데 왜 화가 나는지는 나도 잘 모르겠어. 네 감정이 내 것도, 저항군의 것도 아닌데. 그리고 나도, 알렉산더도, 그 누구도 네 마음을 통제할 권리는 없어. 이건 분명한 사실이야.

셋째, 키르타슈가 우리의 적이자 암살자라는 건, 내가 그를 증오한다는 건 모두 사실이야. 하지만 빅토리아, 내겐 그놈보다 훨씬 더, 저항군보다도 훨씬 더 네가 중요해. 언젠가 네가 나 보고 친구들보다 적을 더 중요하게 생각한다고 말했지. 하지만 난 오래전부터 그런 생각은 접었어.

그리고 마지막으로, 이건 내 탓이니까. 오로지 내 잘못이라고. 네가 나한테 얼마나 소중한 존재인지 오래전에 말했어야 했어. 하지만 내가 어리석어서, 이 말을 하기로 결심했을 땐 이미 키르타슈가 네 주위를 맴돌 정도까지 간 거야. 기회가 있었는데 내가 놓친 거야. 난 네게 등을 돌리고 떠나버렸어. 난 어렸고, 두려웠거든…… 난 아직 준비가 되지 않았다고 생각했었어. 그리고…… 간단히 말하면, 난 기회를 놓친 거야. 이런 일에는 잼병인 알렉산더마저 내가 네게 미쳐 있다는 걸 이미 알고 있더라고. 네게 이 말을 할 기회가 수백 번도 더 있었는데…… 내 온 마음을 다해 좋아한다고, 널 잃고 싶지 않다고, 네가 행복해하는 모습을 볼 수 있다면 뭐든 하겠다고 말이야."

잭은 단숨에 여기까지 말해버렸다.

"하지만, 난 이제야 이렇게 말하고 있어. 네 마음이 이렇게 산산이 부서진 이때에 말이야…… 나 혼자 갈팡질팡하고 있잖아."

잭이 말을 마치고 어쩔 줄 몰라했다. 그는 몸을 떨며 얼굴을 두 손 안에 묻었다.

빅토리아는 너무 놀라 아무 말 없이 꼼짝 않고 있었다. 두 눈엔 눈물이 그렁그렁한 채였다. 하지만 잭의 말은 다 끝난 게 아니었다. 그는 다시 고개를 들고 용기를 내서 말을 이었다.

"화가 나. 하지만 이건 내가 자초한 일이야. 요즘 내가 정말로 속이 상한 이유는 네가 점점 엉망진창이 되어가는 것 같아서야, 빅토리아. 제일 화나는 건, 네가 그따위 것에 마음을 주었다는 사실이 아니라, 그가 널 속이고 이용하고 상처를 주었다는 거야. 그를 용서할 수 없어. 그놈한테 화가 난 거지, 너한테가 아니야."

잭이 숨을 깊이 들이마시고는 입을 다물었다. 그러고는 갑자기 기운이 빠진 듯 주저앉더니 나무 기둥에 등을 기댔다. 빅토리아의 얼굴을 볼 엄두가 나지 않았다.

"그래, 네가 하고 싶은 말이 그거였구나."

빅토리아가 넋이 나간 듯 중얼거렸다.

"아주 분명하게…… 잘 설명했어."

그러고는 슬픈 표정으로 잭을 쳐다보았다.

"나도 너처럼 내 마음을 알 수 있다면 좋을 텐데. 너무 혼란스러워."

"미안해."

잭이 나지막이 사과했다.

"널 더 힘들게 만들었구나. 그럴 의도는 아니었는데…… 친구라고 이제 와서 이런 이야기만 잔뜩 늘어놓고. 꼭 내가 상황을 이용하는 것처럼 보이겠다. 그리고……"

잭은 말을 이을 수가 없었다. 빅토리아가 팔을 뻗어 그를 꼭 안았기 때문이다. 그는 당황했지만 빅토리아를 같이 안아주며 눈을 감았다. 빅토리아가 불러일으킨 감정이 그의 내면에서 봇물 넘치듯 터져나왔다. 그는 그녀의 밤색 머리칼에 얼굴을 묻었다. 빅토리아가 속삭였다.

"고마워, 잭. 네가 해준 말들 모두 소중하게 간직할게. 나도 모든 일이 그렇게 분명하면 얼마나 좋을까. 넌 내게 아주 소중해, 말로 표현할 수 없을 정도로. 널 위해 내 목숨을 바칠 수도 있을 정도로. 그래서 오늘도 그렇게 행동한 거고. 이게 사랑일까? 그런 거 같기도 하지만 잘 모르겠어. 하지만 몇 시간 전만 해도 난 키르타슈하고 키스하고 있었어, 잭. 그는 널 죽이겠다고 수십 번도 더 말했지. 무슨 말인지 알겠니? 그래서 내가 널 배신한 것 같은 죄책감이 드는 거야. 아무리 너와 내가 그냥 친구라고 해도 말이야. 난 널 죽이려는 사람과 몰래 만나고 있었어, 잭. 내가 이러고도 네 친구라고 할 수 있니? 널 생각하는 마음이 아무리 크다고 해도, 그게 사랑은 아니야. 만일 그랬다면…… 기회가 있었을 때 키르타슈를 죽여야 했으니까. 그러면 그 모든 것을 피할 수 있었을 텐데……"

빅토리아의 목소리가 갈라졌다. 잭은 여전히 그녀를 안고 있었다.

"그를 진심으로 좋아했구나. 착각이 아니었어."

빅토리아가 흐느꼈다.

"나는…… 나는 나쁜 애야."

잭은 눈을 감았다. 가슴 한가운데를 창으로 찌르는 듯한 고통

이 느껴졌다.

"아니야, 빅토리아, 그렇지 않아. 넌 좋은 애야. 빌어먹을, 이 모든 일을 피할 수도 있었다는 생각만 하면……"

빅토리아가 대답하려 할 때, 갑자기 벨 소리가 훼방을 놓았다. 그녀의 디지털시계 알람 소리였다.

"마드리드 시간으로 여섯시 사십오분이야."

그녀는 미안해하는 눈길을 던지며 말했다.

"가봐야겠다. 수업이 여덟시에 있어. 십오 분 내로 알람시계가 울릴 거야, 그러니까……"

"하지만 빅토리아, 한숨도 못 잤잖아. 그래도 수업에 갈 거야?"

"그래야지, 안 그러면 할머니가 의심하실 거야. 어젯밤에 소나무 숲에 불난 거 알지? 누군가 소방서에 전화했을 거야. 일곱시에 아침 식탁에 안 나타나면 할머니께서 많이 걱정하실 테고, 나와 무슨 관련이 있다고 생각하실 거야."

"알았어."

마침내 잭이 동의하며 그녀를 일으켜주었다.

"그럼, 가봐. 하지만 몸이 좋지 않다거나 무슨 다른 핑계라도 대. 학교에 갈 상황이 못 된다고 말이야."

빅토리아가 다정하게 잭을 바라보고 미소 지었다. 잭이 여행에서 돌아와 지금처럼 고백을 했더라면 난 다른 식으로 행동했을 텐데. 하지만 이미 늦었어.

그런데, 정말 늦은 걸까? 잭의 눈을 바라보면서 그녀는 여전히 가슴이 두방망이질치는 자신을 발견했다. 그녀가 두 사람 사이에

쌓으려 했던 장벽 뒤로 아직도 불꽃이 타오르고 있었다.

빅토리아가 고백했다.

"가고 싶지 않아. 너랑 더 있고 싶어."

'영원히.'

하지만 이 말은 입 밖에 내지 않았다. 내겐 그런 말을 할 자격이 없어. 키르타슈가 건 주문에 걸려 굴복하고 만 뒤에 해서는 안 될 말이야. 그리고 지금까지 있었던 일들에도 불구하고 여전히 크리스티안을 그리워하고 있으니 더욱 자격이 없어.

빅토리아는 고개를 가로저었다.

"난 여기서 너를 기다리고 있을 거야."

잭이 아주 진지하게 다짐했다.

"정말?"

잭이 약속했다.

"여기 있을게. 널 기다리면서. 언제까지라도."

잭의 다정한 눈길에 빅토리아는 마음속의 고통이 사라지는 듯했다. 하지만 잭이 키스하려고 하자, 진심으로 원했지만 곧 그에게서 떨어졌다.

"안 돼, 잭. 네 키스를 받을 자격이 없어. 왜냐하면 난……"

빅토리아는 '이미 키르타슈와 키스를 했으니까'라고 말하려고 했지만 계속 할 수가 없었다. 하지만 잭이 금방 눈치 채고는 말했다.

"괜찮아, 빅토리아. 네가 필요한 만큼 충분한 시간을 가지고 생각해. 난 널 기다릴 거야. 그리고 생각이 바뀌면…… 넌 내가 어디 있는지 잘 알고 있잖아."

빅토리아가 속삭였다.

"잭…… 알지? 내가 널 아주 많이 좋아한다는 걸. 하지만 모르
겠어…… 내 마음을 정말 모르겠어. 네겐 아무 조건 없이 널 좋
아해줄 수 있는 누군가가 더 잘 어울려. 내 말 알겠니?"

"그래, 잘 알았어. 이제 어서 가봐. 그리고 좀 쉬어, 알았지? 우
리 이야기는 나중에 하자."

빅토리아가 고개를 끄덕였다. 그리고 조금 망설이다 까치발을
들고 잭의 뺨에 입을 맞추었다. 그녀는 따뜻한 미소를 남기고 마
드리드의 집으로 떠났다.

잭은 빅토리아의 안식처인 버드나무 곁에 서서 그녀의 뒷모습
을 바라보았다. 만일 빅토리아가 바로 그 순간 뒤를 돌아보았다
면, 그의 어두운 표정을 발견했을 것이고, 그가 중대한 결심을 했
다는 걸 알아챘을 것이다. 하지만 그녀는 뒤돌아보지 않았다. 고
통과 의구심에 괴로웠지만, 친구의 따뜻한 말과 포옹과 애정에
기운을 되찾고 있었다. 아무리 깊은 심연으로 떨어지더라도 잭이
그녀를 붙잡아줄 거라는 확신이 들었다.

일곱시가 되자 자명종이 울렸다. 그 순간 빅토리아가 막 침대
위에 다시 모습을 나타냈다. 잠깐이라도 눈을 붙이고 싶었다. 그
러나 그래서는 안 되었다. 잭에게 말하지는 않았지만, 그 무시무
시한 생물이 크리스티안으로 변하는 악몽을 꿀까 두려웠다. 아직

그 사실을 받아들이기가 어려웠다.

한숨을 내쉬며 그녀는 욕실로 갔다. 거울을 보니, 몰골이 말이 아니었다. 세수를 했지만 여전히 창백한 얼굴에 눈은 퉁퉁 붓고, 눈 아래에는 아주 보기 흉한 다크서클이 생겨나 있었다. 어느새 머릿속으로 부엉이와 자신을 비교할 정도였다. 잭은 왜 나를 좋아하는 걸까, 그녀는 의아한 마음이 들었다. 크리스티안도 마찬가지였다. 그들이 도대체 자기를 왜 좋아하는지 그 이유를 알 수 없었다.

잭을 생각하자 따뜻한 온기가 온몸에 흐르는 듯했다. 키르타슈에게 사람을 끄는 신비로운 매력이 있다면, 잭은 다정다감한 성격이 매력이었다.

'그리고 잭은 인간이잖아.'

심술궂고 작은 목소리가 그 사실을 상기시켰다.

빅토리아는 교복으로 갈아입고 옷매무새를 다듬었다. 화장을 해본 적은 한 번도 없지만, 거뭇거뭇해진 눈가와 창백한 얼굴을 가리기 위해, 어쩔 수 없이 화장을 할 수밖에 없었다.

하지만 어떻게 해도 눈에 깃든 깊은 슬픔은 지울 수 없었다. 결국 빅토리아는 거울에서 눈을 떼고 아침식사를 하러 내려갔다.

할머니는 이미 식당에 내려와 커피를 마시며 신문을 읽고 있었다. 빅토리아는 할머니 뒤로 조용히 지나가기로 했다. 마주치면 많은 걸 설명해야 할 것 같았다. 학교 매점에서 뭔가 사먹으면 될 것이다.

그런데, 아주 작은 소리조차 내지 않았는데도, 게다가 빅토리

아는 주의를 끌지 않는 데는 선수인데도, 할머니에게는 아무 효과가 없었다. 빅토리아의 존재를 감지하는 레이더라도 가지고 있는 듯했다.

"좋은 아침이구나, 빅토리아."

할머니는 돌아보지도 않고 말했다.

빅토리아는 체념의 한숨이 나오려는 것을 간신히 참았다.

"네, 좋은 아침이에요, 할머니."

아침식사를 하러 식당으로 들어가야 했다. 몰래 빠져나가려던 시도는 수포로 돌아갔다.

"어젯밤 그 소리 들었니?"

할머니가 신문에서 고개도 들지 않고 물었다.

"아니요, 할머니."

그녀는 거짓말을 하고는 선반에서 커피를 꺼냈다. 아침에는 보통 카카오를 마셨지만, 오늘만큼은 머리를 맑게 할 필요가 있었다.

"무슨 일 있었어요?"

"집 뒤 소나무 숲에 화재가 났다. 집에서 아주 가까운 곳이지. 이웃들이 소방서에 알려서 그나마 다행이었어."

"소나무 숲에요?"

빅토리아가 되풀이해 물었다.

"어머, 제가 아주 좋아하는 곳인데! 나무들이 많이 타버리지 않았어야 할 텐데요."

"네가 아무것도 모르다니 이상하구나. 네가 방에서 나오지 않기에 그냥 두었다. 너까지 성가시게 하고 싶지 않았어. 집을 비울 필요까지는 없잖니."

빅토리아는 손이 떨려 그만 크림통을 떨어뜨리고 말았다.

"아이고, 이런! 웬 난리냐! 나티를 불러 치우라고 해야겠구나……"

"아니에요, 그냥 두세요. 제가 치울게요. 죄송해요. 오늘 제가 정신이 좀 없어서요."

"그래."

할머니가 빅토리아를 빤히 보았다.

"얼굴이 좋지 않구나. 잠을 잘 못 잤니?"

"네, 악몽을 꾸었어요. 아주 무서운…… 괴물이 나오는 꿈을. 그래서 그래요."

"그런 악몽을 꿀 때는 이제 지났잖니?"

빅토리아가 어깨를 으쓱했다.

"그러게요."

그녀는 다시 크림통을 주워들고 아침식사 준비를 했다.

"그래, 그애하고는 어떻게 되어가니?"

그때 할머니가 지나가는 투로 물었다.

빅토리아의 손이 설탕통 위에서 부들부들 떨렸고, 설탕이 바닥에 떨어졌다.

"어떤 애요?"

"네가 좋아한다고 했던 애 말이다, 알면서……"

"전 아무도 안 좋아해요."

할머니가 눈썹을 모으며 안경 너머로 손녀를 빤히 보았다.

"알았어요. 네, 맞아요. 좋아하는 애가 있었어요."

빅토리아가 마지못해 털어놓았다.

"하지만 그애가 어떤 애인지 알았고…… 그래서…… 이제는 좋아하지 않아요."

"널 다치게라도 한 거니?"

할머니가 진지하게 물었다. 두 눈이 안경알 뒤에서 이상하게 반짝이고 있었지만, 빅토리아는 할머니를 보고 있지 않아 알아채지 못했다.

"다쳐요?"

그녀는 가만히 선 채 처음으로 할머니를 똑바로 바라보았다.

"아니에요. 절대 아니에요. 실은 그 반대로 그애는 강박적일 정도로 저를 지켜주려고 해요. 하지만……"

"네 마음이 상했구나. 그런데 왜 그애가 널 단념한 거니?"

"그애가 절 단념한 게 아니에요. 단념하게 만든 사람은 바로 저예요."

"그렇다면, 넌 그애의 마음을 상하게 한 거로구나."

"네?"

빅토리아가 당황한 표정으로 되물었다. 지금까지 그런 식으로 생각해본 적은 없었다.

"하지만 그애는 마음이 없다고요! 평범한 아이가 아니에요, 그애는……"

"……괴물이라도 된다는 거냐?"

194

빅토리아는 온몸이 오싹해 할머니를 바라보았다. 할머니와 같이 남자친구 이야기를 한다는 것 자체도 이상한데, 할머니는 막연하게나마 사실에 접근하고 있다…… 불안한 마음이 들었다. 할머니가 그 일을 알 리는 없는데……

크리스티안이 이 저택에 대해, 그리고 '호의적인 아우라 같은 것'에 대해 했던 말이 떠올랐다. 그녀는 불안한 심정으로 할머니를 바라보았다. 하지만 할머니는 전혀 아무렇지도 않은 듯 말을 계속했다.

"얘야, 우리가 사랑에 빠지면, 처음에는 상대방을 이상화한단다. 그가 완벽하다고 생각하지. 그렇게 믿으면 믿을수록 나중에 깨어나기도 힘이 들어. 분명 그애도 그리 나쁜 애는 아니었을 게다."

빅토리아가 안도의 한숨을 내쉬었다. 다른 의미로 한 말이었던 것이다.

"그걸 어떻게 아세요?"

"왜냐하면, 아직도 네가 그애를 좋아하니까. 그렇지 않다면 그애와 헤어진 일을 이렇게 후회하지는 않을 거잖니?"

"할머니가 뭘 아신다고 그러세요?"

기분이 상한 빅토리아가 불쑥 대꾸했다.

"전 후회하지 않아요. 그애가 실제로 어떤 애인지 알았다고 말씀드렸잖아요. 그리고……"

'그애는 평범한 애가 아니라고요!' 라고 소리치고 싶었다.

"그러고 나서 그애랑 말해봤니?"

"당연히 아니죠!"

"그래, 이제야 알겠구나. 그렇다면 다른 애가 있구나, 아니니?"

빅토리아가 눈을 감았다. 어지러웠다.

"잠깐만요, 왜 느닷없이 제 남자친구에 대해 관심이 많으신 거예요?"

"지금까지 네가 누군가와 사귀어본 일이 한 번도 없지 않았니. 그래서 호기심이 생기는구나. 그리고 기분이 좋아. 벌써 네가 남자애들 때문에 고민할 나이가 되었구나, 하는 생각에 흐뭇하기도 하고. 사실 슬슬 걱정이 되던 참이었다."

빅토리아가 놀라 입을 벌렸다.

"할머니, 궁금하신 것도 많으시네요!"

"자, 어디 얘기 좀 해보렴."

할머니가 재촉했다.

"지금 좋아하는 애는 어떤 애니?"

"잭이오?"

빅토리아는 자신도 모르게 반사적으로 대답을 하고는, 혀를 단속하지 못한 것에 금방 후회를 했다. 하지만 이미 엎질러진 물이었다.

"그애는 저의 제일 친한 친구예요. 우리는 서로 깊이 신뢰하고 있고, 그애는 굉장히 다정하고, 또 부드럽고…… 그애를 좋아하는 거 같아요."

"그애도 널 좋아하고?"

"네. 아주 많이요. 하지만……"

빅토리아가 나지막이 말했다.

"넌 아직 다른 애를 좋아하고, 아니니? 다른 식으로 부르자면 그 '나쁜 놈'을 말이다."

"네."

빅토리아가 대답을 하고는 갑자기 왈칵 울음을 터뜨렸다.

할머니가 가만히 손녀를 안아주었다.

"이런, 애야, 참으로 달콤한 청춘이구나……"

"제가 이상한 거죠, 그렇죠, 할머니?"

"아니다, 애야, 넌 곧 열다섯 살인걸. 그건 누구나 모두 한번쯤은 치러야 하는 열병이란다. 그러고 보니 벌써 다음 주가 네 생일이구나. 무슨 선물을 해주면 좋겠니?"

무의식적으로 빅토리아는 늘 하고 다니는 목걸이를, 눈물 모양의 펜던트를 손에 쥐었다. 그리고 이 년 전 자신의 열세번째 생일에 그 펜던트를 선물로 준 샤일을 생각했다. 샤일은 바로 그날 밤 죽었고, 그후 빅토리아에게 생일은 슬픈 기억으로 자리잡게 되었다.

"갖고 싶은 게 없어요, 할머니."

'이 년 전에 잃어버린 것을 찾고 싶지만…… 샤일은 다시 돌아올 수 없어요.'

"할머니와 이런 이야기를 할 수 있어 좋긴 한데, 그만 서둘러야겠어요. 스쿨버스를 놓칠지도 몰라요."

빅토리아는 할머니에게 인사를 하고 의자에서 일어났다. 할머니가 안경 너머로 손녀를 보았다.

"오늘 하루 쉬지 않으련? 네가 아프다고 학교에 이야기하마."

빅토리아가 당황해하며 할머니에게 말했다.

"할머니, 오늘 정말 이상하세요. 말씀은 고맙지만, 그냥 학교 갈게요, 정말로요."

계속 잭과 크리스티안, 아니 키르타슈, 아니 그 누구에 대해서도 더 말할 기운이 없었다.

할머니는 말씀하셨다.

'그렇다면, 넌 그애의 마음을 상하게 한 거로구나' 라고.

하지만 할머니는 당신이 어떤 사람에 대해 말하는지 모른다. 뱀이 마음을 가지고 있다니, 그것이 가능한 일일까?

할머니는 현관문까지 따라나와 손녀가 스쿨버스에 오르는 모습을 지켜보았다.

빅토리아는 말했다.

'갖고 싶은 게 없어요, 할머니.'

하지만 할머니는 손녀의 눈을 통해 보았다. 마음속에서 타오르는 불가능한 소망의 불꽃을. 가벼운 산들바람이 알레그라 다스콜리의 회색 머리칼을 흐트러뜨렸다. 그녀는 가만히 미소를 지었다.

잭은 알렉산더가 자러 가길 기다렸다가 도미바트를 가지러 무기실로 살금살금 들어갔다. 잠깐 망설인 후, 만일을 대비해 단도도 한 자루 챙겼다.

그러고 나서 그는 도서관으로 올라가 알마를 불렀다. 원탁 위의 구슬 속에 림바드의 영혼이 곧 그 모습을 드러냈다.

'알마.'

잭이 알마를 불렀다.

'키르타슈가 있는 곳까지 데려다줘.'

알마는 당황해하는 것 같았다. 잭의 부탁을 들어줄 수 없었다. 키르타슈가 있는 곳에 가려면 아주 약간이라 해도 마법이 필요한데, 잭은 아무것도 할 줄 몰랐기 때문이다.

'부탁이야.'

잭이 간청했다.

'마법은 어디서든 꺼내가도 좋아. 검에서 꺼내가도 좋고, 내 에너지를 가져가도 좋아. 하지만 나를 그가 있는 곳에 데려다줘야만 해. 할 일이 있어…… 그래, 빅토리아가 찬성하지 않을 거라는 것도 알아.'

알마는 결정을 내렸다. 잭은 자신을 감싸는 의식의 촉수들이 자신을 이동시키려 한다는 것을 느꼈지만, 림바드 도서관에 단단히 못 박힌 듯 그대로 있을 뿐이었다.

잭이 절망적으로 물었다.

"뭐가 필요한 거야? 내가 빅토리아의 지팡이를 사용하면 데려다줄 수 있어?"

알마는 잭의 말을 이해하지 못했다. 지팡이는 준마법사들만이 사용할 수 있었다. 잭은 완전한 마법사도, 빅토리아처럼 준마법사도 아니었다.

잭은 예전의 기억을 떠올렸다.

"빅토리아가 마법은 연결된 에너지라고 말한 적이 있었어. 우리는 누구나 에너지를 지니고 있다고. 알마, 내게서 그 에너지를 꺼내 가."

잭은 이를 악물었다.

"어떻게 좀 해봐! 네가 할 수 있는 일을 해보란 말이야, 알았지?"

알마는 망설였지만 잭의 말대로 시도해보기로 했다. 잭은 의식이 알마 속으로 들어가며 조금씩 기운이 빠지는 걸 느꼈다. 힘이 약해진 듯했지만 동시에 좀더 가벼워지면서 의식이 옅어졌다. 그리고 그때 갑자기, 마치 알마가 감춰두었던 깊은 우물의 뚜껑을 연 듯 잭의 몸에서 에너지가 광채를 내며 뿜어져나왔다. 그는 총알처럼 튕겨나갔다.

'너를 위해서야, 빅토리아.'

림바드의 도서관을 떠나기 전, 잭이 마지막으로 한 생각이었다.

잭이 도착한 곳은 어느 해변이었다. 그는 어리둥절해하며 주변을 둘러보았다. 절벽 사이로 이어진 황량하고 작은 바다의 후미였다. 부드럽게 모래를 훑고 있는 잔잔한 수면 위에 그믐달이 비쳤다.

잭은 절벽 높은 곳에서 그를 살펴보고 있는 날렵하고 우아한 실루엣을 발견했다. 실루엣은 푸르스름한 빛으로 부드럽게 빛나는 칼을 들고 있었다. 잭은 도미바트를 칼집에서 뽑아들었다. 칼

은 밤하늘 아래 빛나는 횃불처럼 잠시 이글거리더니 곧 본래의
강철로 되돌아왔다.

절벽 위에서 그가 단숨에 해변으로 내려왔다. 달빛에 키르타슈
의 얼굴이 드러났다.

두 사람은 마주 보고 섰다. 달빛 속에서 속을 알 수 없는 키르
타슈의 표정은 더욱 어두워 보였다. 그는 아무런 감정도 드러내
보이지 않았지만 잭은 자신을 향한 그의 증오심을 감지할 수 있
었다.

마침내 키르타슈가 입을 열었다.

"널 기다리고 있었어."

키르타슈의 약점

　빅토리아가 스쿨버스에 올라탔다. 피곤해서 눈이 저절로 감겼다. 그녀가 앉은 곳은 평소처럼 안쪽 창가 자리였다. 옆자리에는 다른 반 학생이 앉아, 뒷좌석의 다른 두 친구와 큰 소리로 수다를 떨고 있었다. 언짢아진 빅토리아는 가방을 뒤져 시디플레이어를 찾아 이어폰을 귀에 꽂았다. 그녀가 가지고 있는 유일한 음반, 크리스 타라…… 크리스티안 혹은 키르타슈, 수수께끼처럼 정체를 알 수 없는 그의 음반이 그 안에 들어 있었다. 그녀의 내부에서 강렬하고 모순적인 감정이 깨어났다. 아직 그의 목소리를 다시 들을 마음의 준비가 되지 않았다. 그녀는 라디오를 켜고, 자신이 즐겨듣는 방송 채널을 맞추었다.

　거의 학교에 다 왔을 무렵, 진행자의 멘트가 나왔다.

　"……네, 우리 모두의 바람이 실제로 이루어지길 바랍니다. 크리스 타라, 올해 음악계의 판도를 뒤흔든 이 신비로운 젊은이가 새로운 음반을 준비중이라고 합니다."

빅토리아의 심장 박동이 빨라졌다. 라디오를 끄려 했지만 손가락이 움직이지 않았다.

"지금 제 손엔 그의 새 싱글 〈왜 너지?〉가 있습니다. 무척 로맨틱하고 아름다운 발라드로군요……"

〈왜 너지?〉의 첫 소절이 시작되었는데도 진행자는 계속 떠들고 있었다. 하지만 이미 빅토리아의 귀에는 아무 말도 들리지 않았다. 크리스티안의 목소리가 이어폰을 타고 흘러들어 그녀를 감싸고, 쓰다듬고, 흔들며 달콤한 말을 속삭였다. 빅토리아는 눈물을 참을 수 없었다. 의심할 바 없는 사랑의 노래였다. 하지만 바로 그 점이 이상했다. 크리스 타라는 사랑 노래를 작곡하지 않았다. 그는 다른 세상을, 고독을, 다른 존재를, 날고 싶은 욕망을, 서로 이해하지 못하는 오해를 노래하지만, 사랑 노래는 한 번도 부른 적이 없었다.

그럼에도 불구하고, 〈왜 너지?〉는 사랑이라는 단어는 한마디도 나오지 않았지만, 사랑을 노래하는 발라드였다.

'굳이 이름을 붙일 필요는 없잖아.'

크리스티안이 한 말이었다.

하지만 그는 감정에 대해 말했었다. 같은 편을 배신하는 엄청난 짓을 야기하는 감정을.

빅토리아는 스스로를 다그쳤다.

'하지만 그는 뱀이야, 인간이 아니라고. 내게 아무 감정도 느낄 수 없어.'

그러나 그녀에게 노랫말을 속삭이는 것은 그의 목소리였다. 왜 차가운 별처럼 그리도 멀리 떨어져 있는지, 왜 완전히 다른 생물에게 그런 감정을 느끼는지 자꾸 되묻게 만드는 그의 목소리. 크리스티안의 노래는 존재의 가장 깊숙한 결까지 떨리게 할 정도로 감동적이었다. 그녀는 알 수 있었다. 그가 바로 빅토리아 자신을 노래하고 있다는 걸.

너무 당황스러워 두 손에 얼굴을 묻었다. 크리스 타라의 노래가 끝나고 라디오에서는 다른 노래가 흘러나왔다. 크리스의 노래에 비해 상당히 거칠고 불쾌했다. 신경이 날카로워진 빅토리아는 라디오를 껐다.

버스가 학교 앞에 멈췄고, 학생들은 이미 차에서 내리고 있었다. 빅토리아도 가방을 메고 버스 계단을 내려갔다.

그런데 교문을 막 통과하려 할 때, 차가운 바람이 불어왔고 빅토리아의 팔에 소름이 돋았다. 불안해진 마음에 빅토리아는 뒤를 돌아보았다.

아무것도 없었다. 모든 것은 조용하고 정상이었다. 하지만 그럼에도 그녀는 어떤 예감이, 끔찍한 예감이 들었다.

그녀가 좋아하는 누군가가 심각한 위험에 처했다. 아주 소중한 누군가가 죽을지도 모른다.

두 사람 중 누구의 이름이 먼저 떠올랐는지는 확실하지 않지만, 즉시 두 사람의 이름이 떠올랐다. 잭, 그리고 크리스티안.

순간 머뭇거렸다. 단순한 망상이라면? 잭은 럼바드에 안전하게 있고, 그리고 크리스티안은…… 이둔에서 가장 강력한 생물인 셰크 크리스티안을 위협할 만한 것이 있던가?

그때 수업 시작을 알리는 종소리가 울렸다. 빅토리아는 망설였다. 급히 가야 했다. 달려가서 두 사람을 구해야만 하는데……
그런데 누구를 구한다는 거지? 잭을? 크리스티안을?

아니면 두 사람 모두를?

"널 죽일 거다."

잭이 굳은 얼굴로 말했다.

키르타슈는 아무 말도 하지 않았다.

잭이 먼저 공격했다. 상대방의 몸을 겨누며 검을 휘둘렀지만
키르타슈는 하이아스로 잭의 도미바트를 가로막았다.

두 검이 부딪치는 순간 눈에 보이지 않는 뭔가가 짧게 진동하
는 게 느껴졌다. 잭이 당황하여 멈춰 섰다. 키르타슈의 눈이 호기
심으로 반짝 빛났다.

"드디어 이 검을 사용할 줄 알게 되었군."

키르타슈가 한마디 하자 잭이 으르렁거렸다.

"너무 그렇게 잘난 척하지 마. 넌 곧 내 손에 죽을 거니까."

그러고는 온 힘을 다해 키르타슈를 향해 검을 내려쳤다. 키르
타슈가 다시 공격을 막자, 또다시 불꽃이 튀었다. 잭은 끈질겼다.

도미바트는 피를 뿜어내며 힘차게 맥동하는 심장처럼 빛났다.
잭은 자신의 에너지가 검에 전달되는 것을 느꼈다. 자신의 감정
이 고스란히 강철 검에 반영되어 증오심으로 스며나오고 있었다.

하지만 도미바트의 불길이 하이아스의 얼음을 녹이기에는 역부족이었다. 셰크의 증오심 역시 절대적인 차가움이라는 형태로 나타났다. 하이아스의 칼날은 키르타슈의 얼음 같은 눈과 같은 색을 띠고 있었다.

두 검은 서로 부딪칠 때마다 말을 주고받는 듯 서로를 파괴하려고 안간힘이었지만, 어느 쪽도 이 싸움의 승자가 되진 못했다. 마침내 잭이 있는 힘을 다해 칼을 내려쳤고, 그 에너지가 너무 격렬해 두 사람 모두 뒤로 물러섰다.

둘은 신중하게 거리를 두고 서로 마주 보았다.

"넌 아직도 모르고 있구나."

키르타슈가 모든 걸 알고 있다는 듯 말했다.

"내가 뭘 알아야만 하는데?"

"왜 빅토리아를 지켜야 하는지."

"내가 좋아하기 때문에 지키려는 거야! 그리고 너…… 이 빌어먹을 괴물…… 넌 그녀에게 상처를 줬어. 그리고 그녀를 속였지. 그것만으로도 넌 죽어 마땅해."

"단지 그것 때문에? 네가 날 찾아온 이유가 정말 그것뿐이야?"

"그녀에게 바라는 게 뭐야? 왜 빅토리아를 가만 내버려두지 않지?"

"그녀가 계속 살아 있길 바라니까, 잭."

키르타슈가 싸늘하게 대답했다.

"그리고 내가 곁에 있다고 나쁠 것도 없잖아. 보아하니 넌 그녀를 돌볼 능력도 없는 것 같은데."

마침내 잭이 폭발했다.

"뭐라고! 감히 그따위 말을 지껄이다니. 네놈이야말로…… 내가 이제까지 본 제일 사악하고 뒤틀린 놈이야!"

키르타슈는 전혀 개의치 않는다는 듯 싱긋 웃었다.

"이제 알겠어. 넌 질투하고 있는 거야."

잭은 더이상 참지 못하고 그에게 다시 달려들었다. 키르타슈가 공격을 막으며 차가운 눈길을 던졌다. 하지만 그 얼음장 같은 두 눈에는 분노와 경멸이 번득이고 있었다. 그가 가시 돋친 말을 내뱉었다.

"넌 자신의 사랑을 이상한 방식으로 보여주고 있어. 다시 빅토리아를 혼자 남겨두다니. 그녀 곁에 남아 그녀를 위로해줘야 하는 거 아닌가?"

"질투하는 건 바로 너야. 그래서 이렇게 화를 내는 거겠지. 어젯밤 본색을 드러낸 것도 그래서 아닌가?"

키르타슈가 갑작스럽게 웃음을 터뜨렸고, 잭은 순간 당황했다. 한 번도 키르타슈가 웃는 소리를 들어본 적이 없었던 것이다. 다행히 잭은 제때에 정신을 차리고 코앞까지 밀고 들어온 하이아스를 막아냈다. 그러고는 키르타슈를 힘껏 밀쳤다. 키르타슈가 말했다.

"사실과는 거리가 먼 이야기로군. 넌 빅토리아를 사랑하고, 그리고 그녀도 널 좋아해. 바로 그것 때문에 내가 네 목숨을 살려준 거다. 하지만 그렇다고 해서 저울이 네 쪽으로 유리하게 기운 건 아니야."

"웃기는 소리 하지 마. 넌 그녀에게 아무 감정도 느낄 수 없어. 넌 인간이 아니니까."

키르타슈가 어찌나 싸늘한 눈길로 쏘아보는지, 잭은 분노로 이글거리고 있으면서도 온몸이 오싹했다. 마침내 세크가 입을 열었다.

"아, 맞아. 난 인간이 아니지. 그리고 너는 인간이고. 하지만 정말 그럴까?"

혹 하고 차가운 바람 같은 것이 잭의 영혼을 뒤흔들었다.

"무슨…… 뜻이지?"

그는 마치 번개를 맞은 듯 잠깐 동안 꼼짝 않고 있었다. 순간적으로 자기 삶의 수수께끼 같은 일들과 이상한 능력들이 떠오르며, 키르타슈가 잭 자신도 모르는 더 많은 사실을 알고 있다는 걸 깨달았다. 스스로에 대해 알고 싶다는 열망이 그 어느 때보다 세차게 몰려왔다.

잭은 눈앞에 있는 것이 자신의 적이고, 사악하고 믿을 수 없는 놈이라는 사실을 상기하며 평정을 되찾으려고 애썼다.

"그런 식으로 날 흔들 수 있을 거란 생각은 하지 마."

잭이 경고했다.

키르타슈는 잠깐 눈을 가늘게 떴다. 여전히 종잡을 수 없었지만, 완벽하게 계산된 표정이었다. 잭은 자신을 향한 키르타슈의 증오와 경멸을 감지했다. 그 감정이 너무 강렬해, 만일 잭의 온몸을 감싼 분노의 열기가 아니었다면 혈관 속의 피가 얼어붙었을 것이다.

키르타슈가 고양이처럼 날렵하게 움직였다. 순식간이었다. 아
차, 싶었을 때 이미 키르타슈는 사라지고 없었다.

"인간이니 뭐니 하고 떠들어대지 마."

어둠 속에서 키르타슈의 낮은 목소리가 들려왔다.

"감정에 대해서도 마찬가지야. 넌 아무것도 몰라."

잭이 키르타슈를 찾아 사방을 둘러보며 소리쳤다.

"모습을 드러내! 다시 한번 붙어보자고, 이 겁쟁이야!"

"넌 죽어야 해. 그게 빅토리아를 구할 수 있는 유일한 방법이
야. 난 널 죽일 거야. 그게 내가 그녀를 위해 유일하게 할 수 있는
일이니까. 그런데 넌 뭘 하고 있지?"

"너와 싸우려고 왔잖아! 널 죽이든지 아니면 내가 죽든지 할
거야. 그냥 이대로 내버려둘 수는 없어."

"그렇다면 네가 죽어버려. 그게 모두에게 더 좋을 테니까."

키르타슈가 눈에 죽음의 차가운 기운을 담고 어둠 사이에서 다
시 나타났다. 그리고 증오를 한껏 담아 잭을 향해 검을 내려쳤다.
그러나 잭도 호락호락하지는 않았다. 그는 도미바트를 들어올렸
다. 또다시 두 검이 만났다. 잭은 자신의 분노가 도미바트의 전투
욕을 북돋우고 있음을 감지했다. 증오가 힘을 주고 있었다. 그러
나 그런 잭의 감정들은 어떤 경우에도 냉철함을 잃지 않는 키르
타슈에게 영향을 미치지 못하고 있었다.

눈 깜짝할 사이 하이아스의 칼날이 잭의 옆구리에 닿았고, 그
의 피부가 얼어붙었다. 잭은 고통을 참지 못하고 신음을 내뱉었
다. 있는 힘을 다해 키르타슈를 겨우 밀쳐냈다. 갑자기 빅토리아

생각이 났다. 키르타슈라고 불리는 이 짐승이 그들의 생명과 운명의 끈을 조종하려 하고 있었다. 그들 앞에 나타난, 무시무시하고 치명적이지만 경이로웠던 날개 달린 뱀의 모습이 떠올랐다. 처음 보았을 땐 한없이 두려웠지만 지금은 단지 혐오감과 증오감만 느껴질 뿐이었다. 어찌나 강하고 깊은 증오심인지, 이성을 잃을 정도였다. 또다시 그의 안에서 무언가가 폭발했다.

하지만 불의 고리는 생기지 않았다. 대신 잭의 모든 힘이 도미바트로 흘러들었고, 검은 한순간 초월적인 힘을 품었다. 거친 고함 소리와 함께 잭이 공격을 가하자, 키르타슈가 하이아스를 들어올렸다.

그때 얼음벽이 갈라지는 듯한 이상한 소리가 났다. 잭이 놀라 몇 걸음 뒤로 물러섰다.

그의 앞에는 아직도 키르타슈가 우뚝 서서 방어 자세를 취하고 있었다. 손에는 여전히 하이아스가 들려 있었다.

하지만 얼음 검은 부러져 두 동강이 나버렸고, 부러진 조각은 모래 위에 떨어져 그 생명이 꺼지고 말았다.

두 사람은 놀라 검의 파편을 응시했다. 키르타슈가 고개를 들어 잭을 보았다. 그를 안 후 처음으로 그의 눈에서 언뜻 무언가를 본 것 같기도 했다. 적이긴 하지만 일종의 경외심을 느꼈던 것일까?

셰크가 말했다.

"깨어나기 시작했구나."

"뭐라고……? 무슨 소리야?"

"이제 널 구할 수 있는 건 아무것도 없어. 빅토리아라고 해도 안 돼."

잭이 경계를 풀지 않고 키르타슈의 공격에 대비했지만, 키르타
슈는 씁쓸한 표정을 지으며 고개를 가로젓더니 뒤로 물러났다.
그리고 그대로 어둠 속으로 사라졌다.

"기다려!"

잭이 여전히 혼란스러워하며 키르타슈를 불렀다.

"이렇게 갈 수는 없어! 말해줘야지!"

혼자 남겨졌음을 깨닫고 잭은 낮은 목소리로 말을 맺었다.

"……내가 누군지."

그러나 다른 생각을 할 시간이 많지 않았다. 키르타슈에게서
입은 상처로 인해 오한이 점점 심해지기 시작했다. 부들부들 몸
을 떨던 잭은 모래 위로 무릎을 꿇으며 고꾸라졌다. 다친 옆구리
를 붙잡고 일어서려고 애썼지만 불가능했다. 몸에서 점점 기운이
빠져나갔고, 머릿속은 혼란스러웠다.

키르타슈를 이긴 걸까? 세크의 상징인 하이아스를 파괴한 건
가? 고개를 들어 하이아스의 파편을 보았다. 검은 모래 위에 버
려진 채, 생명이 꺼져 있었다. 어지러운 기분이 들며 쓰러지려는
순간, 무언가가 잭을 잡았다.

"잭!"

빅토리아의 걱정 어린 목소리였다.

"잭, 괜찮은 거니?"

잭은 눈을 뜨려고 애를 썼다. 그는 빅토리아의 품에 안겼다. 그
녀는 조바심을 내며 그를 바라보고 있었다. 잭은 미소를 지으려

했다. 아름다운 꿈을 꾸고 있구나.

"내가…… 이겼어."

잭이 중얼거렸다.

"하지만 그를 죽이지는 못했어. 미안해, 빅토리아. 널…… 또 실망시켰네."

빅토리아의 눈에 눈물이 가득 고였다. 그녀는 잭을 품 안에 꼭 안았다. 잭은 빅토리아의 어깨에 머리를 기대며 눈을 감았다. 견딜 수 없을 정도로 추웠다. 마치 빠져나갈 길 없는 깊은 빙하 속으로 가라앉는 것 같았다.

하지만, 빅토리아가 있었다. 얼음 터널 저 너머에서 비쳐오는 따뜻한 불빛. 잭은 그 불빛을 향해 몸을 질질 끌며 갔다. 그러는 동안 생동하는 에너지의 흐름이 온몸에 흐르며 조금씩 추위를 몰아냈다.

"좀 나아졌니?"

"네가 나를…… 치료한 거야?"

빅토리아가 고개를 끄덕였다. 잭이 주위를 둘러보았다. 두 사람은 여전히 세상 어느 곳인지도 모르는 해변에 있었다. 수평선이 밝아오기 시작했다. 빅토리아는 교복 차림 그대로 모래 위에 무릎을 꿇고, 다리 위에 잭의 머리를 올려놓고 있었다. 빅토리아의 손가락이 잭의 금빛 머리칼을 쓰다듬었다. 잭은 그대로 몸을 맡기고 있었다.

"하이아스 때문이지?"

그때 빅토리아의 질문이 그를 현실로 돌아오게 했다.

"그래."

잭이 대답하며 천천히 상체를 일으켰다.

"하지만 이제 하이아스는 그 누구도 해치지 못할 거야. 내가 부러뜨렸어. 자, 봐."

그는 검의 잔해가 남아 있는 곳을 가리켰다.

"나머지는 그놈이 가져갔어. 하지만 복구할 수 없을 거야."

빅토리아가 멍하니 동강 난 파편을 뚫어지게 보았다.

"잭."

그녀가 나지막이 말했다.

"네가 키르타슈의 검을 부러뜨렸다고? 네가 셰크를 이긴 거야?"

"사실은 도미바트가 한 거야."

그는 자랑스럽고 다정하게 자기 검의 이름을 불러보았다.

"나는……"

"잭, 도미바트는 너의 일부야."

빅토리아가 말을 잘랐다.

"셰크의 검을, 전설의 무기를 부러뜨리다니…… 그런데 어떻게…… 한 거야? 그는…… 인간을 능가하는데."

잭은 냉소에 가득 찬 키르타슈의 말을 떠올리고는 전율했다.

'아, 맞아, 난 인간이 아니지. 그리고 너는 인간이고. 하지만 정말 그럴까?'

두려웠다. 끔찍한 두려움. 자기 존재에 대해 늘 품어왔던 질문에 대한 해답에 가까이 온 것이다. 하지만 처음으로 그 해답이 어쩌면 자신이 원하지 않는 현실을 마주하게 할지도 모른다는 예감이 들었다.

그러나 그는 고개를 가로저으며 유일하게 확실한 한 가지 사실에 매달리기로 했다. 바로 빅토리아에 대한 마음이었다. 그는 그녀를 강렬한 눈빛으로 바라보았다.

"그건 이제 중요하지 않아, 빅토리아. 중요한 건 내가 다시 네 곁에 있다는 거야."

빅토리아가 감동한 듯 잭을 포옹했다. 잭도 빅토리아를 품에 꽉 안았다. 눈을 감으며 키르타슈의 말을 떠올렸다.

'넌 죽어야 해. 그게 빅토리아를 구할 수 있는 유일한 방법이야.'

무슨 말인지 이해되지도 않았고 사실인지도 알 수 없었지만, 잭은 자신을 희생해야만 한다면, 빅토리아를 위해 죽어야만 한다면, 단 한순간도 망설이지 않으리라 마음먹었다.

"왜 그런 거야?"

빅토리아가 중얼거렸다.

"넌 목숨을 잃을 수도 있었어. 너 없이…… 난 어떡하라고?"

"키르타슈가 널 다시 해칠지도 모른다는 생각을 하자 견딜 수가 없었어. 그런데, 날 어떻게 찾은 거야?"

빅토리아가 여명이 밝아오는 수평선을 보았다. 바닷바람에 머리카락이 흩날리고 있었다.

"이상한 예감이 들었어. 학교에서. 너에게 무슨 일이 일어난 듯한 불길한 예감에 곧장 림바드로 돌아갔어."

그녀는 잭을 똑바로 쳐다보았다.

"그런데 네가 없잖아. 그래서…… 도서관으로 달려가 알마에게 물어보니까 나를 이곳으로 데려다준 거야. 알렉산더를 깨우지 않았으니, 그는 내가 여기 온 줄도 모를 거야. 더 일찍 왔더라면 좋았을 텐데."

"아니야, 빅토리아."

잭이 고개를 가로저으며 대답했다.

"이건 우리 두 사람이 해결해야 할 문제야."

빅토리아는 아무 말도 하지 않았다. 두 사람은 그녀를 위해 싸운다고 하지만, 실제로는 구실에 불과한 것 같아 언짢았다. 어찌 되었든 그들은 둘 중 하나가 죽을 때까지 싸웠을 것이다.

"그래. 네 말대로, 중요한 건 우리가 같이 있다는 거야."

빅토리아가 미소를 지었다.

잭도 미소를 지으며 대답했다.

"그래, 그게 중요한 거야."

잭은 빅토리아의 부축을 받고 일어섰다. 그러자 빅토리아가 눈을 감고 알마를 불렀고, 두 사람은 안식처인 경계의 집으로 돌아왔다.

"하이아스가 망가졌다니……"

아슈란이 부러진 검을 응시하며 말했다.

키르타슈는 움직이지 않았다. 바닥에 한 무릎을 꿇고 아버지이자 군주인 아슈란 앞에 고개를 숙이고 조용히 기다릴 뿐이었다.

아슈란이 키르타슈를 향해 돌아섰다.

"그애가 널 이겼다니…… 그게 어떻게 가능하지?"

"도미바트, 불의 검 때문입니다."

키르타슈가 나지막이 대답했다.

"도미바트?"

아슈란이 고개를 가로저었다.

"아니다, 키르타슈. 검을 말하는 게 아니야. 네 이야기를 하는 거다."

키르타슈는 순간 움찔했지만, 말을 하지도 고개를 들지도 않았다.

"힘을 잃어가고 있구나, 키르타슈. 네 자신을 감정에 휘둘리게 놔두고 있어. 그게 네 최대 약점이고, 너에게 치명타가 될 수 있다. 너도 그 점을 잘 알고 있을 텐데."

"알고 있습니다."

키르타슈가 순순히 동의했다.

"증오, 분노, 조바심…… 사랑."

아슈란이 노려보았지만 키르타슈는 미동도 하지 않았다.

"이 모든 감정을 뛰어넘어야 하거늘…… 지구가 네게 너무 많은 영향을 미치고 있는 것 같구나."

그는 부러진 검을 가리켰다.

"이것은…… 앞으로 벌어질 일의 시작에 불과하다. 미리 싹을 잘라야만 할 것이야."

"네."

"적들은 네 생각보다 강하다. 도미바트를 휘두를 수 있는 자가 저항군에 있다니…… 그것도 제대로."

부러진 하이아스를 응시하며 그가 덧붙였다.

"누구냐? 마법사냐? 아니면 아직 알려지지 않은 영웅?"

"이제 곧 죽을 놈입니다."

키르타슈가 쉭쉭거렸다.

아슈란이 불쑥 낮은 소리로 웃음을 터뜨렸다.

"믿어 의심치 않겠다, 키르타슈. 하지만 네게서 이런 분노를 보는 건 마음에 들지 않는다. 네 능력이 충분한 건 안다. 하지만 이제 라이벌이 생겼고, 그 때문에 분별력이 흐려진 거지. 안 될 말이다, 아들아. 이런 식으로는 아무것도 되지 않아. 널 불안하게 만드는 인간이 있어서는 안 돼. 전설의 검을 가지고 있다…… 하지만 도미바트를 가지고 있다 해도 너와 똑같지는 않지. 어찌 되었든 놈은 그냥 인간일 뿐이니까, 그렇지 않느냐?"

키르타슈가 눈을 가늘게 떴다. 잠깐 망설이는 듯하더니 결국 차갑게 말했다.

"네, 그냥 인간일 뿐입니다."

"됐다."

아슈란이 고개를 끄덕였다.

"네 검을 다시 벼려주마, 키르타슈. 하지만 대신 몇 가지 일을 해줘야겠다. 우선은 불의 검을 쓰는 전사의 머리를 가져오너라."

"기꺼이 그렇게 하겠습니다."

키르타슈가 무서운 표정을 지으며 낮은 소리로 대답했다. 하지만 아슈란은 엄한 표정으로 아들을 바라보았다.

"증오심을 다스리거라, 키르타슈. 객관성과 예측력을 잃게 될 뿐이다. 기억해라, 변절자는 단지 벌레에 지나지 않는다는 것을. 알았느냐? 너는 걸어가면서 밟는 벌레까지 신경쓰느냐?"

"아닙니다."

"조금도 중요하지 않기 때문이다. 그들은 하찮은 존재란 말이다. 그래서 쉽게 짓밟아버릴 수 있지. 증오, 두려움, 분노에 널 맡기면, 상대방만 유리해지는 것이다."

아슈란이 다시 성을 내며 등을 돌렸다.

"아직도 그걸 모르다니 믿을 수가 없구나."

"용서해주십시오. 이런 일은 두 번 다시 없을 겁니다."

키르타슈가 굳은 목소리로 대답했다. 그러고는 차갑고 감정이 섞이지 않은 목소리로 덧붙여 말했다.

"원하신다면 당장 그 변절자를 처단하겠습니다."

"이제야 마음에 드는구나. 하지만 그것이 검을 다시 얻기 위해 해야 할 일의 전부는 아니다. 말도 안 되는 취미생활도 그만두어라. 음악을 그만두라는 말이다. 아무 짝에도 쓸모없지 않느냐. 음악은 네 정신만 혼란하게 하고, 더구나 널 점점 인간처럼 만들고 있어. 마음에 들지 않는다."

키르타슈는 이를 악물었지만, 대답하는 목소리에는 여전히 아무 감정도 실리지 않았다.

"분부대로 하겠습니다, 아슈란님."

"그리고 마지막으로, 그 여자애에 대해 말할 것이 있다."

키르타슈는 눈을 가늘게 뜰 뿐, 아무 말도 하지 않았다.

"다시는 그애를 만나지 마라."

아슈란의 통고를 듣고 키르타슈는 잠시 긴장을 풀었다.

"이제 충분히 즐겼고, 잘 논 셈이니까. 그 대가로 네가 얻은 거라곤 이것뿐이지 않느냐."

그가 다시 하이아스를 가리켰다.

"널 나약하게 만들었어. 네 안에 있는 감정들을 깨웠다. 네 의지로 그랬다면 차라리 널 용서했을지도 모른다. 어쨌든, 아무리 준마법사라고 해도 아이셀의 지팡이를 다룰 수 있는 자에게 너무 많은 가치를 부여해서는 안 된다. 하지만 넌 그애를 유혹하는 데 실패했어. 오히려 반대로 그애가 널 사로잡았지.

난 네게 그애를 얻을 수 없다면 죽여야 한다고 말했다. 하지만 지금은 생각이 바뀌었다. 그 여자애는 네게 위험한 존재이니, 너더러 그애의 목숨을 없애라고 명령하는 건 실수가 될 거야. 그래, 키르타슈. 그애는 죽게 되겠지만 네 손에 의해서는 아니다."

키르타슈는 고개를 들지 않기 위해 무진 애를 써야 했다.

"게르데를 보내 그애를 처치할 것이다. 그럼 그애 때문에 걱정할 일이 더는 없겠지. 그리고 그애가 죽으면 너도 예전의 모습으로 돌아올 것이고."

"게르데요?"

키르타슈가 나지막이 반복했다.

"벌써 지구로 갈 준비를 마쳤습니까?"

"난 늘 준비를 하고 있었어."

키르타슈의 뒤에서 달콤한 여자의 음성이 들렸다.

"나를 받아들일 준비가 되지 않은 건 너였지."

키르타슈가 일어나 뒤를 돌아보았다. 문 옆에 야성적인 아름다움을 지닌 우아하고 섬세하며 날렵한 생물이 서 있었다. 이국적이고 매력적인 용모는 마음을 설레게 할 정도였다. 깊고 검은 눈은 빛났고, 비단결처럼 부드럽고 가는 초록색 머리칼을 등 뒤로 풀어 늘어뜨린 모습이었다. 움직일 때마다 반짝이는 하늘하늘한 옷을 걸친 그녀가 작고 고운 맨발로 차가운 대리석 돌바닥 위를 사뿐사뿐 걸어왔다. 요정을 감싸고 있는 보이지 않는 유혹의 아우라는 인어의 노래나 강력한 주문과도 같아, 보는 사람으로 하여금 시선을 떼지 못하게 했다.

하지만 키르타슈에게는 요정의 마법도 효과가 없었다.

"늘 바빴으니까."

키르타슈가 냉랭하게 말했다.

"음…… 그럴 거라 생각했지."

게르데는 아슈란에게 나아가며 더욱 더 매력적인 미소를 지어 보였다. 스쳐 지나가는 그녀의 벗은 팔에 스치자, 키르타슈는 요정에게서 흘러나오는 마력을 느낄 수 있었다.

"폐하."

요정이 네크로맨서에게 정중하게 절을 하며 말했다. 그녀는 비단 같은 속눈썹을 아래로 내리깔며 유혹의 눈빛을 키르타슈에게 보냈다.

"부르셨나이까?"

"게르데."

아슈란이 말했다.

"너는 이미 오래전에 나와 셰크들에게 충성을 맹세했지. 이제 그 충성심이 어느 정도인지 증명할 때가 왔구나. 지구로 여행할 준비가 되었느냐?"

"그렇사옵니다, 폐하."

"그곳에서 해야 할 일은 이미 잘 알고 있겠지? 키르타슈는 용과 유니콘을 찾고 있다. 또한 변절자 마법사들을 처단하고 있다. 그중에서도 저항군이라 자칭하며 키르타슈를 자꾸 막아서는 건방진 조무래기 무리들을 말이지. 너는 키르타슈와 함께 가서 이 성가신 일을 해결하거라, 알겠느냐?"

"네, 폐하."

"특별히 네가 꼭 제거해야 하는 인간 여자애가 하나 있다. 빅토리아라는, 아이셸의 지팡이를 가지고 있는 아이다. 나는 그애가 죽기를 바란다, 게르데. 내 발아래 놓인 그애의 시체를 보고 싶구나."

이 말을 하면서 아슈란은 아들을 똑바로 보았다. 하지만 키르타슈는 미동도 하지 않았다. 얼굴은 여전히 무표정했고, 차가운 시선에 감정이라고는 드러나지 않았다.

게르데가 매혹적인 미소를 지었다.

"실망시켜드리지 않겠습니다."

더할 나위 없이 부드러운 목소리였다. 아슈란이 손짓을 하자

게르데는 몸을 일으켰다. 그녀는 키르타슈 옆으로 가 도발적인
미소를 보내며 속삭였다.

"너도 실망시키지 않을게."

키르타슈는 아무 반응도 보이지 않았다. 게르데는 사슴처럼 우
아하게 고개를 돌렸다. 한순간, 비단결 같은 그녀의 머리카락이
키르타슈의 목을 스쳤다. 요정이 미소를 띤 채 방을 나섰다. 도발
적인 그녀의 자취가 공기중에 남아 있었다.

"영리하군."

아슈란이 한마디 했다.

"네가 좋은 짝이라는 것을 완벽하게 알고 있어."

"전 관심 없습니다."

키르타슈가 대답했다.

"그리 오래가지는 않을 거다, 키르타슈. 곧 그 여자애는 잊게
될 테니까. 어쨌든 그애는 너와 맞지 않아. 너는 인간 준마법사보
다는 훨씬 더 나은 누군가와 어울린다, 그렇지 않느냐? 그애가
그렇게 그립진 않을 게다. 네가 생각하는 만큼은 아니야."

키르타슈는 아슈란을 향해 고개를 들었지만 아무 말도 하지 않
았다.

크리스티안

"처음부터 끝까지 멍청한 짓을 한 거야."

알렉산더가 꾸짖었다.

"무슨 생각으로 그런 무모한 짓을 한 건지! 혼자서 키르타슈와 맞서면 안 된다는 생각이 지금쯤은 머릿속에 박힌 줄 알았다."

잭이 항변했다.

"하지만 그를 이겼다고요, 알렉산더. 그의 검을 두 동강 냈다고요. 그렇게 갑자기 사라지지 않았다면 놈을 죽일 수도 있었는데."

알렉산더가 고개를 가로저었다.

"넌 셰크를 죽일 수 없어. 놈들은 모든 면에서 인간을 능가해."

"그래요, 하지만…… 만일 내가 인간이 아니라면 어떻게 되는 거죠?"

잭이 낮은 목소리로 물었다.

"바보 같은 소리 하지 마라. 왜 그런 생각을 하지?"

알렉산더의 얼굴에 의문의 표정이 떠올랐다.

"그러니까…… 내 염화능력 말이에요."

"그 정도는 마법사도 할 수 있는 일이야. 그리 특별한 게 아니라고."

"하지만 샤일도 제대로 설명해주지 못했잖아요. 그리고…… 이번 키르타슈 일도 그렇고요."

"넌 전설의 검을 지녔잖아, 잭. 오직 도미바트와 숨라리스만이 하이아스를 꺾을 수 있다고 내가 얘기했지, 안 그래?"

"하지만…… 전설의 검은 그걸 지닌 전사의 일부와 다를 바 없다고 했잖아요. 그럼 도미바트도 이미 나의 일부라는 말이 아닌가요?"

"어느 정도는 그렇지. 하지만 그렇다고 네가 인간이 아니라는 말은 아니다, 잭."

잭은 혼란스러워하며 눈을 감았다. 무척 피곤했다. 빅토리아가 상처를 치료해주기는 했지만 키르타슈와 대결을 벌인 후라 기운 차리는 게 쉽지 않았다.

"뭘 알아내려고 했던 거야?"

알렉산더가 물었다.

잭이 눈을 떴다.

"무슨 말이에요?"

"이유가 있어서 키르타슈를 만나러 간 거잖아. 정확히 뭘 알고 싶었는데?"

잭은 잠시 망설였다. 이유는 너무 많았다. 증오, 질투, 빅토리아에 대한 사랑…… 그리고 키르타슈가 잭 자신에 대한 의구심에 어떤 답을 줄 수 있을 거라는 확신 등등.

하지만 이 모든 것 이상의 다른 이유가 존재했다.

"그놈이 빅토리아에 대해 어떤 감정을 가지고 있는지 알고 싶었어요."

결국 잭이 작은 소리로 대답했다.

"만일 빅토리아를 데리고 노는 거라면…… 갚아줘야 하니까요."

알렉산더가 어이없다는 듯이 잭을 보았다.

"이런, 녀석. 꽤 세졌는걸, 응?"

잭은 알렉산더를 외면하며 슬쩍 얼굴을 붉힐 뿐 아무 말도 하지 않았다.

"그래서?"

잠시 후 알렉산더가 다시 물었다.

"키르타슈는 빅토리아를 소중하게 여기는 것 같았어요. 진심으로. 심지어는 빅토리아의 생명을 구하려고 목숨을 거는 위험도 감수했어요. 이상한 일이죠, 그렇죠?"

그는 알렉산더를 똑바로 응시하며 덧붙였다.

"결과적으로 인간이 아닌 놈이 인간적인 반응을 보인 셈이에요. 그리고 스스로 인간이라고 생각하는 나는…… 인간을 능가하는 일을 한 셈이고요.

내가 누군지 알고 싶어요. 우리가 누구인지, 아니 무엇인지라도."

알렉산더는 아무 말 없이 아랫입술을 깨물며 잭을 보았다. 그도 이 질문에 아무것도 대답해줄 수 없었다.

　그가 다시 그녀를 불렀다.

　빅토리아는 베개 밑에 머리를 파묻었다. 그러나 그녀를 부르는 소리는 귀가 아닌 머릿속에서 들려오고 있었다.

　이번에는 버틸 것이다. 그녀의 방 침대에 그대로 있을 것이다. 그에게 다시는 속지 않을 것이다.

　'빅토리아······'

　목소리가 다시 들려왔다.

　'아니, 난 가지 않을 거야. 거기서 계속 날 기다리든지 말든지 맘대로 해.'

　그의 정체를 알았고, 본모습을 보았다. 그리고 잭은 그의 검을 부쉈다. 그러니 키르타슈를 예측할 수 없었다. 그 일이 있은 후 그의 기분이 어떨지 짐작조차 할 수 없었다. 그를 멀리하는 것이 최선이었다.

　그럼에도 불구하고 그가 보고 싶었다. 묻고 싶은 것이 많았다. 그리고 이 모든 일을 겪었음에도, 그의 눈을 바라보며 무언가를 암시하는 듯한, 전기가 통하는 듯한 그 손길을 다시 느끼고 싶었다.

　'안 돼.'

　그녀는 단호히 스스로에게 말했다.

　'이미 난 충분히 많은 문제를 일으켰어.'

226

'빅토리아……'

그가 세번째로 불렀다.

그녀는 눈을 꼭 감았다. 잠시 뒤 잭의 상태를 살피러 림바드로 갈 생각이었다. 그녀는 오로지 이 생각에만 매달렸다. 잭, 잭, 잭…… 잭과의 재회를 갈망했어. 그의 따뜻한 미소가 하루 종일 그리웠어. 뱀 따위 때문에 그 순간을 지체할 수는 없어.

잭을 생각하자 최근의 일들이 떠올랐다. 그가 지닌 신비한 힘, 키르타슈라면 그 힘이 어디서 나오는지 알지 않을까 하는 불안한 의구심이 들었다. 어쩌면 키르타슈가 설명해줄지도 모른다.

숨을 참으며 기다렸지만 키르타슈의 목소리는 다시 들려오지 않았다. 그녀는 멈칫했다. 그가 가버린 걸까? 다시 돌아오지 않는다면?

눈을 감고 고개를 저었다. 크리스티안, 아니 키르타슈를 잊어야 했다. 마음만 먹으면 잭과 다시 시작할 수 있다. 잭을 포기할 수는 없다. 지금은 아니었다. 잭은 그녀를 위해 그 모든 일을 했는데, 적의 부름에 다시 응답해서는 안 되었다.

하지만 혹시 그냥 말만 한다면, 혹시 키르타슈가 설명해줄 수만 있다면……

그러나 키르타슈의 부름은 다시 들려오지 않았다. 빅토리아는 고통스러웠다. 어쩌면 그는 세 번이나 불렀으면 충분하지 않겠느냐고 생각한 건 아닐까.

그녀는 서둘러 일어나 잠옷 위에 흰 가운을 걸치고 운동화를 신었다. 심장이 거세게 두방망이질쳤지만 조용히 방을 나섰다.

마음 한구석에서는 키르타슈가 벌써 가버려 다른 문제에 얽히지 않았으면 싶은 생각도 들었다. 하지만 그를 다시 보고 싶기도 했다. 그저 정보라도 얻기 위해서라고 스스로를 설득하려 했지만 이렇게 서둘러 그를 만나러 가는 진짜 이유가 그게 아니라는 걸 그녀 자신도 잘 알고 있었다.

달빛과 별빛 아래 정원 누각에 있는 키르타슈의 모습을 보자 숨이 멎는 듯했다. 그녀는 심호흡을 했다. 아직 돌아갈 시간은 있었다. 그러나 곧장 걸어가 그와 몇 발짝 떨어지지 않은 거리까지 이르렀다. 키르타슈가 그녀를 보려고 돌아섰다. 평소보다 진지한 모습이었다.

"안녕."

키르타슈가 다정하게 말했다. 빅토리아가 침을 삼켰다.

"안녕."

그녀는 대답을 하고는 머뭇거리다 덧붙였다.

"하이아스의 일은 안됐어."

"정말로 그렇게 생각하지 않는다는 거 알아. 어쨌든 그 검으로 잭을 죽이려고 했으니까."

빅토리아는 무슨 말을 해야 할지 몰라 잠자코 듣기만 했다.

"이리 와서 앉아봐, 부탁이야. 너와 할 이야기가 있어."

빅토리아가 고개를 가로저었다.

"괜찮다면 여기 있을게."

키르타슈가 쓸쓸한 미소를 지었다.

"좋을 대로. 그럼 간단히 말할게. 네가 위험에 처했다는 이야기를 해주러 왔어."

"무슨 뜻이야?"

"아슈란이 널 죽이려고 누군가를 보냈어. 그 누군가가 나는 아니야. 그러니 조심해."

빅토리아의 온몸에 전율이 일었다. 키르타슈가 가져온 소식 때문이 아니라 그 소식을 그가 전한다는 사실이 함축하는 의미 때문이었다.

"그런데…… 넌 이런 이야기 하면 안 되는 거 아니야? 아슈란이 알면 어쩌려고?"

키르타슈가 어깨를 으쓱했다.

"그건 내 문제고. 네가 걱정해야 할 일은, 네가 위험하다는 거야. 림바드나 이 집에 있는 것이 좋을 거야. 전에 말했듯이 이 집은 널 보호해주니까. 나로부터는 아니지만 그 여자한테서는 보호해줄 거야."

"그 여자?"

빅토리아가 낮은 목소리로 반문했다. 키르타슈가 고개를 끄덕였다.

"게르데라는 여자. 널 죽이는 일에 상당한 흥미를 갖고 있지. 아슈란이 그녀에게 특별 임무를 맡겼거든. 아무래도 내 탓인 거 같아."

키르타슈가 덧붙였다.

"그래서 작별인사를 하러 온 거야. 이제 우리는 다시 못 볼 거야."

얼음 비수 같은 것이 빅토리아의 심장을 꿰뚫었다.

"다시…… 못 본다고?"

"그래, 잭을 죽일 때까지는. 그러면 아슈란에게 네 목숨을 살려 달라고 요청할 수 있어."

키르타슈가 잭의 이름을 입에 올렸다.

화가 난 빅토리아가 되받아쳤다.

"잭이 내게 소중한지 알기는 하는 거야? 어떻게 아무렇지도 않다는 듯이 그를 죽일 거라고, 내가 그 사실을 받아들이길 기다린다고 계속 말할 수 있는 거지? 그만 좀 해."

"네가 받아들이길 기대하진 않아. 그럴 수 없다는 것도 알고. 하지만 모든 건 우선순위의 문제야. 지금 내게 가장 중요한 것은 네 목숨이야. 알아들어? 빅토리아, 미래의 네 존재가 위험에 처해 있는 동안은 네 감정까지 생각할 여유가 없다고."

빅토리아는 입을 열려다가 그만두었다. 또다시 키르타슈가 할 말을 잃게 만들었던 것이다.

"넌 숨어서 지내야 해. 어떤 상황에서도 게르데가 널 찾지 못하도록."

"맞서 싸울 수도 있어."

키르타슈가 빤히 그녀를 보았다.

"그래, 어쩌면 네가 이길 수도 있겠지. 하지만 굳이 위험을 무릅쓰지 않았으면 좋겠어. 게르데가 실패한다 해도 아슈란은 다른 이를 보낼 테니까."

"누구하고라도 싸울 거야."

빅토리아가 키르타슈의 눈을 도전적으로 바라보며 덧붙였다.

"그리고 계속 잭을 지킬 거야. 네가 손대지 못하게."

키르타슈는 아무 말도 하지 않았다.

침묵이 흐르자 빅토리아는 불편한 마음이 들었다. 키르타슈는 더이상 할 말이 없는 듯했다. 그것은 그가 가버릴 것이고, 그러면 다시는 못 볼지도 모른다는 뜻이었다. 그리고 만일 앞으로 키르타슈와 다시 마주칠 때 잭이 죽어야만 한다면, 빅토리아는 그런 재회는 하고 싶지 않았다. 가능한 한 작별의 순간을 늦춰야 했다.

"어떻게…… 어떻게 잭이 네 검을 부술 수 있었지?"

결국 그녀는 궁금증을 이기지 못하고 물었다.

키르타슈가 진지하게 빅토리아의 눈을 바라보았다. 그녀는 그가 아주 멀리 가버릴까 두려웠다.

"내가 달라졌거든. 그래서 집중력을 잃었던 거고, 그게 하이아스를 약하게 만들었어. 잭이 하이아스를 부술 수 있었던 건 그래서야."

빅토리아는 이 간단한 대답 뒤에 훨씬 더 많은, 키르타슈가 말하고 싶어하지 않는 다른 뜻이 숨어 있음을 직감했다.

"하지만 넌 셰크잖아. 널 이길 수 있는 건 아무것도 없다고 생각했어."

키르타슈가 계속 뚫어지게 보자 빅토리아는 시선을 피했다.

"그래, 난 셰크야. 하지만 그게 새삼스러울 건 없잖아? 정확히 네가 알고 싶은 게 뭐야?"

빅토리아는 잭에 대해 물어보려고 입을 열었지만 키르타슈가 불러일으키는 모순적인 감정들에 마음이 혼란스러워졌다.

"정말로 네가 나한테 어떤 감정을 갖고 있는지 알고 싶어."

키르타슈의 차갑고 푸른 눈이 잠시 따뜻하게 빛나는 듯했다.

"아직도 그걸 의심하는 거야?"

키르타슈가 다정하게 묻자 빅토리아의 가슴이 다시 걷잡을 수 없이 뛰기 시작했다. 그녀는 고개를 가로저었다. 그는 인간이 아니야, 키르타슈는…… 하지만 나는 무엇을 알고 있는 것일까? 그녀는 키르타슈의 미스터리를 풀려는 듯 그를 바라보았다.

"넌…… 누구지?"

"난 키르타슈야."

그가 간단히 대답했다.

"물론 크리스티안이라고 부를 수도 있지, 그게 더 네 마음에 든다면."

그러고는 슬쩍 미소를 지었다.

"내가 누군지 정말로 알고 싶은 거야? 들을 준비는 됐어? 이야기가 아주 길거든."

빅토리아가 머뭇거리다 키르타슈 곁에 앉으며 수줍은 듯 그를 쳐다보았다. 키르타슈가 그믐달을 잠시 응시하더니 이야기를 시작했다.

"난 인간으로 태어났어. 온전한 인간으로. 십칠 년 전 이둔의 어느 곳에서.

어린 시절 추억은 별로 없어. 유니콘들의 보금자리인 알리스리스반 숲 옆의 황량한 공터의 오두막에서 어머니와 함께 살았지. 아마 어머니는 유니콘들이 우리를 보호해줄 거라 생각하고 그곳에 살기로 한 것 같아. 잘은 모르겠어.

그때 내 이름은 키르타슈가 아니었어. 하지만 내가 태어났을 때 어머니가 지어준 이름은 기억나지 않아. 어머니의 이름도, 얼굴도 기억나지 않아. 이런 것들은 오래전 내 기억에서 지워졌지.

내가 두 살이었을 때 셰크들이 이둔으로 돌아왔어. 그래, 그날을 또렷하게 기억해. 하늘이 붉게 물들었고, 여섯 천체가 하늘에서 결합했지. 기이한, 초자연적인 분위기가 감돌아 무시무시했던 기억이 나.

난 숲 근처에 있었어. 내가 뭘 하고 있었는지는 묻지 마, 기억나지 않거든. 다만 엄마가 한눈을 팔았을 때 집을 나왔다는 건 기억나. 그리고 숲 속으로 자꾸만 들어갔지. 유니콘을 본 건 바로 그때야.

유니콘은 여섯 천체의 빛 아래 몸을 떨면서 비틀거리며 나한테 왔어. 더는 걸을 수 없게 된 유니콘은 바닥에 쓰러졌고, 사경을 헤매게 되었지.

유니콘에게 다가간 기억이 나. 쓰다듬은 것도 기억나고. 아마 도와주고 싶었나봐. 잘 모르겠어. 다만 유니콘은 아주 어렸고, 나는 무슨 일이 벌어지고 있는지 몰랐지.

그리고 유니콘은 내 눈앞에서 죽었어. 나는 그 이유를 제대로 이해하지 못했어…… 적어도 그 당시에는 말이야. 그때 어머니가 오두막에서 나를 불러서 뛰어 돌아갔어. 집에 도착하니 어머니는 무척 놀라 있었지. 나를 침대 아래 숨기고 문과 덧창들을 전부 잠그더라고. 누군가가 우리를 공격할까봐 무서워하는 듯했어. 난 핏빛 하늘 때문에 그러는구나 생각했어. 왜냐하면 달과 별들이 이상한 위치에 있었거든. 어쩌면 유니콘이 죽은 것도 그것 때문이겠구나 생각했지.

하지만 창문에 못 박은 판자들도, 문 뒤에 쌓아놓은 가구들도 그를 막지는 못했어. 어머니도 그걸 알고 있었지. 이 모든 일이 그저 악몽이길 바라며 나를 꼭 안고 부들부들 떨면서 구석에 몸을 웅크리고 있을 때 어머니는 이미 알고 있었던 거야.

그렇게 네크로맨서 아슈란은 우리를 찾아냈어. 그는 문이 깃털인 양 가볍게 날려버리고 우리를, 나를 찾아 집 안으로 들어왔어. 어머니가 나를 못 데려가게 하려고 갖은 애를 썼지만 강력한 마법에 맞서 가녀린 여자가 뭘 할 수 있었겠어? 난 그의 아들이었고, 그러니 그의 것이었지. 부모님이 어떻게 알게 되었는지, 왜 두 분이 함께하게 되었는지는 몰라. 기억나는 건 거의 없지만 짐작할 수 있는 건, 어머니는 내가 아기였을 때 나를 데리고 아버지로부터 아주 멀리 도망치기로 결심했다는 것, 하지만 속으로는 우리가 어디를 가더라도 아슈란이 나를 불러들이길 원할 때면 어떻게 해서든 우리를 찾으리라는 것을 알고 있었다는 거야. 그리고 아슈란은 정말로 그렇게 했고. 나를 강제로 데리고 온 거야. 그후 다시는 어머니를 보지 못했지.

아슈란은 셰크들과 동맹을 맺기 위해 나를 이용했어. 셰크들은 막 알에서 깨어난 어린 셰크를 데려왔고, 아슈란은 자신의 아들을 바쳤어. 그리고 우리를 하나의 존재로 융합한 거야."

"뭐라고?"

자신도 모르게 빅토리아의 입에서 불쑥 그 말이 튀어나왔다.

키르타슈가 계속 이야기했다.

"무슨 얘긴지 알 거야. 네 친구 알렉산더를 지금처럼 변신시킨 주문을 사용한 거지. 두 개의 영혼, 두 개의 정신을 하나로 융합시키는 마법. 엘리온은 알렉산더의 몸속에 늑대의 영혼을 불어넣은 거야. 아슈란은 내 몸에 셰크의 영혼을 심은 거고. 내 경우는 주문이 제대로 효력을 발휘해 두 영혼이 완전히 하나로 융합한 반면 알렉산더는 불완전한 하이브리드가 된 거야. 그의 몸은 인간과 늑대의 두 영혼을 품은 채, 영혼들이 서로 통제권을 잡으려고 영원히 싸움을 벌이는 전쟁터가 됐지. 내 경우엔 그런 싸움은 일어나지 않지만. 아슈란은 막강한 존재로서, 자신의 일을 완벽하게 장악하니까."

"하…… 하이브리드."

빅토리아가 멍한 채로 되풀이해서 말하자 키르타슈가 고개를 끄덕였다.

"아주 어린 개체를 대상으로 할 때만 효과가 있지. 성인에게는 불가능해. 게다가 알렉산더는 특별히 강한 의지를 지니고 있어서 그의 영혼이 늑대의 영혼에 침범당하지 않게 하려고 온 힘을 다해 반항했지…… 그 의지력 덕분에 대부분의 시간 동안 늑대의 영혼을 다스릴 수 있게 된 거야. 어쨌든, 어린애들에게 시도한다 해도 대부분 영혼 융합은 제대로 되지 않는 경우가 많아. 어릴 때이긴 했지만 나도 처음 며칠 동안은 아주 힘들었어."

"많이 고통스러웠어?"

빅토리아의 질문에 키르타슈는 고개만 끄덕일 뿐 더이상 자세한 설명은 하지 않았다.

"그후엔 아무렇지 않았어. 간단히 말해 셰크의 모든 능력을 지닌 인간으로 변신했다고 할 수 있지. 하지만 나를 꼭 그렇게만 정의할 수도 없어. 단순히 '능력'만 지닌 게 아니니까. 난 셰크야. 그리고 또한 인간이기도 하지.

아슈란은 자신의 실험으로 태어난 새로운 생물을 키르타슈라고 불렀어. 셰크들은 나를 가르쳤어. 최고의 용병들과 인간 암살자들이 내게 싸우는 법과 죽이는 기술을 가르쳤지. 아슈란 본인은 유니콘이 죽기 전에 내게 전해준 마법을 사용하는 법을 가르쳤어. 난 빨리 배웠어. 그리고 마침내 내 안에 있는 어떤 능력을 통해 이 모두를 능가하게 됐지. 마법만 빼고 모든 면에서 선생들을 금방 능가하게 됐지. 마법은 영 힘들었는데, 그건 셰크의 정신적 힘이 유니콘이 건네준 힘을 계속 복종시키려 했기 때문이야. 이런 사소한 문제가 있기는 했지만, 결국 난 아슈란이 가장 신뢰하는 최고의 정예요원이 된 거야. 무엇보다도 난 그의 아들이니까."

"한 번도 그를 미워한 적은 없어? 널 그렇게 만든 것에 대해?"

"아니, 왜? 그 덕분에 지금의 내가 있는 거야. 나 자신을 미워하지도 않고, 내가 지금 하는 일을 후회하지도 않아. 셰크는 내 몸 안의 기생충이 아니야, 빅토리아. 나의 일부야. 지금의 나는 네크로맨서 아슈란의 작품이야. 그에게 내 존재를 빚지고 있는 셈이지…… 그래, 하이브리드이긴 하지만 어쨌든 그게 내 실체야. 그것도……"

그는 빅토리아를 똑바로 보며 덧붙였다.

"네게 감정을 불러일으킨 바로 그 하이브리드. 내가 셰크였다면 널 겁에 질리게 했을 거고, 내가 인간이었다면 넌 내게 관심도 없었을 거야. 네 시선을 끈 것은 둘의 혼합이기 때문일 거야. 네가 좋아하는 건 키르타슈지, 아버지가 지금의 나로 만들지 않았을 경우의 인간이 아니란 말이야."

빅토리아는 반박하려다 입을 다물었다. 혼란스러웠다. 그의 말이 옳았던 것이다.

키르타슈가 이야기를 계속해나갔다.

"넌 내 감정들에 대해 물었지. 셰크들은 인간을 사랑할 수 없어, 이미 짐작하고 있겠지만. 그런데도 난 네게 관심을 가졌지. 그냥 단순한 인간 암살자였다면, 주저하지 않고 널 죽였을 거야. 하지만 너의 무언가가 내 주의를 끌었어. 처음에는 그게 신경쓰이더니, 나중에는 마침내 나를 매혹시켰지.

하지만 빅토리아, 그 매혹이 다른 무언가로 변했다면, 그건 내가 인간이기도 하기 때문이야. 때문에 인간으로서의 감정들도 지닐 수 있는 거야. 이 감정이 잭에게는 힘이 되겠지만 내겐 약점이 돼. 아버지는 그걸 알고 있어. 네게 다른 감정을 느낀다는 걸 알고, 네가 내 약점이라는 걸 알기에 널 죽여만 한다고 결정한 거야."

빅토리아는 숨을 제대로 쉴 수 없었다. 키르타슈의 이야기에 그녀 안의 혼란스런 감정들이 다시 고삐가 풀렸다. 자신의 마음이 단 한순간도 의심치 않았던 사실, 두 사람 사이에 무언가가, 실제로 강렬한 감정이 존재한다는 사실이 분명히 확인된 것이다. 그도 결국은 빅토리아와 마찬가지로 인간이었던 것이다. 빅토리아가 좀더 가까이 다가가 속삭이듯 물었다.

"크리스티안…… 크리스티안이라고 불러도 돼?"

"내 인간적인 부분을 크리스티안이라고 부르는 거야?"

키르타슈가 웃으며 물었다. 빅토리아가 생각에 잠긴 채 콧등을 찡그렸다.

"아마도…… 모르겠어, 네가 미울 때는 키르타슈라고 하고, 좋을 때는 크리스티안이라고 부르나봐. 각각의 감정을 정의하기는 어려워, 둘 다 너니까."

크리스티안이 활짝 웃었다. 빅토리아가 계속 말을 이어갔다.

"혼란스럽지만 네 말이 맞아. 네가 완전한 인간이었다면 지금 난 이런 감정을 느끼지 못했을 거야. 그렇다면 가끔씩 널 미워하는 일도 없었을 거고. 하지만 인간의 목숨이 아무것도 아니라는 듯 사람을 죽이는 널 보면 무서워."

"나도 모르겠어. 그렇지만 내 안의 셰크로서의 성격 때문만은 아닐 거야."

"그래서 내가 무섭다는 거야. 그런데도 네게 왜 이렇게 끌리는지 모르겠어. 네가 내 가장 친한 친구를 죽이려 한다는 사실조차 너에 대한 내 감정을 막진 못해."

"잭은 친한 친구 이상이잖아, 빅토리아."

"그게 신경쓰이니?"

"전혀. 난 질투하지 않아. 그런 뜻으로 묻는 거라면, 아니야. 네가 꼭 한 사람만 사랑해야 하는 이유를 모르겠어. 마음속에 두 사람을 위한 공간이 있다면 말이지. 넌 내게 속한 게 아니야. 내게 느끼는 감정만큼은 내 것이지만. 그러나 넌 다른 감정도…… 다른 사람에게도 마음을 줄 수 있어. 감정은 자유로운 거고 어떤 종류의 규칙도 따르는 게 아니니까.

나는 두 가지 이유로 잭을 죽이려는 거야. 하나는 그의 존재 자체 때문이야. 다른 하나는 네 목숨을 살리고 싶어서고. 너도 알다시피 그는 네가 그를 사랑한다는 사실도 까맣게 모르고 있잖아, 같이 사랑하기는커녕. 그래서 오히려 일이 더 쉬워지지만 말야. 왜냐하면 이 점이 잭과 내가 일치하는 유일한 부분이거든. 네게 어떤 상처도 주고 싶지 않다는 것."

"하지만 왜…… 왜 내 생명을 구하려면 잭을 죽여야 한다는 거야?"

"아버지가 너희를 블랙리스트에 올렸으니까. 빅토리아, 너희는 죽어야 해. 내 임무는 이미 너도 알다시피 변절자들을 죽이는 일이야. 거기엔 너도 포함되어 있지…… 여러 가지 이유로 말이야. 만일 내가 잭의 목숨을 아버지에게 바치면 네 목숨은 구할 수 있을 거야. 이유는 묻지 마. 그냥 그런 거니까."

빅토리아가 잠깐 입을 다물고 있다가 물었다.

"네가 제안했던 것처럼 내가 너랑 같이 이둔에 가면? 그러면 잭의 목숨을 구할 수 있어?"

크리스티안이 고개를 가로저었다.

"왜?"

"이미 늦었어, 빅토리아. 전에는 그게 너를 위한 최선의 선택이
었는데. 하지만 그때는 지금 내가 아는 사실을 몰랐으니까. 이제
는 모든 게 변했어."

빅토리아가 중얼거렸다.

"무슨 말인지 하나도 모르겠어. 나는…… 이 전쟁에 지쳤어,
이 대립과 무수한 죽음에 지쳤어. 그리고……"

그녀는 키르타슈의 눈을 보며 덧붙였다.

"잭이 존재하지 않는 세상에서는 살고 싶지 않아."

"알아."

크리스티안이 다정하게 대답했다.

"그날 밤, 셰크로서의 내 모습을 드러냈을 때 깨달았어. 그런
상황에서도 너는 그를 지키려고 죽을 작정까지 했지."

"신경쓰였니?"

"그럼, 당연히 그랬지. 난 잭이 죽기를 바라니까. 그렇지만 무
엇보다도 네가 계속 살기를 바라. 하지만 언젠가 얘기한 것처럼,
그러면 나한테 많은 문제가 생길 거야."

빅토리아가 키르타슈에게 애원하듯 말했다.

"그럼 우리랑 같이 있어. 아슈란에게 돌아가지 마."

그녀는 키르타슈의 눈을 보기 전에 깊이 숨을 들이마셨다.

"키르타슈, 나와 같이 가자."

"나더러 우리 편을 버리라는 거야?"

그는 웃고 있었다.

"우리 편 사람들을, 나의 군주를…… 내 아버지를 배신하라고?"

"이미 그러고 있잖아."

그녀가 키르타슈에게 현실을 일깨워주었다.

"아슈란은 내가 죽기를 바라잖아. 그런데 네가 여기 있는 건 모르잖아."

크리스티안은 동요하는 듯 말했다.

"아무리 그래도 나 자신을 배신할 수는 없어. 하지만 네게 털끝만 한 상처라도 입히느니 차라리 내가 죽어버릴 거야."

빅토리아는 한숨이 나오려는 걸 참았다. 키르타슈가 진지하다는 건 안다. 그의 마음이 진심이라는 것도 안다. 그 점이 혼란스러웠고, 그를 향한 자신의 감정도 봇물 터지듯 걷잡을 수가 없었다. 그럼에도 불구하고 온전한 인간이 아닌 누군가를 정말로 사랑하는지 아직 확신도 없었다. 그런데도 진심으로 더 가까이 가고 싶고, 손길을 느끼고 싶었다. 한 번만 더……

"안아봐도 되니?"

빅토리아가 주저하며 묻자 크리스티안이 주춤했다. 키르타슈가 사람들의 손길을 싫어하는 걸 알지만 그녀는 간곡했다.

"부탁이야."

그가 아주 희미하게 고개를 끄덕였다. 빅토리아가 꼭 끌어안자, 한순간 망설인 크리스티안도 그녀를 힘껏 포옹했다.

그녀는 눈을 감고, 이 손길을, 자기 안에서 일어나는 감정의 파도를 즐겼다. 그리고 인간이든 아니든, 그의 옆에 있어야 한다는 걸 깨달았다. 그때, 크리스티안이 작별인사를 하려고 이곳에 왔다는 사실이 떠올랐다. 빅토리아가 속삭였다.

"지금 가면, 다시는 널 보지 못하는 거야?"

"빅토리아, 림바드에 숨어 있을 거지? 약속해줘."

"잭은 어떻게 되는데?"

"우리는 서로 맞설 운명을 타고났어. 그 시기가 늦든 빠르든 다시 싸우게 될 거야. 내가 그의 목숨을 끊을 때까지 있는 힘을 다해 싸울 거라는 거 알잖아. 하지만 지금은 그 어느 때보다 더, 내가 그의 손에 죽을 수도 있겠다는 생각이 들어."

그가 저 아래 소나무 숲에 남은 불탄 자국을 응시하며 덧붙였다. 빅토리아가 항변했다.

"하지만 너희 둘 중 누구도 잃고 싶지 않아."

크리스티안이 말을 이었다.

"만일 내가 이 싸움에서 이기면, 넌 다시 나를 만나게 될 거야. 너는 무사할 거고, 그러면 널 이둔으로 데려갈 수 있겠지. 만일 네가 마음이 바뀌지 않는다면. 하지만 십중팔구 나를 엄청 미워하겠지. 잭이 죽을 테니까. 그러나 난 그 정도는 감수할 각오가 되어 있어. 그를 데려가면 아버지가 널 잊을 테니까."

그리고 덧붙였다.

"만일 잭이 이기면, 넌 다시는 날 보지 못하겠지. 내가 죽을 테니까."

빅토리아가 침을 삼키고는 다시 한번 그를 포옹했다.

"생각만 해도 너무 끔찍해."

"알아. 하지만 세상은 그런 거야."

빅토리아가 눈물을 삼키며 말했다.

"그러면 지금 이 순간을 누려야지. 아침이 밝아올 때까지 아직 시간이 남았어."

그녀는 눈을 감으며 크리스티안의 가슴에 머리를 기댔다. 그러자 그가 빅토리아를 품에 꼭 안고 그녀의 짙은 밤색 머리카락을 손가락에 감으며 이마에 입을 맞추었다.

그곳에서 멀리 떨어진, 그들이 감지할 수도 없는 먼 곳에서 누군가의 길고 섬세한 손가락이 물그릇 위를 쓰다듬더니 감미로운 목소리로 마법의 주문을 속삭였다. 물 색깔이 짙게 변했다. 한순간 수면이 떨리더니 물은 천천히 맑아지고 그 위에 선명한 이미지가 나타났다.

밤이었다. 수면 위에 달과 별이 뜬 하늘 아래 저택 하나가 나타났다. 뒤쪽으로 정원이 펼쳐져 있고, 그 끝에 나무가 우거진 넓은 공터를 굽어보는 누각이 있었다. 누각의 돌 의자 위에 두 사람이 앉아 있었다. 한 사람은 흰 옷을, 다른 사람은 검은 옷을 입고 있었다. 두 사람은 마치 생의 마지막 밤인 것처럼 꼭 껴안고 있었다.

손가락이 그 이미지 위에서 경련을 일으켰고, 감미로운 목소리에는 어느덧 분노가 실렸다.

뱀의 눈

"가봐야 해."

크리스티안이 빅토리아에게서 떨어지며 속삭였다.

"안 돼. 안 돼, 부탁이야. 다시 보고 싶어……"

빅토리아는 애원하다가 그 말의 의미를 즉시 깨닫고는 입을 다물었다.

그녀가 고쳐 말했다.

"헤어졌다 다시 보고 싶지 않아. 그러니까, 네가 가지 않으면 좋겠어."

크리스티안이 빅토리아를 바라보며 말했다.

"완전히 가는 건 아니야. 네게 두 가지 선물을 하고 싶어. 이리 와서 이걸 봐."

크리스티안은 손을 들어올려 끼고 있던 반지를 보여주었다. 빅토리아의 온몸에 소름이 돋았다. 그 반지라면 너무나 잘 기억하고 있었다. 이 년 전 독일에서 처음 보았던 반지. 뭐라고 형언하기 힘든 색깔의 구슬이 똬리를 틀고 있는 뱀 모양의 받침대에 끼워져 있었다. 크리스티안이 항상 이 반지를 끼고 있는 것을 알았지만 보고 싶지 않았다. 마치 그녀를 지켜보는 눈 같다는 생각이 들었다.

"이게 뭔지 알아?"

크리스티안이 묻자 빅토리아가 고개를 가로저었다.

"시스카셰그라고, '뱀의 눈'이라는 뜻이야."

빅토리아가 놀라움에 탄성을 내뱉었다.

"시스카셰그! 들은 적이 있어. 하지만 반지일 줄은 몰랐어. 어둠의 시대에 탈만논 황제가 마법사들의 의지를 조종하려고 이걸 사용했다고 들었어."

그가 덧붙여 말했다.

"수백 년 전, 일단 전쟁이 끝나자 사제들은 반지의 능력을 박탈해버렸지. 하지만 셰크들이 반지의 힘을 되살려냈어. 전설에 따르면 말로는 우리 종족 전체의 어머니이자 세상의 중심인 뱀 샤크시스의 눈 중 하나라고 해."

"큰 뱀은 아니었나 봐."

빅토리아는 문득 그런 생각이 들었다.

짧은 침묵 후 크리스티안이 덧붙였다.

"시스카셰그는 겉보기에는 작지만, 그 안은 상상 이상의 크기를 가지고 있어. 어떻든 간에 내가 가진 힘의 상징 중 하나인 셈이지. 다른 하나는 하이아스고."

"어떤…… 특징이 있는데?"

"설명하긴 어려워. 내가 지닌 섹크적인 감지력의 일부가 반지 안에 응축되어 있다고 해야 하나. 이 반지를 끼면 나 자신이 확장되는 것 같지. 이 반지는 우리 종족의 상징이기도 해. 이 반지를 맡을 만큼 내 임무가 우리 종족에겐 무척 중요한 거야."

그는 빅토리아의 눈을 잠시 바라보았다.

"하지만 지금은 네가 가지고 있으면 좋겠어."

빅토리아는 숨이 막혔다.

"뭐?"

잘못 들은 게 아닐까?

"나와 아무리 멀리 떨어져 있어도 네게 눈을 남겨둔다는 말이야. 바로 이 눈을."

빅토리아는 크리스티안이 농담을 하는 건지 미심쩍은 생각이 들었지만 그는 진지했다.

"네가 이걸 끼고 있으면 난 너와 함께 있는 거나 다름없어. 네가 무사한지 위험에 처했는지 알 수 있지. 그리고 네가 위협을 느끼면 반지에 대고 나를 부르기만 하면 돼. 그러면 네가 어디에 있든 달려와 목숨을 걸고서라도 지켜줄게."

크리스티안은 반지를 빼 빅토리아의 손가락에 끼워주었다. 빅토리아는 반지가 조금 크다고 생각한 다음 순간, 그렇지 않다는 걸 곧바로 깨달았다. 맞춘 듯이 아주 딱 맞았다.

"봤지?"

크리스티안이 속삭였다.

"너한테 잘 어울려. 네가 나한테 특별한 사람이라는 걸 알기 때문이지."

빅토리아는 눈물을 참으려고 눈을 깜박였다. 목이 메어 아무 말도 할 수 없어서 그의 목에 팔을 두르고 온 힘을 다해 그를 포옹했다.

빅토리아가 애원했다.

"가지 마. 부탁이야, 가지 마. 네가 누구든, 뭐든 상관없어. 네가 무슨 짓을 했어도 상관없어. 그냥 네가 필요하다는 것만 알 뿐이야."

"진심으로 하는 말이야?"

크리스티안이 다정히 물었다.

"그래."

크리스티안이 미소를 짓더니 빅토리아의 귓가에 속삭였다.

"내가 없는 동안 무슨 일이 생길지 모르니, 잭 옆에 있으면 좋겠어. 그가 널 지켜줄 거야. 알았지?"

빅토리아가 고개를 가로저었다.

"왜…… 왜 내가 그렇게 중요한 거야?"

크리스티안이 그녀의 눈을 바라보았다.

"너니까. 어느 정도로 내게 소중한지 넌 상상도 못할 거야."

그가 빅토리아에게서 떨어지며 말했다.

"영원히. 무슨 일이 있어도 너와 함께 있을 거야. 하지만 떠나기 전에 다른 선물을 하고 싶어. 나를 봐."

빅토리아가 눈물이 가득한 눈으로 바라보았다. 셰크의 푸른 눈은 여전히 신비로웠고 무언가 말하는 듯했다. 빅토리아는 지난번 독일에서처럼 그의 의식이 안으로 들어와 머릿속을 헤집고 다니는 걸 느꼈지만 이번에는 무섭지 않았다. 이제는 그에게 비밀을 만들고 싶지 않았다. 설사 잭에게 돌아가더라도, 설사 친구를 위해 자신의 목숨을 바칠지라도 결코 크리스티안을 잊지 않으리라는 걸 그가 알아주었으면 했다.

잠이 몰려오고 눈꺼풀이 무거워지는 기분이 들었다. 그녀는 갑작스런 졸음에 맞서 필사적으로 저항했다. 크리스티안과 헤어지기 싫었고, 만일 이대로 자버리면 깨어났을 때 그가 곁에 없을 거라는 걸 알기 때문이다. 하지만 셰크의 정신은 너무 막강해 마침내 빅토리아는 굴복하고 그의 품 안에서 잠들어버리고 말았다.

크리스티안이 속을 알 수 없는 표정을 지으며 잠깐 빅토리아를 응시했다. 그러고 난 후 그녀를 조심스럽게 들어올려 안고 집으로 데려갔다.

모든 문은 열려 있었다. 크리스티안은 조용히 집 안으로 들어갔다. 본능이 알려주는 대로 곧장 빅토리아의 방으로 갔고, 침대 위에 그녀를 내려놓았다. 그러고는 창문으로 들어오는 달빛을 받으며 잠든 빅토리아의 모습을 물끄러미 바라보았다. 그는 빅토리아의 머리를 쓰다듬다 잠깐 망설였지만 끝내 돌아서 방을 나섰다.

키르타슈는 그림자처럼 조용히 계단을 내려갔다.

하지만 거실 창가에는 침착하고 확신에 찬 모습으로 그를 기다리고 있는 사람이 있었다. 그는 긴장한 채 발걸음을 멈추고 그녀를 향해 돌아섰다.

크리스티안과 알레그라 다스콜리는 조용히 잠깐 서로를 관찰했다. 할머니는 아무런 몸짓도, 동작도, 말도 하지 않았다. 단지 깊은 이해의 반짝임을 담은 시선으로 바라볼 뿐이었다.

크리스티안 역시 그녀의 마음을 이해하고 있는 듯했다. 그는 빅토리아가 잠들어 있는 방을 향해 시선을 들었다. 알레그라가 고개를 끄덕였다. 크리스티안은 희미한 미소를 짓고 집을 나섰다.

알레그라는 움직이지 않았다. 셰크가 저택을 떠나자, 현관으로 가 다시 문을 잠글 뿐이었다.

보이지 않는 눈이 자신을 관찰하는 듯한 느낌이 들자 그녀는 눈길을 들어 불쾌하다는 듯, 그러나 단호한 목소리로 호령했다.

"내 집에서 나가!"

그릇의 물이 다시 흐려지자 먼 곳에서 이를 지켜보고 있던 탐색자는 분노를 이기지 못하고 비명을 쏟아냈다. 저택의 모습을 다시 나타나게 하려고 애썼지만, 물은 여전히 깊은 늪처럼 침묵의 어둠에 잠겨 있을 뿐이었다. 화가 난 탐색자는 유리그릇을 바닥으로 패대기쳐버렸다.

잠시 후 평정을 되찾은 탐색자는, 어차피 모든 걸 본 셈이니 마법의 물을 통해 더 지켜볼 필요가 없다는 결론을 내렸다.

이미 충분히 보았고, 알아야 할 것은 다 알았다.

빅토리아는 느닷없이 춥고 어두운 숲에 와 있었다. 무서웠다. 주위를 둘러보며 친구들을 찾았다. 잭, 크리스티안, 알렉산더 그리고 심지어 돌아오지 못한다는 걸 알면서도 샤일까지. 하지만 그녀는 혼자였다.

울창한 숲속으로 들어가면서, 옷이 덤불에 걸리고, 키 작은 나뭇가지들이 피부를 할퀴고, 맨발은 자꾸 나무뿌리에 걸렸다. 빅토리아는 결국 바닥에 고꾸라지면서 차갑고 축축한 땅에 무릎을 부딪쳤다. 이곳에 왜 있는 것인지도 모른 채 몸을 떨며 나무기둥 옆에 웅크리고 앉았다.

그때 부드러운 광채를 내뿜는 것이 나무 사이에서 걸어나와 빅토리아에게로 다가왔다. 그녀는 놀라 몸을 일으켰다. 도망가든지, 여차하면 싸울 준비를 해야 했다. 그러나 빛은 공격적인 성향을 띤 것 같지는 않았다. 긴장을 이완시키고 꾸밈없는 기쁨으로 가득 채우는, 설명하기 힘든 뭔가를 품은 빛이었다.

빛을 발하는 생물이 드디어 수풀에서 나와 앞에 섰다.

빅토리아는 숨을 죽인 채 눈앞의 생물을 바라보았다.

달빛처럼 은색으로 빛나는 갈기를 흩날리는, 눈처럼 새하얀 유니콘이었다. 유니콘은 마치 이 세상에 존재하지 않는 초월적 존재인 듯 우아하게 부드럽게 목을 숙여 빅토리아의 눈을 바라보았다. 빅토리아는 꼼짝할 수가 없었다. 유니콘의 눈에 기이한 초자연적 빛이 생성되며 그녀에게 많은 것을 전달해주었다.

유니콘의 기다란 나선형 뿔은 아름답지만 무서운 무기 같기도 했다. 그러나 빅토리아는 두렵지 않았다. 옛 친구를 다시 만난 것 같았다. 부드럽게 빛나는 은빛 갈기를 손가락으로 쓸어보고 싶은 마음이 간절했다. 그러나 그녀는 자신의 모습이 비치는 유니콘의 짙은 눈과 시선을 마주할 뿐이었다.

그때, 빅토리아가 유니콘을 알아보았다.

"루나리스."

빅토리아가 속삭였다.

루나리스가 고개를 갸웃하며 동의의 침묵 속에 눈을 내리깔았다. 그녀는 침을 삼키며 가까이 다가가 길고 아름다운 뿔에 손을 갖다댔다. 유니콘은 꼼짝도 하지 않았다.

"널 만나는 데 왜 이렇게 오랜 시간이 걸린 걸까?"

빅토리아가 물었다.

"널 찾아 온 대륙을 헤매고 다녔어, 루나리스. 꿈속에서 널 부르고, 별을 보며 이름을 외쳤지. 하지만 아무 대답도 들을 수 없었어."

유니콘은 아무 말도 하지 않은 채 고개를 숙여 빅토리아를 위로하려는 듯 앞턱을 비벼댔다.

"샤일은 널 사랑했어, 알지?"

빅토리아의 두 눈에 눈물이 가득 고였다.

"네 목숨을 구했고, 널 보호하려고 찾아다니다 자신의 목숨까지 바쳤지. 왜 그를 저버린 거야? 왜 죽게 내버려둔 거야?"

루나리스가 다정한 몸짓으로 그녀에게서 떨어지더니 다시 그녀의 눈을 들여다보았다. 빅토리아는 무한한 아름다움과 깊은 지식으로 가득한, 반짝이는 두 우물 같은 눈에 비치는 자신의 모습

을 보았다. 그러나 유니콘이 무슨 말을 하는 건지 이해할 수는 없었다.

그때 멀리서 무슨 소리가 들렸고, 문 여는 소리가 났다. 루나리스는 재빠르게 고개를 돌렸고, 놀라 귀를 쫑긋 세웠다.

"안 돼."

빅토리아가 부탁했다.

"가지 마. 제발 여기 있어줘."

하지만 갑자기 숲에 빛이 들어왔고, 루나리스는 빅토리아를 뒤돌아보았다. 그러는 사이 유니콘의 모습은 점점 희미해져갔고, 마침내 아침햇살 아래 사라지고 말았다.

"루나리스!"

빅토리아가 불렀다.

"루나……"

창가로 돌아누우며 그녀는 이불을 끌어당겨 머리에 덮어쓰면서 중얼거렸다.

"일어나, 이 잠꾸러기야."

할머니 목소리였다.

"지금이 몇 시인 줄 아니? 열두시도 넘었단다."

빅토리아가 눈을 뜨고 한낮의 빛에 눈을 깜박였다.

"열두시요?"

그녀는 어리둥절해하며 반복했다.

"왜…… 자명종이 울리지 않았죠?"

"토요일이라 네가 맞춰놓지 않은 거잖니. 어디 갈 데라도 있었던 거니? 그렇다면 계획을 바꿔야 할 것 같구나."

"왜요?"

빅토리아가 정신을 차리며 물었다.

할머니는 창가에 서서 생각에 잠긴 표정으로 유리 너머를 바라보고 있었다.

"한바탕 소나기가 올 것 같아. 날씨가 얼마나 궂은지 좀 보려무나."

빅토리아가 고개를 들어 창밖을 내다보았다. 정말로 두터운 회색 구름층이 하늘을 뒤덮고 있었고, 폭우가 퍼붓고 있었다. 빅토리아가 말했다.

"상관없어요. 아무 데도 가지 않을 거예요."

할머니가 돌아보며 미소를 지었다. 하지만 돌연 그 미소가 얼굴 위에 그대로 얼어붙어버렸다. 진지한 표정으로 빅토리아를 똑바로 보는 할머니의 얼굴이 창백해졌다.

빅토리아가 멈칫하며 물었다.

"할머니? 무슨 일이에요?"

알레그라는 다시 현실로 돌아왔다.

"아니다, 얘야."

할머니가 미소를 지었지만, 빅토리아의 눈에는 억지웃음처럼 보였다.

"내 눈에는 오늘 네가…… 좀 달라 보이는구나."

"다르다고요? 어떻게요?"

"신경쓰지 마라. 내가 바보 같은 생각을 했구나."

할머니는 말을 돌렸다.

"이 분만 더 주마. 어서 일어나 씻거라. 벌써 한낮이야."

"걱정 마세요. 늦지 않을게요."

빅토리아가 어리둥절한 표정으로 대답했다.

할머니가 방을 나가며 문을 닫았다. 빅토리아는 뒤돌아 누우며 한숨을 내쉬었다. 베개 위에 올려놓은 오른손 약지에서 신비스럽고 불안한 시스카셰그, 뱀의 눈이 반짝였다.

"꿈이 아니었어."

그녀는 크리스티안과의 만남, 둘이 나눈 대화를 떠올리며 중얼거렸다.

그러자 루나리스에 대한 기억도 떠올랐다. 꿈에서 본 유니콘. 크리스티안이 약속한 두번째 선물이 그것일까? 그녀는 그렇다고 생각했다. 셰크가 그녀의 의식을 탐색했고, 루나리스와 만난 기억을 꺼내 꿈에 나오게 한 것이다. 빅토리아는 정말로 그런 상황에서 유니콘을 본 것이 맞는지, 정말로 그런 만남이 있었다면 왜 그 기억을 잊었는지 의아했다. 크리스티안이 루나리스를 추적하는 데 그녀를 이용하지 않은 이유를 이제는 알 것 같았다. 그 꿈이 그녀가 루나리스에 대해 기억하는 전부라면, 그다지 쓸모 있는 정보는 아닐 터였다.

하지만 아름다운 꿈이었다. 루나리스는 더할 수 없이 아름답고 순수한 마법의 생물이었다. 샤일이 왜 그토록 루나리스에게 집착했는지 이해할 수 있었다. 하지만 그 꿈을 꿀 때까지 그녀가 루나리스를 기억하지 못했다는 것은 여전히 설명하기 어려운 점이었다.

빅토리아는 몸을 조금 일으켰다. 그리고 침대 위에 앉아 창턱에 몸을 기대고 정원에 쏟아지기 시작한 비를 보았다. 잿빛 세상 속의 누각이 슬프고 외로워 보였다. 크리스티안을 생각하자 견딜 수 없이 그가 그리워졌다.

아직도 림바드에서 몸을 회복하고 있을 잭도 생각났다. 지난밤에 보러 가지 않았으니, 틀림없이 그녀를 보고 싶어할 것이다. 빅토리아가 미소를 지었다. 잭을 생각하면 기분 좋은 따뜻함이 마음속에서 솟아났다. 처음으로 평온한 마음이 들었다. 크리스티안이 한 말 때문일 것이다.

'감정은 자유로운 거고 어떤 종류의 규칙도 따르는 게 아니니까.'

그녀는 동시에 두 사람을 사랑하는 일을 당연하게 여기기 시작했다. 한숨이 나왔다. 하지만 이 사실을 받아들이자, 그렇게 살 수도 있을 것 같았다. 문제는 두 사람이 서로를 죽이려 한다는 것이었다. 빅토리아는 이 대결을 피할 수 없으며, 그 결과가 어떻든 괴로울 것임을 알았다.

시계를 보니 벌써 열두시 십분이었다. 빅토리아는 식사를 하고 잭을 보러 림바드에 가기로 했다.

일어나기 전 그녀는 잠깐 생각에 잠겨 시스카셰그의 작은 크리스털 구슬을 응시했다. 구슬은 오묘한 초록빛으로 빛나고 있었다. 이상한 동요를 불러일으키는 구슬이었지만 빅토리아는 익숙해지기 시작했다. 손끝으로 구슬을 쓰다듬자 구슬이 붉은 석류빛으로 변했다. 그녀는 미소를 짓고 무한한 애정을 담아 반지에 입을 맞추며 속삭였다.

"크리스티안, 사랑해."

그녀는 속으로 덧붙였다.

'하지만, 잭을 해친다면, 널 죽일 거야.'

세상의 또다른 한쪽에서 크리스티안은 온몸으로 행복을 느끼고 있었다.

그는 뉴욕 시가 내려다보이는 자신의 펜트하우스 테라스에 서 있었다. 최소한의 것만 갖춘, 가구도 거의 없는 집이지만 크리스티안에게는 충분했다. 집에 머무는 시간도 많지 않았고, 찾아오는 이도 거의 없었다. 뒤쪽에서 취할 듯한 라일락 향을 풍기는 무언가가 나타났을 때도 뒤돌아보지 않은 것도 그래서였다.

게르데는 자신이 환영받지 못하는 존재라는 걸 즉시 깨달았지만, 벨벳처럼 부드러운 목소리로 그를 불렀다.

"키르타슈."

"원하는 게 뭐야?"

나지막하고 얼음 같은 그의 어조에 요정이 주춤했다.

"우리의 군주인 아슈란 님께서 날 보냈어. 널 보고 싶어하셔."

그 말투에는 끔찍하고 나쁜 일이 일어날 거라는 경고가 담겨 있었다.

"곧 뵈러 갈 거라고 보고드려."

게르데의 도발적인 아우라가 점점 더 그에게 가까이 다가왔다. 그는 감미롭게 노래하는 듯한 그녀의 목소리가 거의 귓가에서 울려퍼지는데도 놀라지 않았다.

"상당히 재미있는 일에 빠져 있더군."

크리스티안이 번개처럼 재빨리 돌아서며 게르데의 손목을 잡아 벽으로 밀어붙였다.

"네가 누구에게 말하고 있는지 모르나 보군."

그는 게르데의 눈을 들여다보며 숨을 몰아쉬었다.

게르데는 셰크의 힘에 두려워하며 눈길을 피했다. 그녀의 얼굴에 알 듯 말 듯한 미소가 떠올랐다.

"하지만 아직 해결의 여지는 있어, 키르타슈."

그녀는 관능적인 목소리로 말하고는 그에게 몸을 붙였다. 크리스티안은 그녀의 얇은 옷 아래에서 전해지는 관능적인 열기를 느꼈다.

"아슈란 님이 네가 저지른 일을 알고 있기는 하지만 아직 너무 늦은 건 아냐. 그애를 죽이고 나와 함께하는 건 어때? 그애는 너와 이둔 제국 사이의 유일한 방해물이잖아. 가서 그애를 죽여. 그리고 그 머리를 아슈란 님께 바쳐. 그러면 널 용서해주실 거야."

크리스티안이 눈을 가늘게 떴다. 게르데의 검은 눈동자가 열기로 일렁이고 있었다. 하지만 돌아온 것은 셰크의 싸늘한 대답뿐이었다.

"날 자극하지 마라, 게르데. 네가 이곳에서 지내는 순간순간 점점 더 약해지고 있다는 걸 알아. 숲으로 돌아가고 싶어한다는 것도, 대도시의 매연과 쇠붙이와 시멘트들이 네 요정의 아우라를 약화시키고 있다는 것도. 이 도시에서 널 꼼짝 못 하게 하고 조금씩 사그라지는 모습을 지켜볼 수도 있어. 가차 없이 말이야. 이렇게 말하고 보니, 그 광경을 즐기고 싶은 생각까지 드는데."

게르데의 눈에 분노의 불길이 스쳐 지나갔다. 그녀는 크리스티안에게서 몸을 뗐다. 그는 그녀의 시선이 본능적으로 저 멀리 센트럴파크로 향하는 걸 놓치지 않았다. 센트럴파크는 대도시의 초록 허파로, 게르데가 반경 수십 킬로미터 내에서 몸을 숨길 수 있는 유일한 오아시스였다. 그러나 요정은 조바심을 내지 않았다.

"그애를 죽이지 않을 생각이야? 네 목숨을 구하는 길이라고 해도?"

"죽이든 말든 내가 결정할 일이야, 게르데."

크리스티안이 조금 누그러진 목소리로 대답했다.

요정이 고개를 가로저었다.

"아니, 키르타슈. 그애를 죽이는 건 네가 결정할 일이 아니야. 이미 말했잖아. 아슈란 님도 다 알고 있다고. 네가 지금까지 어디에 숨겨두었는지 알고 있단 말이야."

크리스티안은 그녀를 외면한 채 위협적으로 말했다.

"바라는 게 뭐야? 날 훔쳐본 대가로 죽여달라고 부탁하는 거야? 그런 건가?"

"너라면 서슴지 않고 그럴 수 있겠지. 하지만 그렇더라도 아슈란 님은 네가 날 어떻게 없앴는지 아실 거야. 그럼 상황은 더 나빠지겠지."

긴 침묵 끝에 크리스티안이 말했다.

"꺼져."

게르데가 말없이 미소를 지었다. 요정을 감싸고 있던 매혹적인 광채가 도시의 질식할 듯한 대기에 짓눌려 점점 약해지고 있었다. 요정은 셰크의 명령에 곧바로 복종하며 공기중에 희미한 라일락 향을 남기고는 펜트하우스에서 사라졌다.

크리스티안은 돌아서서 집 안으로 들어왔다. 벽난로에서 불이 타오르고 있었다. 그는 불길을 한참 지켜보았다.

크리스티안은 가만히 앉아 불을 감상하는 것을 좋아했다. 불은 기이한 매력을 발휘했다. 보통 셰크는 불을 싫어하고 무서워한다. 어쩌면 오히려 그 때문에 크리스티안이 벽난로를 좋아하는 것인지도 몰랐다. 그는 벽난로 안에 갇힌 포로이자 그의 의지대로 타오르는 노예 같은 불을 보는 것을 좋아했다.

소파에 앉자 불길이 얼굴을 비췄다. 그는 생각에 잠겼다. 빅토리아를 찾아가 모든 것을 이야기해주었기 때문에 그는 자기편을 배신한 거나 다름없었다. 아니, 그로 말미암아 자신이 죽을 수도 있었다. 그는 자신이 저지른 일에 책임을 지겠다고 결심했다.

크리스티안은 자리에서 일어섰다. 유연한 동작으로 손바닥을 불 가까이 가져가니, 순간 번쩍하면서 불길이 꺼졌다. 크리스티안은 어두운 표정을 지으며 다시 테라스로 나왔다. 산들바람에 갈색 머리칼이 흩날렸다. 그는 네크로맨서 아슈란을 만나기 위해 모습을 감추었다.

 감미로운 선율이 경계의 집 복도마다 넘실거렸다. 기타 반주에
맞춰 발라드를 노래하는 목소리였다. 빅토리아는 노랫소리를 따
라 잭의 방으로 갔다.

 노래를 하고 있는 사람은 바로 잭이었다. 그는 침대 위에 앉아
벽에 등을 기댄 채 어루만지듯이 부드럽게 기타를 튕기며 연주하
고 있었다. 그는 빅토리아가 온 줄 모르고 있었다. 그녀는 잭을
방해하고 싶지 않아 문가에 서서 조용히 듣고만 있었다.

 노래는 오래된 발라드로, 빅토리아는 제목이 무엇인지, 누가
부른 노래인지도 몰랐지만 언젠가 들어본 것 같은 느낌을 받았
다. 잭이 자기 식으로 소화해서 부르는 노래는 또다른 느낌을 주
었다. 그녀는 눈을 감은 채 그의 목소리를 따라갔다. 마침내 노래
가 끝나고 마지막 화음이 공기중에 희미하게 사라지자 침묵이 되
살아났다.

 그때 잭이 문가에 서 있는 빅토리아를 발견했다. 두 사람이 수
줍은 미소를 지었다.

 "아름다운 노래야."

 빅토리아가 말하자 잭이 멋쩍어하며 눈길을 피했다.

 "내 노래가 아니야. 난 노래를 지을 줄은 몰라. 하지만 가끔
씩……"

 잭이 머뭇거렸다.

"기타 치는 건 좋아해. 그리고 노래 부르는 것도. 대개는 듣는 사람이 아무도 없을 때 부르지만."

"미안해."

빅토리아가 사과했다.

"림바드에 왔다고 알려줘야 할 것 같아서. 하지만 네가 노래 부르는 걸 듣는 게 너무 좋아서. 들어가도 되니?"

잭이 미소를 지었다.

"물론이지. 어서 들어와."

빅토리아가 다가가 옆에 앉았다. 두 사람은 서로 시선을 피했다. 무슨 말을 해야 할지 몰랐고, 빅토리아는 이런 상황이 어색했다.

"몸은 좀 어때?"

결국 빅토리아가 먼저 말을 꺼냈다.

"상처는 나았어?"

"거의 다 나아가."

"정말? 그렇게 빨리?"

"난 회복 속도가 아주 빨라. 너도 잘 알듯이 나는……"

잭이 주저하자 빅토리아는 그에게 뭔가 걱정거리가 있음을 깨달았다.

"뭐야?"

"내가 정상이 아니라는 걸 너도 알잖아."

빅토리아는 작게 한숨을 내쉬고는, 잭의 어깨에 머리를 기대며 손을 잡았다. 부모님이 돌아가신 후 잭은 그 생각에 집착하고 있었다. 오랫동안 유럽을 떠돌아다니면서 이런 의구심을 떨쳐버린 줄 알았는데, 그렇지 않았던 것이다. 저항군이 재결합한 이후, 그리고 키르타슈와 맞서 싸워 그를 이긴 후 그 생각에 더욱 깊이 빠져든 듯했다.

그녀가 잭을 진정시켰다.

"그렇게 심각한 건 아니라고 봐. 우리를 봐. 이 집에 살고 있는 사람 중에 누구 하나 정상인 사람이 있어?"

잭의 얼굴이 활짝 웃으며 빛났다.

"그러고 보니 없는 것 같네."

"난…… 이대로가 좋아, 그냥 지금 이대로의 네가."

잭이 무한한 애정을 담아 빅토리아를 쳐다보았다. 그러고는 그녀의 손을 꼭 잡았다.

그런데 그때 잭의 얼굴에 고통스런 표정이 스쳤고, 그는 급작스럽게 그녀에게서 손을 뺐다.

"무슨 일이야?"

놀란 빅토리아가 물었다.

잭이 대답은 하지 않고 당황해하며 자기 손을 내려다보았다. 손바닥에 화상 같은 상처가 나 있었다. 그는 왜 그렇게 된 건지 알려고 빅토리아의 손을 보았다.

두 사람 모두 동시에 어떻게 된 일인지 깨달았다.

시스카셰그.

"이게 뭐야?"

잭이 감정을 억누르며 물었다.

빅토리아가 당황해하며 시선을 피했다.

"크리스티…… 키르타슈의 반지야. 정말 미안해. 내겐 아무 해도 끼치지 않는데, 너한테는 왜 이러는지 모르겠어……"

"내가 반지 주인을 싫어하는 걸 아나보지."

잭이 으르렁거렸다.

"이걸 왜 네가 끼고 있는지 설명해줄래?"

빅토리아가 심호흡을 했다. 한 번, 두 번, 세 번. 그러고 나서 고개를 들고 잭을 똑바로 쳐다보았다.

"그가 내게 선물로 줘서 끼고 있는 거야. 그의 애정의 표시야."

"애정이라고!"

잭이 소리쳤다.

"빅토리아, 너도 내가 본 걸 같이 봤잖아! 정체가 뭔지 알면서 어떻게 그럴 수 있어? 정말로 그가 애정이라는 감정을 느낄 수 있다고 믿는 거야? 너한테?"

빅토리아가 눈을 감자, 잭은 자신이 그녀에게 상처를 입혔음을 깨달았다. 너무 심한 소리를 한 자신이 저주스러웠다. 그는 빅토리아를 끌어당겨 꼭 안으며 속삭였다.

"미안해, 빅토리아. 이런 말을 할 생각은 아니었어. 단지 내가 이해할 수 없는 건……"

잭은 혼란스러워 고개를 흔들었다.

빅토리아는 그의 어깨에 얼굴을 묻고 심호흡을 했다. 잭을 탓할 수는 없었다. 잭이 그녀를 얼마나 사랑하는지 알면서도 이런 상황에서 그녀와 크리스티안과의 관계를 인정해달라고 하는 것은 도가 지나쳤다. 조금만 생각해봐도 이 모든 일이 미친 짓이라는 걸 알고도 남았다. 잭이 설명을 요구하는 것도 당연했다.

"너에게 할 말이 많아. 내 말 좀 들어볼래?"

빅토리아가 속삭이자 잭이 진지하게 그녀를 보았다.

"그래, 들을게."

빅토리아가 크게 한숨을 내쉬고는, 말하기 시작했다.

이제 멈출 수 없었다.

자신과 크리스티안 사이에 있었던 모든 일, 두 사람이 만나 나눈 이야기를 하나도 빠뜨리지 않고 들려주었다. 하지만 또한 그에 대한, 잭에 대한 감정도 말했다. 잭이 이야기를 조용히 들어주며 품 안에서 그녀를 달래는 동안, 빅토리아는 자신의 감정이 어느 정도인지 솔직히 털어놓았다. 둘로 나뉜 마음에 대해, 자신의 망설임에 대해. 하지만 무엇보다 그녀에게 잭은 친구 이상이라는 것을, 자신이 얼마나 그를 좋아하고, 미칠 듯이 사랑하는지를, 언제까지나 그럴 것이라는 마음을 밝혔다. 비록 크리스티안의 반지를 끼고 있고, 셰크가 부를 때마다 만나러 달려 나가게 된다 해도.

마침내 빅토리아가 이야기를 마치자, 불편한 침묵이 되살아났다.

"이런…… 무슨 말을 해야 할지 모르겠다."

얼이 빠진 듯 잭이 중얼거렸다.

빅토리아는 잭에게서 몸을 떼며 다정하게 그의 손을 잡았다. 그러고는 시스카셰그 때문에 생긴 잭의 상처 자국을 보았다. 그녀는 그곳에 손가락을 대 치유 에너지가 흘러들게 했다. 두 사람은 상처 자국이 서서히 희미해지더니 마침내 완전히 사라지는 모습을 지켜보았다. 다시 빅토리아가 입을 열었다.

"무슨 일이 있더라도 크리스티안이 널 다치게 그냥 두지는 않을 거야. 내 말 알았니? 그리고 감히 그가 그런……"

생각만 해도 한기가 느껴지자 그녀는 말을 끝맺지 못했다.

"만일 네게 무슨 일이 생기면, 잭, 맹세컨대 내가 그를 죽일 거야."

잭은 한동안 그녀를 바라보았다.

"그럼 그를 없애는 사람이 나라면, 나는 어떻게 할 거야?"

빅토리아가 대답하지 못하고 고개를 돌렸다. 처음으로 잭은 친구 마음속에 깃든 혼란스런 감정을 감지했다. 그 고통을 이해할 수 있었다. 그는 친구를 다시 안아주었다.

"이게 다 속임수일지도 몰라, 빅토리아."

잭이 목소리를 낮췄다.

"그런 생각 해봤어? 키르타슈가 이 반지를 통해 우리를 염탐하지 않는다고 어떻게 장담하겠어? 림바드까지 오려는 계략이 아니라는 걸 어떻게 알겠니?"

"그는 너와 나, 둘 다 죽일 수 있는 기회가 있었는데도 그러지 않았어."

"그건 사실이야."

잭이 잠깐의 침묵 후 인정하며 덧붙였다.

"그리고 네 목숨을 구하기도 했지."

"내 목숨을 구했다고?"

빅토리아가 무슨 말인지 몰라 반문했다.

잭이 고개를 끄덕였다.

"키르타슈가 네 목숨을 구한 거야. 난 알고 있었어, 빅토리아. 너희 두 사람이 만나는 걸 보고 내가…… 미쳐버린 그날 밤, 난 너희 집 뒤에 있는 나무들을 태워버렸지."

잭의 눈빛은 진지했다.

"내가 일으킨 불이 너한테 닿아 너도 그 나무들처럼 불에 탈 뻔했어. 그런데 그가 너를 자신의 몸으로 감싸 널 지킨 거야. 지금까지 그 생각을 하지 않으려 했고 이 일을 절대로 말하지 않을 생각이었지만…… 이건 내가 그에게 고마워해야 할 일이야."

"너희 둘이 꼭 싸워야만 하는 거야, 잭? 다른 방법은 없는 거야?"

잭이 고개를 가로저었다.

"참 이상하지. 키르타슈를 처음 본 순간부터 미웠어. 그가 우리 부모님의 죽음과 관련이 있으니까. 그렇지만 사실 부모님과 샤일을 죽이고, 알렉산더를 지금 같은 불완전한 변종으로 변신시킨 건 엘리온이지. 그리고 키르타슈가 직접 엘리온을 없앴으니 오히려 그는 우리 모두의 복수를 대신 해준 셈이지. 그런데도 그 빌어먹을 마법사보다 훨씬 더 그가 증오스러워. 그를 미워하는 마음은 거의……"

"……본능적이라고?"

빅토리아의 말에 잭이 고개를 끄덕였다.

"내가 원래 뱀을 혐오한다는 사실과 관련이 있을 수도 있지. 키

266

르타슈가 거대한 뱀 종족이라는 걸 무의식적으로 처음부터 알고 있었을지도 모르고. 그렇다고 나아질 건 없지만."

"그래, 네 말이 맞아."

"그리고 네가 원한다면…… 키르타슈를 죽이려는 생각을 단념하자고 마음먹었을지도 몰라. 이해할 수는 없지만, 네가 그를 아주 소중히 여기니까. 그러니 내가…… 그를 해쳤다면 넌 무척 힘들어했을 거야."

빅토리아가 침을 삼켰다. 잭이 계속했다.

"유일한 문제는 그가 나를 죽이려고 사력을 다한다는 거야. 난 스스로를 방어해야만 해. 이 점은 너도 부정할 수 없을 거야."

빅토리아는 슬픈 표정으로 중얼거렸다.

"그래. 사정이 달랐다면 얼마나 좋았을까."

짧은 침묵이 이어졌다.

"키르타슈는 왜 내가 죽어야 네가 무사할 수 있다고 말하는 거지?"

"모르겠어. 나한테 설명해주려 하지 않아."

"그게 사실이라면……"

잭이 입을 다물고 시선을 피했다.

"뭐?"

"그게 사실이라면, 그렇게 해서 너를 구할 수만 있다면 나는…… 그렇게 할 거야, 빅토리아. 진심이야."

잭이 낮은 목소리로 말을 이었다.

빅토리아는 목이 메어 말을 더듬었다.

"그런 바보 같은 소리는 하지도 마. 내가 그렇게 하도록 둘 것 같아? 나를 위해 너를 희생시킨다고?"

"네가 그 뱀과 맞섰을 때 너도 이런 비슷한 말을 그에게 했잖아? '잭을 죽이려면 우리 두 사람을 전부 죽여야 할 거야'라고. 그런 식으로 널 위험에 빠뜨렸다고 생각하니 죽고 싶은 마음이 들었어."

"아니야, 잭. 속으로는 그가 나를 해치지 않을 거라는 걸 알았어. 그리고……"

'잭이 없는 세상에서는 살고 싶지 않아.'

크리스티안에게 그런 말도 했다. 그 말은 진심이었고, 지금도 마찬가지였다. 하지만 이 말을 잭에게 할 용기가 나지 않았다. 빅토리아가 결론을 내렸다.

"이 문제를 풀 다른 방법이 있을 거야."

"키르타슈가 우리 편이 될 수 있을까? 너 때문에?"

잭이 힘들게 꺼낸 말을 들으며 빅토리아는 고마움을 느꼈다. 잭이 이 사실을 받아들이거나 그럴 가능성을 고려한다는 것 자체가 얼마나 힘든 일인지 그녀는 잘 알고 있었다.

"그 정도로 그가 나를 좋아하는지는 모르겠어, 잭. 그와 아슈란을 이어주는 게 너무 많거든. 아슈란은 그의 아버지야. 그리고 셰크들이 그의 아군이고. 하지만 어쩌면…… 키르타슈가 그들을 배신하게 될지도 모르겠지. 그가 날 보호하고 있다는 걸 그들이 알게 되면 어쩌지, 생각만 해도 무서워."

잭이 동의했다.

"그래. 아슈란이 그런 일을 웃어넘기진 않겠지."

"난 아직도 이해하지 못하겠어. 과연 내가 그만한 가치를 가진 존재인지. 샤일은…… 나를 지키려다 죽었고, 크리스티안은 나 때문에 자기편을 배신했고, 그리고 너도 이런 이야기들을 하고 있으니…… 난 그럴 만한 사람이 아닌데. 아무것도 아닌데 말이야. 당연히 잘해야 하는 마법조차 제대로 못 다루는 열네 살짜리 여자아이일 뿐이라고. 이해하지 못하겠어……"

빅토리아는 입을 다물었다. 잭이 그녀의 턱을 들어올리고 그녀의 눈을 들여다보았던 것이다. 그가 다정하게 말했다.

"난 충분히 이해할 수 있어. 키르타슈가 셰크들을, 심지어 자기 아버지를 배신하는 이유까지도…… 너의 이 눈을 위해서라면 얼마든지 그럴 수 있어."

빅토리아가 얼굴을 붉혔다. 잭이 계속 말했다.

"빅토리아, 내가 네 눈에서 뭘 보는지 알아? 아름다움이야. 밤하늘에 반짝이는 별 같아. 너를 다른 아이들과 구별지어주는 빛이지. 내 눈에는 이렇게 선명하게 보이는데 어떻게 다른 사람들은 못 알아보는지 알 수가 없다니까."

빅토리아는 숨도 쉬지 않고 가만히 있었다.

잭은 다시 현실로 돌아온 듯 얼굴을 붉혔다.

"그래, 바보 같은 이야기로 들릴 수도 있지만 내 생각은 그래."

잭은 빅토리아의 손을 들어올려 뱀의 눈을 좀더 자세히 살펴보았다.

"으…… 흉측해."

"내가 보기엔 예쁜데…… 나름대로."

빅토리아는 이 말을 어디선가 들은 것 같은 느낌을 받았다.

잭은 더 우기지 않았다. 그녀의 다른 쪽 손이 안절부절못하며 유니콘의 눈물을 만지작거리고 있었다. 이 년 전 샤일이 죽기 전 선물로 준 목걸이였다.

잭이 웃으며 말했다.

"널 좋아하는 사람들은 전부 선물을 하는구나. 나는 아직 아무 것도 못 줬는데…… 애정의 표시로 말이야."

빅토리아가 잭을 쳐다보고 웃었다.

"네가 주면 날 행복하게 할 수 있는 게 있는데."

"그게 뭔데?"

빅토리아는 살짝 얼굴을 붉혔지만 시선을 피하지는 않았다.

"키스."

잭은 심장이 터질 듯 세차게 두근거리는 것을 느꼈다. 한순간 머릿속이 멍해졌다. 여태껏 한 번도 여자아이에게 키스해본 적이 없어서 실수라도 할까 두려웠다. 하지만 빅토리아가 계속 쳐다보고 있었다. 이 순간을 얼마나 꿈꾸어왔는가. 지금 여기서 도망쳐 버릴 수는 없었다.

잭은 두 손으로 빅토리아의 얼굴을 부드럽게 감쌌다. 그는 빅토리아의 눈길에 완전히 사로잡혀 있었다. 잭은 그녀의 눈에서 지금 이 순간 자신이 느끼는 만큼의 강렬한 사랑이 넘쳐나고 있음을 발견했다. 빅토리아는 숨쉬기조차 힘들어 보였다. 그녀의 얼굴은 붉어졌고, 심장도 그의 심장처럼 시속 천 킬로미터로 뛰고 있었다.

무슨 말이라도 하고 싶었지만 적당한 단어를 찾을 수가 없었다. 잭은 덜덜 떨며 빅토리아가 원하는 선물을 주려고 몸을 숙였다.

조금 서툴렀지만 아주 달콤한 입맞춤이었다. 빅토리아는 이 순간 분명하게 알 수 있었다. 이상하게 보일지 몰라도, 사실이었다. 빅토리아는 크리스티안을 사랑하듯, 아니 어쩌면 조금은 다른 식이지만 똑같이 잭을 사랑하고 있음을 깨달았다. 그녀는 잭의 사랑의 불길에 자신을 내맡겼다. 크리스티안의 사랑처럼 신비롭고 짜릿하진 않았지만, 자신을 감싸주며 따뜻함과 확신을 주는 사랑. 비록 몇 주 전 시애틀에서 크리스티안과 처음으로 키스를 했지만, 잭의 키스도 그녀에게는 또다른 첫 키스였다.

바로 그때 알렉산더가 잭을 찾아왔다가 두 사람이 함께 있는 모습을 보고는 급히 발걸음을 멈추었다. 그는 두 사람이 보기 전에 돌아서서 복도로 나왔고, 고개를 가로저으며 미소를 짓고는 멀어져갔다.

11

네가 누군지 밝혀

"키르타슈."

아슈란이 말했다.

키르타슈는 움직이지도, 입을 열지도 않았다. 눈조차 들지 않았다. 그는 군주 앞에 고개를 숙이고, 바닥에 한 무릎을 꿇고 있었다.

"너에 대한 여러 가지 이야기를 들었다."

네크로맨서가 말을 이었다.

"도무지 마음에 들지 않는 이야기들뿐이지만 그것들이 사실이라는 것도 알고 있다."

그가 뒤돌아보자 크리스티안은 한기를 느꼈다.

"넌 그애가 누군지 알고 있었다. 처음부터 알고 있었던 게야."

"그녀의 눈을 처음 봤을 때부터 알고 있었습니다. 이 년 전입니다."

크리스티안은 여전히 고개를 들지 않은 채 작은 목소리로 말했다. 비록 아버지가 대놓고 드러내지는 않았지만 그의 분노를 감지할 수 있었다.

"넌 그런 말조차 꺼내지 않았다. 그게 무슨 의미인지 아는 거냐?"

"잘 알고 있습니다."

네크로맨서가 팔짱을 꼈다.

"다른 사람이었다면 이보다 훨씬 못한 일에도 벌써 죽었을 게다, 키르타슈. 하지만 너한테는 설명할 기회를 주겠다. 그게 너를 위해 제대로 된 설명이길 바란다."

"그녀를 죽이고 싶지 않습니다."

"그 아이가 누구인지 알면서도 말이냐?"

"어쩌면 바로 그것 때문인지도 모르겠습니다."

크리스티안은 고개를 들고 진지하고 자신에 찬 표정으로 아슈란의 시선을 받았다.

"그녀가 죽기를 바라지 않습니다. 그리고 필요하다면 제 목숨을 걸고 지킬 겁니다."

아슈란의 눈이 가늘어졌다.

"네가 지금 무슨 말을 하는지 알고 있는 게냐? 넌 나를 배신했고……"

"저는 저항군에 가담하지 않았습니다."

크리스티안이 공손하게 설명했다.

"여전히 아슈란 님을 섬기고 있습니다. 빅토리아를 용서해주시고, 제 곁에 있게 허락해달라고 간청하려 했습니다. 대신 그녀의 생명만큼 값진, 아니 어쩌면 더 귀중한 걸 바치려고 했습니다."

아슈란이 그 말을 알아들었다.

"그것을…… 지금 당장 바칠 수 있느냐, 키르타슈?"

"그것이 어디 있는지 알고 있습니다. 조만간 생명을 잃은 그의 시체를 아슈란 님의 발아래 바치겠습니다."

"불의 검을 가진 전사 말이냐? 우리가 찾는 자가 그자더냐?"

"네, 그렇습니다. 다음번에는 그놈을 죽일 겁니다. 그리고 그렇게 되면…… 빅토리아를 죽일 필요는 없게 됩니다."

"빅토리아라."

아슈란이 되뇌고는 크리스티안에게 등을 돌리고 창가로 다가갔다.

"이제야 많은 것들이 설명되는군. 동기도 알겠고, 네가 거짓말 하지 않는다는 것도 안다. 그렇기 때문에 이번만은 용서하겠다. 하지만 너는 인간적인 감정에 흔들리는 약한 존재가 되고 말았어. 이제 넌 그애가 조종하는 꼭두각시에 지나지 않아. 그애를 위해 네 목숨을 던질 수 있다고? 그래, 키르타슈, 분명 그렇겠구나. 하지만 그래서는 날 섬길 수 없다."

크리스티안은 아슈란이 어떤 벌을 내릴지 가늠했다. 그리고 그것이 어떤 벌이 되었든, 달게 받을 각오를 한 터였다. 설사 목숨을 내놓아야 한다 해도. 하지만 아슈란의 말투에는 키르타슈가 생각하는 것보다 더 끔찍한 결과가 벌어질 수도 있다는 암시가 들어 있었다. 훨씬 더 끔찍한 벌일지도 몰라.

갑자기 아슈란이 바로 뒤에 있는 것이 느껴졌다. 그러나 그는 꼼짝도 하지 않았다.

"키르타슈."

아들의 목덜미에 긴 손가락을 갖다대며 아슈란이 속삭였다.

"내 아들, 내가 지금의 널 만들었다. 넌 이둔에서 나 다음으로 가장 강력한 존재가 된 거야. 너는 우리가 정복한 이 세계의 후계자이다. 나는 이 모든 일을 너를 위해 했다. 그런데도 너는 중요한 정보를 숨기고 내가 반평생을 바쳐 쌓아온 모든 공적을 망칠 수도 있는 비밀을 가졌더란 말이냐. 왜? 그…… 감정 때문이냐?"

아슈란이 키르타슈의 머리카락 속으로 손가락을 넣었다. 그리고 머리카락을 그러쥐어 키르타슈의 고개를 들게 하고는 눈을 들여다보았다.

"감동적일 정도로 인간적이구나, 아들아. 네 눈에서 읽을 수 있다. 이게 다 그애의 영향이겠지…… 그런데도 넌 감히 그애의 목숨을 살려달라고 청하는 거냐?"

아슈란의 목소리는 위협적이었고, 눈은 당장이라도 폭발할 것 같은 노여움으로 번득였다. 그러나 크리스티안은 시선을 피하지도 않았고 떨지도 않았다.

"빅토리아를 사랑합니다, 아버지."

아슈란의 표정이 분노로 일그러졌다. 그는 아들을 차가운 돌바닥 위로 내팽개쳤다. 크리스티안은 꼼짝하지 않았다.

"넌 나를 '아버지'라고 부를 자격도 없다."

그는 분노를 이기지 못하고 아들의 멱살을 잡아 끌어당기더니 다시 바닥에 무릎을 끓렸다.

"하지만 아직 전부 잃은 건 아니지."

그는 아들의 귀에 속삭였다.

"아직도 넌 가장 막강한 나의 전사가 될 수 있어. 언제나 그랬듯이 내 뜻에 가장 충실한 전사로 말이다, 키르타슈."

키르타슈는 아버지의 힘에 서서히 질식당하는 것만 같았다. 그는 간신히 말했다.

"빅토리아에게 해가 되는 일이라면 아무것도 하지 않을 겁니다."

아슈란이 기분 나쁜 미소를 띠었다.

"반드시 그렇게 하게 될 거다. 이제 알게 될 거야."

아슈란의 손가락이 크리스티안의 목을 누르자, 그는 손가락을 통해 몸 안으로 무언가가 들어오는 것을 느꼈다. 눈에 보이지는 않지만 끔찍하고 사악하며 강력한 그 기운이 몸속의 가장 어둡고 치명적인 부분을 깨우고 있었다.

"안…… 안 돼."

크리스티안이 숨을 헐떡였다.

"되고말고."

아슈란이 큰 소리로 웃음을 터뜨리고는 피부 속으로 더 세게 손톱을 박았다. 사악한 에너지는 아슈란의 뜻에 복종하며 크리스티안의 몸속 가장 깊숙한 곳까지 들어와, 빅토리아의 반짝이는 눈빛에 온순해져 이미 한참 전에 동면에 들어갔던 본능과 행동지침을 되살렸다. 가장 비인간적이고 치명적인 부분이 다시 고개를 들며, 크리스티안을 이끌던 느낌과 감정들을 순식간에 죽이고 있었다.

고통스러웠다. 너무 고통스러웠다. 크리스티안은 비명을 지르지 않으려고 이를 악물었다.

마침내 아슈란이 그를 풀어주었다. 키르타슈는 몸을 떨면서 아슈란의 발아래로 쓰러졌다.

"네가 누군지 말해보라."

군주가 명령했다.

크리스티안은 침을 삼켰다. 무슨 일이 벌어지고 있는지 분명했다. 아슈란은 아들의 셰크 족 선조가 물려준 냉혹함과 무정함의 방패 아래 인간적인 감정을 파괴하려 하고 있었다. 그렇게 해서 죄책감 없이 살상하고, 감정과 삶과 죽음 따위를 뛰어넘어 평범한 인간들의 우위에 서게 하려는 것이다. 그러나 크리스티안은 반항했다. 만일 아슈란의 뜻대로 된다면, 크리스티안은 곧장 빅토리아를 죽이러 갈 것이다. 그리고 단 한순간의 망설임도 없이 그녀를 죽일 것이다. 아마도 아름다운 존재가 사라진다는 것에 아주 잠깐 안타까워할 수는 있을 것이다. 셰크들은 유난히 아름다움에 민감하니까. 하지만 그뿐일 것이다.

어떻게든 막아야 했다. 그는 빅토리아를, 그리고 그녀가 그의 안에서 본 모든 선하고 아름다운 면을 상징하는 이름을 떠올렸다.

"크리스티안."

그는 숨을 헐떡이며 간신히 말했다.

"크리스티안입니다."

아슈란이 인상을 쓰자, 크리스티안의 안에서 그를 괴롭히는 무언가가 크게 분노하며 다시 공격해왔다. 크리스티안은 고통에 찬 죽음의 비명을 지르며 군주의 발아래서 몸부림쳤다.

"……주말 내내 스페인 전 지역의 날씨가 좋을 것이며, 이는 계속……"

빅토리아는 읽고 있는 책에서 시선을 들어 텔레비전을 보았다. 이상했다. 스페인 지도의 마드리드 지역 위에 커다란 해가 나타나 있었다. 어리둥절한 빅토리아는 의자에서 움직이지 않은 채 집을 덮고 있는 먹구름과 아침 내내 멈추지 않고 쏟아지는 폭우를 향해 눈길을 주었다.

"일기예보 하는 사람들이 무슨 일이 있나? 보는 눈도 없는 거야, 뭐야?"

알레그라 할머니는 대꾸하지 않았다. 그녀는 창가에 서서 비를 바라보며 굉장히 걱정스런 표정으로 서 있었다. 그제야 빅토리아는 집 안에 둘만 있다는 사실을 깨달았다. 아침나절 내내 할머니와 그녀 둘뿐이었다.

"할머니, 나티와 엑토르는 어디 있어요?"

"외출하라고 했단다, 빅토리아."

빅토리아는 다른 질문을 하려고 했지만 그때 갑자기 얼음 비수 같은 것이 그녀의 영혼과 정신을 관통했다. 숨쉬기가 힘들었다. 그녀는 숨을 쉬려고 애를 썼다. 책이 바닥으로 굴러 떨어졌다.

할머니는 순간 용수철이 튀어오르듯 빅토리아를 향해 돌아섰다.

"빅토리아?"

빅토리아는 눈을 크게 뜬 채 숨을 헐떡였다. 그리고 손을 심하게 떨며 머리 위로 올리고는 뒤로 물러서며 고통스런 신음 소리를 내질렀다.

할머니가 옆으로 달려와 손녀를 꼭 안았다.

"무슨 일이냐, 애야? 왜 그래?"

그녀는 손녀의 어깨를 다급하게 흔들었다.

빅토리아는 필사적으로 고개를 움직였다. 육체적인 고통이 아니었다. 훨씬 더 날카롭고, 그래서 더 끔찍한 고통이었다. 의식어디에선가 그녀를 부르는 고통스런 소리가 들려오고 있었다. 무척 소중한 누군가가 말할 수 없는 고통을 겪고 있었다. 얼음처럼 차가운 손이 그녀의 내장을 움켜잡는 듯했고, 납덩어리 같은 것이 그녀의 영혼을 짓누르는 듯했다.

"크리스티안."

빅토리아가 고통스럽게 중얼거렸다. 시스카셰그가 손가락을 옥죄는 것이 마치 뭔가를 말하려는 듯했고, 실제로 말하지 않아도 알 수 있었다. 그가…… 안 돼, 크리스티안.

"빅토리아, 무슨 일이냐? 뭐가 보이니?"

빅토리아가 모르겠다는 표정으로 할머니를 돌아보았다. 정신이 너무 혼미한 나머지 그녀는 할머니가 손녀의 행동이나 말을 이상하게 여기지 않고 진지한 표정으로 바라보고 있다는 것도 깨닫지 못하고 있었다.

"그애에게 나쁜 일이 생겼어요. 그리고…… 안 돼……"

멀리 떨어진 다른 세계에서 크리스티안이 다시 고문을 당하는 게 감지되자 그녀는 손으로 머리를 누르며 신음했다. 더는 참을 수가 없었다. 두 눈에 가득 눈물이 그렁그렁한 채 일어선 빅토리아의 팔을 할머니가 잡았다.

"그를 구하러 가야 해요!"

"넌 아무 데도 갈 수 없다, 빅토리아."

"할머니는 이해 못 하세요!"

빅토리아가 분노로 몸부림치며 날카로운 소리를 질렀다.

"그에겐 제가 필요해요!"

"그애는 너무 멀리 있어. 넌 갈 수가 없단다. 모르겠니?"

"안 돼요!"

빅토리아가 절망적으로 소리를 질렀다.

"넌 여기서 나가면 안 돼, 빅토리아. 위험해. 그자들이 크리스티안을 고문하고 있다면, 그건 이미 네가 누구인지 알았다는 소리야. 너를 찾으러 금방 올 거다."

빅토리아가 할머니를 향해 돌아섰다. 다른 때였다면 이 말들이 함축하는 의미를 깨달았겠지만, 지금은 말로 표현할 수 없을 정도의 분노와 절망에 휩싸여 있어 이성적으로 생각할 여유가 없었다.

"상관없어요! 놔주세요!"

그때, 빛이 번쩍하더니 빅토리아의 이마에서 별빛 같은 무언가가 반짝였다. 그 빛에 알레그라의 눈이 한순간 멀자 그녀는 손녀의 팔을 잡고 있던 손을 놓았다. 그러나 빅토리아는 그 현상을 인지하지 못했다. 몸이 자유로워지자 빅토리아는 계단을 뛰어올라갔다. 할머니는 빅토리아의 뒤를 따라갔지만 손녀의 방문은 벌써 닫혀버렸다. 알레그라가 문을 여는 동안 안타까운 몇 초가 흘러갔다. 간신히 안으로 들어갔을 때는 이미 방은 비어 있었다. 빅토리아가 가버린 것이다.

알레그라는 심호흡을 했다. 손녀가 어디로 갔는지는 아주 잘 알고 있었다. 오래전부터 손녀가 밤마다 어디론가 간다는 걸 훤하게 꿰고 있었고, 빅토리아가 그곳에서 안전하게 지내고 있다는 것도 알고 있었다. 하지만 알레그라의 임무는 빅토리아를 위해 또다른 안전한 공간을 마련해주는 것이고, 지금까지는 아주 잘해오고 있었다. 바로 지금까지는. 이미 얼마 전부터 눈에 보이지 않는 무언가가 집을 염탐하고 있으며 곧 공격하리라는 걸 예감했다. 이런 일이 벌어질 때를 위해 대비해야 했다.

어디선가 분노가 가득 서린 게르데의 눈이 반짝 빛나자 알레그라의 갈색 눈은 한순간 검디검은 빛을 띠었다. 바닥이 보이지 않는 깊은 우물처럼 커다란 검은 눈동자. 하지만 눈은 곧 원래의 모습으로, 엄하지만 현명해 보이는 갈색으로 돌아왔다. 분노의 접근을 차단하며, 알레그라 다스콜리는 방에서 나가 저택의 마법 방어를 조정할 채비를 했다.

"게르데."

그때 아슈란이 흥미롭다는 투로 말했다.

고문을 당하는 와중에도 크리스티안은 간신히 눈을 뜨고 문가를 바라보았다. 그의 눈에 호기심과 두려움과 매혹이 뒤섞인 표정으로 둘을 지켜보는 요정이 들어왔다. 아슈란은 요정에게 다가가 팔을 잡아끌며, 자신의 발아래 널브러져 있는 셰크를 강제로 보게 했다.

"내가 아들에게 무슨 짓을 하고 있는지 보이느냐, 게르데? 내게 충실하지 않았다는 이유로 놈에게 무슨 짓을 하고 있는지?"

그는 요정의 귀에 대고 속삭였다.

"만일 날 실망시킨다면 너한테는 어떻게 할 거 같으냐?"

게르데는 심하게 몸을 떨며 아무 말도 하지 못했다.

"왜 그 여자아이의 시체를 가져오지 않았느냐?"

"그애는…… 오래전부터 강력한 마법의 보호를 받고 있습니다, 폐하. 하지만 제가 아주 잘 알고 있는 마법이지요. 제 마법과 아주 비슷하거든요."

아슈란의 눈이 빛났다.

"보아라, 게르데."

그는 크리스티안을 가리켰다.

"이애는 내 아들 키르타슈이고, 네 주인이자 제국의 왕자다. 빅토리아라는 그 아이가 이애를 어떻게 바꿔놓았는지 꼴 좀 보아라. 내 발아래 힘없이, 무방비 상태로 굴욕적인 모습으로 있는 이애를 보란 말이다. 아직도 관심이 있느냐? 아직도 이애가 매력적으로 보이느냐?"

"여전히 저의 왕자님입니다, 폐하."

게르데가 시선을 피하며 작은 소리로 대답했다.

"그래. 곧 우리 모두가 기억하는 자랑스럽고 패배를 모르는 왕자가 될 것이다. 그때는 네 것이 될 것이야. 대신 네가 그 여자아이만 데려오길 바랄 뿐이다······ 죽여서 말이다."

그는 요정의 어깨를 붙잡아 억지로 자신의 눈을 보게 했다. 게르데는 그 시선을 버텨낼 수 없어 겁에 질린 채 고개를 숙였다.

"얼마나 대단한 마법이 그 아이를 보호하는지는 내 알 바 아니다. 네가 이곳에 있는 이유는 강력한 마법사이기 때문이야. 시간을 헛되이 쓰고 있지 않다는 걸 보여라, 게르데. 네가 쓸모 있다는 걸 증명해보란 말이다. 빅토리아가 죽으면 키르타슈는 너의 것이 될 것이다."

게르데가 모호한 미소를 지으며 고개숙여 절했다.

"원하시는 대로 될 겁니다, 폐하."

아슈란이 물러가라는 손짓을 하자 요정은 문 쪽으로 걸어가다 잠깐 멈춰 서서 두 부자를 지켜보았다.

아슈란이 다시 크리스티안 쪽을 돌아보았다. 크리스티안은 일어서려고 애를 쓰고 있었다.

"네가 누군지 말해봐라."

크리스티안은 간신히 고개를 들어 땀에 절어 흘러내린 갈색 머리카락 사이로 아버지를 바라보았다.

"제 이름은······ 크리스티안입니다."

강력하고 찢어질 듯한 고통이 다시 엄습했다. 더는 참을 수 없었다. 그는 온몸을 갈가리 찢는 듯한 어둠의 마법의 고문을 이기지 못하고 비명을 내질렀다. 이번에는 고통이 더 오래 지속되

었다.

게르데는 만족스런 미소를 짓더니, 임무를 완수하러 조용히 홀에서 나왔다.

빅토리아가 총알처럼 럼바드의 복도를 가로질러가다가 알렉산더와 마주쳤다.

"빅토리아, 무슨 일이야?"

"크리스티안이…… 지팡이……"

빅토리아는 간신히 그렇게만 대답하고는 곧바로 달려가기 시작했다. 알렉산더는 무슨 말인지 하나도 알아듣지 못했지만 뭔가 심각한 일이 벌어진 걸 직감하며 뒤를 따라 달려갔다.

"빅토리아!"

그는 복도에서 잭과 마주쳤다.

"무슨 일이에요, 알렉산더?"

"모르겠어. 빅토리아가 이상해. 아이셸의 지팡이를 가지러 아래층으로 내려간 거 같아."

잭이 놀라 알렉산더를 바라보았다.

"막아야 해요. 무슨 일인지는 모르지만 빅토리아는 아무 데도 가면 안 돼요. 그녀를 죽이려는 자가 있단 말이에요."

"뭐라고? 무슨 소리야?"

"나중에 얘기해줄게요. 일단 가요!"

두 사람은 무기실에서 빅토리아를 따라잡았다. 그녀는 이미 지팡이를 쥐고 막 달려나가는 참이었다. 잭이 막으려 했지만 소용 없었다. 그녀는 눈에 깊은 절망을 담고 잭을 바라보았다. 말하지 않아도 두 사람은 서로를 이해했다.

빅토리아가 돌아서서 아래층 복도로 달려나갔다.

"빅토리아!"

따라나갈 준비를 하며 알렉산더가 그녀를 불렀다.

"그냥 둬요. 그녀를 막을 수 없을 거예요."

잭이 알렉산더를 막았다.

"이렇게 가도록 그냥 둘 거야?"

알렉산더는 당황했다.

잭이 고개를 가로저었다.

"아뇨, 어서 숨라리스를 가져와요. 그녀가 어디로 가든 우리도 함께 가는 거예요."

빅토리아는 알마의 둥근 빛 앞에 무릎을 꿇고 흐느꼈다. 크리스티안은 고통을 겪고 있고, 자신은 너무도 분명하게 이 사실을 알고 있는데, 그를 위해 할 수 있는 일이 아무것도 없었다. 그는 알마가 갈 수 없는 세상에 있었다.

"제발, 부탁이야……"

빅토리아는 간절한 마음으로 중얼거렸지만 방법이 없었다. 차원의 문은 닫혀 있었다. 알산과 샤일이 오래전 지구로 넘어온 직후 아슈란이 그 문을 닫아버렸고, 지금은 그자와 셰크들이 그 문

을 통제하고 극소수의 사람들만이 통과할 수 있었다. 그중 한 사람이 바로 크리스티안이었다.

빅토리아는 붉게 깜박이는 뱀의 눈을 입술로 가져갔다. 이 보석의 깜박임이 마치 구조의 외침인 것만 같았다. 그러나 그녀는 응답해줄 수 없었다.

"참아, 크리스티안! 제발, 견뎌줘."

그녀는 반지에 대고 속삭였다.

"네가 있는 곳까지 가는 방법을 알아내는 대로, 찾아가서 구해줄게."

"이둔에 있는 거구나, 그렇지?"

뒤에서 목소리가 들려왔다.

빅토리아가 뒤돌아보니 잭과 알렉산더가 서 있었다. 알렉산더는 허리에 숨라리스를 차고 있고, 잭도 그의 소중한 도미바트가 든 칼집을 등에 메고 있었다. 빅토리아는 두 사람의 의도를 알아차리고는 감사의 눈길을 보내며 작은 소리로 말했다.

"맞아. 알마가 그의 모습을 보여줄 수는 없지만, 하지만……"

"그들이 알아낸 거구나, 그런 거지?"

빅토리아가 두 눈에 눈물을 글썽이며 고개를 끄덕였다.

"잭. 놈들이 그에게 무슨 짓을 하고 있어, 뭔지는 모르겠지만…… 그를 고문하고 있어……"

"누구 이야기를 하는 거야?"

알렉산더가 인상을 쓰며 끼어들었다.

"키르타슈 얘기예요."

잭이 작은 소리로 대답했다.

"그가 빅토리아를 지키기 위해 위험을 무릅쓰면서까지 아슈란이 다른 암살자를 보냈다는 경고를 하러 왔는데…… 지금 그 배신의 대가를 치르고 있어요."

"뭐라고!"

알렉산더가 소리를 질렀다.

잭이 성큼성큼 두 걸음 만에 방을 가로질러 빅토리아에게 다가갔다.

"잭, 그는 알고 있었던 거야."

빅토리아가 흐느꼈다.

"그들이 결국 알아낼 거라는 사실을 알면서도 나를 위해 위험을 무릅쓴 거야."

"그래."

잭이 마지못해 인정했다.

"악당 같은 그놈이 용감하다는 데는 의심의 여지가 없네."

"할머니 말씀이 옳았어. 소용없는 일이야, 그에게 갈 수가 없으니……"

순간 그녀는 입을 다물고 깜짝 놀란 눈으로 잭을 바라보았다.

"너희 할머니?"

잭이 어리둥절해하며 빅토리아의 말을 따라했다.

"맞아!"

빅토리아는 할머니와의 대화를 떠올리고는 소리를 질렀다.

"집에 가봐야 해!"

"네가 누군지 말해봐라."

벌써 세번째 명령이었다.

크리스티안은 기진맥진하여 바닥에 쓰러졌다. 숨쉬기가 힘들었다. 그는 아슈란의 힘 아래 어린아이처럼 떨고 있었다. 아주 쉬운 일일 것이다, 굴복하는 것은. 그러면 고통도 멈출 것이다.

그는 잠깐 생각해보았다. 모두 이대로 내버려두고 다시 강한 존재가 되는 건 어떨지. 감정과 의혹 따위와는 거리가 먼, 인간의 나약함에서 자유로운, 무적에 가까운 존재.

하지만 빅토리아를 생각하고는 이를 악물었다.

"제 이름은…… 크리스티안입니다!"

이 말은 마치 자유를 부르짖는 외침 같았다. 기분이 한결 나아졌다.

하지만 오래가지는 않았다. 아슈란은 주먹을 더 세게 꽉 쥐었다. 고통이 더 심해졌다. 참을 수가 없었다. 크리스티안은 이 고통이 오래, 아주 오래 계속될 것임을 알았다.

잠시 후 젊은 셰크의 고통에 찬 외침이 드락웬 탑 전체에 울려퍼졌다.

세 사람은 창가에 서서 비 내리는 창밖을 가만히 응시하고 있는 알레그라를 발견했다. 빅토리아는 잠시 불안한 마음이 들었다. 혹시 잘못 들은 것이 아닐까? 모든 게 자신의 상상이고 할머니는 언제나 자신이 믿고 있는 그대로와 같은, 돈 많은 이탈리아의 노부인이지 않을까? 할머니에게 잭을 소개할 수는 있었다. 하지만 알렉산더의 존재를 설명하기는 꽤 힘들 것이다. 아무도 그를 편하게 대하지 못했다.

"할머니……"

빅토리아가 머뭇거렸다.

알레그라는 세 사람을 향해 돌아서더니 생각에 잠긴 눈길로 오랫동안 그들을 바라보았다. 손녀와 함께 온 두 젊은이를 보고도 그리 놀라는 것 같지 않았다.

"우리 집에 잘 왔어요."

할머니가 완벽한 이둔어로 말했다.

"여러분을 기다리고 있었어요, 알산 왕자."

그녀는 알렉산더를 보고 덧붙였다.

"조금 변한 것 같군. 우리가 마지막으로 본 후 무슨 일이 있었는지 전부 말해줘야 하네."

알렉산더는 어안이 벙벙했다. 그의 표정으로 봐서는 할머니가 누군지 모르는 것 같았다. 하지만 알레그라는 말을 멈추지 않았다.

"그리고 너는 잭이 분명하겠구나. 빅토리아가 네 이야기를 하더구나."

잭은 무슨 말을 할지 몰라하며 얼굴만 붉혔다. 빅토리아 또한 할 말을 잃은 채 가만히 있었다. 할머니가 생각보다 훨씬 더 많은 것을 알고 있다는 의구심이 들었다. 알렉산더에 대해서는 무엇을 아는 걸까? 당황한 그녀가 간신히 말을 꺼냈다.

"무슨……? 어떻게 아시는 거예요……?"

바로 그때 크리스티안의 고통이 다시 빅토리아 안에서 요동쳤다. 그녀는 고통에 찬 신음을 내뱉었다. 잭은 빅토리아가 넘어지지 않게 붙잡아주었다. 알레그라의 눈에 모든 것을 이해하는 지혜의 빛이 섬광처럼 떠올랐다 사라졌다. 그녀는 빅토리아를 의자에 앉게 도와주는 잭을 뚫어져라 보는 알렉산더의 불안을 감지했다. 그러나 그녀는 이를 전혀 이상하게 여기지도, 불안해하지도 않는 듯했다. 그녀가 엄숙하게 말했다.

"내가 지구인이 아니기 때문이지. 난 이둔인이란다. 수년 전에 아슈란과 셰크의 제국에서 도망쳐 이곳에 왔다."

"네?"

빅토리아가 부르짖었다.

"할머니가 도망 온 이둔의 마법사라고요? 그러면 이미 알고 계셨던……?"

알레그라가 손녀를 바라보며 다정한 미소를 짓고는 옆에 있는 소파에 앉았다. 빅토리아는 할머니를 멍하니 바라보았다. 이상한 꿈을 꾸고 있는 것처럼 혼란스러웠다. 그동안 자신의 이중생활, 이둔, 림바드, 저항군과 관련된 모든 걸 할머니께 감추려고 전전 긍긍하며 보냈다. 할머니가 다른 세상에 속한 사람이라고 생각하는 건 너무나 낯설었다. 어지러웠다.

할머니가 말했다.

"빅토리아, 나는 처음부터 네가 누군지 알고 있었단다. 고아원에서 네 능력이 나타나기 시작했을 때부터. 그래서 널 입양한 거야. 우리가 함께 이둔으로 돌아갈 수 있을 때까지 널 돌봐주고 보호해주기 위해서."

빅토리아는 숨이 가빠졌다.

"아냐, 사실이 아니야. 아니…… 할머니가 이둔인일 리가 없어. 그건…… 너무 이상해."

알레그라가 미소를 지었다.

"나를 보렴."

손녀가 그 말을 따르자 할머니의 진짜 얼굴이 나타났다. 천상의 아름다움이 깃든, 비록 얼굴에 주름 하나 없어도 눈에 띄는 은발 때문에 유달리 나이 들어 보이는 얼굴이었다. 그녀의 검은 눈은 게르데의 눈처럼 눈동자 전체가 흑빛이었으며 커다랬다. 수세기 동안 세 개의 태양 아래 존재했던 이둔을 지켜본 눈이고, 비밀스럽고 의미심장한 신비들을 이야기해주는 눈이고, 모든 질문에 대한 해답을 알고 있는 듯한 눈. 그 누구보다도 훨씬 많은 것을 본 눈이었다.

"할머니는……"

"이둔에서는 우리를 요정족이라고 부르지. 난 요정이란다, 빅토리아."

그제야 알렉산더가 그녀를 알아보았다.

"아일레!"

잭과 빅토리아가 멍하니 두 사람을 번갈아보았다.

"서로 아는 사이에요?"

잭이 물었다.

"카슬룬 탑에 있을 때 알았지."

다시 인간의 모습으로 돌아온 알레그라가 설명했다.

"나는 용과 유니콘을 지구로 보낸 마법사 그룹에 속해 있었지. 그후 용과 유니콘을 찾도록 샤일과 알산을 파견하기로 했었어. 하지만 우리 요정들은 그 일이 두 사람이 해내기에는 너무 벅찬 과제라는 걸 알았고, 그래서 둘을 돕기 위해 내가 지구로 오게 된 거야."

"그럼 왜 우리에게 연락을 안 했죠?"

알렉산더가 언짢은 표정으로 물었다.

"샤일과 자네가 나보다 십 년이나 늦게 도착했기 때문이지. 결국 난 두 사람이 길을 잃었다고 믿게 되었고."

"십 년이라고요?"

알렉산더가 큰 소리로 반문했다.

"말도 안 돼! 그럼……"

"셰크들이 이둔을 지배한 지가 십오 년이 되었다는 소리지, 알산 왕자. 그리고 두 사람이 지구에 와서 저항군을 결성한 게 오년 전이 아니라는 소리고. 실제로 두 사람은 키르타슈와 동시에 도착한 셈이니……"

"……용과 유니콘을 죽인 천체 결합이 일어난 때가 불과 오 년 전이라면서요."

갑자기 잭이 기억을 떠올렸다.

"그런데 십오 년 전이라면…… 이건…… 이건 말도 안돼."

"알 수 없는 어떤 이유로 인해 두 사람이 올 때 시간이 뒤틀려 버린 거야. 그리고 그동안 두 사람에겐 시간이 흐르지 않은 거고. 알산, 내가 탑에서 처음 봤을 때 왕자는 열여덟 살이었을 거야. 그럼…… 지금은 몇 살이지? 스물둘, 스물세 살? 실제로는 서른 살 이상은 되어야 맞는 거지."

"말도 안 돼."

뭔가에 머리를 얻어맞은 듯 알렉산더가 중얼거렸다.

"그런데 왜 아무 말씀도 하지 않은 거예요?"

빅토리아의 감정이 격해졌다.

"전부 다 알고 계셨다면, 왜 제게 숨기신 거예요?"

알레그라가 한숨을 쉬었다.

"네가 보통 아이들처럼 평범한 삶을 살기를 원했기 때문이란 다. 그후에 키르타슈가 도착했고, 내가 깨닫기도 전에 넌 이미 밤 마다 내가 찾을 수 없는 곳으로 빠져나가더구나. 저항군에 대한 이야기들도 들었고, 림바드에 관한 전설도 알고 있었기에 앞뒤 상황을 맞춰보기만 하면 되었지. 네게 숨기려고 한 대부분의 정 보를 이미 넌 알고 있었지. 또한 네가 학교에 가려고, 나와 함께 이곳에 있으면서 정상적인 생활을 하려고 아침마다 돌아온다는 것도 알고 있었단다. 난 네게 그런 삶을 주고 싶었고, 또 그것은 네게 필요한 것이었으니까. 때가 될 때까지는 말이다."

"때요?"

빅토리아가 어지러워하며 반문했다.

"모든 것이 밝혀질 때 말이다."

알레그라는 결의에 차서 일어섰다.

"이제 그때가 가까워졌구나. 시간이 많지 않아. 그래서 더 늦기 전에 설명을 해주는 게 낫겠다 싶었지."

알렉산더가 벌떡 일어서며 물었다.

"무슨 일이 벌어지는 거죠?"

"적들이 이 집을 공격할 준비를 하고 있어. 내가 주위에 마법의 보호막을 쳐두었지. 세상과 우리를 분리하며 한동안은 우리를 안전하게 지켜줄 일종의 방어막이야. 하지만 그들은 곧 이 막을 통과할 거다. 그러니 우리는 대비해야 해."

그녀는 잭과 알렉산더를 보았다.

"이 집을 지켜야만 해. 우리가 어쩔 수 없이 럼바드까지 물러서게 되면, 지구에는 빅토리아를 위한 안전한 장소는 하나도 남지 않는 거야."

빅토리아는 묻고 싶은 게 너무 많았다. 그러나 크리스티안의 고통을 모른 척할 수 없었고, 그가 고통받는 동안은 말을 계속할 수도 없었다.

"집은 어떻게 되어도 좋아요."

그녀가 일어서며 말했다.

"우리는 지금 이둔으로 돌아가야 해요. 놈들이 크리스티안을 고문하고 있어요. 우리가 즉시 뭔가 하지 않으면, 그는 죽을 거예요."

"크리스티안은 키르타슈의 다른 이름이에요."

잭이 조금 불편해하며 설명했다.

294

"그럴 줄 알았다."

알레그라가 고개를 끄덕였다.

"그애가 여러 차례 이 주위를 배회하는 걸 보았다."

"네?"

알렉산더가 고함을 질렀다. 그의 눈에 야성의 불길이 타오르고 있었다.

"그걸 알고 있었다고요? 그런데도 빅토리아 가까이에 오는 걸 그냥 둔 거예요? 무슨 보호자가 그래요?"

알레그라는 눈썹 하나 까닥하지 않고 그의 시선을 맞받았다.

"키르타슈는 막강한 동맹자야, 알산. 그리고 그애는 빅토리아를 지키기로 결심했지. 하늘이 준 도움을 거절할 만큼 난 바보가 아니거든. 우리에게 남은 방책이 없다는 걸 기억하라고!"

"하지만 아무리 그래도 그는 셰크예요!"

"그만들 다투세요!"

빅토리아가 절망적으로 소리쳤다.

"우리가 여기서 이렇게 말하고 있는 동안, 크리스티안이 죽어가고 있단 말이에요! 그를 어떻게 생각해도 상관없어요, 나는……"

끝까지 말할 수가 없었다. 갑자기 하늘을 찢는 듯한 무시무시한 천둥소리 같은 것이 들렸던 것이다. 알레그라가 불안한 듯 고개를 들었다.

"놈들이 막 통과했군."

그러고는 창문으로 뛰어가 걱정스럽게 밖을 내다보았다. 알렉산더는 무슨 일이 벌어지고 있는지 이해할 수 없었지만, 언제나

위기의 순간에는 분별 있게 대응해온 터였다. 그가 알레그라에게 다가갔다.

"어떻게 된 거예요?"

그가 냉정하게 물었다.

"한번 알아맞춰보게."

알레그라가 고개를 가로저으며 대답했다.

알렉산더가 밖을 내다보았다. 눈에 보이는 것 모두 마음에 들지 않았다. 집은 폭우를 뚫고 전진해오는 수십 마리의 이상한 생물들에게 둘러싸였다. 볼썽사나운 몰골을 한 놈들은 거무튀튀한 피부에 날카로운 이빨과 발톱을 지녔고, 작은 눈은 시뻘건 불덩이처럼 번득였다.

"트라스고들이야."

알렉산더가 한기를 느끼며 중얼거렸다.

알레그라가 고개를 끄덕이며 중얼거렸다.

"위대한 우리 요정족의 일원이라고 말하기가 부끄러운 놈들이지. 저들이 지닌 마법은 비록 제한적이지만 떼로 공격하면 그 힘이 막강해지니 꽤나 위험하다고 할 수 있어. 보통은 나이 든 요정이나 바람의 요정인 실포들로만으로도 이놈들을 다스릴 수 있지만, 이들은 지금 막강한 마법사를 섬기고 있어서 나로서는 역부족이야."

"막강한 마법사?"

알렉산더가 낮은 목소리로 반문했다.

알레그라가 정원 건너편, 트라스고들이 죽 둘러선 뒤로 우뚝 서 있는 인물을 가리켰다. 비에 젖은 얇은 옷이 몸에 딱 달라붙어 날렵한 몸매가 그대로 드러나 있었다. 올리브색 머리카락이 두꺼운 망토처럼 등 뒤로 늘어져 뚝뚝 빗물을 떨어뜨리고 있었지만 크게 신경쓰는 것 같지는 않았다. 그녀는 저택을 향해 손을 들어 올리며 결단에 찬 음침한 표정을 지었다. 알렉산더는 요정의 커다란 검은 눈동자에 드러난 격앙된 감정을 느낄 수 있었다.

알레그라가 속삭였다.

"게르데. 우리 종족의 배신자. 가장 힘이 센 요정 마법사 중 하나였는데, 아슈란에 맞서기를 포기하고 오히려 그자와 같은 편이 되었지."

바로 그때, 선봉에 서 있던 트라스고가 저택 뒷문에서 불과 몇 미터 떨어지지 않은 곳까지 다가왔다. 그런데 폭발음 같은 것이 들렸고, 놈이 고통에 찬 비명을 내지르며 시커멓게 그을린 채 뒤로 물러섰다.

"보호막이 아직 효력을 발휘하고 있어. 하지만 얼마나 갈 지는 모르겠구나."

알레그라가 말했다.

이 말이 채 끝나기도 전에 게르데가 날카롭고 권위적인 목소리로 고함을 지르자 트라스고들이 일제히 공격을 시작했다. 그들의 갈고리 같은 손가락에서 뿜어져나오는 수십 개의 나선형 에너지가 커다란 하나의 직선으로 모이며 광채를 뿜어냈다.

알렉산더는 재빨리 대응하며 알레그라의 팔을 잡아 창가에서 떼어놓았다. 무언가가 엄청난 힘으로 세게 저택에 부딪혔고, 바닥과 벽이 흔들렸다. 다행히 집은 끄떡하지 않았다.

빅토리아를 부축하여 소파에 앉아 있던 잭이 걱정스럽게 고개를 들었다.

"무슨 일이죠?"

"놈들이 공격하고 있어."

알렉산더가 결연하게 숨라리스를 칼집에서 꺼내며 말했다.

"칼을 뽑아 저 초록 짐승들을 모조리 쳐부수자고!"

잭이 고개를 끄덕이고 일어서며 빅토리아를 일으켜주었다.

"괜찮아? 게르데가 집을 공격하고 있어. 집을 방어해야 해."

빅토리아가 고개를 들고 마지막 구명줄이라도 되는 양, 잭의 초록 눈동자에 매달렸다. 그녀는 정신을 차리고 크리스티안의 고통을 잊으려 애쓰며 고개를 끄덕였다.

"밖으로 나가자."

알렉산더가 결단을 내렸다.

"밖이라면 더 잘 싸울 수 있을 거야. 우리가 문을 지키자."

"알았어요!"

잭이 각오를 다지고는 정원 문으로 달려갔다.

"전 현관을 맡을게요."

알렉산더가 알레그라에게 말했다.

"어떻게 하실 거예요?"

"안에서 보호막을 유지하도록 하지. 하지만 장벽이 무너지면, 같이 싸우러 나가겠네."

알렉산더가 고개를 끄덕이고, 아무 말 없이 현관을 향해 달려갔다.

빅토리아는 그를 따라가려다 잠깐 망설였다 할머니에게 다가갔다. 두 사람은 한동안 서로를 바라보았다. 빅토리아는 이 마법사를 처음 보는 사람처럼 찬찬히 보고는 말했다.

"무슨 일이 있더라도, 할머니는 언제나 제 할머니예요."

그리고 알레그라가 대답도 하기 전에 꼭 껴안았다.

요정이 속삭였다.

"모든 일을 숨겨서 미안하구나. 하지만 어쩔 수가 없었단다."

"알아요, 할머니."

빅토리아가 할머니를 진정시키다 고통스런 표정을 지었다. 그녀의 가장 깊은 곳에서 크리스티안이 고통에 찬 비명을 지른 것이었다.

"크리스티안……"

그녀가 비통하게 중얼거렸다.

"안다, 빅토리아."

알레그라가 속삭였다.

빅토리아는 뭐라고 말하려고 입을 열었지만 정원에서 잭이 부르는 소리가 들려왔다. 그녀는 잠시 망설였다.

"잭과 함께 가거라."

할머니가 손녀를 격려했다.

"그 아이도 널 필요로 한단다. 어쩌면 지금 당장 크리스티안을 도와줄 수는 없지만…… 잭에게 도움의 손길을 줄 수는 있지."

빅토리아는 미소를 지으며 고개를 끄덕이고 친구의 뒤를 따라 달려나갔다.

바로 그때, 새로운 공격이 저택을 바닥까지 흔들었다. 알레그라는 분노에 차 중얼거렸다.

"그렇게는 안 돼, 게르데. 내 집엔 절대 못 들어와. 꿈도 꾸지 말라고."

"아들아, 네 이름은 무어냐?"

격노한 아슈란이 끈질기게 물었다.

"크리스……티안."

크리스티안이 숨을 헐떡이며 말했다.

다시 고통이 찾아왔다. 그는 이제 소리칠 힘마저 잃었다. 몸은 고통으로 부서지고, 내부는 갈기갈기 찢긴 채 돌바닥 위에서 몸부림쳤다. 아슈란이 말했다.

"쓸데없는 고집을 피우고 있구나. 하지만 네 의지를 꺾고 말 거다, 암, 그렇고말고."

훨씬 과격하고 거친 고통이 다시 엄습해왔고, 크리스티안은 자신도 모르게 비명이 터져나왔다. 하지만 굴복하지 않았다. 자신의 일부가 빅토리아와 함께하고 있었고, 그녀가 멀리, 한없이 먼 세상에 있더라도 그녀의 열기와 빛을 느낄 수 있었다. 그녀는 깜깜한 밤하늘의 별처럼 그를 인도하고 있었다. 힘이 솟았다. 그는 아슈란의 눈을 쳐다보려고 간신히 몸을 일으켰다. 네크로맨서는 아들이 말하기를 기다렸다.

크리스티안은 자신의 무모함 때문에 처벌받으리는 걸 알고 있었다. 그는 마지막 안간힘을 내며 당당하고 용기 있게 고개를 들었다.

"제 이름은…… 크리스티안입니다."

아슈란이 눈을 가늘게 떴다.

"좋을 대로 하려므나, 아들아."

얼마 지나지 않아 드락웬 탑을 통째로 뒤흔드는 고통에 찬 비명 소리가 다시 울려퍼졌다.

잭과 빅토리아는 폭우가 쏟아지는 정원에서 싸우고 있었다. 도미바트는 태양의 심장처럼 이글거렸고, 비조차 그 불을 끌 수는 없었다. 저 뒤쪽에 있는 게르데를 보고 전진하려 했지만, 주인을 위해 목숨을 걸 각오까지 한 트라스고 무리는 만만한 상대가 아니었다. 잭은 쉴새없이 밀려오는 그 기분 나쁜 생물들과 싸우기 위해 자꾸 멈춰야만 했고, 놈들은 석궁, 비수, 도끼 창, 단검 등과, 서툴기는 하지만 마법도 사용하며 꽤 효과적인 공격을 해왔다.

빅토리아도 고전을 면치 못했다. 마음이 여전히 피를 토하듯 아파서 싸움에 온전히 집중하지 못한 것이다. 크리스티안의 고통은 점점 더 심해졌고, 그의 비명 소리가 빅토리아의 머릿속에 울려퍼졌다. 흐르는 눈물 너머로 보이는 트라스고들과 이 상황이 너무도 비현실적이라 마치 꿈을 꾸는 듯했다. 유일하게 현실적이

고 실재인 것처럼 보이는 것은 크리스티안이 겪고 있는, 그녀를 사랑한 탓으로 어느 머나먼 별에서 혹독한 대가로 치르고 있는 고통뿐이었다.

그때 누군가가 그녀의 등을 내려쳤고, 그녀는 흙바닥 위로 쓰러졌다. 그녀는 고통에 숨을 헐떡이며 저만치 떨어진 지팡이를 다시 잡으려고 애를 썼다. 빅토리아를 공격한 자가 급작스럽게 그녀를 일으켰다.

고개를 들자 빅토리아를 노려보는 게르데의 검은 눈이 보였다.

"네가 바로 키르타슈를 그렇게 괴롭히는 그 장본인이냐?"

노래하는 듯한 목소리였지만 노여움이 섞여 있었다.

"도대체 말이나 돼? 너 때문에 키르타슈가 우리를 배신했다는 생각만 하면…… 자신이 누군지도 모르는 너 따위 때문에."

게르데는 다시 빅토리아를 흙바닥에 힘껏 내동댕이쳤다.

"크리스티안이라고?"

잔인한 웃음을 지으며 요정이 빅토리아를 조롱했다.

"넌 곧 죽을 거야, 빅토리아. 그리고 너의 그 크리스티안도. 넌 그에게 어울리지 않아."

"안 돼."

빅토리아가 헐떡였다. 간신히 몸을 일으켜 쳐다보자 흰자위 없이 검은, 요정의 눈이 보였다. 그 눈에 죽음의 그림자와 분노, 원한, 질투가 스쳐 지나갔다.

게르데가 손을 들어올렸다. 그녀의 손가락 사이에서 푸른 불길이 일더니, 빗속인데도 탁탁 불꽃이 튀며 점점 더 커졌다.

302

"너무 쉬워 재미가 없는걸."

요정이 경멸에 찬 한마디를 내뱉었다.

그리고 빅토리아를 향해 불 덩어리를 던졌다.

빅토리아는 눈을 감았다. 크리스티안을 위해 뭐라도 할 수 있기를 원했고, 잭에게도 오랫동안 간직해온 그 말을 할 수 있기를 바랐는데……

큰 장작이 쪼개지는 것과 비슷한 소리가 났다. 빅토리아는 앞에 무언가가 나타난 것을 느끼고는 눈을 떴다.

게르데와 그녀 사이에 잭이 도미바트를 높이 쳐들고 우뚝 서 있었다. 분노로 떨고 있었지만 자신감 넘치는 모습이었다.

"그녀를 건드릴 생각은 하지도 마."

그가 아주 진지하게 경고했다.

게르데는 자신이 빅토리아에게 걸었던 마법이 잭의 검에 반사되어 튕겨나오자 펄쩍 뛰어올라 피했다. 그녀는 잭의 출현에 당황해 잠시 주춤했고, 잭은 그 틈을 놓치지 않았다. 잭이 곧장 요정의 심장을 향해 도미바트를 날렸다.

요정이 황급히 손바닥을 활짝 펴 빛을 일으켰고, 잭의 칼이 보이지 않는 방패와 부딪쳤다. 불꽃이 튀었다.

두 사람은 한동안 서로를 노려보았다. 별안간 잭이 게르데를 감싸고 있는 관능적인 후광에 사로잡히기 시작했다. 꽃잎처럼 가녀린 요정은 얼굴에 낯선 도발의 표정을 띠며 강력한 자석처럼 잭을 끌어당겼다. 그녀의 입술이 사람을 사로잡는 미소로 곡선을 그렸다. 잭은 갑자기 게르데에게 입을 맞추고 싶은 욕망을 느꼈다.

게르데의 미소가 더 활짝 피어났다.

"가까이 오렴……"

흥얼거리는 목소리는 인어의 노래처럼 유혹적이었다.

잭은 황홀경에 빠져 칼을 내리고 게르데 쪽으로 두어 걸음 나아갔다. 하지만 그 순간 그는 게르데의 눈에서 비밀과 미스터리로 가득한 커다란 두 개의 검은 우물을 보았다. 빛이 없는 눈. 빅토리아의 맑은 눈이 떠올랐다.

게르데가 손으로 이상한 모양을 만드는 순간 잭은 주문에서 깨어났다. 그가 고함을 지르고 물러서며 검으로 일격을 가하자, 아주 희미한 무언가가 깨지는 것이 느껴졌다. 게르데가 그에게 건 주문이 방금 깨진 것이었다. 분노와 절망을 이기지 못해 괴성을 지르는 요정의 얼굴은 더이상 아름답지 않았다. 잭은 도미바트를 휘두르며 게르데를 향해 달려들었다.

바로 그때, 장대비가 퍼붓는 가운데 빅토리아가 진흙바닥 위로 무릎을 꿇으며 비명을 질렀다. 크리스티안의 고통이 점점 더 심해지고 있었다. 더는 버티기 힘들 터였다. 크리스티안이 자신의 잘못으로 죽을 수도 있다는 일말의 가능성 때문에 빅토리아는 견디기가 힘들었다.

시스카셰그가 계속 전해주는 크리스티안의 감정에 빅토리아는 점점 더 큰 고통을 느꼈다. 그녀는 크리스티안을 위해 할 수 있는 게 아무것도 없어서, 그리고 그가 심하게 고통받고 있는 걸 알면서도 속수무책인 자신이 절망스러워 또다시 비명을 질렀다.

잭이 안타까운 눈길로 빅토리아를 바라보았다. 그리고 그 순간의 방심이 그의 목숨을 위태롭게 했다. 게르데의 마법에 어깨를 정통으로 가격당한 것이다.

"잭!"

빅토리아가 소리를 질렀다.

뜻하지 않은 공격을 받은 잭이 휘청거렸다. 게르데의 심상치 않은 눈빛을 읽은 빅토리아는 안간힘을 썼다. 잭을 도와줘야 했다. 하지만 잭에게 달려가려는 순간, 또다시 크리스티안의 고통을 반지가 전해주었고, 빅토리아는 바닥에 쓰러지고 말았다. 분노와 무기력이 엄습했다. 고개를 들어보니 어깨의 상처는 아랑곳않고 요정에 맞서 칼을 휘두르는 잭의 모습이 보였다. 자신도 무언가를 해야 했다. 크리스티안 때문에 괴로워하느라 잭을 위해 아무것도 할 수 없다는 건 있을 수 없는 일이었다. 그녀는 다시 몸을 일으켰다.

또다시 크리스티안의 고통이 그녀의 몸을 탄환처럼 관통해 지나갔다. 이번에는 그 강도가 훨씬 더 심했다. 빅토리아는 더는 견딜 수 없어 손가락에서 반지를 빼냈다. 그러자 고통이 잦아들었다.

시스카셰그는 잠깐 동안 가늘게 떨리더니 곧 그 빛이 꺼지고 말았다.

크리스티안의 비명 소리가 또다시 드락웬 탑을 뒤흔들고 있었다. 크리스티안의 눈이 어둠 속에서 빛을 찾았지만 이번에는 발견할 수 없었다. 얼어붙듯 차가운 한줄기 바람이 마음의 불을 꺼버린 것이었다. 크리스티안은 느닷없이 외롭고 공허한 기분에 휩싸였다.

'빅토리아?'

불러보았지만 대답이 없었다.

죽었을 수도 있고, 그를 포기한 것일 수도 있었다. 두 가지 중 어느 쪽이라 해도 비참하기는 마찬가지였다.

'빅토리아……'

크리스티안은 되풀이해 불러보았다.

또다시 침묵뿐이었다. 크리스티안은 어둠 속에 혼자 내버려졌고, 그의 영혼을 지배해가는 얼음 막을 버텨내기에는 너무 약해진 상태였다.

빅토리아는 무거운 짐을 덜어낸 것 같았다. 크리스티안이 여전히 고통받고 있다는 걸 알지만 이전처럼 느낄 수는 없었다.

주변을 둘러보았다. 정원 여기저기에 트라스고들의 시체가 흩어져 있었다. 제대로 서 있는 놈이 얼마 되지 않는 걸 보고 그녀는 잭을 새삼 다시 보게 되었다. 이들을 처치하느라 잭은 녹초가 되어 있었다. 게르데는 결코 만만한 적이 아니었다.

빅토리아는 지팡이를 잡고 친구를 돕기 위해 서둘렀다.

트라스고 세 놈이 달려들었지만 그녀가 격분하여 지팡이를 휘두르자, 모두 불길에 휩싸였다.

잭이 빅토리아를 보고 미소를 지었다. 이제 그녀는 누구의 도움도 필요로 하지 않았다. 빅토리아가 스스로를 지킬 수 있다는 확신이 들자, 잭은 게르데를 향해 새로운 일격을 가하며 남은 에너지를 검을 통해 모두 쏟아냈다. 요정이 방어하려 했지만 도미바트는 며칠 전 하이아스를 부러뜨렸을 때처럼 그녀의 마법 방어에 균열을 일으켰다.

불길이 일고 비명 소리가 들렸다. 빅토리아가 돌아보니 게르데가 바닥에 쓰러져 부들부들 떨며 잭을 노려보고 있었다. 잭은 게르데 앞에 우뚝 서 있었다. 검에서는 여전히 불의 에너지가 흘러나오고 있었고, 그 이상한 불은 잭의 초록색 눈을 비추고 있었다.

빅토리아는 잭에게 다가갔다. 그녀의 이마에서 무언가 별처럼 반짝했다. 그 아우라는 순수한 고대의 에너지, 인간의 이해를 뛰어넘는 마법을 보호하는 빛인 듯했다. 게르데는 두 사람을 보았다. 그들은 감히 맞설 수 없는 막강한 경이로운 존재로 변해 있었다. 그녀는 고개를 저으며 분노에 찬 쓰라린 고함을 내질렀고, 그녀의 몸에서 강렬한 빛이 나왔다. 잭과 빅토리아는 눈을 감았고, 눈을 떴을 때 요정은 이미 사라지고 없었다.

그들은 마주보았다. 둘은 서로에게서 시선을 떼지 못했다. 마치 시간이 그대로 멈춰버린 것만 같았다. 온몸은 상처투성이에 지칠 대로 지쳐 있었지만 두 사람은 뿌듯한 마음으로 서로를 꼭 안아주었다.

그들이 이긴 것이다.

아슈란이 부드럽게 웃었다. 그의 발아래, 아들은 여전히 몸을 웅크린 채 떨고 있었다. 아무것도 변한 게 없는 듯 보이지만 네크로맨서는 마침내 자신의 노력이 열매를 맺기 시작했음을 직감할 수 있었다.

"네가 누군지 말해봐라."

수없이 던진 질문의 답을 그가 다시 강요했다.

크리스티안은 간신히 몸을 일으켰다. 그러고는 서릿발처럼 차가운 시선으로 네크로맨서를 똑바로 쳐다보았다.

"키르타슈입니다."

인간이라고 하기에는 너무나 차가운 목소리였다.

아슈란이 흐뭇해하며 고개를 끄덕였다. 문 쪽을 보니 아슈란의 호위 대장인 시슈가 존경심이 가득한 침묵 속에 대기하고 있었다. 손짓을 하자 시슈는 손에 들고 있던 가느다랗고 긴 뭉치를 건네주었다. 아슈란은 그것을 집어 아들에게 넘겨주었다. 키르타슈는 굉장히 조심스럽게 받아들고는 꾸러미를 풀어보았다. 하이아스의 부드럽고 얼음처럼 차가운 광택이 그의 얼굴을 비추자, 그는 만족한 미소를 지었다. 검이 다시 온전한 모습으로 돌아온 것이다.

"돌아온 걸 환영한다, 아들아."

아슈란 역시 미소를 지었다.

빅토리아는 진흙바닥 위에 무릎을 꿇고 있었다. 어느새 비는 멈추고 수줍은 햇살이 정원을 비추기 시작했다.

"제발……"

그녀가 눈물이 그렁그렁한 눈으로 애원했다.

"제발, 어디 있는지 말 좀 해줘. 아직 살아 있다고 말해줘. 이렇게 애원하잖아."

하지만 그녀의 손가락에 끼고 있는 시스카셰그는 차갑게 식어 있었다. 그녀가 몸을 웅크리며 보석을 입술에 가져가 속삭였다.

"크리스티안. 크리스티안, 미안해. 부탁이야, 아무 일 없다고 말해줘. 제발…… 날 용서해줘……"

그녀는 몸을 웅크린 채 흐느끼기 시작했다. 크리스티안의 빛이 꺼지고 반지 저편에서는 아무도 느껴지지 않았다. 어쩌면 젊은 셰크가 죽었다는 뜻일 수도 있었다. 알레그라와 알렉산더는 어떻게 그녀를 위로해야 할지 몰라 그저 지켜보고만 있었다.

잭이 같이 무릎을 꿇고 앉아 뒤에서 그녀를 안아주었다. 빅토리아는 크리스티안을 잃은 것을 슬퍼하며 그의 이름을 끊임없이 되뇌었고, 이제는 꺼져서 차가워진 반지에 입을 맞추었다. 잭은 빅토리아를 부드럽게 달래주며 그녀가 느낄 고통의 아주 작은 부분이라도 치유해주려고 애썼다.

빅토리아가 먼곳을 응시하며 속삭였다.

"크리스티안……"

하지만 속으로는 이제 그가 그녀의 말을 들을 수 없다는 걸 알고 있었다.

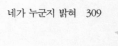

12

배신

"실패했구나."

아슈란이 불같이 화를 내자 게르데는 잔뜩 주눅이 들었다.

"그들은 막강했습니다. 제 마법으로는 이길 수가 없었습니다."

"앞으로도 못 이길걸."

홀 안쪽에서 키르타슈의 싸늘한 목소리가 끼어들었다.

"이제 그들이 깨어난 겁니다. 게르데는 상대가 될 수 없어요."

아슈란이 아들을 향해 돌아섰다. 키르타슈는 등을 보이고 창가
에 서 있었다.

"다시 네가 가겠다는 소리냐?"

키르타슈가 돌아서며 아버지를 보았다.

"다른 사람을 보낼 수도 있습니다. 하지만 그게 누가 됐든 역시
실패하리라는 것을 아시잖습니까."

"맞는 말이다. 하지만 위험을 무릅쓰고 싶지는 않다, 키르타

슈. 그애들은 죽어야 해, 둘 중 하나라도. 여자애가 좀더 쉬울 듯한데."

"그녀는 우리가 써먹을 수 있는 유일한 사람이지요."

키르타슈가 작은 소리로 말했다.

"무슨 뜻이냐?"

아슈란이 순간 의구심이 담긴 눈길을 보냈지만 키르타슈는 신경쓰지 않고 다시 창가로 가 생각에 잠겼다. 그러고는 앞에 펼쳐져 있는 알리스 리스반 숲을 가리켰다.

"보십시오. 알리스 리스반이 죽어가고 있습니다. 우리 세계를 통틀어 마법의 기운이 가장 강한 곳입니다."

아슈란은 아들이 가리키는 곳을 응시했다. 한때 무성했던 유니콘의 숲은 이제 세 개의 태양 아래 기력을 잃고 회색빛으로 시들어가고 있었다.

"유니콘들이 사라졌기 때문이다. 유니콘들이 알리스 리스반의 에너지를 모아 숲 전체에 골고루 나눠주었지. 하지만 이제는 그들이 없으니 에너지도 바닥나 흐르지 않는 거고."

"에너지는 아직 저곳에 남아 있습니다."

키르타슈는 나지막이 말하며 푸른 눈을 들어 아버지를 똑바로 보았다.

"에너지가 저곳에 있다는 것은 우리가 끌어올 수도 있다는 이야기입니다. 그 에너지를 한곳으로 모으면, 예를 들어…… 이 탑 같은 곳에 말입니다."

아슈란은 눈을 가늘게 뜨고 아들의 제안을 곰곰이 생각했다.

"그렇다면 드락웬 탑은 난공불락의 요새가 되겠지. 지난 시절에 그랬던 것처럼 말이다."

키르타슈가 고개를 끄덕였다.

"그리고 마침내 온 이둔이 아버지의 수중에 들어올 겁니다. 아와 숲의 변절한 요정들은 물론, 아직도 카슬룬 탑에서 버티고 있는 몇 안 되는 마법사들까지 말입니다. 그리고 그후에는…… 다른 세계를 정복할 수도 있겠죠."

"다른 세계라…… 지구를 말하는 거냐? 네가 무척 마음에 들어하는 건 잘 알고 있다."

키르타슈가 어깨를 으쓱하며 한마디 했다.

"살기 좋은 곳입니다."

네크로맨서가 창가에서 몸을 떼었다.

"네가 무슨 말을 하는지 알겠다. 그 여자애에게 그런 능력이 있다는 말이구나."

키르타슈가 고개를 끄덕였다.

"오직 그녀뿐입니다. 원하신다면 제거하겠습니다. 하지만 그러면 드락웬 탑을 소생시킬 기회를 잃게 되는 겁니다. 그러니 그녀가 죽기를 원하시는지, 아니면 우리를 위해 이용할 수 있도록 살기를 원하시는지 결정하십시오. 분부대로 하겠습니다."

아슈란이 빤히 아들을 쳐다보았다.

"그애를 이곳으로 데려올 수 있느냐? 드락웬 탑까지? 그애가 깨어난 것이 사실이라면 그 힘도 이전보다 막강할 것이다."

"그럴 겁니다. 하지만 약점도 있습니다."

"정말이냐?"

아슈란이 흥미롭다는 듯 눈썹을 추켜올렸다.

"그 약점이라는 게 무어냐?"

키르타슈가 싸늘한 미소를 지었다.

"바로 접니다."

알레그라는 집 안 복도를 조용히 걸어갔다. 그녀는 완전히 지쳐 있었다. 이미 밤은 깊어 저택은 조용했지만 불안한 기분은 사라지지 않았다.

그녀는 빅토리아의 방 앞에서 발걸음을 멈추었다. 잭과 빅토리아를 깨우지 않으려고 조심하며 안을 들여다보니, 완전히 기진맥진해 곯아떨어져 있는 두 사람이 보였다. 보호하려는 듯 빅토리아의 허리를 팔로 감은 잭의 모습에 알레그라는 미소를 지었다.

기나긴 오후였다. 빅토리아의 몸은 성한 데가 하나도 없었다. 하도 울어서 눈물도 말라 있었다. 그녀는 구석에서 웅크리고 앉아, 초점 없는 시선으로 고개를 떨어뜨린 채 작은 목소리로 자기 탓이라는 말만 되풀이했다.

결국 잭이 빅토리아를 방으로 데리고 올라갔고, 거실에 있던 알레그라는 다시 손녀가 흐느끼는 소리를 들었다. 또 잭이 조용히 위로하는 소리도 들었다. 빅토리아의 흐느낌이 조금씩 잦아들며 마침내 그녀가 친구의 품에서 잠들었고, 잭은 그녀 곁에 머물렀다.

알레그라는 빅토리아가 크리스티안의 꿈을 꾸고 있다는 걸 알고 있었다. 잭이 옆에 있다는 것만으로도 손녀에게는 큰 힘이 되어줄 터였다. 그녀는 잭에게 고마웠다.

그녀는 문가에 기대어 잠시 두 사람을 보았다. 둘을 이어주는 강한 운명의 끈이 감지되었다. 그 애정이 얼마나 강렬하고 선명한지, 알레그라는 그 애정의 근원을 묻지 않을 수 없었다.

그녀는 새삼 새로운 관심을 갖고 잭을 보았다. 그리고 그가 누구인지 정말로 궁금했다. 특별한 사람이 분명할 것이다. 그렇지 않다면 손녀가 결코 눈길을 주지 않았을 테니까. 알레그라는 근심 어린 표정으로 고개를 갸웃했다. 빅토리아는 지구와 달의 거리만큼 다른 아이들의 세계에서 떨어져 있었다. 그러나 한 번도 손녀에게 그 사실을 말한 적은 없었다. 어떻게 말해야 할지 수천 번도 넘게 연습을 했는데도. 빅토리아의 비밀을 밝힐 때가 된 지금, 필요한 것은 용기였다. 그러나 당장은 빅토리아가 휴식을 취하는 게 먼저였다. 알레그라는 중요한 이야기를 다음날로 미루기로 했다. 상황을 설명해달라며 여러 차례 보채는 알렉산더의 기대도 내일 충족시켜줄 것이다. 알레그라는 그가 빅토리아보다 먼저 진실을 아는 것이 옳지 않다고 생각하며 단호한 태도를 유지했다.

그녀는 무한한 애정이 담긴 눈으로 잠든 빅토리아를 바라보았다. 혼란한 세상에서 그 아이를 찾는 데 칠 년을 소비했고, 마침내 찾아냈다. 게르데와 마찬가지로 알레그라 역시 빅토리아의 존재를 알아보는 특별한 능력이 있었다.

그녀는 빅토리아를 고아원에서 데리고 와 안전한 가정을 마련 해주었다. 우선은 대도시 근교의 저택을 골랐다. 대도시를 고른 것은 외진 곳보다 적들이 알아차리기가 더 힘들기 때문이었다. 하 지만 도심에서 지내다보면 알레그라의 요정 본성이 시들 것을 염 려해 대도시 근교에 살기로 했다. 그런 의미에서 이 저택은 두 사 람에게 안성맞춤이었다. 집 뒤로 작은 숲이 있어 빅토리아에게는 안식처가 되어주고 에너지를 공급해줄 수 있었던 것이다.

　저택은 빅토리아가 자라는 동안 그녀를 안전하게 지켜줄 요새 였다. 알레그라는 빅토리아가 주어진 운명의 역할을 서서히 받아 들일 준비를 하도록 도왔다. 하지만 그 집은 두 사람을 쫓는 아슈 란의 첩자에게서 빅토리아를 보호하는 데는 역부족이었다. 알레 그라는 사 년 전 스위스에서 빅토리아가 키르타슈에게 거의 잡힐 뻔했던 사건을 알고 있었다. 그때 그녀는 수천 번도 넘게 자신의 부주의를 자책했다. 그러나 빅토리아는 저항군에 가담했고, 이제 그녀를 지켜주는 사람은 알레그라만이 아니었다. 당시 알레그라 는 손녀에게 그간의 이야기를 들려주고 저항군과 접촉하기로 마 음먹었다. 하지만 빅토리아는 매일 아침 자기 방으로 돌아왔고, 그녀가 지닌 빛, 눈에 어린 그 빛은 이제 알레그라나 키르타슈처 럼 몇몇만이 알아챌 수 있는 빛이 아니었다. 그것은 더욱 강하게 빛났다. 할머니는 손녀가 다른 훌륭한 곳을, 집보다 더 안전한 피 난처를, 손녀의 에너지를 더 새롭게 하고 모든 것으로부터, 특히 키르타슈로부터 안전한 공간을 발견했음을 알게 되었다. 그리고 그 일을 비밀로 유지해야 한다는 것도. 빅토리아에게는 감정적

균형을 유지하기 위해 평온하고 일상적인, 그 또래의 소녀들의 생활이 필요했다. 림바드는 알레그라의 저택보다 안전했다. 하지만 저택에서의 생활환경은 저항군이 제공하는 생활환경보다 안정적이었다. 그렇게 두 생활과 두 공간은 서로를 보완해주었다.

그래서 알레그라는 불안한 마음 없이, 자신이 보호하는 아이가 이둔의 역사에서 역할을 수행할 준비를 하는 과정을 지켜볼 따름이었다. 때가 무르익기 전에 벌어진 일이라 위험을 감수해야 했지만, 나름대로 좋은 점도 있었다. 빅토리아는 이제 아무것도 모르는 철부지가 아니었다. 괴로움을 겪는 과정에서 많은 것을 배우며 성장했다. 샤일이나 잭, 알렉산더의 존재를 몰랐을 때보다, 그리고 알레그라의 보호만 받았을 때보다 훨씬 더 많은 준비를 한 셈이었다.

하지만 그후 키르타슈가 무대에 등장했다.

알레그라는 그가 누구인지 알고 있었고, 그가 빅토리아에게 보이는 관심도 감지했다. 두 젊은이들의 은밀한 만남을 알아챈 그녀는 불안한 마음이 들기도 했지만, 다른 한편으로는 관심을 가지고 지켜보기로 했다. 위태롭긴 했지만 키르타슈가 이미 빅토리아의 정체를 알고 있다는 점에는 의심의 여지가 없어 보였고, 그런데도 그는 여태껏 빅토리아를 제거하지 않았다. 그제야 그녀는 키르타슈가 빅토리아의 빛에 사로잡혔음을 깨달았다. 설사 그가 군주에게 계속 충성을 맹세하더라도, 분명한 것은 그가 빅토리아를 보호해주고 있으며, 지금은 저항군의 중요한 동맹자로 바뀌었다는 것이다.

알레그라는 피곤해서 눈을 감았다. 그를 잃다니 유감이었다. 저항군을 위해서만이 아니라 빅토리아를 위해서도. 두 사람이 서로에게 느끼는 감정이 강렬하고 매우 진실하다는 것은 분명했다. 그렇지 않다면, 손가락에서 빛나는 뱀의 눈이 있건 없건, 빅토리아가 그 젊은이의 고통에 그렇게까지 괴로워할 수는 없을 것이다. 어느 정도까지는 맞는 말이었다. 빅토리아와 키르타슈 두 사람은 매우 닮은 존재였다. 하지만 또한 근본적으로 상반되기도 했다. 서로가 서로에게 매력을 느끼는 것은 숙명이었다. 아슈란도 어느 정도 예상했음이 분명했다.

일이 이런 상황이라면, 그렇다면 잭은 어디에 위치해야 하지? 빅토리아는 잭에게도 깊은 감정을 가지고 있었다. 그러니 잭은 단순한 인간 소년이 아니라, 그 이상이어야만 한다. 알레그라는 잭이 도미바트를 휘두르는 모습을 보고 그가 강력한 마법사이거나 영웅이라고 생각했다. 하지만 지금은 아무것도 확신할 수 없었다. 그것만으로는 빅토리아가 그에게 느끼는 애정을 설명할 수 없었다. 그리고 자신이 보고 있는 이 장면도 설명할 수가 없다.

인간의 관점에서 보자면, 이 방 안에는 서로 바짝 붙어 잠들어 있는 두 청소년이 있을 뿐이다. 하지만 알레그라에게는 하나가 되려고 애쓰며 얽혀 있는 두 사람의 아우라, 그 사이에 오가는 소통, 서로를 보듬어주고 있는 모습이 너무도 선명하게 보였다. 두 사람이 서로를 절실하게 필요로 하며, 둘을 떼어놓는 일이야말로 그들에게 가장 잔인한 일이라는 점에는 손톱만큼의 의심도 없었다.

그녀는 눈을 가늘게 떴다. 잭에게서 태양처럼 강렬한 광채가 났다. 아니야, 저 아이는 평범한 소년이 아니야. 빅토리아와 다르지 않아. 그렇다면 혹시……?

그녀는 깜짝 놀랐다. 아니야, 확실한 게 아니야. 하지만 만약 그렇다면……

그렇다면, 키르타슈가 훨씬 전에 이를 알아챘음이 분명하다. 셰크의 날카로운 감지력이 이를 놓칠 리 없었다. 그리고 키르타슈가 이 사실을 안다면, 틀림없이 아슈란도 알고 있을 것이다.

한기가 들었다. 자신의 추측이 맞다면, 네크로맨서와 그의 완전한 승리를 가로막을 유일한 장애물들이 지금 이 집에, 이 방 안에 있는 셈이다.

마음이 급해졌다. 그러나 알레그라는 손님방에서 자고 있을 알렉산더를 깨우려다 마음을 진정시켰다. 지금은 모두 잠자게 두는 편이 나았다. 다가오는 일에 맞서려면 모두 정신을 맑게 할 필요가 있으니까.

집을 둘러싼 보호막은 게르데와 그 일당의 공격 후 매우 약화되어 있었다. 알레그라는 다음날까지 기다릴 수 없어 당장 보호막을 강화하기로 했다. 저택을 난공불락의 요새로 변신시키기 위해서는 자신의 모든 힘을 끌어내야 했다. 하지만 집 안에 있는 사람이 밖으로 나가는 것까지는 막을 수 없다는 것은 미처 생각하지 못했다.

그러나 불행히도, 키르타슈는 이미 이를 계산에 넣고 있었다.

시스카셰그의 크리스털이 잠깐 빛났다. 그리고 보석은 광채를 잃어가다가 곧 다시 희미한 초록빛으로 반짝였다.

빅토리아가 천천히 눈을 떴다. 왼손이 베개 위 얼굴 옆에 놓여 있어 바로 반지가 보였다. 희미한 어둠 속에서 빛나는 반지를 보던 그녀는 그 의미를 깨닫고는 소스라쳤다. 숨이 가빠졌다. 벌떡 일어날 뻔했지만 곁에 누군가 있다는 것을 깨닫고는 진정했다. 뒤를 돌아보자 잠들어 있는 잭이 보였다. 순간 반지도 잊은 채 그녀는 다정한 미소를 지었다. 그러고는 들릴 듯 말 듯한 한숨을 내쉬며 허리를 감싸고 있는 잭의 팔을 살짝 내려놓았다. 잭이 잠결에 몸을 뒤척였지만 깨지는 않았다. 빅토리아는 몸을 숙여 그의 뺨에 작별의 입맞춤을 하고 속삭였다.

"금방 올게."

여전히 가슴은 두방망이질치고 있었다.

빅토리아는 살그머니 방을 나와 거실을 지나쳤다. 할머니가 큰 소파에서 잠들어 있었다. 하지만 그녀는 할머니의 존재도 알아채지 못했다. 뱀의 눈이 어둠 속에서 불가사의하게 빛나고 있었다. 크리스티안이 살아 있다는 의미일 수도 있었다. 아무것도, 그 무엇도 그날 밤 빅토리아를 방해할 수는 없었다.

정원으로 나온 빅토리아는 잠시 발걸음을 멈췄다. 엉망진창이 된 정원을 보자 그날 오후에 벌어졌던 싸움이 떠올랐고, 그녀는 몸을 떨었다. 그것도 잠시, 그녀는 고개를 가로젓고는 달빛을 받아 환하게 빛나는 누각을 향해 돌아섰다.

그러나 크리스티안은 없었다. 빅토리아는 괴로워하며 손을 입술로 가져갔다. 시스카셰그는 계속 빛나고 있었다. 빅토리아는 이것이 꿈이 아니길, 크리스티안이 위험에서 벗어나 그녀에게 오는 방법을 찾아냈을 거라는 희망에 매달렸다.

그녀는 소나무 숲으로 이어지는 돌계단을 달려 내려가, 잃었다고 믿었던 사람을 찾아 헤맸다. 발걸음을 멈추고 주변을 둘러보며 그를 불러보았다.

"크리스티안?"

숨이 가빠졌다.

저 안쪽에서 어떤 실루엣이 보이는 듯했다. 어두운 밤과 뒤섞여 있는 그림자. 어디서라도 알아볼 수 있는 그림자.

"크리스티안!"

빅토리아는 가슴이 터질 듯한 기쁨에 사로잡혀 크리스티안의 품에 달려들었다. 어찌나 세게 달려들었는지 그가 휘청거릴 정도였다. 그녀는 눈물이 그렁그렁한 채, 그를 꼭 껴안으며 어깨에 얼굴을 묻었다.

"크리스티안, 무사하구나…… 널 잃은 줄 알았어. 넌 짐작도 못할 거야…… 돌아와줘서 고마워."

크리스티안은 아무 말도 하지 않고, 같이 껴안아주지도 않았다. 그리고 그때 갑자기 빅토리아가 느낀 것은…… 차가움이었다.

빅토리아는 고개를 들고 어둠 속에서 크리스티안의 눈빛을 읽으려고 애썼다.

"크리스티안? 괜찮은 거야?"

"난 괜찮아, 빅토리아."

그러나 목소리에는 감정이 실려 있지 않았다. 인간의 온기라고는 전혀 느껴지지 않는 목소리에 빅토리아는 소름이 돋았다.

"그자들이…… 네게 무슨 짓을 한 거야?"

빅토리아는 그의 눈을 들여다보려 했지만 얼음벽에 부딪치고 말았다.

그리고 깨달았다. 크리스티안을 하루 사이에 두 번 잃었다는 것을. 마음이 천 갈래 만 갈래 찢어졌고, 목을 놓아 울고 싶었다. 많은 이야기를 하고 싶었지만, 그 고통을 표현할 길이 없었다. 지금 이 순간, 그가 어디에 있든, 이미 죽어 키르타슈의 차가운 시선 아래 묻혀버렸더라도, 크리스티안의 이름을 외쳐 부르고 싶었다. 어서 다시 돌아오라고.

그러나 본능은 이 모든 생각을 뛰어넘었다. 빅토리아는 돌아서서, 크리스티안의 모습을 하고 있지만 더는 그의 눈빛을 간직하지 않은 이자로부터 멀리, 마치 영양처럼 도망쳐 달리기 시작했다.

곧 키르타슈가 빅토리아를 바싹 추격해왔다. 아무리 애를 써도 그에게 사로잡히게 될 거라는 걸 알 수 있었다.

고통과 슬픔이 두려움, 분노, 절망으로 변했다. 자신의 팔을 잡는 키르타슈의 찬 손을 느끼고 빅토리아는 그의 허벅지에 발차기를 날렸다. 키르타슈는 놀라며 몸을 숙였지만 그녀를 놓치지는 않았다. 그녀는 충격을 제대로 주기 위해 발을 뒤로 뺐다가 이번에는 복부를 향해 절망의 발차기를 날렸다. 겨우 그에게서 풀려나 다시 달아나나 싶은 순간, 키르타슈가 그녀의 스웨터를 잡아채 풀밭 위로 내동댕이쳤다. 빅토리아는 셰크가 자기 몸을 타고 누르자 절망적으로 몸부림을 치며 비명을 질렀다. 그녀의 내부에서 무언가가 폭발하더니, 섬광 같은 것이 번쩍했다. 그녀의 이마에서 광채가 뿜어져나오기 시작했다. 그 빛에 키르타슈의 눈이 한순간 멀었다. 키르타슈에게서 풀려난 빅토리아는 몸을 돌려 있는 힘을 다해 기어갔지만 키르타슈가 그녀의 발목을 잡았다. 그러고는 그녀를 등 뒤에서 덮치며 손목을 잡아 바닥에 눌렀다. 숨소리가 들릴 정도로 가까운 거리에 그가 있었지만 빅토리아는 크리스티안이 불러일으켰던 강렬한 감정과는 아무 상관 없는, 무시무시한 공포만을 느낄 뿐이었다.

빅토리아가 눈을 감고 림바드의 알마를 불렀다. 이곳에서 빠져나갈 수 있는 유일한 방법이었다. 알마가 그녀를 찾아 달려오고 있었지만 빅토리아는 너무 놀란 상태라 알마의 아우라와 융합하는 데 필요한 평정을 유지할 수가 없었다.

키르타슈는 빅토리아의 의도를 알아차렸다. 그는 그녀의 턱을 잡아 강제로 고개를 돌려 그의 눈을 쳐다보게 했다. 그런 위기 상황에서 빅토리아는 말도 안 되는 꿈을 꾸었다. 상황이 달랐더라면, 하루 전만 되었어도, 그와 이렇게 가까이 있다는 것에 그녀의 심장은 걷잡을 수 없이 뛰었을 것이고, 그가 입맞춰주기를 원했을 것이고, 그의 눈을 들여다보며 감미로움을 느꼈을 거라고.

하지만 지금 느끼는 감정은 공포, 절망 그리고 심지어 증오였다.

"나를 봐."

키르타슈가 부드럽지만 아무 감정이 실리지 않은 목소리로 말했다.

"싫어!"

하지만 너무 늦었다. 키르타슈가 최면을 건 것이다. 그리고 그는 그녀를 사로잡았다.

잭은 별안간 잠에서 깼다. 심장이 거세게 뛰고 있었다. 아주 기분 나쁜 꿈을 꾸었다. 잘 기억나지는 않지만, 아주 소중한 무언가를, 목숨 같은 무언가를 잃었다는 걸 알 수 있었고, 아직도 그 상실감에 고통스러웠다.

자신이 어디 있는지 깨닫는 데는 시간이 좀 걸렸다. 알레그라 다 스콜리의 저택, 빅토리아의 방이었다. 다른 일들도 기억이 났다.

그런데 빅토리아가 없었다.

무언가가 잭의 가슴을 휑하니 관통했다. 지금 이 순간 친구가 위험에 빠졌음을 직감한 것이다.

그는 벌떡 일어나 달려나갔다. 신발 신는 것조차 잊었지만 한 구석에 세워놓은 도미바트를 챙기는 것은 잊지 않았다. 그는 회오리바람처럼 거실을 지나 현관으로 달려가 거칠게 문을 열었다.

그 소리에 놀라 알레그라가 깨어났다. 희미한 어둠 속에서 이글거리는 칼을 뽑아들고 달려나가는 잭을 보고 그녀는 문제가 생겼다는 걸 알아차렸다. 그녀는 단숨에 일어나 알렉산더를 깨우러 달려갔다.

잭이 쏜살같이 뒷마당을 가로질러갔다. 어디로 가야 할지 본능이 말해주고 있었다. 소나무 숲에 도착한 그는 때마침 빅토리아를 품에 안고 일어서는 키르타슈를 발견했다. 잭은 셰크가 빅토리아에게 무슨 짓을 하려 한다는 걸, 그게 결코 좋은 일은 아니라는 걸 알아챘다.

"그녀를 내려놔, 이 괴물아!"

분노한 잭이 소리쳤다.

키르타슈는 빅토리아를 안은 채 잭을 향해 돌아섰다. 그의 눈에 깃든 뭔가가 어둠 속에서 빛났다. 그는 빅토리아를 풀밭 위에 내려놓고, 하이아스를 빼들었다.

잭은 움찔했다. 하이아스를 복구할 수 있을 거라고는 예상치 못했던 것이다. 하지만 그 생각은 뒤로하고, 지금은 싸워야 했다. 빅토리아를 위해서.

다시 도미바트와 하이아스가 만났고, 그 충격으로 공중에 파동이 일었다. 잭은 흠칫했다. 도미바트의 불이 하이아스의 무지막지한 냉기에 밀렸다. 그는 두어 걸음 물러나 방어 자세를 취한 채 상황을 파악하려고 애썼다. 자신이 상대하는 이자가, 오늘 오후 빅토리아를 비탄에 빠뜨린 사람이자 그녀를 지키기 위해 자기편을 배신한 사람이며, 그 때문에 끔찍한 징벌을 받은 자라는 사실이 떠올랐다. 그는 뭐가 뭔지 이해할 수 없었다.

"기다려! 무슨 일이 있었던 거야? 빅토리아에게 무슨 짓을 하려는 거야?"

하지만 키르타슈는 아무 대답 없이 그림자처럼 움직여 잭을 공격했다. 잭은 번개처럼 내리꽂히는 하이아스를 막으려고 도미바트를 황급히 들어올렸다. 그는 당황한 나머지 제대로 된 공격을 펴보지도 못하고 하이아스를 막는 데만 급급했다.

좋은 상황은 아니었다. 키르타슈의 강력한 일격에, 잭은 그만 도미바트를 놓치고 말았다. 잭은 몇 걸음 뒤로 물러났다. 두 사람은 마주 보았다. 키르타슈가 미소를 지었다. 푸르스름한 빛을 내뿜는 하이아스를 들고 서 있는 키르타슈는 잭보다 훨씬 크고, 더 강하고 자신감에 찬 모습이었다. 그리고 더 싸늘하고 심지어…… 더 비인간적으로 보였다.

바로 그때 알레그라와 알렉산더가 도착했다. 알렉산더는 숨라리스를 휘두르며 키르타슈를 향해 달려들었다. 젊은 셰크가 방어를 하는 사이, 잭은 도미바트를 다시 손에 쥐었다.

키르타슈는 아주 잠시 동안이었지만 수세에 몰렸다. 키르타슈가 다시 기선을 잡았을 때 잭은 이미 알렉산더의 옆에서 도미바트를 높이 치켜들고 있었다.

키르타슈가 두 사람에게 짧은 눈길을 던졌다. 그리고 경멸을 담은 차가운 미소를 짓더니 변신하기 시작했다. 날개 달린 거대한 뱀이 세 사람 앞에 위협적이면서도 장엄한 모습으로 우뚝 섰다. 오색으로 빛나는 셰크의 눈이 잭을 노려보았다. 잭은 키르타슈가 마침내 자신을 죽이기로 마음먹었고, 이번에는 빠져나가기가 쉽지 않으리라는 생각에 전율했다. 알렉산더의 반응에는 신경 쓸 여유도 없었다. 알렉산더는 이 거대한 생물을 보고 순간 몸이 마비된 듯 그 자리에 얼어붙고 말았다.

본색을 드러낸 키르타슈를 보자 잭은 새로운 분노와 증오를 느꼈다. 그는 거친 고함을 내지르며 도미바트를 휘둘렀고, 셰크는 비상하기 위해 날개를 펼쳤다. 셰크의 움직임에 공기의 흐름이 바뀌자 잭이 잠시 비틀거렸다. 잠시 후 잭은 자신을 향해 돌진해 오는 셰크의 무시무시한 송곳니를 피하려고 펄쩍 뛰어올랐다. 그때 처음으로 의문이 들었다. 과연 이 대결에서 모두 살아남을 수 있을까.

키르타슈가 느닷없이 돌아섰다. 잭은 무엇이 그의 주의를 흩뜨렸는지 얼핏 보았다.

알레그라가 빅토리아 곁에 와 있었다. 빅토리아는 여전히 풀밭에 누워 눈물이 그렁그렁한 눈을 부릅뜨고 그들을 보고 있었다. 온몸이 마비된 듯 꼼짝 못한 채.

키르타슈가 채찍처럼 꼬리를 흔들어 바닥을 쓸며 알레그라를 던져버렸다. 잭은 거칠게 내동댕이쳐지는 알레그라의 모습을 보며 그녀가 무사하기를 바랐다.

이제 그에게 기회가 주어졌다. 그 기회를 헛되이 놓칠 생각은 없었다. 그는 검을 빼들고 돌돌 똬리를 튼 셰크에게 달려들었다.

뱀이 고막을 찢을 듯 날카로운 쇳소리를 내질렀다. 키르타슈는 어느새 사람의 모습으로 돌아와 고통스런 표정으로 한쪽 다리를 붙잡고 있었다. 잭은 승리의 미소를 짓지 않을 수 없었다. 하지만 그 미소는 곧 사라졌다. 여전히 하이아스를 쥐고 있는 셰크가 빠르고 결정적인 일격을 가한 것이다. 잭은 도미바트를 겨우 들어 올리기는 했지만 이미 너무 늦었다. 잭은 어깨에 하이아스를 맞고는 고통스런 신음을 내뱉으며 도미바트를 떨어뜨렸다.

키르타슈가 최후의 일격을 가하기 위해 움직이자, 알렉산더가 잭을 보호하기 위해 앞으로 나섰다. 알렉산더의 머리칼은 온통 헝클어지고 눈은 기이한 누런빛으로 이글거리고 있었다. 그가 늑대 울음소리 같은 고함을 내지르며 키르타슈를 향해 숨라리스를 휘둘렀다. 숨라리스는 하이아스를 패배시키기에는 역부족이었지만, 순간 키르타슈의 다리가 휘청이게 하는 데는 성공했다. 셰크는 알렉산더를 뒤로 밀쳐내고 다리를 절며 물러났다. 그러고는 알레그라가 쏜 마법 공격을 검으로 차단하기 위해 재빨리 돌아섰다. 알레그라는 큰 부상에도 불구하고 정면 대결을 펼치고 있었다.

키르타슈가 좀더 뒤로 물러나더니, 세 사람에게 싸늘한 눈길을 던졌다. 그러고는 빅토리아에게 가 그녀 위로 몸을 숙였다.

"안 돼!"

잭이 소리를 질렀다.

키르타슈가 차가운 미소를 짓고는 손가락을 빅토리아의 머리카락에 댔다. 잭이 달려갔지만 셰크는 여전히 미소를 지은 채 포로와 함께 사라졌다. 마치 그곳엔 처음부터 아무것도 없었다는 듯이, 물거품처럼 사라진 것이다.

잭은 영혼의 한 부분이 갈가리 찢기는 기분이었다. 아무 소용이 없다는 걸 잘 알면서도 빅토리아와 키르타슈가 있던 곳으로 달려갔다. 그리고 격분과 절망에 빠져 두 사람을 찾아 사방을 둘러보았다. 숲을 향해 빅토리아의 이름을 외쳤지만 아무 대답도 들려오지 않았다. 빅토리아를 잃었어, 어쩌면 영원히. 그는 풀밭에 털썩 쓰러졌다. 방금 눈앞에서 벌어진 일을 믿을 수가 없었다.

"빅토리아……"

그녀의 이름을 속삭였지만 목소리는 갈라져나왔고 더는 아무말도 할 수 없었다.

마치 갑작스럽게 태양과 달과 모든 별들이 하늘에서 뽑혀나가고, 세상이 가장 절대적인 어둠 속으로 가라앉는 것만 같았다.

키르타슈의 눈빛에 마비되어 친구들을 도울 수는 없었지만, 빅토리아는 모든 상황을 지켜보았다. 그리고 그 직후 이동하는 동안 의식을 잃고 말았다. 느끼지는 못했지만 이동했다는 것은 알 수 있었다. 무언가 이상했다. 단지 기운이 빠진 탓에 움직이지 못하기 때문만은 아니었다.

고개를 돌리려고 했지만 옴짝달싹할 수 없었다. 마치 별안간 환경이, 특히 공기가 바뀌기라도 한 것처럼 머리가 멍하고 몸이 무거웠다. 당혹스러웠지만 그럼에도 어딘지 친숙한 느낌이 들기도 했다.

주위를 둘러보면서 그녀는 두려움에 잔뜩 움츠러들었다.

빅토리아는 둥글게 돌 벽이 쳐진 방 한가운데 솟아 있는 둥근 실험대 같은 곳에 손발이 묶여 있었다. 동서남북 각각의 방향으로 창문이 네 개 나 있고, 그 창문들 너머로 두 개의 태양이 보였다. 빅토리아는 눈을 깜박여보았지만 환각이 아니었다. 두 태양 중

하나는 붉었고, 오렌지색의 다른 태양보다 작았다. 이제 막 지평선 너머로 숨어든 세번째 태양의 광채도 아직 감지할 수 있었다.

빅토리아는 이둔에 온 것이었다. 현기증이 나 눈을 감았다. 아냐, 이럴 수는 없어. 아직 준비도 안 된 상태였다. 자신이 이 세계와 정확히 어떤 관계가 있는지 알기 전에는 그 문턱을 넘어서는 안 되었다. 그리고 무엇보다 혼자서는 안 되는 것이다.

혼자……?

그녀는 눈을 뜨고 무진 애를 써서 겨우 고개를 돌렸다.

키르타슈가 바로 옆에서 그녀를 바라보고 있었다. 그녀는 자신이 사랑하는 사람의 이름, 크리스티안을 부를 뻔했다. 하지만 입술을 깨물어 그 이름을 꾹 삼켰다. 그는 이제 크리스티안이 아니었다.

"날 어떻게 할 거야?"

키르타슈는 아무 말도 하지 않았다. 늘 그랬던 것처럼 빅토리아의 뺨을 어루만지기만 할 뿐.

아니, 평상시와 달라. 빅토리아는 즉시 알아챘다. 그 손길에는 다정함도 애정도 없었다. 키르타슈는 아름다움을 존중하며 마치 꽃잎을 만지듯 그녀를 어루만졌지만 아무런 감정도 느끼지 못했다.

빅토리아는 잃어버린 그 무언가를 생각하며 눈물을 참으려고 눈을 깜박였다. 울지 않으려고 마음을 다잡았다. 이자 앞에서는 단 한 방울의 눈물도 흘리지 않을 거야.

"왜 이러는 거야?"

그녀가 작은 소리로 물었다.

"이게 내 본성이거든."

키르타슈가 순순히 대답했다.

"예전엔 이러지 않았잖아."

"아니, 난 언제나 이랬어. 너도 알잖아."

빅토리아는 팔다리를 움직이려고 애썼지만 불가능했다.

"별로 친절한 대접은 아니군. 날 어떻게 할 거야?"

키르타슈가 고개를 들어 창문 밖의 세 태양이 만든 석양을 바라보았다.

"내가 아니야."

짧은 침묵 후 그가 대답했다.

"너를 위한 계획을 가진 자는 네크로맨서 아슈란 님이야."

빅토리아는 심호흡을 하고 그를 계속 쳐다보았다.

"그자가 나를 해치도록 내버려둘 거야? 어떻게든 나를 지키려고 모든 것을 감내했잖아?"

"이젠 지난 일이야. 참, 한 가지 기억나는 일이 있군."

그는 빅토리아에게 다가와 그녀의 왼손을 잡았다. 빅토리아는 전율이 일었지만 그 손길에는 아무런 감정이 묻어 있지 않았다. 냉담함뿐이었다. 그녀는 마음이 산산이 부서지는 걸 느끼며 눈을 감았다. 너무 짧은 시간 동안 너무 많은 걸 잃어버렸다.

"뭘 하는 거야?"

키르타슈는 대답 없이 그녀의 손가락에서 뱀의 눈을 빼려고 했다. 빅토리아는 어떤 떨림 같은 것을 느꼈고, 그 순간 키르타슈가 급작스레 손을 떼며 격분하는 것을 보았다.

빅토리아는 무슨 일인가 싶었지만 곧 속으로 미소를 지었다. 시스카셰그가 키르타슈에게 가기를 거부한 것이다. 반지를 더 오랫동안 간직할 수 있다는 의미였다. 반지는 크리스티안을, 애정의 징표로 반지를 준 그와의 추억을 의미했다.

"상관없어. 네 시체에서 빼내면 되니까."

키르타슈가 얼음장 같은 눈빛으로 말했다.

"믿을 수 없어. 정말로 나를 죽일 거야?"

"아직은 아니야. 네 이용 가치가 다 떨어지면 그렇게 하겠지."

빅토리아는 시선을 떨구었다. 그래, 저항군 초기 시절 내가 알고 있던 키르타슈의 사고방식이 이런 식이었지. 키르타슈의 달콤한 꼬드김에 아무 저항 없이 넘어간 자신이 미웠다. 그토록 싫어했던 그의 이런 면이 완전히 없어진 게 아닌 게 분명했는데도, 억지로 자신을 설득하려고 했다니.

그때 키르타슈가 문 쪽을 바라보았다. 빅토리아는 이제 막 방으로 들어서는 사람을 보려고 고개를 돌리는 순간 그대로 숨이 멎는 듯했다.

네크로맨서 아슈란이었다. 키르타슈가 복종의 표시로 고개 숙여 절하는 걸 보니 그가 분명했다. 그가 복종할 만한 사람이라고는 아슈란 말고는 없을 테니까.

은발의 아슈란은 아주 거대한 체구의 인물로, 대리석 조각 같은 얼굴에 시간을 초월한 듯 차갑고 완벽한 표정을 하고 있었다. 금속성의 은빛으로 빛나며 두려움을 불러일으키는 눈만 아니었

다면, 한기를 불러일으키는 그 강렬한 눈동자만 아니었다면 매력적이라고 할 수도 있는 외모였다. 하지만 그럼에도 그는 인간이었다. 빅토리아는 그의 영혼 한구석에 숨어 있는 사악하고 막강한 기운을 느꼈지만, 그가 인간이라는 사실을 알 수 있었다.

그녀는 아슈란에게서 시선을 거두었다. 두려움에 몸이 저절로 움츠러들었다.

"빅토리아는 준비가 됐느냐?"

네크로맨서의 말이 들렸다.

"모든 준비가 완료되었습니다."

키르타슈가 냉정하게 대답했다.

"좋아. 게르데에게 알리거라. 거들어줄 마법사가 필요할 것이야."

키르타슈가 고개를 끄덕이고는, 다리를 절면서 문으로 향했다. 빅토리아는 몇 시간 전 잭의 검에 입은 부상 때문일 거라고 생각했다. 키르타슈가 실험대 옆을 지날 때, 그녀가 말했다.

"크리스티안, 미안해."

키르타슈는 잠깐 발걸음을 멈추었지만 고개를 돌리지는 않았다.

"미안해!"

빅토리아는 목멘 소리로 다시 말했다.

"널 혼자 둬서 미안하고, 반지를 빼서 미안해. 제발 날 용서해줘."

그러나 키르타슈는 경멸 어린 미소를 짓더니 아무 말 없이 방을 나섰다. 빅토리아는 그의 뒷모습을 보며 자기 존재의 일부분도 함께 떠나갔음을 깨달았다.

네크로맨서와 단 둘이 남자 그녀는 아슈란의 존재감을 더욱 강하게 느끼며 두려움에 사로잡혔다. 그가 빅토리아에게로 다가와 차가운 손으로 그녀의 턱을 잡아 고개를 들게 했다. 그의 은빛 눈에 갑자기 숨이 막혔다. 비명을 지르며 도망치고 싶었지만 두려움에 움직일 수가 없었다. 아슈란이 말했다.

"이 빛…… 아주 훌륭한 은신처를 골랐군. 탁월해. 하지만 바로 이 눈빛 때문에 네 정체를 숨길 수가 없었지."

그가 빅토리아를 놓아주었다. 그녀는 다시 차가운 돌 위에 쓰러지며 숨을 헐떡였다.

"나한테서 숨을 수는 없다. 이제 네가 키르타슈에게 한 짓의 대가를 치르게 해주마. 하지만 먼저…… 나를 위해 작은 서비스를 하나 해줘야겠어."

"당신을 위해서는 아무 일도 하지 않을 거예요."

빅토리아가 야멸차게 대답했다. 키르타슈라는 이름을 듣자 화를 참을 수 없었다. 크리스티안이 이자의 손에서 겪었을 엄청난 고통이 떠올랐다.

"감히 그 이름을 말하다니. 당신은 그를 괴롭히고 죽이려고 했어요. 아버지로서 어떻게 그럴 수 있죠?"

그녀는 아슈란이 분노할 거라고 예상했지만, 그의 반응은 놀라웠다. 조롱하는 웃음소리가 터져나온 것이었다.

"나는 아들이 최고가 되길 원하는 아버지다. 그리고 아들이 누군가의 장단에 맞춰 춤추는 꼭두각시가 되는 것을 못 참는 아버

지이기도 하고. 키르타슈는 언젠가 이둔을 지배할 막강한 존재
다. 그런데 하마터면 네가 그 모든 걸 망칠 뻔했어. 넌 그애를 인
간의 감정 따위에 놀아나는 나약한 나부랭이로 만들었지. 정말
그 아이에게 어떤 마음이 있었던 거냐? 의심이 드는군."

빅토리아가 아랫입술을 깨물었다. 크리스티안에 대한 감정을
말할 준비가 되지 않았다. 더구나 이 사람하고는 아니었다.

아슈란이 가까이 다가와 빅토리아를 묶은 실험대 주위에 솟아
있는 네 개의 검은 돌기둥을 살펴보았다. 빅토리아는 그 돌기둥
들에 별 신경을 쓰지 않고 있었다. 사용처가 궁금했지만 알아서
좋을 게 없다고 무언가가 말하고 있었다.

그런 그녀의 생각을 읽기라도 한 듯 아슈란이 말했다.

"게르데와 내가 작은 실험을 하더라도 그렇게 아무 신경쓰지
않았으면 좋겠구나."

"실험?"

빅토리아가 반문했다.

"무슨 말이죠? 난 아무것도 하지 않을 거라고……"

그때 갑자기 척추를 타고 경련이 일었고, 빅토리아는 활처럼
휜 채 실험대 위로 들어올려졌다. 그녀는 터져나오려는 비명을
간신히 참아냈다.

"효과가 꽤 좋은데. 자, 네가 뭘 할 수 있는지 보자."

그가 실험대를 돌아 빅토리아의 시야에서 벗어났다. 빅토리아
는 그의 속셈에 불안했지만 곧 궁금증이 풀렸다.

검은 네 기둥 중 두 기둥의 꼭대기에 무언가가 쌓이고 있는 듯

했다. 어둠인가? 빅토리아는 기둥들이 그녀의 몸 위로 만들어낸 나선형의 어둠이 소용돌이치는 모습을 넋을 잃고 보았다. 그리고 얼마 후, 무언가를 흡입하는 움직임 같은 것이 느껴졌다.

숨이 가빠졌다. 도망치고 싶었다. 어둠이 그녀를 잡아당겨 무엇인지 모를 무언가를 몸속에서 빼갔다. 그랬다. 그녀의 아주 소중한 부분을. 곧 그 느낌이 무언지 알 수 있었다.

치유능력을 사용할 때의 느낌과 같았다. 에너지가 그녀를 통해 파동처럼 밖으로 흘러나갔다. 하지만 어마어마한 차이가 있었다.

빅토리아는 자신의 의지로 에너지를 건네주는 것이 아니라 폭력적이고, 거칠고, 무지막지한 방식으로 탈취당하고 있었다. 불쾌하고, 고통스럽고, 심지어 모욕감마저 들었다. 빅토리아의 치료 행위는 지극히 은밀한 것으로, 치료를 해주는 사람에게 그녀는 자기 존재의 일부를 선물처럼 건네주었다. 하지만 지금 그녀에게 가해지는 이 행위는 끔찍했다. 주고 싶지 않은 것을 잔인하게 빼앗기고 있었다. 그녀는 실험대 위에서 몸부림치며 신음을 내뱉었다. 텅 비워지는 듯 공허한 기분과 함께, 계속 이러다가는 얼마 안 가 기진맥진해 죽고 말 것 같았다.

"걱정하지 마라. 이제 오고 있다."

아슈란이 말했다.

'뭐가 온단 말이지?'

묻고 싶었지만 추출당하는 고통에 숨이 막혀 한마디도 내뱉을 수 없었다.

그러나 그게 무엇인지 금세 알게 되었다.

분수처럼 흘러나온 에너지가 그녀 안으로 들어오더니 전기콘센트에 손가락을 끼운 것처럼 그녀를 관통하며 지나갔다. 걷잡을 수 없는 급류처럼 세차고 격한 에너지였다. 짓밟히고, 학대받고, 도구처럼 사용되는 기분이 들었다. 그녀는 비명을 질렀다. 고통스러웠다. 하지만 더 가혹한 것은 그녀로 하여금 무방비 상태로 박해받고 있다는 수치심을 느끼게 하는 것이었다. 이 상황을 멈추고 싶었다. 에너지를 전달하고 싶지 않았지만 그녀가 어떻게 해볼 수 있는 상황이 아니었다. 에너지는 자유롭게 건네주어야 하는 것이지 이렇게 강탈당할 수는 없는 것이었다.

"멈춰!"

그녀는 절망적으로 소리를 질렀다.

"멈추란 말야!"

옆에 서 있는 키르타슈를 발견한 그녀는 불현듯 입을 다물었다. 그의 눈에서 동정이나 어떤 감정을 찾아보려 했지만, 그녀가 발견한 것은 새로운 과학실험을 관찰하는 자의 작은 호기심뿐이었다.

"크리스티안."

빅토리아가 속삭였다.

별안간 에너지의 흐름이 멈추었고, 빅토리아는 축 늘어진 채 실험대 위로 툭 떨어졌다.

"모든 능력을 쓰고 있진 않군요."

키르타슈가 말했다.

"추출기를 단 두 개만 사용했기 때문이지."

아슈란이 대답했다.

"이 장비가 얼마나 많은 에너지를 뽑아낼 수 있는지 보고 싶으냐?"

키르타슈의 눈에 호기심이 떠올랐다.

"한번 해볼까요?"

"게르데."

네크로맨서가 요정을 불렀다.

요정이 미소를 지으며 키르타슈의 옆을 스쳐 지나갔다. 그녀는 발뒤꿈치를 들고 서서 키르타슈의 귀에 뭐라고 속삭이더니 손가락으로 그의 팔을 쓰다듬었다. 키르타슈는 미소를 지으며 짧지만 강렬한 입맞춤으로 요정의 밀어에 화답했다. 키르타슈와 입을 맞추는 동안 요정은 곁눈질로 빅토리아에게 시선을 던졌다. 빅토리아는 이 모든 장면을 놓치지 않고 보았다. 눈물을 참으려고 눈을 깜박였다. 키르타슈는 게르데에게 아무 감정도 없고, 단지 즐길 뿐이야……

그녀는 게르데에게 눈길을 주며, 자신의 시선에 경멸과 무시가 뚜렷하게 실려 있기를 바랐다. 그러나 게르데 옆에 바짝 붙어 있는 키르타슈가 빅토리아를 돌아보자, 황급히 고개를 돌려버렸다. 그의 냉담함에 상처를 입고 싶진 않았다. 차라리 그에게 미움과 무시를 받는 편이 나을 것이다. 키르타슈의 마음속에서 완전히 사라진다는 것은 생각만으로도 말할 수 없는 고통을 안겨주었다.

게르데가 키르타슈에게서 몸을 떼고, 아직 작동시키지 않은 다른 두 기둥 사이에 자리를 잡았다. 빅토리아는 그녀의 손가락이 그 기둥 위에 올라오는 것을 보고는, 다시 어둠의 소용돌이를 느꼈다. 그러나 꼼짝도 할 수 없었다. 아무런 감각도 없었다.

에너지의 급류가 엄청난 강도로 다시 몸을 관통하자, 빅토리아는 비명도, 눈물도 참을 수가 없었다. 그러나 조용히 그녀를 지켜보는 키르타슈에게 우는 모습을 보이고 싶지 않아 얼굴을 돌렸다.

고통도 모욕도 참을 수 있었지만 아무런 감정도 없이 비정하게 그녀를 바라보는 그 눈빛 만큼은 참을 수가 없었다.

빅토리아의 빛

"분명히 우리가 할 수 있는 일이 있을 거예요."

잭이 끊임없이 알산을 설득하고 있었다.

"이미 설명했잖아. 우린 이둔으로 돌아갈 수 없어. 네크로맨서가 차원의 문을 통제하고 있으니까. 그러니 일단 좀 앉아봐. 나까지 안절부절못하겠잖아."

"그래도 틀림없이 할 수 있는 일이 있을 거예요!"

잭이 끝까지 고집을 굽히지 않았다.

"잭, 그저 기다리는 수밖에 없단다."

알레그라가 다소 힘겹게 말했다.

"누군가 그애를 다시 데려오기를 기다리는 수밖에."

"할머니, 아무도 그녀를 데려오지 못해요. 무슨 말씀인지 도통 모르겠어요."

"앉아보렴, 설명해주마, 알았지?"

잭은 소파에 털썩 앉아 알레드라에게 시선을 고정했다. 그녀는 본인의 마법으로 자가 치료를 하고 있었다. 하지만 그 과정은 더뎠고, 기운을 회복하는 데 상당한 시간이 걸릴 것이 분명했다. 그런데도 그녀는 방에 들어가 쉬려 하지 않았다. 저항군은 위급한 상황이고, 해결책이 필요했다. 알레그라가 설명을 시작했다.

"우리에게 빅토리아를 되찾을 유일한 희망이 있는 건 그애가 아직 살아 있기 때문이란다."

"그걸 어떻게 알죠?"

잭이 고통을 삼키며 물었다.

"산 채로 데려가지 않았니, 잭. 그들이 그애를 다른 목적으로 이용하려 한다는 뜻이야. 그게 뭔지는 나도 모르겠지만 말이다. 그게 무슨 일이든 간에 키르타슈의 생각이라는 데는 의심의 여지가 없다."

"무슨 말씀인지 여전히 모르겠어요."

알렉산더가 인상을 쓰며 끼어들었다.

알레그라가 고개를 저었다.

"아슈란의 유일한 관심사는 빅토리아의 목숨이다, 알렉산더. 이둔에서의 그의 절대 권력을 가로막는 유일한 방해물이 빅토리아니까. 그애를 제거하지 않고 다른 일에 이용하겠다고는 단 한순간도 생각하지 않았을 거야. 빅토리아를 산 채로 납치한다는 건 다른 사람의 아이디어가 틀림없어. 난 그게 키르타슈일 거라고 생각한단다. 그리고 그게 사실이라면…… 키르타슈의 마음 한편에서는 아직도 그애를 지키고 싶어한다는 뜻일 수도 있지."

"하지만 빅토리아가 왜 그렇게 중요하죠?"

혼란스러워진 잭이 물었다.

알레그라가 두 사람을 보며 한없이 슬픈 듯한, 그러면서도 무한한 애정이 담긴 미소를 지었다.

"왜냐하면, 잭, 빅토리아가 예언의 유니콘이기 때문이란다. 신탁에서 말하는, 네크로맨서를 파멸시킬 그 유니콘 말이다."

무거운 침묵이 엄습했다. 잭과 알렉산더는 머리를 무거운 돌덩이로 맞은 듯 엄청난 충격에서 벗어나지 못했다.

"뭐라고요?"

마침내 알렉산더의 입에서 불쑥 튀어나온 말이었다.

"빅토리아가 유니콘이라고요? 그럴 리가!"

잭은 숨을 제대로 쉴 수가 없었다. 알레그라의 말을 수긍하기 힘들었지만, 일단 이해하고 나자 퍼즐의 조각들이 맞춰지기 시작했다.

"그애가…… 루나리스라니!"

감동한 잭이 중얼거렸다.

"당연해, 그래야…… 모든 게 설명돼요."

"뭐가? 난 여전히 이해할 수 없어."

알렉산더가 중얼거렸다.

잭이 고개를 가로저었다.

"그 빛…… 빅토리아의 눈에서 반짝이던 빛 말이에요. 그건 마법의 빛이에요. 그런 빛은 한 번도 본 적이 없어요. 나는 그게 단지 내가……"

감정이 격해져 말을 계속할 수가 없었다.

"하지만 아니에요. 사실이 그랬던 거예요. 내가 그렇게 봤기 때문이 아니라, 정말로 그랬던 거예요."

"그래, 빅토리아의 빛……"

알레그라가 동의했다.

"유니콘은 자신의 몸이 아닌 다른 몸 안에 숨을 수는 있지만 언제나 눈빛 때문에 정체를 들키고 말지. 평범한 인간들은 유니콘의 빛을 알아보지 못하는 장님들인 셈이야. 우리 요정은 그걸 감지할 수 있지만."

그녀는 잠시 말을 쉬었다.

"그리고 키르타슈와 같은 생물들에게도 그런 능력이 있지. 그애는 빅토리아의 눈을 처음 본 순간부터 알았을 거야."

"하지만 그건 말이 안 돼요."

알렉산더가 터무니없다는 듯 말했다.

"놈은 말 그대로 얀드라크와 루나리스를 죽이려고 이 세상에 온 거라고요. 유니콘의 생명을 살려두거나, 심지어 구하려는 생각이었을 리 없어요."

알레그라가 작은 목소리로 말했다.

"사실 키르타슈도 알고 있었던 거야. 빅토리아를 죽이는 일이야말로 자신이 저지를 수 있는 가장 큰 죄악이라는 것을…… 왜냐하면, 그애가 마지막이니까. 그애는 최후의 유니콘이야. 그애가 죽으면, 이둔의 마법도 사라지는 거란다. 하지만 셰크들과는 상관없는 일이지. 셰크들은 유니콘에게서 힘을 얻는 게 아니라

스스로의 의식에서 얻으니까. 그리고 그들은 열등하다고 여기는 다른 종족보다 스스로 우월하다고 생각하니까. 아슈란 역시 다른 힘의 근원을 가진 건 아닌지 의심스럽단다.

하지만 우리 세계는 유니콘이 전멸하면 절대로 다시 회복할 수 없단다. 아무리 키르타슈 같은 셰크라 해도, 한 종족을 멸종시킨 책임은 지고 싶어하지 않을 거야."

잭이 지쳐 두 손으로 얼굴을 감쌌다.

"그래서 지팡이가 루나리스를 찾을 수 없었군요. 이미 같이 있었으니까."

"바로 그거란다, 지팡이……"

알레그라가 고개를 끄덕였다.

"오로지 준마법사와 유니콘만이 사용할 수 있지. 어쨌든 지팡이를 만든 존재들이니까. 빅토리아의 마법은 쓰기 위해서가 아니라 건네주기 위해 존재한단다. 그애를 통해 흐르고, 지금은 치유 능력으로만 나타나 있지만 앞으로는 더 막강해져 다른 사람들에게 전수될 수 있는 마법 말이다."

"……더 많은 마법사에게 능력을 부여해준다고요?"

알렉산더가 낮은 소리로 묻자 알레그라는 고개를 끄덕였다.

"바로 그것 때문에 빅토리아는 마법에 별 진전을 보이지 못했던 거야. 그애는 전달자이고 다리의 역할을 할 뿐, 수용자가 아니니까. 그래서 지팡이가 손에 들어오기 전까지 자신의 능력을 사용할 수도 없었던 거란다. 그 물건이 에너지를 잃어버리지 않도록 그애 안의 에너지를 모으는 역할을 하는 거지."

"하지만 어떻게…… 어떻게 그게 가능하죠?"

알렉산더가 여전히 어리둥절해하며 물었다.

"빅토리아는 지구에서 태어났는데……"

"십오 년 전에 말이지, 알렉산더."

알레그라가 그의 말에 보충을 했다.

"루나리스가 차원의 문을 넘었을 때야. 샤일과 자네는 그 일이 있고 십 년 후에 지구에 도착한 거고. 그래서 빅토리아가 자네들이 찾고 있던 유니콘이라고는 의심조차 하지 않았지. 왜냐하면 그애가 자네들과 만났을 때는 이미 십 년 동안 이곳에 살고 있었지만, 자네들은 루나리스가 그때 막 차원의 문을 넘었다고 생각하고 있었으니까. 빅토리아는 루나리스로 태어난 거야. 유니콘들은 마법을 사용하지 않아. 그러니 루나리스도 주문을 써서 위장할 수는 없었겠지. 그리고 지구에는 유니콘이 없어. 그러니 살아남기 위해서는 루나리스의 본질이 인간의 몸으로 다시 태어나야만 했어. 정확히 말해 빅토리아의 몸으로. 둘은 같은 존재지, 하지만 또 두 개의 본질이 그 안에서 함께 살고 있는 셈이고."

"그러니까, 그애가 키르타슈와 같은…… 하이브리드란 말이에요?"

"어느 정도는 그렇지. 하지만 이틀 전까지는 유니콘이라기보다는 인간에 가까웠지. 하지만 이제…… 그애가 깨어난 거야."

"눈빛이 더 강렬해졌어요. 금방 알아챌 수 있었어요."

잭이 고개를 끄덕이며 중얼거렸다.

"나도 그렇단다, 애야."

알레그라가 미소를 지으며 덧붙였다.

"그애가 크리스티안과 마지막으로 만났을 때, 반지를 건네받고 그 이상의 무언가도 받았다고 생각했지. 그리고 그것이 그애 안에서 잠자고 있던 유니콘을 깨운 거야. 바로 그때 게르데가 두 사람의 모습을 보고 네크로맨서에게 고해바친 것이 아닌가 싶어."

"게르데라고요?"

"게르데가 틀림없다, 잭. 나와 같은 요정이지. 빅토리아를 보자마자 루나리스를 알아본 거야…… 내가 칠 년 전에 그랬던 것처럼. 그리고 아슈란에게 그의 아들이 이 사실을 오랫동안 비밀로 숨겨왔다고 알린 거지."

잭이 손으로 얼굴을 감싸며 중얼거렸다.

"빅토리아가 특별하다는 건 알았어, 알고 있었다고요. 진작 알아챘어야 했는데……"

알레그라가 다정한 눈길로 잭을 보더니 무슨 말인가 하려고 입을 열었지만 이내 생각을 바꾼 듯 침묵을 지켰다. 알려줄 게 너무 많았다. 게다가 잭은 본인에 대한 진실을 알기 전에 그것을 받아들일 준비부터 할 필요가 있었다.

"이제 이해했는지?"

알레그라는 두 사람을 둘러보았다.

"아슈란이 빅토리아를 데리고 있어. 최후의 유니콘인 루나리스를 데리고 있다는 말이지. 그애가 죽으면 예언은 이루어질 수 없고, 네크로맨서는 승리하겠지. 아슈란과 그의 동맹자들에게 빅토리아의 죽음은 생사를 걸 정도로 중요한 일이야. 그렇지만 키르타슈는 오늘 밤 빅토리아를 죽이고 그 위협을 제거할 수도 있었지만 그렇게 하지 않았어. 빅토리아의 목숨이 잠시라도 더 붙어 있도록 아슈란을 설득한 거야."

"알았어요. 그래서 할머니 생각은 어쩌면 키르타슈의 마음속에……"

"……그의 마음속에 빅토리아의 빛이 아직도 빛나고 있는 거야, 잭. 나는 그 가능성에만 매달릴 뿐이란다."

알레그라가 강렬한 눈빛으로 두 사람을 보며 덧붙였다.

"그게 우리에게 남은 유일한 희망이니까."

기진맥진한 빅토리아는 천천히 눈을 떴다. 이미 밤은 깊어 있었다. 아슈란과 게르데는 조금 전에 모두 나가버린 후였다. 그녀는 여전히 실험대에 묶여 있었다. 그녀의 기력이 바닥나 기절하자, 아슈란은 나중을 기약하며 일단 실험을 중지하기로 했다. 지금 그녀가 있는 차가운 방 안에는 세 개의 달 중 하나의 달빛이 가득했다. 크고 새하얀 달. 빅토리아는 가장 큰 달인 에레아일 거라고 생각했다. 샤일이 말해준 적이 있었다. 전설에 따르면 에레아는 신들의 거처였다. 빅토리아는 고개를 돌려 달의 부드러운 광채를 응시하며 정말로 그곳에 여섯 신들이 살고 있을까 생각했다. 빛나는 여신 이리알, 막강한 신 알둔, 수수께끼 같은 여신 넬리암, 신비한 신 요하비르, 변덕쟁이 여신 위나, 지혜로운 신 카레반…… 빅토리아는 엷은 미소를 지으며 샤일이 오래전에 가르

346

쳐준 이름들을 되뇌었다. 이리알, 알둔, 넬리암, 요하비르, 위나, 카레반. 그때는 이둔과 마찬가지로 그저 이름에 지나지 않았을, 추상적인 개념들이었던 그들. 하지만 지금 이둔은 실재하는 세계였고, 전설 속의 신들 또한 실재일지 몰랐다.

뒤에 누가 있다는 느낌이 들었다. 아주 작은 소리조차 들리지 않았지만 알 수 있었다.

"뭘 원해?"

그녀가 돌아보지도 않은 채 말했다.

"대화."

키르타슈가 순순히 대답했다.

"내가 너와 말하고 싶지 않다면 어쩔 건데?"

"네가 선택할 수 있는 상황이 아닐 텐데, 빅토리아."

"그래, 아닌 거 같네."

빅토리아는 한숨을 쉬었다. 팔이 저려와 좀더 편한 자세를 취하려고 실험대 위에서 몸을 뒤척였지만 편치가 않았다.

키르타슈가 곁에 앉자 에레아 달빛이 그의 얼굴을 적셨다. 빅토리아는 고개를 돌려 자신을 바라보는 키르타슈를 쳐다보았다. 무슨 말이든 하길 기다렸지만 그는 입을 꾹 다물고 있었다.

"뭘 보고 있는 거야?"

"너. 아름다워."

빅토리아가 괴로운 듯 고개를 돌렸다. 키르타슈는 여자가 아닌 마치 중국 도자기에 대해 얘기하는 투로 말하고 있었다. 하지만 빅토리아는 이제 다툴 힘도, 화낼 힘도 없었다. 그녀는 잠깐 사이

를 두고 작은 소리로 말했다.

"키르타슈…… 지금 나한테 무슨 짓을 하고 있는 거야?"

"이 탑의 에너지를 쇄신하는 거야. 이 주문으로 알리스 리스반의 마법을 추출해 너를 통해 흐르게 하는 거지. 그리고 이 기둥들에 그 에너지들을 모아두는 거야."

키르타슈가 실험대 주위에 있는 네 개의 기둥을 가리켰다. 네 꼭대기는 계속 진동하고 있었다.

"그리고 탑 전체로 전달하여 그 힘의 막으로 탑을 둘러싸는 거지. 알아채지 못했니? 이 탑이 이전처럼 싸늘하게 죽어 있지 않다는 걸 못 느끼는 거야?"

빅토리아가 고개를 옆으로 돌리고 눈을 가늘게 떴다. 사실이었다. 수백 개의 돌에서 에너지가 스며나와 탑 전체가 거의 알아챌 수 없을 정도로 고동치고 있다는 걸 분명히 느낄 수 있었다.

"이해할 수 없어. 내가 이 일을 했다고? 그럴 리가."

"스스로를 과소평가하는군, 빅토리아. 네 안엔 네가 아는 것보다 훨씬 더 많은 것이 들어 있어."

"그런데…… 왜 나야?"

"이 세상에서 알리스 리스반의 에너지를 추출할 수 있는 유일한 존재이니까. 너와 같은 존재는 이제 남아 있지 않아. 네 종족 최후의 생존자거든."

"모르겠어…… 네가 무슨 말을 하는 건지."

키르타슈가 설명해주기를 기다렸지만 그는 더이상 설명하지 않았다. 빅토리아는 참지 못하고 먼저 침묵을 깨뜨렸다.

"그 이유가 아니지, 그렇지?"

빅토리아가 눈물이 그렁그렁한 눈으로 중얼거렸다.

"내게 벌주려는 거야. 널 혼자 내버려뒀으니까."

키르타슈가 싸늘하게 미소를 지었다.

"무슨 근거로 내가 복수하고 싶을 정도로 널 소중하게 여긴다고 생각하는 거지?"

빅토리아가 고개를 돌리고 눈을 감았다.

"난 절대로 반지를 빼지 말았어야 했어. 그때 널 영원히 잃어버린 거야. 내가 나 자신을 용서할 수 없는 것은…… 널 저버렸기 때문이야. 네가 이러는 것도 당연해. 넌 모든 걸 주었는데, 난 널 실망시켰어. 게르데 말이 맞아, 난 네게 어울리지 않아."

"빅토리아, 넌 모든 면에서 게르데보다 훨씬 더 뛰어나."

그러나 따뜻함도 애정도 담겨 있지 않은, 수학 공식을 설명하는 사람처럼 무덤덤한 목소리였다.

"지금의 이대로가 바로 너고, 나는 다른 누구도 아닌 널 존중해. 그래서 지금 이렇게 너와 말하고 있는 거고. 만일 네가 평범한 인간이거나 게르데 같은 요정이었다면, 이렇게 너한테 시간을 허비하지는 않았을 거야."

"아무리 그래도 넌 나를 죽일 거잖아."

키르타슈가 어깨를 으쓱했다.

"인생이 그렇지 뭐."

"네가 지금 여기서 뭘 하는지 아직도 이해가 안 돼."

"너에 대해 배울 수 있는 마지막 시간을 활용하고 있는 거지.

이미 말했듯 넌 두 세계에서 유일한 존재이고, 이런 기회는 다시 없을 거니까."

"뭘 배우고 싶다는 거야?"

키르타슈가 대답 없이 빅토리아의 얼굴로 손을 가져가자, 이마에서 별 모양의 빛이 부드럽게 새어나와 셰크의 얼굴을 비추었다. 그는 손을 뗐고, 그러자 빅토리아의 이마에 있던 별빛은 희미해졌다.

"이제 깨어났구나."

키르타슈가 부드러운 표정으로 살펴보고는, 다시 손을 들어 빅토리아의 뺨을 어루만졌다.

"네 눈의 빛…… 어디서 나오는 건지 알고 싶었어."

빅토리아는 눈빛을 통해 자신이 느끼는 모든 감정을 전하고 싶었다. 하지만 키르타슈의 눈에는 애정이 아닌 단순한 호기심만 깃들어 있을 뿐이었다.

빅토리아가 말했다.

"예전으로 돌아갈 수만 있다면…… 내가 반지를 빼지 않았더라면. 널 되찾기 위해, 또다른 기회를 가질 수 있다면 무슨 일이든 할 거야……"

키르타슈는 고개를 가로저었다.

"빅토리아, 그런 식으로 자책해도 소용없어. 부질없는 짓이야. 난 셰크이고 너한테 아무 감정도 느낄 수 없어."

"최소한 용서한다는 말이라도 해줘. 부탁이야, 날 원망하지 않는다고 말해줘. 그럼 날 죽여도 좋아, 하지만……"

"원망 같은 건 없어. 아무런 감정도 느끼지 않는다고 이미 말했잖아."

"그럼, 왜 내가 널 좋아하는 걸 말리지 않은 거야?"

키르타슈가 생각에 잠겨 빅토리아를 바라보았다. 그러다가 문을 향해 돌아섰다. 그때 아슈란이 도착했다.

네크로맨서는 어둡고 위협적인 모습으로 복도에서 들어오는 빛을 가로막고 서서 무표정하게 키르타슈를 바라보았다.

"키르타슈."

목소리에서 분노를 억누르고 있다는 것이 느껴졌다. 빅토리아는 전율했다.

"뭐 하고 있는 거냐?"

"저는 단지……"

그는 당황하며 인상을 찡그렸다.

"말 안 해도 알겠다."

아슈란이 아들의 말을 잘랐다.

"거기서 떨어져라. 네가 그애와 가까이 있는 모습을 다시 보고 싶지 않다. 더구나 단둘이서만 있는 건 도저히 못 참겠어."

"저를 믿지 못하십니까?"

"내가 믿지 못하는 건 그애다."

키르타슈가 고개를 끄덕이고 아슈란의 말에 복종하며 비켜서자 빅토리아의 심장이 옥죄어왔다. 게르데가 들어와 주문을 외우자 횃불이 켜졌다. 키르타슈가 무슨 일인지 묻는 눈길로 아버지를 쳐다보았다.

"우리를 공격하고 있다."

단지 그 말뿐이었다.

빅토리아가 간신히 물었다.

"……누가?"

그러나 아무도 빅토리아의 말에 귀를 기울이지 않았다.

"그들이 뭐든 시도할 거라고는 짐작하고 있었습니다."

키르타슈가 말했다.

"마지막 몸부림이 되겠지만 말이죠. 전혀 가망 없다는 건 그들도 잘 알고 있습니다."

"하지만 더 잃을 것 또한 없지."

아슈란이 실험대에 묶여 있는 빅토리아를 힐끗 보며 말했다.

"그들은 우리가 이애를 데리고 있다는 걸 알고, 이애가 죽으면 그들의 마지막 희망도 함께 사라진다는 걸 알고 있다."

"그런데 그들이 어떻게 알게 된 거죠?"

게르데가 화가 난 표정으로 끼어들자 키르타슈가 설명했다.

"지금 우리가 드락웬 탑의 힘을 소생시키는 중이잖아. 그 정도라면 그들도 어렵지 않게 감지할 수 있을 거야."

"너는 수비대를 구성해라, 키르타슈."

아슈란이 명령했다.

"게르데와 나는 탑 주위의 방어막을 강화하겠다."

그러자 게르데가 지적하고 나섰다.

"그러려면 훨씬 더 많은 에너지가 필요해요. 이애가 견뎌내지 못하면 어떡하죠?"

아슈란의 은빛 눈동자가 빅토리아를 노려보았다.

"죽게 되겠지. 하지만 그거야말로 우리가 처음부터 바라던 바였다."

게르데가 미소를 짓고는 실험대로 향했다. 빅토리아는 이제 곧 무슨 일이 벌어질지 짐작할 수 있었다.

"안 돼!"

그녀는 몸부림을 치며 소리 질렀지만 사슬만 피부 깊숙이 더 파고들 뿐이었다.

"내게 또다시 이런 짓을 할 수는 없어……! 그렇게 하도록 놔두지 않을 거야!"

키르타슈를 부르려 했지만 그는 뒤도 돌아보지 않고 나갔다. 하지만 빅토리아는 머릿속에서 그의 목소리를 들을 수 있었다.

'더 힘을 내야 해, 빅토리아. 이번에는 네 몸이 견디지 못할 지도 몰라. 하지만 잭을 생각해. 네게 힘을 줄 거야.'

빅토리아가 놀라 돌아보았지만 셰크는 이미 떠나고 없었다. 그러나 마지막 메시지가 다시 전해져왔다.

'유감이야……'

키르타슈의 생각이 머릿속 저 멀리서 들릴 듯 말 듯한 속삭임처럼 전해졌다. 빅토리아는 그의 말을 놓치지 않으려고 정신을 집중했다. 키르타슈는 마지막으로 한마디 덧붙였다.

'넌 아름다워.'

빅토리아는 조금 더 기다려보았지만 목소리는 더 들려오지 않았다. 바로 그때, 기둥들이 더 세게 진동하며 익히 알고 있는 어둠의 소용돌이를 일으켰다. 빅토리아는 고통과 공포로 내심 움츠러들었지만 게르데와 아슈란 앞에서 굴욕적인 모습을 보여 그들에게 만족을 주고 싶지 않았다. 그녀는 저항의 의지를 가득 실어 두 눈을 부릅떴다. 게르데가 매력적인 미소를 지어 보이며 빅토리아 옆으로 와 기둥에 두 손을 묶었다. 아슈란은 게르데 뒤로 보이는 두 기둥 사이에 서 있었다.

장비는 즉시 빅토리아를 통해 에너지를 빨아들이기 시작했다. 빅토리아는 자신을 꿰뚫는 에너지의 흐름을 멈추고 싶었지만 거침없이 쏟아지는 폭포 아래 서 있는 듯 어찌 해볼 도리가 없었다.

그녀는 이를 악물고 키르타슈의 말대로 잭을 생각했다. 그의 부드러운 초록빛 눈, 따뜻한 미소, 기운을 북돋우는 포옹, 기타를 연주하며 발라드를 불러주던 다정한 모습. 머리칼의 감촉, 첫 키스, 불과 몇 시간 전이지만 그의 곁에서 잠을 깰 때의 그 기분 좋은 느낌, 바로 곁에서 잠들어 있던 잭의 모습. 그러자 놀랍게도 효과가 있었다. 그녀의 얼굴에 그리움이 담긴 아련한 미소가 떠오른 것이다. 그를 다시 볼 수 있을까. 죽기 전에 잭에게 이런 나의 마음을 말할 수만 있다면 얼마나 좋을까.

"잭……"

빅토리아가 나지막이 속삭였다. 그러는 동안 네크로맨서는 다시 한번 빅토리아를 이용해 알리스 리스반의 마법을 마지막 한 방울까지 추출해냈다.

빅토리아의 이마에 있는 별이 새벽 여명과 함께 더욱 순수하고 강렬하게 빛났다. 비록 그녀 자신은 의식하지 못했지만.

잭이 버드나무 기둥을 쓰다듬었다.

"바로 이곳에서 기다리겠다고 말했는데······"

빅토리아가 들을 수 없다는 걸 알면서도 그는 속삭였다.

"널 기다리겠다고······ 바로 여기서······"

그는 빅토리아와 함께할 때 앉던 나무뿌리 위에 절망적인 마음으로 털썩 주저앉았다. 림바드의 부드러운 밤조차 그의 고통을 누그러뜨리지는 못했다.

세 사람은 알레그라 덕분에 경계의 집으로 돌아왔다. 알마는 알레그라와 처음 접촉하는데도 그녀를 동맹자로 인정하고 잭과 알렉산더와 함께 자신의 영토 안으로 받아들였다. 이런 상황에서는 림바드로 돌아오는 것이 최선이었다. 빅토리아가 돌아온다면 가장 먼저 올 곳이 림바드일 테니까.

잭은 우리에 갇힌 호랑이처럼 온 집 안을 어슬렁거리다 결국 숲으로 산책을 나왔다. 하지만 어디를 가나 빅토리아가 떠올랐고, 특히 이 버드나무를 보니 그리움은 더해갔다. 마침내 친구가 왜 이곳에서 수많은 밤을 보냈는지를 이해하게 된 그의 두 눈에 눈물이 고였다. 그녀는 유니콘, 즉 전달자였다. 에너지가 그녀를 통해 흘렀고, 시간이 지나면서 에너지가 바닥나 배터리를 충전하듯 스스로를 충전해야 했다. 이곳에는 사방이 벽으로 막힌 집 안보다 더 많은 생명이 숨쉬고 있었다. 잭은 이곳 버드나무 발치에 몸을 웅크리고 있던 빅토리아와, 그녀가 마음을 털어놓던 그날 밤을 떠올렸다. 그때 그녀는 스스로의 빛으로 빛나고 있었다.

빅토리아가 유니콘이라는 것을 알게 된 지금 잭은 그녀와 키르타슈와의 관계를 더 잘 이해하게 되었다. 평범하기 짝이 없는 인간들이 살고 있는 이 세상에서 둘은 예외적인 존재였다. 잭은 의아했다. 그녀가 왜 평범하기 이를 데 없는 자신을 좋아하는지. 빅토리아가 자신이 누구인지를 깨닫게 된다면, 두 번 다시 그를 거들떠보지 않을 것이다.

그렇다고 빅토리아를 향한 마음을 접을 수도 없었고, 그녀의 부재로 인한 괴로움을 떨쳐버릴 수도 없었다. 지금 이 순간에는 이둔도, 저항군도, 예언도 중요하지 않았다. 빅토리아를 영원히 잃게 되더라도 무사히 돌아오기만을, 알레그라의 확신대로 키르타슈가 마음속으로는 빅토리아를 지켜주고 있기를 간절히 바랐다.

'그녀를 포기할 수도 있어. 키르타슈가 빅토리아를 우리에게 돌려보내준다면…… 그녀가 키르타슈와 함께하더라도 나는 괜찮아. 두 사람 사이에 끼어들지 않을 거야. 빅토리아의 모습을 다시 볼 수 있으면 그걸로 돼.'

버드나무에 기대어 하늘의 별을 올려다보았다. 잠시 끔찍한 고통이 느껴졌다. 어디선가 빅토리아에게 아주 안 좋은 일이 일어나고 있다는 무서운 직감이 들었다. 그녀에게 갈 수 없으니 도와줄 수도 없었다. 절망적이고, 끔찍한 일이었다. 그는 어둠을 응시하며 눈물을 훔쳤다.

알렉산더가 커튼처럼 드리워진 버드나무 가지를 걷어올렸다.

"좀 자야 되지 않겠어? 몹시 지쳤을 텐데."

잭은 알렉산더 쪽을 돌아보았다.

"잠이 올까요? 그녀에게 안 좋은 일이 일어나고 있어요. 나는 알 수 있어요. 그런데도 아무것도 할 수 없어요."

"빌어먹을, 나도 자신이 너무 무력하게 느껴진다. 그 오랜 세월 동안 예언의 유니콘을 찾아 헤맸는데, 결국 이렇게 우리 곁에 함께 있었으면서도 놓치고 말았으니…… 이 전쟁에서 이길 수 있는 우리의 마지막 희망을……"

잭이 알렉산더를 향해 돌아섰다. 그의 초록빛 눈은 분노로 빛나고 있었다.

"온통 그것만 중요하죠? 그놈의 전쟁과 예언!"

알렉산더가 잭을 보며 천천히 말했다.

"물론 아니야. 하지만 난 그애를 루나리스라고, 유니콘이라고 생각해야 해. 그래야 그나마 조금이라도 침착할 수 있으니까. 만일 그애를 빅토리아라고, 우리의 작고 용감한 빅토리아라고 생각한다면 화가 나서 미쳐버릴 테니까."

잭이 고개를 떨어뜨리며 목에 걸려 있는 목걸이를 만지작거렸다. 빅토리아와 처음 알게 된 날, 그녀가 준 부적이 걸린 목걸이였다.

"무슨 말인지 알겠어요."

그가 목소리를 낮춰 말했다.

"이제야 빅토리아의 심정을 이해하겠어요. 그자들이 키르타슈를 고문하는 걸 알면서도 아무것도 할 수 없었던 그녀의 심정을……"

잭은 자신의 감정을 주체하지 못하고 두 손으로 얼굴을 감쌌다.

"이 모든 일이 벌어진 지금도 키르타슈가 그녀를 배신했다고는 믿을 수가 없어요."

"우리는 키르타슈가 셰크라는 걸 알고 있었잖아. 알레그라의 말로는 아슈란이 키르타슈를 조종하고 있다고는 하지만, 키르타슈가 어느 정도까지 인간인지는 나도 모르겠다. 제기랄……"

알렉산더가 이를 악물며 덧붙였다.

"샤일이 같이 있었다면 이런 일은 일어나지 않았을지도 모르지. 샤일은 빅토리아를 아주 잘 알고 이해했으니까 그애를 도와주기 위해 뭘 해야 하는지도 알았을 텐데……"

"알렉산더."

잠시 침묵이 흐른 후 잭이 입을 열었다.

"샤일은 빅토리아가 유니콘이라는 사실을 알고 있었을까요?"

알렉산더가 곰곰이 생각하더니 고개를 가로저었다.

"아니, 그렇지는 않았을 거야. 하지만 루나리스를 숭배했지. 그러니 루나리스와 관련이 있는 빅토리아에게 특별한 애정을 지니고 있었을 거야."

"무의식적으로 알고 있었을지도 모르고요. 어쩌면 그래서 이년 전에 빅토리아를 구하기 위해 목숨을 버린 건지도 몰라요."

"그럴지도. 마법사들은 유니콘을 본 사람은 절대로 잊을 수 없다고 입버릇처럼 말하니까. 분명 경이로운 존재임이 틀림없어."

"모든 유니콘이 빅토리아와 같다면, 분명 그럴 거예요."

그때 어떤 생각이 잭의 머릿속을 스치고 지나갔다.

"키르타슈가 어렸을 때 유니콘을 본 적이 있다고 빅토리아에게 말했대요. 그가 그 사실을 기억하고 있을까요?"

"빅토리아의 안전을 위해 그렇기를 바라야지."

잭은 다시 고통에 사로잡히자 우는 모습을 보이지 않으려고 급히 고개를 돌렸다. 하지만 그가 어깨를 들썩였기 때문에 알렉산더는 곧 알아챘다. 그는 잭의 어깨에 팔을 두르며 위로를 했다.

"강해져야 해. 믿음을 가져."

"믿음? 무엇에 대해서요? 누구에 대해서요? 지금 내 머릿속에는 온통 다시 빅토리아의 미소와 아름다운 눈을 보고 싶고, 다시 그녀를 안고 싶고, 다시는 떠나지 못하게 하겠다는 생각뿐이라고요."

알렉산더는 잭을 바라보기만 할 뿐 아무 말도 하지 않았다.

"아무것도 하지 않고 이곳에 이렇게 앉아만 있다는 게 견딜 수가 없어요. 기다리고만 있기가 힘들어요. 소리라도 지르고, 누구라도 때리고, 뭐라도 부수고 싶다고요. 그래서 여기 있는 거예요. 집에 들어가면, 처음으로 만나는 사람한테 덤벼들 것 같아서요."

알렉산더는 잠시 잭을 바라보더니 벌떡 일어나 가느다랗고 기다란 물건을 건네주었다. 잭은 희뿌연 어둠 속에서 그 물건을 알아보고는, 알렉산더가 무슨 말을 하려는지 이해했다. 잭이 고개를 끄덕이며 결심한 듯 일어섰다. 그러고는 그 물건을 들고, 숲을 지나 그의 뒤를 따라갔다.

알렉산더는 숲과 집 사이에 펼쳐져 있는 공터에서 발걸음을 멈췄다.

"방어 자세."

그는 가져온 검을 빼들며 말했다.

연습용 검이 아니었다. 무적의 숨라리스였다. 잭이 꺼내든 강철 검 역시 다른 어느 것도 아닌 도미바트, 불의 검이었다.

"준비."

잭이 무기를 치켜들며 낮은 소리로 말했다.

알렉산더가 먼저 공격하고 잭이 방어했다. 두 강철 검이 부딪치자 그 거센 충돌에 밤공기가 진동했다. 두 사람 모두 몇 걸음 뒤로 물러섰지만 잭은 곧바로 다시 공격해왔다.

전설의 검을 들고 싸우고는 있지만, 단지 연습일 뿐이라는 사실을 알고 있었기에 처음에는 감정을 자제했다. 그런데 조금씩 빅토리아의 상실로 인해 느껴지는 고통과 무력감이 도미바트를 통해 풀려나가고 있었다. 거의 알아챌 사이도 없이 점점 힘이 가해지고 분노가 더해지더니, 알렉산더를 향해 필사적으로 최후의 일격을 가할 즈음에는 눈물이 글썽였다. 그는 빅토리아의 이름을 부르며 자신의 에너지가 검을 통해 흐르도록 그냥 내버려두었다.

하지만 숨라리스는 바위처럼 단단했다. 그 검은 이미 기다리고 있었다는 듯 도미바트의 공격을 완벽하게 받아냈다. 두 검이 거세게 부딪치면서 두 사람은 뒤로 물러섰다. 잭이 풀밭 위에 주저앉아, 정신을 차리려고 고개를 흔들었다.

조금 떨어진 곳에서 알렉산더가 무릎을 꿇고 지친 숨을 몰아쉬고 있었다. 그 역시 내면의 분노를 풀어놓고 있었다. 그의 눈이 어둠 속에서 빛났다. 인간의 얼굴과 늑대의 모습이 뒤섞인 야수 가면을 쓰고 있는 것 같았다. 그는 송곳니를 드러내고 으르렁거렸다. 숨라리스를 잡은 손은 인간의 손이라기보다는 짐승의 앞발 같았다.

알렉산더 본인은 알아차리지 못한 듯했지만 그의 옷은 갈가리 찢어져 있었고, 피부엔 심한 화상이 나 있었다. 잭은 잠시 망설였다. 이런 상황에서 알렉산더에게 가까이 다가가는 것은 위험했다. 그러나 그는 그대로 검을 내려놓았다.

도미바트 주변 풀밭에 동그랗게 불길이 일다가 곧 꺼졌다. 잭은 숨을 헐떡이며 알렉산더에게 말했다.

"미안해요. …… 상처를 입힐 생각은 아니었어요."

긴장된 침묵이 흘렀다. 알렉산더는 낮게 으르렁거리기를 멈췄고, 눈에서 번쩍이던 빛도 사그라들어 있었다. 잭은 알렉산더가 조금씩 인간의 모습을 되찾는 모습을 지켜보았다.

"괜찮아."

알렉산더가 쉰 목소리로 말했다.

"누군가를 때려야 한다면 나를 때려."

잭이 손으로 얼굴을 감싸며 중얼거렸다.

"최악은, 뭘 어떻게 해도 빅토리아를 도와줄 수 없다는 거예요. 내가 싸워야 할 사람은 알렉산더가 아니니까."

축 늘어져 고개를 흔들던 그가 얼굴을 들었다. 눈에는 증오의 불길이 타오르고 있었다.

"다음에 키르타슈를 보면, 죽여버릴 거예요. 맹세코, 놈을 꼭 죽이고 말 거라고요."

키르타슈는 생각에 잠긴 채 드락웬 탑 총안 사이로 먼 풍경을 응시했다.

밖에서는 아슈란의 세력과 탑을 공격하는 변절자 무리 사이에 치열한 전투가 한창이었다. 이둔에서 네크로맨서의 제국에 저항하는 몇 안 되는 지역 중 하나인 카슬룬 탑의 마법사들이 이끄는 연합군이었다. 연합군에는 요정들과 인간들, 그리고 평화로운 종족임에도 이번 전쟁에 참여한 천상족까지 합세했다. 지금은 거대하고 아름다운 황금색 새들이 떼지어 하늘에서 공격을 펼치고 있었다. 키르타슈는 변절자들과 나란히 서 있는 거인들을 보고 놀랐다. 키가 삼 미터가 넘는 바위처럼 건장하고 용맹한 거인들은 북쪽의 얼어붙은 산맥에서 사는 종족으로, 고독을 사랑해 다른 종족들과 어울리지 않는 자들이었다.

그러나 연합군이 아슈란의 세력에 대항해 할 수 있는 일은 없었다. 시슈 군대는 탑을 방어했고, 셰크들은 하늘에서 맹공격을 펼치고 있었다. 천상족들이 탄 아름다운 황금 새들이 셰크들의 공격에 무기력하게 떨어졌다. 키르타슈는 탑 꼭대기에서 그 모든 움직임을 지시하고 있었다. 그는 시슈들과 텔레파시로 소통할 수 있었고, 그들은 셰크만큼 고도의 지능은 없지만 키르타슈의 명령을 포착할 수 있었다. 그들은 감히 키르타슈의 명령을 거역할 생각을 못 했다. 키르타슈는 아슈란의 아들인 동시에 평범한 인간을 넘어선 존재이며, 하늘에서 변절자들을 공격하고 있는 바로 저 막강한 생물들과 동일한 존재였다.

마법사들은 사력을 다해 탑을 공격했고, 탑은 더 잃을 것이 없는 분노에 찬 마법에 흔들렸다. 키르타슈도 그 진동을 의식하고 있었다. 그러나 빅토리아를 통해 추출한 에너지로 만든 방패 막을 절대로 뚫을 수는 없었다.

빅토리아……

키르타슈는 머릿속에서 이 이름을 떨쳐버리려 했다. 잠깐 가슴 안쪽에 경미한 고통이 느껴졌다. 무엇 때문인지는 그 자신이 아주 잘 알고 있었다. 시스카셰그, 뱀의 눈이 아직도 빅토리아의 손가락에서 반짝이고 있었다. 이 반지를 통해 키르타슈도 빅토리아가 느끼는 고통의 일부를 감지하는 것이었다. 원래 시스카셰크는 그에게 영향을 미칠 수는 없었지만, 실제로 그의 영혼에 어느 정도 영향을 주고 있었다. 그는 눈을 가늘게 떴다. 기회가 있었을 때 그 빌어먹을 반지를 강제로 뺏어야 했는데…… 아무리 시스카셰그가 원래 주인에게 돌아가려 하지 않았더라도.

키르타슈는 구불구불한 셰크의 몸이 황금 새를 향해 돌진하는 모습을 보았다. 거대한 날개 한쪽이 시야를 가렸지만 이 대결의 결과가 어떠할지는 뻔했다. 셰크에 맞설 것은 없었다. 용들만이 유일한 맞수였지만, 이제 용은 전멸하고 없었다.

한 마리를 제외하고는.

키르타슈의 눈에서 증오의 빛이 뿜어져나왔다. 빅토리아가 죽는다면 용을 무찌를 필요는 없지만, 그럼에도 키르타슈는 무슨 수를 써서라도 그럴 생각이었다.

빅토리아가 죽는다면……

마음속에서 어떤 떨림 같은 것이 느껴졌다. 그는 깨어나기 시작한 이 감정을 억누르려고 갖은 애를 썼다. 하지만 빅토리아의 괴로움과, 그녀의 생명이 서서히 꺼지고 있다는 것, 곧 그 눈의 빛이 영원히 사라지고 말 것이라는 사실이 점점 더 강하게 머릿속을 파고들었다.

황금 새 한 마리가 총안 쪽으로 가까이 다가오는 모습을 보고 키르타슈는 정신을 차렸다. 탑의 방어에 정신을 집중해야 했다. 하지만 새는 싸울 의도가 없는 듯했다. 새에 올라 탄 기수는 아슬아슬하게 셰크들을 피하며 총안 쪽으로 오고 있었다. 그리고 키르타슈는 자신이 그 목표라는 것을 깨달았다. 그는 방어 자세를 취하며 하이아스를 빼들었다.

그런데 새는 불과 몇 미터 앞 공중에서 멈추었다. 새를 타고 있는 사람이 짧은 순간 키르타슈와 눈이 마주쳤다. 얼굴을 두건으로 가리고, 단지 세 달의 달빛만이 그 모습을 비추고 있을 뿐이었지만 키르타슈는 그가 누구인지, 무엇 때문에 왔는지 즉시 알아챘다.

키르타슈의 마음속에서, 빅토리아가 괴로워하고 있었다. 빅토리아의 빛은 점점 더 약해지고 있었다.

키르타슈는 망설였다.

아슈란은 실험대에서 멀찍이 떨어졌다.

빅토리아는 자신을 통해 흐르는 에너지의 양이 현격히 줄어든 것을 느꼈다.

"누군가 탑에 들어왔다."

아슈란이 말했다.

"그럴 리가요!"

게르데가 작은 소리로 부르짖었다.

아슈란이 아들과 소통하기 위해 잠시 눈을 감았다.

"키르타슈가 응답이 없군. 침입자가 탑의 방어를 뚫을 정도라면 키르타슈에게 문제가 생긴 것 같다."

게르데는 시선을 피하며 아무 말도 하지 않았다. 키르타슈가 적들에게 통로를 열어주는 배신행위를 했을 수도 있었다. 그러나 아슈란은 자신의 통제 능력을 과신하고 있었다. 누군가 키르타슈가 그의 통제권에서 벗어났다는 암시가 담긴 말을 한마디라도 한다면, 그는 감히 군주의 힘을 의심하려 든다며 역정을 낼 것이 분명했다.

아슈란은 아무 말 없이 방에서 나왔다. 게르데는 아슈란이 키르타슈에게 무슨 일이 생겼는지 알아보러 갔다는 걸 알고는, 이제 빅토리아를 통해 알리스 리스반의 마법을 추출하는 책임이 자신에게 있음을 깨달았다. 빅토리아는 완전히 탈진한 상태라 얼마 못 가 죽을 터였다. 하지만 그때가 되면 드락웬 탑은 난공불락이 되어 있을 것이다.

그때까지는 얼마 남지 않았다. 이제 기둥 옆에 마법사가 둘이 나 있을 필요는 없었다. 그녀는 두 기둥을 붙잡고, 사악한 미소를 지었다. 일의 속도를 좀더 높인다고 더 나빠질 건 없지. 그녀는

가능한 많은 에너지를 빨아들이도록 자신이 지닌 모든 힘을 쏟아부었다. 빅토리아는 비명을 삼켰다. 그녀 안에서 무언가가 갈가리 찢어졌다. 그녀는 자신이 곧 죽으리라는 것을 예감했다.

잭의 따뜻한 초록색 눈을 보며 죽는다면 아름다운 죽음일 수도 있었지만, 그는 지금 이곳에 없었다. 빅토리아는 자신도 모르게 문 쪽을 보며 키르타슈가 돌아오길 소망했다. 최소한 그의 모습이라도 지니고 가고 싶었다. 어쨌든 그녀에게 그는 크리스티안이었고, 마음속에는 그 추억의 시간이 남아 있었다.

하지만 에너지가 다시 몸을 관통하자 더이상은 참을 수 없었다. 너무나도 강렬한 에너지였다. 눈물이 고였다. 아무리 참으려고 했지만 이번에는 어쩔 수 없었다. 결국 모든 힘이 빠져나간 사실을 깨달은 그녀는 의식을 잃기 전 마지막 순간까지 두 사람의 얼굴만 떠올렸다.

의식이 들고 그녀가 처음으로 느낀 건 엄청난 안도감과 고갈이었다.

이제 에너지는 흐르고 있지 않았다. 모두 끝났다. 하지만 빅토리아는 너무 지쳐 움직일 힘도 없었다. 손에 아주 차가운 무언가가 느껴졌다. 그녀는 겨우 기운을 짜내 눈을 떴다. 바로 곁에 있는 하이아스의 칼날을 보자 자신도 모르게 희미한 신음 소리가 흘러나왔다.

하지만 검은 빅토리아를 옴짝달싹 못하게 하는 사슬에만 닿았고, 그 순수한 얼음 칼날에 닿자 사슬은 끊어졌다.

빅토리아는 옆에서 몸을 숙이고 있는 키르타슈를 보았다. 그도 진지한 표정으로 그녀를 바라보았다. 차갑고 푸른 그의 눈은 억눌렸던 감정의 불꽃으로 빛나고 있었다.

"무슨……"

키르타슈가 고개를 가로저었다.

"널 죽게 내버려둘 순 없었어."

그는 조심스럽게 빅토리아를 들어올리고는 부드럽게 포옹했다. 빅토리아는 남은 힘을 다해 키르타슈의 목에 팔을 둘렀다.

"크리스티안……"

동맹

그는 빅토리아가 일어서게 도와주었다. 빅토리아는 몸을 떨며 그의 어깨에 기댄 채 주위를 둘러보았다.

둘만 있는 것이 아니었다. 분노와 놀라움에 뒤섞인 표정의 게르데가 하이아스를 노려보며 떨고 있었다.

"배신한 대가를 톡톡히 치르게 될 거다, 키르타슈."

마법사가 두 사람을 보며 속삭였다.

크리스티안은 게르데에게 짧은 시선을 던질 뿐 아무 말도 하지 않고 빅토리아를 부축해 문까지 갔다.

그 뒤에 이어진 순간들은 빅토리아에게 그저 혼란스럽기만 했다. 크리스티안의 뜻밖의 반란에 탑 안에 있는 이들이 미처 대비하지 못한 모양이었다. 복도에서 시슈 몇몇과 마법사 둘을 마주치자 크리스티안은 빅토리아를 돌 벽에 기대서게 하고, 하이아스로 그들과 대결을 벌였다.

빅토리아는 크리스티안을 도와주고 싶었지만 할 수 있는 게 아무것도 없었다. 빅토리아의 마법은 아이셸의 지팡이 없이는 소용이 없었고, 지팡이는 할머니의 집에 있었다. 무엇보다 싸우기엔 그녀가 너무 약해져 있었다. 아무것도 못하고 있다는 것이 싫었지만, 크리스티안이 상대를 재빨리, 확실하게, 치명적으로 무찌르는 모습을 지켜보는 수밖에 없었다.

크리스티안이 생각을 바꾼 건 확실했다. 그러나 그의 행동이 달라진 동기를 이해할 수 없어 혼란스러웠다. 하지만 무언가가 있는 게 확실했다. 크리스티안이 그녀를 구하기 위해 드러내놓고 싸우고 있었다. 아슈란은 결코 용서하지 않을 것이다. 그녀는 속을 알 수 없는 이 셰크의 얼굴을, 선명한 갈색 머리칼 사이로 빛나는 푸른 눈을 잠시 보았다. 고양이처럼 민첩하게 움직이고 있는 그를 보자 다시 한번 마음속에 의문이 떠올랐다. 그는 왜 나를 구하려는 것일까.

"길이 뚫렸어, 빅토리아."

크리스티안이 손을 내밀었다.

빅토리아는 복도에 서서 하이아스를 치켜든 그를 잠시 바라보았다. 칼날은 여전히 그 독특한 푸른빛으로 빛나며 떨렸다. 빅토리아는 그가 자신을 배신했던 자라는 것도 알고, 다시 또 그럴지 모른다는 것도 알고 있었다. 하지만 고개를 들어 그의 눈을 쳐다보고는 결심했다. 만일 죽어야 한다면, 그의 곁에서 죽고 싶다고. 그녀는 한순간의 망설임도 없이 손을 잡았다. 크리스티안이 가볍게 미소를 지으며 빅토리아를 이끌고 복도를 걷기 시작했다.

"크리스티안, 왜…… 나를 도와주는 거지?"

"넌 죽으면 안 되니까, 빅토리아. 무슨 일이 있더라도 살아 있어야 하니까. 누가 뭐라고 해도 상관없어. 예언도 상관없고, 아버지의 제국도 중요하지 않아. 네 죽음이 이둔에겐 태양 하나가 사라지는 것과 마찬가지라는 사실에 비교한다면. 알았니?"

"아니."

놀란 빅토리아가 중얼거렸다.

크리스티안이 미소를 지었다.

"이제 곧 너도 알게 될 거야."

두 사람은 빅토리아의 상태가 허락하는 범위 내에서 서둘러 나선형 계단을 내려갔다. 하지만 맨 아래층에 다다르자, 그들을 기다리고 있던 한 무리의 뱀 인간들과 마주쳤다. 크리스티안이 몇 걸음 뒤로 물러났다.

"크리스티안! 넌 차원의 문을 열 수 있지? 우리 지구로 돌아가자!"

빅토리아가 말했다.

"이곳에서는 차원의 문이 열리지 않아. 아버지의 마법이 탑 전체를 통제하고 있어서 마법으로 들어오지도 나가지도 못해. 안전을 위한 기본 장치야."

"그럼 우린 어떻게 해야 해?"

"탑 밖으로 나가 숲속에서 차원의 문을 열어야 해."

빅토리아는 어지럼증이 일어 벽에 몸을 기댔다. 얼마 남지 않은 힘마저 점점 빠져나가고 있었다. 그러나 자신의 편과 맞서 싸우는 크리스티안을 혼자 둘 수는 없었다.

별안간 뒤에 누군가 있다는 느낌이 들었다. 그러나 그녀를 향해 다가오는 인물을 향해 발차기를 날릴 정도의 시간은 있었다. 그녀의 발이 상대의 무방비한 복부에 꽂히자 비명이 터져나왔다. 게르데의 목소리였다. 빅토리아는 승리의 미소를 지었다. 하지만 금세 그 미소는 입가에 얼어붙었다. 무언가가 자신을 마비시키는 느낌이 들었다. 요정은 미소를 띤 채, 희뿌연 어둠 속에서 심술궂게 검은 눈동자를 빛내고 있었다.

빅토리아는 두 손으로 목을 잡고는 바닥에 무릎을 꿇었다. 숨이 막혔다. 숨을 쉬려고 입을 벌렸지만 자꾸 숨통이 조여왔다. 일종의 주문인 것 같았지만, 빅토리아는 속수무책이었다.

크리스티안의 그림자 같은 실루엣이 게르데에게 달려드는 모습이 보였다. 요정은 뒤로 물러서며 증오에 찬 시선으로 쳐다보더니 그대로 사라져버렸다. 아직 크리스티안과 맞설 엄두가 나지 않았던 것이다.

크리스티안은 빅토리아를 일으켰다. 복도에는 아직 많은 병사들이 있었다. 시슈와 인간, 그리고 몇몇의 얀들이었다. 크리스티안은 그들을 향해 위협적인 눈빛을 번쩍였다.

사면초가였다. 빅토리아는 숨쉬는 것도 힘들어하고 있었고, 크리스티안은 이 난국을 어떻게 돌파해야 할지 몰랐다. 수비대가 수적으로 훨씬 우세했다.

그때 옆에서 어떤 목소리가 들려왔다.

"가, 출구를 뚫어. 내가 이애를 엄호할게."

뒤돌아보니, 어둠 속에 얼굴을 두건으로 가린 자가 서 있었다.
크리스티안은 즉시 그를 알아보았다. 탑에서 그를 향해 날아왔던
자였다. 크리스티안은 고개를 끄덕이고는 낯선 자에게 빅토리아
를 맡기고, 싸우기 위해 등을 돌렸다.

 빅토리아는 두려운 마음에 정체불명의 남자에게서 멀리 떨어
지려 했지만, 숨도 제대로 쉴 수 없었고 시야도 흐려지기 시작
했다.

 "숨쉬어."

 두건을 쓴 사람이 빅토리아의 얼굴에 손을 얹었으며 말했다.

 그러자 그녀의 기도를 막고 있던 것이 사라졌다. 그녀는 한껏
공기를 들이마시며 생각했다. 낯익은 목소리…… 하지만 몇 초
지나지 않아 그녀는 의식을 잃었다.

 정체불명의 남자는 빅토리아를 품에 안고 크리스티안의 옆으
로 달려갔다. 크리스티안은 마지막 남은 병사와 싸우고 있었다.

 "더는 아슈란의 주의를 돌릴 수 없어. 이미 무슨 일이 벌어졌
는지 알아챘을 거야."

 정체불명의 남자가 말하자 크리스티안이 돌아보며 대답했다.

 "아슈란은 한참 전부터 알고 있었어요. 출구에서 우리를 기다
리고 있을 겁니다. 그와 대결하지 않고서는 이곳을 빠져나갈 수
없을 거예요."

 상대는 아무 말 없이 고개를 끄덕였다. 두 사람은 계속 내려갔
다. 크리스티안이 하이아스를 들고 앞장섰고, 빅토리아를 안은
미지의 동맹자가 그 뒤를 따랐다.

아래층에 이르기 전, 두건을 쓴 자가 잠시 걸음을 멈추고 말했다.

"내 목숨을 살려줘서 고맙다는 말을 아직 할 기회가 없었군."

"당신을 위해 한 일이 아니었어요."

크리스티안이 냉정하게 말을 잘랐다.

"빅토리아를 위해서 한 일이었어요."

"알아. 하지만 어쨌든 네가 내 목숨을 구한 거야."

크리스티안은 어깨를 으쓱하기만 할 뿐 대답하지 않았다.

드락웬 탑의 거대한 입구에 이르렀을 때, 거대한 몸집의 인물이 통로를 막아섰다. 크리스티안은 검을 치켜든 채 발걸음을 멈추었고, 뜻 모를 눈길을 보냈다.

"아들아, 어디로 가느냐?"

뱀처럼 쉭쉭거리는 아슈란의 목소리였다.

크리스티안은 아무 대답도 하지 않았다. 움직이지도 않았다. 가만히 그 자리에서 방어 자세를 취한 채 기다릴 뿐이었다.

"키르타슈, 그애를 넘겨라. 그러면 네 목숨은 살려주겠다. 아직은 관용을 베풀어줄 수 있어."

크리스티안이 두어 걸음 뒤로 물러났다.

"아뇨, 아버지."

그의 목소리는 부드러웠다.

"빅토리아는 죽으면 안 됩니다."

"감히 드러내놓고 내게 도전하겠다는 말이냐?"

크리스티안이 당당하게 시선을 들었다.

"네."

"그럼, 너도 이애와 같이 죽게 될 것이다."

아슈란이 손을 들자, 크리스티안과 동행자는 그 손에서 뿜어져 나오는 어마어마한 힘에 고스란히 노출됐다.

"탑 밖으로 나가도록 해봐요. 밖에서 차원의 문을 열어볼게요. 빅토리아를 이곳에서 멀리 떨어진 곳으로 데려가요."

"하지만…… 그러면 너는?"

"여기 남아 두 사람이 무사히 빠져나갈 수 있도록 엄호할게요."

"살아남지 못할 거야!"

"아슈란이 두 사람을 따라 림바드까지 가길 바라는 건가요?"

정체불명의 남자가 두건 아래서 전율했다. 하지만 크리스티안에겐 그에게 주의를 기울일 여유가 없었다. 아슈란의 공격을 방어해야 했다. 어마어마한 파괴력을 지닌 힘이 세 사람을 후려쳤다. 크리스티안은 하이아스에 온 정신을 모았고, 상황이 종료되었을 때 세 도망자는 무사할 수 있었다. 그러나 크리스티안은 기진맥진해 떨고 있었고, 검은 심하게 상해 연기가 피어올랐다. 그는 남아 있는 힘을 짜내 단단히 봉인된 탑의 입구를 향해 하이아스를 휘둘렀다. 드디어 문이 산산조각 나며 자유를 향한 길이 열렸다.

"가요!"

크리스티안이 숨찬 목소리로 간신히 내뱉었다.

두건 쓴 자가 입구 쪽으로 돌아서자 그들을 구원으로 이끄는 틈이 빛나고 있었다. 그는 잠시 망설였다.

"가라고요! 그녀를 안전한 곳으로 데려가요!"

상대방은 마침내 고개를 끄덕이며 빅토리아를 데리고 달려나 갔다. 아슈란이 강철 같은 눈에서 분노를 뿜어내며 두 사람을 향해 돌아서서 손을 들어올렸다. 순식간에 도망자들과 출구 사이에 높은 불의 장벽이 생겼다. 두건 쓴 남자는 장벽 바로 앞에서 급작스럽게 멈춰 섰다. 그 순간, 크리스티안이 기합을 넣더니 불의 장벽을 향해 하이아스를 들어올렸다. 검은 공중에서 두어 바퀴 돌고는 마침내 장벽을 꿰뚫고 불과 함께 얼어붙었다. 아슈란이 아들을 향해 돌아섰다. 닿기만 해도 돌로 굳어버릴 듯한 아버지의 눈빛에도 크리스티안은 눈썹 하나 까딱하지 않고 맞받았다. 곧 죽으리라는 걸 알았기에 마음의 준비는 한 터였다. 무서울 것이 없었다. 그가 걱정하는 것은 두건 쓴 남자와 빅토리아가 빠져나 갈 수 있도록 시간을 벌어야 한다는 점이었다.

그가 아슈란과 출구 사이에 버티고 서 있는 동안 두건 쓴 남자가 신비스러운 언어로 주문을 외우자 얼음벽이 무너져내렸다. 아슈란이 다시 손을 들어올렸다. 그러나 크리스티안은 무기도 없는 무방비 상태였다.

그때 두건 쓴 남자의 목소리가 소리쳤다.

"키르타슈!"

크리스티안은 동맹자가 던져준 검을 잡으려고 손을 들어올렸다. 하이아스의 손잡이가 곧바로 그의 손 안으로 날아왔고, 그는 아슈란의 공격을 막아낼 수 있었다.

아슈란의 마법은 하이아스의 칼날을 집중 공략했다. 크리스티안은 바닥에 두 발을 단단히 버티고 서서 사력을 다해 방어했다. 하지만 아슈란의 힘이 너무 강했다. 이기는 것은 불가능했다.

공중에서 파동이 일며 등뒤에서 출구가 닫히는 게 느껴졌다.

이제 빅토리아는 무사하다!

분노한 아슈란이 포효하자 탑은 뿌리까지 뒤흔들렸다. 크리스티안의 온몸에 전율이 일었다. 더는 버틸 재간이 없었다. 하이아스가 유리 깨지는 소리를 내며 바닥에 떨어졌고, 아슈란의 마법이 크리스티안을 힘껏 내려쳤다.

크리스티안은 뒤로 내동댕이쳐져 벽에 부딪쳤다. 일어서려 했지만 너무 기진한 상태였다. 그의 몸이 위험 앞에서 본능적으로 깨어났다. 그리고 한순간 온몸이 떨리더니 거대한 날개 달린 뱀으로 변신했다. 뱀이 포효했다. 자유의 외침인 동시에 분노의 고함이었다.

그는 날개 달린 거대한 몸집을 흔들며 아슈란과 맞섰다. 그러나 네크로맨서에게는 그다지 놀라운 일이 아니었다. 아슈란은 분노로 눈을 번쩍이더니 셰크를 향해 마법 광선을 쏘았다. 셰크가 날카롭게 비명을 질렀다. 네크로맨서의 힘에 세포 하나하나가 뒤흔들리는 듯했다.

뱀은 아슈란을 이길 수 없다는 것을, 이 싸움을 계속하다가는 죽으리라는 걸 알았다. 키르타슈는 바닥에 떨어진 하이아스를 남겨둔 채, 본능이 이끄는 대로 창가로 날아갔다. 그리고 유리창을 깨고 드락웬 탑을 탈출했다. 고통에 찬 셰크의 비명 소리가 탑 전체에 울려퍼졌다.

밖으로 나온 셰크는 세 태양의 햇살 아래 날개를 활짝 펼쳤다. 하지만 아직까진 안전하지 않았다. 수십 마리의 셰크가 증오와 경멸의 눈으로 그를 바라보고 있었다. 말없는 비난이 전류가 흐르듯 머릿속을 두들겨댔다.

'배신자…… 넌 곧 죽을 거야……'

빅토리아는 눈을 떴다. 어지러웠다. 현실로 돌아오는 데는 다소 시간이 걸렸다. 맨 처음 느낀 것은 숲속의 부드럽고 상쾌한 공기, 속삭이는 개울물, 숲 위에서 빛나는 별빛, 그리고 에너지였다.

빅토리아의 몸속으로 에너지가 흘러들고 있었다. 생기를 되찾아주듯, 치료하듯, 충만하게 다정하게 흐르는 에너지가.

빅토리아는 림바드에, 버드나무 아래에, 집에 돌아와 있었다. 그녀는 깊이 숨을 내쉬며 생각했다. 모든 일은 그냥 악몽이었어.

"안녕, 잠자는 숲속의 미녀."

익숙한 목소리가 들려왔다.

돌아누우니, 아주 편안한 자세로 나무뿌리 위에 걸터앉은 잭이 보였다. 그는 다정하게 미소를 짓고 있었다. 그를 본 지 수백 년은 흐른 것 같았다.

그리고 모든 일이 기억났다. 납치, 네크로맨서와의 끔찍한 만남, 필사적인 탈출. 어떻게 빠져나왔는지는 기억나지 않았지만 성공한 것 같았다. 그녀는 눈물을 흘리며 잭의 품을 파고들었다.

"잭! 내가 집에 오다니. 너도 여기 있고, 난……"

"빅토리아…… 빅토리아, 괜찮아……"

"……너무 보고 싶었어."

"……다시는 못 볼 거라고 생각했어. 한때 난……"

"……다시는, 절대로 떨어져 있고 싶지 않아."

"……절대로 그런 일은 없을 거야, 빅토리아."

두 사람은 머릿속에서 떠오르는 말들을 속삭이며, 다정하게 포옹하고 입을 맞췄다. 아무것도, 아무도 지금 이 순간 두 사람을 떼어놓을 수 없었다.

"잭……"

빅토리아가 잭의 금발 사이로 손가락을 집어넣으며 속삭였다. 이 이름이 세상에서 가장 강력한 마법의 말인 것처럼, 아무리 불러도 지치지 않는 것처럼.

"네가 돌아왔다는 사실이 믿기지 않아."

잭이 빅토리아의 이마에 입을 맞추며 속삭였다.

"나 자신이 얼마나 무능하게 느껴졌는지 몰라. 넌 가버렸는데 네가 있는 곳까지 갈 방법도 없었어."

"무슨 일이 있었는지 모르겠어. 어떻게 돌아왔는지도. 크리스티안이 데려온 거지, 그렇지?"

"크리스티안?"

잭이 이상하다는 표정을 지으며 반문했다.

"아니야, 빅토리아. 크리스티안과 같이 오지 않았어."

"그럼, 누가……?"

빅토리아가 개울 옆의 그림자를 발견하고는 입을 다물었다. 그림자는 조용히 다가와 감정을 억누른 채 그녀를 바라보았다.

"빅토리아, 안녕!"

마침내 목소리를 알아들은 빅토리아는 하얗게 질려 귀신을 보기라도 한 것처럼 손으로 입을 틀어막았다.

사실일 리가 없어, 꿈을 꾸는 거야······

그림자가 앞으로 나오자 림바드의 밝은 별빛에 청년의 가무잡잡한 얼굴이 드러났다. 꿈꾸는 듯한 커다란 밤색 눈은 다정한 웃음을 짓고 있었다.

"샤일!"

빅토리아는 자신의 눈을 도저히 믿을 수 없었다.

샤일이 활짝 미소를 지으며 두 사람 쪽으로 나왔다. 빅토리아는 잭의 부축을 받으며 일어섰다. 샤일이 팔을 벌리자, 그녀는 잠시 머뭇거리다 그 품으로 파고들었다.

마법사가 그녀를 꼭 안아주었다. 빅토리아는 눈물이 그렁그렁한 채 지금 꿈을 꾸고 있는 것은 아닌지 생각했다. 하지만 귀신이 아니었다. 사실이었다.

"샤일, 돌아왔군요. 샤일······"

목소리가 갈라지며 순수한 기쁨으로 흐느꼈다. 다시 말을 할 수 있기까지 시간이 조금 걸렸다.

"어떻게 된 거예요, 샤일. 어떻게······? 우린 엘리온이 샤일을······"

"······나를 죽였다고? 그럴 뻔했지. 엘리온의 마법이 나를 맞혔다면 말이야. 하지만 그러지 못했어. 다른 주문이 먼저 닿았지."

"네?"

샤일이 몸을 떼고 빅토리아의 눈을 들여다보았다.

"키르타슈가 더 빨랐어. 그가 내 목숨을 구해줬어."

빅토리아가 어리둥절해하며 눈을 깜박였다.

"하지만…… 이해가 안 돼요. 그럼 그동안 어디 있었던 거예요?"

샤일이 웃으며 빅토리아의 머리카락을 다정하게 헝클어뜨렸다.

"이둔에 있었어. 키르타슈가 내 생명을 구하려고 다시 이둔으로 돌려보냈어. 너도 알 듯이, 아슈란이 차원의 문을 통제하니 림바드로 돌아올 수 없었던 거야."

"하지만 그래도……그가 샤일의 목숨을 구했다면 왜 아무 말도 하지 않았죠? 그는……"

"나를 정말 구했는지 확신이 없었던 것 같아."

샤일이 진지한 목소리로 대답했다.

"돌아올 방법을 찾으면서 이둔에서 이 년을 보냈어. 간신히 카슬룬 탑까지 가서 아슈란에게 저항하는 마법사들과 합류했지. 사람들에게 그동안 있었던 일을 전부 말했고. 많은 소식을 들었지. 몇 가지는 이미 알고 있는 것이었고, 유감스럽게도 너무 늦게 알게 된 일들도 있었어."

그는 낯선 눈길로 빅토리아를 보았다. 빅토리아는 샤일이 무슨 이야기를 들었는지 묻고 싶었지만 젊은 마법사는 계속 말을 이었다.

"그러다 그날 밤 드락웬 탑의 힘을 소생시키려는 아슈란의 활동을 감지한 거야. 탑을 소생시키기 위해서는 오직 한 가지 방법밖에 없었지. 바로 너를 통해야만 가능한 일이지. 네가 잡혀 온 걸 알고 마법사들을 설득해서 알리스 리스반을 공격하도록 한 거야. 승산을 가늠할 수 없는 공격이었지만 그래도 해야만 했어."

"샤일이 드락웬 탑 공격 때 있었다고요?"

"그래. 거의 희망을 잃어가고 있었는데, 탑 위의 키르타슈를 보고 생각했어. 어쩌면 그가 다시 한번 너를 도와주고 싶어할지도 모르겠다고. 다행히 내가 착각한 게 아니었어. 나를 탑에 들어가게 해줬고, 너를 구출하게 도와줬으니까."

샤일의 미소가 더 활짝 피어났다. 그는 빅토리아를 품에서 떼어놓으며 림바드의 부드러운 밤의 별빛 아래서 다시 한번 그녀의 얼굴을 바라보았다.

"많이 컸구나, 빅토리아. 어른이 다 됐네."

빅토리아가 미소를 지었다.

"조금 있으면 열다섯 살이에요."

빅토리아가 얼굴을 붉히며 눈길을 돌렸다.

"하루 아니면 이틀 후쯤요. 시간이 어떻게 흘러가고 있는지 모르겠어서. 작년과 마찬가지로 올해도 내가 바라는 유일한 선물은 샤일이 돌아오는 거였어요…… 불가능한 꿈이라고 생각했는데."

샤일이 다시 빅토리아를 꼭 안아주었다. 그리고 그녀의 곁에 선 잭을 보고 미소를 지었다. 빅토리아는 잭에게 몸을 기댔고, 잭은 빅토리아의 허리를 팔로 감았다. 두 사람을 이어주는 보이지 않는 강한 운명의 끈이 보이는 듯했다.

마법사는 두 사람을 애정 어린 눈으로 응시하며 말했다.

"예전에는 왜 깨닫지 못했을까? 너희를 봤을 때, 너희가 갓 태어난 아이들이 아니라 십오 년 전에······"

"샤일, 무슨 말이에요?"

"앉아봐."

샤일은 진지한 표정을 지었다.

"해줄 말이 있어."

두 사람은 샤일의 말에 따랐다. 빅토리아는 잭이 시선을 피하고 있음을 알아챘다.

"잭? 너는 무슨 일인지 아는 거야?"

잭이 여전히 외면한 채 고개를 끄덕였다. 샤일은 잭을 살펴보며 생각에 잠겼다.

"아니, 잭. 너도 전부 아는 건 아니야. 다는 아니지······"

잭이 놀란 표정으로 샤일을 돌아보았다.

"무슨 뜻이죠?"

샤일이 아랫입술을 깨물며 어디서부터 시작해야 모르겠다는 표정을 지었다.

"십오 년 전에, 우리는 용과 유니콘을 다른 세계로 보냈어. 아슈란으로부터 생명을 구하고, 예언을 실현하기 위해서. 카슬룬 탑에서 모포에 싸여 누워 있던 그애들이 생각나. 둘은 서로 바짝 붙어 두려움에 떨고 있었어. 용이 어린 루나리스를 보던 모습이 기억나. 용에게는 어울리지 않는, 에메랄드 빛 눈을 가진 아이였지. 글쎄, 녀석이 날개를 펼치더니 유니콘을 다정하게, 부드럽게 감싸는 거야. 마치 그애 곁에 있어주겠다고, 모든 악에서 보호해 주겠다고 말하듯이. 루나리스도 고개를 들어 용을 쳐다봤어.

마법사들은 주문의 기술적 면을 논의하느라고 그 모습을 못 봤지만 난 봤어. 그 마법의 순간과, 전혀 다른 동시에 몹시 비슷한 두 아이의 생명과 영혼이 영원히 서로 연결되었다는 것을.

그 둘은 함께 차원 사이로 여행을 하고, 같은 운명을 공유하리라는 걸 알고 있었던 거야. 언젠가는 다시 만날 운명이라는 걸.

알산과 나는 얼마 후 차원의 문을 넘었고, 우리의 탈출을 알게 된 아슈란이 즉시 문을 닫아버렸어. 두 세계 사이를 이동하는 도중에. 우리는 아무 곳으로도 가지 못한 채 문이 다시 열릴 때까지 그곳에 있었던 거야…… 십 년 후 키르타슈가 그 문을 넘을 때까지. 두 차원 사이에 갇혀 있던 우리에게는 시간이 흐르지 않았고, 그래서 우리는 우리가 보낸 용과 유니콘을 보낸 직후의 지구가 아닌 그보다 훨씬 여러 해가 지난 지구에 도착했는데도 그 사실을 깨닫지 못한 거지. 나도 이 년 전 카슬룬 탑의 마법사들과 접촉하고 나서야 이 사실을 알게 되었어."

잭이 고개를 끄덕였다.

"알레그라 할머니가 다 말해줬어요."

샤일이 미소를 지었다.

"알레그라, 아일레 알레나이, 카슬룬 탑에서 가장 막강한 마법사지. 알레그라도 루나리스를 찾아 지구에 왔고, 나보다도 먼저 그애를 찾아냈어. 그런데 나는 그애를 내내 곁에 두고도 독일에서의 사건이 터질 때까지는 깨닫지 못하고 있었지. 그런데 그날

밤 키르타슈가 그애의 눈빛에, 최후의 유니콘의 눈빛에 사로잡힌 것을 보고야 깨닫게 된 거야. 그렇게 난 루나리스를 알아보고는 그애가 그대로 죽게 내버려둘 수 없었어."

"아니야……"

비로소 샤일의 이야기를 이해한 빅토리아가 중얼거렸다.

"사실일 리 없어."

샤일이 빅토리아의 어깨를 잡고 눈을 들여다보았다.

"이건 카슬룬 탑에서 들은 이야기야. 지구에 닿은 것은 루나리스의 몸이 아니라 그 영혼이었어. 그리고 인간의 몸에서 안식처를 찾은 거지. 당시 갓 태어난 여자아이는 빅토리아라고 불리게 되었지."

빅토리아는 진실의 망치에 한 대 얻어맞은 듯 어리둥절했다. 그녀는 커다랗고 짙은 밤색 눈에 두려움과 의혹을 담고 샤일을 뚫어져라 쳐다보았다.

"사실이 아니야. 사실일 리가 없어."

잭이 빅토리아의 어깨에 팔을 얹었다.

"사실이야, 빅토리아. 알레그라 할머니가 얘기해줬어. 그래서 그동안 널 보호했던 거래. 그리고 키르타슈, 아니 크리스티안도 그걸 알고 있었고. 무슨 말인지 모르겠어? 그는 예언이 실현되지 못하도록 널 죽여야 했어. 하지만 네가 최후의 유니콘이라는 것을, 그리고 네 종족이 너의 죽음과 함께 끝난다는 걸 알았던 거야. 그래서……"

"……그래서, 잭."

샤일이 잭을 똑바로 쳐다보며 말을 끊었다.

"다른 누구보다 그는 너를 죽이고 싶어했지. 그렇게 해도 예언이 이루어지는 것을 피할 수 있으니까…… 빅토리아의 생명을 없애지 않고도 말이야. 셰크들은 이제까지 유니콘하고는 아무 상관이 없지만, 용들과의 관계는 별개의 문제니까."

잭이 그대로 얼어붙었다. 샤일이 암시하고 있는 바를 이해하자, 한순간 주변의 세상이 멈추고 심장도 뛰기를 멈춘 것만 같았다. 뭐라고 물어보고 싶었지만 입이 떨어지지 않았다.

"용과 유니콘에 관한 예언이야."

마법사가 천천히 설명을 다시 시작했다.

"둘 중 하나라도 죽으면 예언은 이루어지지 않아. 잭, 네가 오랫동안 키르타슈에게 네 정체를 숨길 수 있었다는 것이 꽤나 이상했지. 셰크와 용은 수천 년 전부터 서로 증오하고 있거든. 그는 본능에 따라 너와 맞서 싸운 거야. 마지막으로 남은 용인 너를 감지한 거지!"

"뭐라고요!"

잭이 놀라움을 참지 못하고 소리를 질렀다. 샤일이 어색한 미소를 지었다.

"잭, 네가 아는 게 다가 아니라고 했잖아. 루나리스가 사람의 몸으로 다시 태어났다면, 같이 왔던 용한테도 똑같은 일이 일어났을 거라고 생각되지 않니?"

"아뇨."

잭이 나뭇잎처럼 파르르 떨었다.

"그럴 리가…… 샤일이 잘못 알고 있는 거예요."

자신이 누구인지 알고 싶다고 오랜 세월 간절히 소망해왔지만, 지금은 차라리 몰랐으면 좋겠다는 생각이 들었다.

그러나 샤일이 이야기를 계속했기 때문에 잭은 일단 듣고 있는 수밖에 없었다.

"생각해봐. 넌 용이 불로 벼린 칼 도미바트를 휘두를 수 있어. 불과 관련된 능력도 가지고 있지. 체온도 정상인보다 높고 아픈 적도 없어. 날아다니는 꿈도 꾸잖아. 뱀을 혐오하고 더 나아가 키르타슈라면 질색을 하고."

그는 잠시 말을 쉬었다가 계속 했다.

"수천 년 동안 셰크와 벌여온 대결이 네 본능에 지워지지 않는 흔적을 남긴 거야."

잭은 더 참을 수가 없었다. 샤일의 말 한마디 한마디가 마음속에 깃들어 있던 진실을 드러내며 무거운 돌덩이처럼 내리눌렀다. 그 진실의 빛은 지나치게 밝았고, 너무 아팠다.

"사실이 아니에요!"

잭이 벌떡 일어섰다.

"샤일이 거짓말을 하는 거야. 난 인간이라고요, 그…… 게 아니에요!"

"……용."

샤일이 잭이 입에 담지 못하는 그 단어를 발음했다.

"그만해요! 이런 말을 하려고 죽다가 살아난 건 아니잖아요!"

"얀드라크."

빅토리아가 말하자 잭은 용수철이 튕기듯 돌아섰다.

그녀가 최후의 용의 이름을 알 리 없었다. 그것은 잭과 알렉산더만의 비밀이었다. 하지만 빅토리아는 모든 것을 안다는 깊은 눈빛으로 그를 보고 있었고, 잭은 그녀의 눈에 비친 자신의 모습을 보았다.

무슨 이유에서인지, 빅토리아의 눈을 통해 진실을 본다면 그 진실이 그다지 고통스럽지 않을 것 같다는 생각이 들었다.

잭은 갑자기 기운이 빠진 것처럼 축 늘어져 버드나무 줄기에 기대며 주저앉았다. 빅토리아가 떨면서 다가와 잭에게서 온기를 받았고, 잭은 그런 그녀를 팔로 감싸주었다. 아무 생각 없이······ 그리고 갑자기 아주 오래전, 자신이 날개를 펼쳐 감싸주었던, 두려움과 추위로부터 지켜주었던 어린 유니콘이 떠올랐다.

빅토리아도 같은 기억이 떠오른 듯했다. 두 사람은 놀라 마주 보며 서로의 눈에서 서로를 찾았다.

그러자 카슬룬 탑에서 그 불행했던 날, 용의 눈, 유니콘의 눈으로 서로 눈빛을 주고받은 기억이 처음으로 떠올랐다. 그때 하늘에선 여섯 천체가 빛났고, 둘은 미지의 여행을 떠날 준비를 하고 있었다. 그들을 죽음으로부터 구원해주기도 하겠지만, 끔찍한 여정으로 자신을 던져야 하는 여행이었다. 예언을 이루기 위해.

두 사람은 더욱 따뜻하게 서로를 안아주었다. 지금 이 순간이 두 사람에게 중요한 순간이라는 걸 아는 샤일은 두 사람만 있을 수 있게 조금 떨어졌다.

빅토리아가 친구의 귀에 속삭였다.

"네가 특별할 줄 알았어. 아주 오래전부터 널 아는 것만 같았어."

"빅토리아, 난 내가 용이 되고 싶은 건지 잘 모르겠어."

"오히려 네가 다른 존재가 아니라 다행이야. 내가 루나리스고 네가 얀드라크라는 말이 사실이라면…… 그건 내가 바랐던 것보다 너와 나를 훨씬 더 가깝게 이어주고 있는 셈이니까. 우리가 전혀 다르다고는 해도 서로의 운명의 상대인 거야. 처음부터……"

잭이 고개를 끄덕이고는 그녀를 꼭 끌어안았다.

빅토리아는 많이 놀란 것 같지 않았다. 잭은 크리스티안이 이 순간을 위해 빅토리아를 준비시켰고, 그녀도 자신의 참모습을 직감하고 있었을지 모르겠다고 짐작했다. 하지만, 그는……

잭이 조금 떨어져 있는 샤일을 돌아보았다.

그는 몸을 떨면서 작은 소리로 말했다.

"소리 질러서 미안해요. 샤일을 탓하려는 게 아니었어요. 그저…… 모든 게 너무 낯설어요. 샤일과 알렉산더는 이미 알고 있었던 거예요?"

"너희가 이곳에 있는 동안, 알레그라와 알산, 아니 알렉산더와 얘기했어. 알레그라는 겨우 이틀 전에야 네가 누군지 알고 알렉산더에게 말했더구나. 하지만 빅토리아 때문에 네가 걱정을 너무 많이 하니까 네게는 말하지 않은 거야. 적절한 때가 아니었거든. 그리고 나는 카슬룬 마법사들이 여러 가지를 설명해줘서 앞뒤를 꿰어맞춰 알 수 있었고. 불행히도 그 말을 해주러 올 상황은 못 됐지만."

잭도 빅토리아도 아무 말도 할 수 없었다. 샤일이 말을 이었다.

"지금도 충분히 정신이 없겠지만, 너희는 이 사실이 의미하는 바를 좀더 생각해봐야 해."

"무슨 뜻인지 이미 알아요."

잭이 성급하게 말을 잘랐다.

"우리가 사람이 아니라는 뜻이잖아요."

"온전히는 아니라는 말이지, 잭. 너희 안에는 인간의 무언가도 존재해. 너희는 양쪽 부분이 다 있는 거야. 무슨 말인지 알겠니? 너희의 초인적 부분 덕분에, 그래 이렇게 말할 수 있겠구나, 너희가 예언의 한 부분을 이루는 거야."

"예언?"

빅토리아가 천천히 되풀이했다.

"우리가 아슈란과 대결해 그를 무찌르거나 아니면 그러다 죽는다는 예언요?"

그러고는 눈을 들어 샤일을 똑바로 쳐다보았다.

"난 이미 이둔에 갔었고, 아슈란을 봤어요. 그리고 두 번 다시 그런 경험은 하고 싶지 않아요."

"너무 네 생각만 하는구나."

샤일이 진지하게 빅토리아를 책망했다.

"특히 키르타슈가 희생한 걸 생각한다면 말이야, 그는……"

"네?"

빅토리아가 목소리를 높이며 말을 끊었다.

"크리스티안이 뭘 했다고요?"

샤일이 어리둥절해서 그녀를 보았다. 그녀는 두 눈을 부릅뜨고 샤일을 붙들었다.

"크리스티안에게 무슨 일이 있었죠? 우리랑 같이 차원의 문을 넘어온 게 아닌가요?"

"아…… 빅토리아."

샤일이 잠시 뜸을 들였다.

"그와 네가…… 그런데, 그러면……"

그는 이상하다는 표정으로 잭과 빅토리아를 번갈아 보았다.

"너희 두 사람은……"

잭이 얼굴을 붉힌 채 당황해하며 눈길을 돌렸다. 하지만 빅토리아는 지금 두 사람과의 관계를 말할 정신이 없었다.

"크리스티안에게 무슨 일이 있었죠, 샤일? 그는 어디 있어요?"

샤일이 단어를 조심스럽게 골랐다.

"그는…… 문을 열었고…… 그리고 뒤에 남았어…… 우리가 무사히 도망치게 엄호하려고."

"뭐라고요! 그를 뒤에 남겨뒀다고요? 샤아아일!"

절망한 빅토리아가 비명을 질렀다.

"아슈란이 그를 죽일 거야!"

빅토리아가 초조하게 시스카셰그를 살폈다. 샤일이 그녀의 팔을 잡아 자신의 눈을 보게 했다.

"우리는 아무것도 할 수 없어, 빅토리아. 예언에 쓰여져 있다고."

"무슨 말을 하는 거야?"

"최근에 내가 알아낸 사실이야. 신탁이 숨기고 있어서 아무도 모르던 사실이지, 아슈란조차. 예언은 용과 유니콘이 힘을 합쳐 네크로맨서를 이길 거라고만 말하고 있어. 그런데 셰크가 그 둘에게 문을 열어줄 거라는 예언도 있었고, 실제로 그 일이 일어난 거야. 키르타슈는 이미 예언에서 말하는 역할을 완수한 거라고."

무거운 침묵이 흘렀다. 잭이 침묵을 깨뜨렸다.

"아니에요, 샤일. 만일 그게 사실이라면, 그 부분은 아직 이루어진 게 아니에요. 모르겠어요? 그는 빅토리아를 위해 그 문을 연 거예요. 하지만 우리 둘은 계속 이곳에 갇혀 있잖아요. 그가 예언에 나오는 셰크가 맞다면 우리가 이둔으로 돌아가기 위해서는 그가 필요해요."

샤일이 대답하려는 순간 갑자기 하늘이 둘로 갈라지는 듯 우레 같은 소리가 났다. 세 사람은 벌떡 일어서서 하늘을 쳐다보았다. 번개 같은 빛이 수성처럼 림바드의 밤하늘을 가로질러오고 있었다. 이리저리 헤매는 걸 보니 방향을 잃은 게 분명했다.

"셰크다!"

잭이 도미바트를 찾으러 달려갈 채비를 하며 벌떡 일어섰다.

"드디어 림바드까지 쳐들어온 거야!"

"기다려, 잭! 크리스티안이야!"

빅토리아가 잭을 말렸다.

"뭐라고?"

잭이 하늘을 가로지르는 구불구불한 몸체를 주의 깊게 쳐다보았다.

"네가 어떻게 알아?"

"부상을 당했어!"

빅토리아는 달리기 시작했고, 나머지 두 사람도 뒤를 따랐다.

세 사람은 불안정하게 창공을 가로지르며, 수은이 굴러가듯 물결치는 긴 몸통이 숲속으로 떨어지는 모습을 보았다. 전속력으로 공터에 달려가보니 요란한 소리를 듣고 나온 알레그라와 알렉산더가 있었다. 알렉산더는 검 두 자루를 들고 있었다. 숨라리스와 칼집에 안전하게 잠들어 있는 도미바트였다. 그는 곧장 잭에게 도미바트를 건네주었다.

"무슨 일이야? 그게 뭐야?"

알렉산더가 인상을 쓰며 물었지만 아무도 대답할 경황이 없었다.

그들은 셰크가 추락한 곳에 이르렀다. 하지만 멀리서 보이는 것은 날개 달린 뱀의 매끄럽고 날씬한 몸통이 아니었다. 검은 옷을 입은 젊은이가 풀밭 위에 엎드려 있었다. 빅토리아가 달려가려 했지만 잭이 제지했다.

"기다려!"

"하지만, 잭!"

빅토리아가 잭의 손에서 벗어나려 했지만 그는 놓아주지 않았다.

"부상을 당했어! 무슨 말인지 모르겠어?"

잭이 고개를 가로저었다.

"빅토리아, 그는 너를 아슈란에게 넘겨주려고 널 속였어. 그리고 그자들이 탑에서 네게 무슨 짓을 했는지는 모르겠지만 네 잠꼬대로 짐작건대 분명 유쾌한 일은 아닐 거야."

빅토리아는 드락웬 탑에서의 나쁜 기억이 떠오르자 시선을 땅에 떨어뜨리며 아무 말도 하지 않았다. 잭이 이를 악물었다.

"그가 네게 상처를 주었다면, 내가 놈을 꼭 죽이고 말 거야."

"아니야, 잭. 내 잘못으로 그가 변한 거야. 그를 혼자 뒀기 때문이야. 하지만 아무리 그랬어도…… 그는 내 생명을 구해줬어. 가게 해줘. 부탁이야. 내가 그의 상처를 치료해줘야 해."

"안 돼, 빅토리아. 내가 먼저 가볼게. 얘기를 해봐야겠어."

"잭……."

"날 믿어, 알았지? 나를 봐, 빅토리아. 날 믿지?"

잭을 쳐다보자, 그 눈에 깃든 진지함, 침착함, 따스함이 전해져왔다.

"널 믿어, 잭."

"좋아. 그러면 여기서 기다려, 알았지?"

빅토리아가 고개를 끄덕였다. 잭이 돌아서자 샤일이 알레그라, 알렉산더와 함께 조심스럽게 한옆에 서 있는 모습이 보였다. 빅토리아, 크리스티안, 그리고 잭 세 사람이 본인들의 문제를 해결하도록 내버려두려는 듯했다. 잭은 심호흡을 하고 고개를 끄덕였다. 그렇게 해야 할 것만 같았다.

셰크에게 가까이 다가가며 그는 도미바트를 칼집에서 뽑아 들었다. 빅토리아가 근심 어린 눈빛으로 두 사람을 보고 있었다. 하지만 이미 잭에 대한 믿음을 갖게 된 이상, 그녀는 기다릴 것이다.

잭이 적의 옆으로 가 몸을 숙였다. 크리스티안이 힘겨워하며 고개를 들었다. 잭은 그가 심하게 부상당했음을 알았다. 그런데 자신이 안타까워하는 건지 아니면 어떤 동정심을 느끼는 건지 알 수 없었다. 바로 몇 시간 전만 해도, 다시 이 괴물이 나타나기라도 한다면 죽여버리겠다고 맹세까지 했다.

빅토리아를 위해서.

셰크의 푸른 눈이 도미바트의 불길을 발견하고 순간 반짝 했지만 아무 말도 없었다. 그는 잭이 먼저 말하기를 기다리고 있었다. 잭이 입을 열었다.

"여기는 뭐 하러 온 거야?"

크리스티안이 한참동안 잭을 바라보더니 힘겹게 대답했다.

"잘 모르겠어. ……하지만 일단은 도망쳐야 했어."

"빅토리아를 해치러 온 건가?"

"아니, 이제는 아니야."

"그럼 나를 죽이러 온 거야?"

크리스티안이 새삼 잭을 쳐다보았다. 대답을 곰곰이 생각하는 듯했다.

"이제 네가 누군지 알았구나."

잭은 순간 망설였다. 아직도 자기 안에 얀드라크, 최후의 용의 영혼이 맥박치고 있다는 사실을 받아들이지 못하고 있었다. 하지만 빅토리아가 그 사실을 인정했다는 사실이 떠오르자 고개를 끄덕였다.

"그럼, 나를 죽여."

셰크가 말했다.

"우리 두 종족은 아주 오래전…… 헤아릴 수도 없을 정도로 오래전부터 서로 반목해왔지. 우리가 네 종족을 전부 끝장내버렸고. 이제…… 네가 그 복수를 할 수 있게 된 거야. 난 무방비 상태니까."

잭은 너무 세게 주먹을 쥔 나머지, 손톱이 손바닥을 파고 들어갈 정도였다. 이놈은 빅토리아에게 그렇게 많은 상처를 주었는데도, 빅토리아는 놈을 좋아한다. 자신이 용이라는 것보다 받아들이기 힘든 사실이었다.

일단 말을 시작하자 침착하고 평화로운 목소리가 나왔다.

"네가 빅토리아를 해치려 하거나 데려갈 생각이라면, 지금 당장 널 죽여버릴 거야. 나와 대결하고 싶다면 빅토리아에게 치료해달라고 해. 그러고 나서 똑같은 조건에서 싸우자고. 원한다면 둘 중 하나가 죽을 때까지."

크리스티안이 희미하게 미소를 짓더니 기운을 내 속삭였다.

"그거 참 고상하군. 하지만 이젠 널 죽이고 싶지 않아. 더는 아슈란에게 충성을 바치지 않아도 되니까. 난…… 배신자가 되었고 그러니 그의 명령에 복종할 필요가 없어진 거지. 그래, 내 본능은 널 없애버리라고 소리치고 있어. 하지만 빅토리아가 널 사랑하고, 필요로 해, 그리고 나도……"

"너도 그녀를 진심으로 사랑하고 있지."

크리스티안은 대꾸할 힘도 없이 기진맥진하여 눈을 감았다.

잭은 크리스티안을 내려다보며 가만히 있다가 결정을 못 하고 아랫입술을 깨물었다. 그리고 결심했다.

순간 도미바트의 불길이 일렁이자 빅토리아가 고통에 찬 탄식을 내뱉었다.

하지만 잭은 검을 칼집에 넣고, 크리스티안에게 손을 내밀었다. 빅토리아는 지금 눈앞에서 벌어지고 있는 일을 믿을 수가 없다는 듯 멍하니 있었다. 그리고 생각했다. 지금 이 모습을 남은 평생 마음속에 간직하게 되리라는 것을. 적의 어깨에 팔을 두르며 부축하는 잭의 모습을.

빅토리아는 더는 가만히 있을 수 없었다. 그녀는 두 사람에게 달려가 둘을 포옹했다. 그러자 한순간 세 사람은 한 몸이 된 듯했다.

알렉산더가 설명을 요구하는 표정으로 샤일을 향해 돌아섰다.

젊은 마법사가 고개를 가로저으며 중얼거렸다.

"그냥 둬, 알렉산더. 키르타슈도 이제 우리 편이야."

"어떻게 확신하지?"

알레그라가 미소를 띠며 대답했다.

"알마가 그애에게 길을 열어줬으니까. 그렇지 않다면 어떻게 림바드에 들어올 수 있었겠나?"

천천히, 크리스티안은 눈을 떴다. 따뜻한 기운이 온몸에 흐르며 그의 몸을 소생시키고, 생기를 불어넣었다. 동지이자 부하였던 셰크들에 물려 중독된 치명적 독도 빠져나갔다. 아주 부드러운 무언가가 뺨을 스치는 게 느껴졌다. 빅토리아의 머릿결이었다. 그는 정신을 차리려고 애를 썼다.

크리스티안은 둥근 방의 침대에 누워 있었다. 빅토리아는 치료에 열중하느라 그가 깨어난 것도 모르고 있었다. 그녀의 손이 그의 스웨터를 벗기고, 피부를 더듬어 상처를 치료하고 있었다. 그는 절반쯤 눈을 떴다. 빅토리아의 빛, 그 어느 때보다 밝게 빛나는 빅토리아의 빛이 보였다. 평범한 인간이라면 지나치고 말았을 다른 것도 보였다. 빅토리아의 이마에서 작은 별처럼 간간이 깨어나는 불꽃. 루나리스가 자랑스럽게 들어올리던 나선형의 긴 뿔이 있던 자리였다.

빅토리아가 크리스티안의 왼팔에 생긴 끔찍한 흉터를 살펴보았다.

"네가 낸 거야."

크리스티안이 다정하게 말하자 빅토리아가 화들짝 놀랐다.

"키아레나 센터 옆에서 싸울 때. 기억나?"

빅토리아가 더 주의 깊게 상처를 들여다보았다.

"이게 내가 만든 흉터라고? 지팡이로?"

크리스티안이 고개를 끄덕이자 빅토리아가 말했다.

"그후로 정말 많은 일이 있었어. 거짓말 같지 않니?"

크리스티안이 미소를 지으며 말했다.

"너도 네가 누군지 알고 있구나."

빅토리아가 고개를 끄덕였다.

"넌 누구보다 먼저 알고 있었고. 그래, 너와 우리 할머니."

"너희 할머니라…… 이둔에서 도망온 가장 막강한 마법사라는 걸 처음부터 알았다면, 조금도 망설이지 않고 죽였을 거야. 하지만 아주 잘 숨어 계셨지."

"언제 안 거야?"

"의심한 지는 좀 됐는데, 확실히 안 건 내게 시스카셰그를 선물한 밤이었어. 집에서 나오다가 마주쳤어. 그때 서로 맞닥뜨렸고, 누군지 알아본 거야……"

"그때 넌 할머니를 해치지 않았어."

"그래. 널 보호하고 계셨으니까, 빅토리아. 네가 좋아하고 널 지키는 사람이라면 난 누구라도 존중할 수 있으니까."

"샤일처럼. 그래서 그의 목숨을 구한 거구나, 나를 위해…… 루나리스를 위해 자신의 모든 걸 바칠 각오를 보여줘서."

크리스티안은 대답할 필요가 없어 보였다.

"그리고 잭처럼."

빅토리아가 나지막이 덧붙였다.

"예언을 막으려고 한 거야."

크리스티안이 나지막이 말했다.

"셰크의 제국을 안전하게 보호하기 위해서만이 아니라…… 네가 우리 아버지와 대결하는 걸 원하지 않았기 때문이야. 네가 전투에서 죽을 수도 있는데, 그런 일이 생기게 할 순 없었어."

크리스티안의 푸른 눈이 빅토리아의 눈을 응시했다. 그 순간 빅토리아는 그의 배신도 잊고, 그 때문에 참아야 했던 고통도 잊은 채 무한한 애정을 담아 이마에 붙은 머리카락을 떼어주었다.

"반지를 빼서 미안해. 탑에서도 말했지만 지금 다시 한번 말할

게. 내 잘못으로 나쁜 일을 겪게 해서 미안해."

크리스티안이 어깨를 으쓱하며 말했다.

"너도 나 때문에 괴로움을 겪었잖아. 이제 피장파장이라고."

하지만 크리스티안은 용서를 구하지는 않았다. 빅토리아는 그 이유를 알고 있었다. 셰크 핏줄도 그의 일부이기에 어쩔 수가 없는 것이었다. 그런데도 탑에서 빅토리아의 죽음이 임박했을 때, 그의 인간적인 감정들이 다시 빛을 발하기 시작한 것이다.

빅토리아가 크리스티안의 몸에 난 상처를 가리키며 말했다.

"이건, 아슈란의 짓이야?"

"그래, 일부는. 하지만 다른 셰크들의 공격도 받았어."

그는 잠시 말을 끊었다가 끝맺었다.

"난 이제 그쪽 편이 아니야."

"그럼, 이제 우리 편이야?"

문 쪽에서 잭의 목소리가 들려왔다.

두 사람이 돌아보니 잭이 팔짱을 낀 채 등을 기대고 서 있었다. 표정은 진지하고 침착했지만 눈은 대답을 요구하고 있었다.

이번에는 크리스티안이 물었다.

"내가 너희 편인가?"

잭이 고개를 가로저으며 걸어왔다.

"빅토리아를 납치하라고 시킨 사람이 아슈란이었어?"

"그럴지도 모르지. 아슈란이 내 안에 있는 셰크의 성질을 깨웠으니까. 하지만 그 부분은 원래부터 있었던 거야. 내 본성이지. 그러니…… 우리 두 사람이 그랬다고 말할 수 있을 거야."

"또 그런 일이 일어날 수 있겠지? 네가 또다시 우리를 해칠 수 있겠지?"

크리스티안이 잭의 눈길을 맞받으며 천천히 대답했다.

"그럴지도 모르지. 하지만 셰크의 부분이 다시 나를 통제하더라도, 이제는 내가 빅토리아를 해칠 이유가 없지. 난 내 종족의 배신자이고, 이제 그들은 나를 받아들여주지 않으니 내 관심사가 그들의 관심사는 아니거든."

"하지만 네 본능은 나와 맞서 싸우라고 하잖아. 내가 너를 미워하는 만큼 너도 나를 미워하니까. 그러니, 어느 순간 네가 다시 나를 죽이려고 할 수도 있어."

"그래."

빅토리아가 불편한 표정으로 두 사람을 번갈아 보았다. 잭은 미소를 짓고는 어깨를 으쓱하며 말했다.

"좋아, 위험을 감수하지. 하지만…… 다시 빅토리아를 해치려들면, 널 내 손으로 죽일 거야."

크리스티안이 잭의 눈길을 맞받았다. 두 사람 사이에 불꽃이 튀는 듯하다 마침내 셰크도 미소를 지었다. 둘 중 누구도 두 종족 간의 오랜 증오와 대결의 세월을 모른 척할 수는 없을 터였다. 하지만 두 사람 사이에는 공통된 무언가가 존재했고, 그것이 그들 사이에서 다리 역할을 했다. 그건 바로 빅토리아에 대한 사랑이었다. 이 사랑은 서로를 맞서게 할 수도 있지만 독특한 연합으로 그들을 결합시킬 수도 있었다.

예전에 빅토리아는 크리스티안에게 잭의 생명을 살려달라고

청했었고, 크리스티안은 그녀의 간청을 들어주었다. 빅토리아를
위해.

그리고 바로 오늘 밤에 빅토리아는 크리스티안의 생명을 위해
잭에게 간청했고, 잭은 그녀의 괴로워하는 모습을 보기보다는 자
신의 증오를 억누르기로 결정했다.

빅토리아는 바로 이 순간이 세 사람에게 중요한 순간임을 직감
하며 둘을 보았다. 그러고는 크리스티안의 손을 잡고 잭의 어깨
에 머리를 기댔다.

크리스티안의 손길은 전기가 통하는 듯, 강렬하고 매혹적이며
마음을 뒤흔들었다. 잭이 전하는 감촉은 따뜻함, 안정감, 믿음,
그리고 무엇보다 그의 영혼 안에서 불타고 있는 열정의 불길이었
다. 빅토리아는 알았다. 자신의 생에 이 두 사람이 필요하다는
걸, 두 사람을 언제나 사랑했다는 걸, 그리고 어쩌면 이 세상에서
서로 만나지 못했더라도, 무엇을 잃었는지조차 모른 채 이들을
그리워했으리라는 걸, 매일 밤 두 사람을 갈망했으리라는 걸.

그녀는 눈을 감았다. 그리고 자기 안의 루나리스를, 이둔의 운
명을 결정지을 퍼즐을 완성하는 데 필요한 마지막 조각을 느꼈다.

그러자 처음으로 충만감이 느껴졌다.

문이 열리다

잭은 난간에 팔꿈치를 괴고 눈을 감았다. 림바드의 부드러운 밤공기에선 향기가 피어났다. 정원으로 뛰어내려 도망치려 했던 때가 떠올랐다. 그로부터 이 년 이상의 시간이 흘렀고, 이제 그의 인생은 송두리째 변했다. 하지만 이 변화는 단지 시작에 지나지 않았다.

크리스티안을 경계의 집에 들인 지도 벌써 몇 주가 지났다. 그동안 셰크는 부상에서 서서히 회복되었고, 잭과 빅토리아는 예언 대로 네크로맨서와 일전을 벌이기 위해 이둔으로 떠날 시간이 멀지 않았음을 받아들이려고 애썼다.

잭은 길을 잃은 듯 혼란스러웠다. 빅토리아는 자신이 유니콘이라는 상황을 그런대로 잘 받아들이긴 했지만 아슈란과 맞서기 위해 이둔으로 돌아가고 싶어하지는 않았다. 반면 잭은 하루 빨리 행동에 들어가고 싶었고, 수없이 들어왔던 그 세계에 가보고 싶었다. 하지만 이 모든 명백한 징후에도 불구하고 최후의 용 얀드라크가 자기 안에 살고 있다는 생각에는 좀처럼 익숙해지지 못했다. 하지만 크리스티안과 복도에서 마주칠 때는 선명하게 감지할 수 있었다. 두 사람이 서로 마주 볼 때면, 대대로 내려오는 증오심이 각자의 마음속에서 다시 고동치기 시작했다. 하지만 두 사람은 심호흡을 하고 각자 갈 길을 갔다.

잭은 두 사람의 기이한 동맹의 이유를 알고 있었다. 크리스티안이 저항군 진영에 서게 된 것은 순전히 빅토리아를 구하기 위해 자기 편을 배신했기 때문이었다. 잭은 집 안에 셰크가 있다는 사실을 견디기 힘들었다. 그 점은 크리스티안도 마찬가지였다.

알렉산더도 결코 크리스티안을 두 팔 벌려 환영할 수는 없었고, 알레그라의 마음 역시 편치 않았다. 빅토리아는 여전히 크리스티안에게 어떤 강렬한 마음을 갖고 있었지만, 드락웬 탑 사건 이후 그녀 안의 무언가가 차갑게 식어버린 것만 같았다. 크리스티안이 몸을 회복한 지금, 빅토리아는 그와 같은 방에 단둘이 있는 것조차 두려웠다. 그를 신뢰하기는 하지만, 무의식적인 두려움까지 떨쳐버릴 수는 없었다.

크리스티안은 저항군과 함께 림바드에 있지만 온전히 그들의 일원이라고는 볼 수 없었다. 그동안 많은 일이 있었고, 그를 신뢰하는 일은 쉽지 않았다.

크리스티안은 이런 사실을 완벽하게 이해하고 있었고, 저항군과의 괴리감에도 크게 개의치 않았다. 잭은 크리스티안이 몸 상태가 나아지면 이곳을 떠날 것이고, 어쩌면 다시는 그를 볼 수 없을지도 모른다는 걸 잘 알고 있었다.

"찾고 있었다."

별안간 뒤에서 알렉산더의 목소리가 들려왔다.

"모두 도서관에 모였으면 해."

잭이 시선을 피했다. 샤일이 돌아온 이후 알렉산더와의 관계는 냉랭해져 있었다. 잭은 조만간 이 문제를 이야기할 시간이 오리라고 직감하고는 둘만 있을 상황을 계속 피하고 있었다.

"크리스티안도요?"

잭이 작은 소리로 물었다.

"특히 그가 있어야 돼. 그리고 숲으로 가서 빅토리아도 좀 찾아올래? 방금 그곳에서 오는 길인데 못 찾겠어서."

"변신했을지도 모르죠."

잭이 중얼거렸다.

"그럴 거라고는 생각했다."

"네, 갈게요. 그리고……"

"기다려!"

알렉산더가 나가려는 잭을 잡았다.

"요즘 나한테 왜 이러는지 말해줄겠어? 내가 뭘 잘못하기라도 한 건가?"

잭이 고개를 돌렸다. 마음속에서 들끓고 있던 혼란스런 감정들이 밖으로 나가겠다고 아우성을 쳤다. 마침내 그는 더 참지 못하고 떨리는 목소리로 물었다.

"왜 나를 알아보지 못한 거예요?"

"뭐라고?"

알렉산더는 어이가 없다는 눈으로 잭을 보았다.

"알렉산더는 얀드라크를 찾으러, 날 찾으러 지구에 온 거잖아요. 그런데 나를 찾고도, 코앞에 두고도 알아보지 못했어요. 왜죠? 내가 아슈란이나 그 일당과 대결하기 위한 구실에 지나지 않았기 때문에? 아니면 사실은 당신이 찾고 있던 용이 내가 아니라서요? 그것도 아니면, 얀드라크에 대한 모든 이야기가 거짓말에 불과하니까?"

알렉산더가 잭의 말뜻을 이해하고는 그를 가만히 보았다. 잭의 눈가에는 물기가 어려 있었고, 분노로 괴로워하며 몸을 떨고 있었다.

알렉산더가 작은 소리로 말했다.

"잭. 무슨 말을 듣고 싶은 거야? 내가 장님이었고, 어리석었다는 말? 이런 말을 듣고 싶은 거야? 네 말이 다 맞다고?"

잭은 눈을 피할 뿐 아무 대답도 하지 않았다. 알렉산더가 그의 팔을 잡고 억지로 눈을 쳐다보게 했다.

"좋을 대로 생각해라. 넌 그럴 권리가 있으니까. 하지만 네가 알에서 깨어나는 걸 본 순간부터 내 인생을 널 지키는 데 바칠 거라고 결심했다는 사실을 단 한순간이라도 의심하는 건 절대로 용납하지 않을 거다. 예언이라는 게 있든 없든. 내 말 알아들어?"

잭은 뭔가 말하고 싶었지만 아무 말도 나오지 않았다.

"네가 태어나는 걸 봤어, 잭…… 얀드라크."

알렉산더가 말을 계속했다.

"난 그곳에 있었지만 그 사건이 나를 어떻게 변화시켰는지는 모르겠다. 너의 양아버지? 대부? 뭐가 됐든, 그리고 아무리 네가 우리 종족과 다르다고 하더라도 난 네게 책임감을 느껴. 예언에 나오기 때문도 아니고, 마지막 용이라서도 아니야, 무엇보다…… 넌 혼자였고, 네겐 아무도 없었기 때문이야. 난 널 찾기 위해 차원의 문을 넘어선 거야, 그건 절대로 의심하지 마. 어떤 일들에서는 내가 둔감한 면이 있지. 그래서 내가 찾고 있던 용이 열세 살짜리 겁먹은 꼬맹이로 변신했다는 생각을 못한 거야. 하지만 마음속으로는 알고 있었어. 얀드라크를 찾는 일이 너를 받아들이고 내가 아는 모든 것을 가르치는 일보다 중요할 수 없다는 사실을. 네가 스스로를 돌볼 수 있고, 키르타슈에게서 다시는 위협받지 못하게 하려면 말이다."

잭은 알렉산더의 눈을 볼 수 없어 등을 돌렸다. 어깨에 알렉산더의 손길이 느껴졌다.

"지금의 네 존재가 두려운 거냐?"

잭이 나지막이 시인했다.

"네. 평생 내게 일어난 여러 가지 일에 대한 답을 이제야 알게 되었는데…… 너무 낯설어요. 난 아직 용으로 변신조차 못하고 있잖아요. 하지만 빅토리아는……"

"빅토리아는 도움을 받았지."

"그렇다고 크리스티안한테 용이 되게 도와달라고 청할 생각은 없어요."

잭이 질겁하며 알렉산더의 말을 잘랐다.

"그렇다면 아주 희한한 일이 되겠지."

짧은 침묵이 흐른 후 알렉산더가 덧붙였다.

"위로가 될지는 모르겠지만, 용은 멋진 생물이야. 과거에는 많은 사람들이 용을 신처럼 숭배하기도 했어. 특히 황금빛 용은……" 그는 잠시 말을 쉬었다. "네가 어떤 종류의 용으로 변할지 알고 싶다. 너의 다른 모습도 마음에 들 거라고 장담하지."

잭이 미소를 지었다.

"하지만…… 용의 몸은 엄청 다를 거예요, 인간의 몸이랑은……"

"빅토리아 생각을 하는구나. 네가 본모습으로 돌아가면 그애가 널 덜 좋아할 거라고 생각하는 거야?"

잭이 쩔쩔매며 시선을 피했다.

알렉산더가 잭을 살펴보며 아주 진지하게 말했다.

"나도 내가 온전한 인간이 아니라는 이유로 친구들이 멀리하지는 않을까 하고 생각한 적이 있었다. 그래서 도망치듯 떠났지. 그런데…… 내가 잘못 알았던 거야."

잭이 감사의 눈빛을 보내자 알렉산더가 미소를 지었다.

"잭, 빅토리아는 아직도 키르타슈에게 마음이 있던데. 아주 흉측한 뱀으로 변신하는 모습을 봤는데도 말이야. 용의 모습을 하고 있는 널 보더라도 좋아해줄 것 같지 않아? 난 지금 네가 처음이 아니라는 걸 말하는 거다."

"어쩌면…… 알렉산더의 말이 맞을지도 모르겠어요."

"내 말이 맞다는 걸 알게 될 거다. 이제 빅토리아를 찾으러 가 봐. 네가 바라는 거잖아."

잭이 미소를 지으며 고개를 끄덕이고는 달려나갔다.

"회의 있다는 거 잊지 말고!"

잭은 알고 있다는 손짓을 하며 그대로 달려갔다.

얼마 지나지 않아 숲속에 도착한 그는 곧장 버드나무 쪽으로 갔다. 하지만 빅토리아는 없었다. 그렇지만 빅토리아의 본질이 숨쉬고 있었다. 그 자신의 빛으로 반짝이는 듯 숲은 평소보다 훨씬 더 아름다워 보였다.

잭은 빅토리아를 찾아 우거진 숲속을 지나갔다.

마침내 개울가에 있는 빅토리아를 발견하자 몇 번이나 그랬던 것처럼 숨이 멎는 기분이 들었다.

그녀는 유니콘으로 변신해 있었다. 갈라져 있는 작고 섬세한 발굽은 풀밭 위를 떠다니고 있는 것 같았다. 털은 부드러운 진줏빛 광채를 내뿜고, 갈기는 섬세한 목 위에 비단실처럼 미끄러져 내려와 있었다. 새하얗고 긴 나선형 뿔은 가장 짙은 어둠에 도전이라도 하는 듯했다. 그리고 눈은……

유니콘의 눈을 묘사할 말을 찾을 수가 없었다. 잭의 시선은 유니콘에 붙박여 있었다.

"안녕, 빅토…… 루나리스."

루나리스가 다가오자 잭은 심장박동이 빨라지는 걸 느꼈다. 빅토리아는 루나리스로 변신해 있을 때는 아무에게도 그 모습을 보여주지 않았다. 크리스티안에게조차.

그런데 잭이 여러 차례 놀라게 했는데도 루나리스는 가만히 있었다. 잭은 이것이 선물이라는 것을, 두 사람을 연결해주는 일종의 동지의식 덕분이라는 것을 알고 있었다. 잭은 용으로 변신한 그의 모습을 빅토리아가 보고 싶어할지, 처음으로 궁금해졌다.

유니콘에게 매료된 잭이 손을 들어올렸다. 그러자 유니콘이 재빨리 물러섰다. 잭은 미소를 지었다. 유니콘의 모습을 볼 수는 있지만 만질 수는 없었다. 새로운 불문율이었다. 그러나 불행히도 이것이 유일한 불문율은 아니었다.

루나리스는 서서히 짙은 밤색 곱슬머리를 한 열다섯 살 여자아이로 변했다. 표정이 담긴 밤색 눈이 작은 얼굴에 비해 너무 커 보였다. 빅토리아가 고개를 옆으로 갸웃하며 유니콘이었을 때처럼 잭을 보았다.

"안녕, 빅토리아. 널 찾고 있었어."

잭이 말했다. 빅토리아가 미소를 지었다.

"그래, 그럼 이제 찾았네. 뭐 특별한 일이라도 있어?"

"알렉산더가 도서관에 모두 모이래."

빅토리아의 표정이 어두워졌다. 그 말이 무엇을 뜻하는지 알기 때문이었다. 두 사람은 함께 집으로 걸어갔다. 잭이 빅토리아에게 닿지 않으려고 신중하게 거리를 유지했다. 또다른 불문율이었다. 변신을 하고 나서도 빅토리아가 인간의 몸에 다시 적응하는 데는 시간이 걸렸다.

잭은 그 이유를 곰곰이 생각했다. 빅토리아가 잭과 크리스티안에게 느끼는 사랑은 이즈음 더 깊어진 듯, 그녀는 차분하고 확신에 차 있으면서도 더욱 강인해졌다. 그녀의 눈을 보면 알 수 있었다.

그럼에도 불구하고 그녀와의 육체적 접촉은 점점 줄어들고 있었다. 빅토리아는 이제 이 두 사람과 닿는 것도, 껴안는 것도, 쓰다듬는 것도 꺼려했다. 잭은 당황스러웠다. 그녀의 눈과 미소에서 애정을 읽을 수 없다면 그녀가 자신을 사랑하지 않는 거라는 생각이 들었다. 잭은 빅토리아가 이 변화를 기꺼워하는지 확신할 수 없었다.

두 사람은 침묵을 지키며 걸었다. 마침내 잭이 입을 열었다.

"우리는 곧 이둔으로 가야 할 거야."

빅토리아가 시선을 피했다.

"알아, 나도 계속 생각하고 있어. 사실 난 이둔으로 돌아가고 싶지 않지만, 너와 함께라면 그렇게 나쁘지 않을지도 모르겠다는 생각도 들어."

그 말을 듣자 잭의 가슴속이 뜨거워졌다. 그녀의 말에는 무한한 애정과 절대적 진실이 담겨 있었다. 빅토리아가 여전히 그를 사랑한다는 징표였다. 하지만……

잭이 고백했다.

"나한테도 썩 달가운 일은 아니야. 하지만 어떤 일이 있어도 널 지켜줄 거야. 약속해, 빅토리아."

빅토리아가 잭을 바라보며 미소를 지었다.

"아니, 오히려 내가 너희를 돌봐야지. 내가 방심하면 너희 둘이 다시 싸울 테니까."

잭은 빅토리아가 크리스티안을 빗대어 말한다는 걸 알고 시선을 피하며 어색한 듯 목청을 가다듬었다.

"그는 동행하지 않을 것 같아."

잭은 빅토리아의 눈에 어떤 감정들이 드러나 있을지 짐작할 수 있었다. 놀라움, 두려움, 고통…… 그녀는 아직 크리스티안을 두려워하지만, 그와 헤어진다는 것 역시 견딜 수 없을 것이다. 잭은 사랑하는 사람을 적과 공유해야 한다는 사실에 조금씩 익숙해지고 있었다. 하지만 여전히 힘든 일이었다. 받아들이기 힘든 일.

"하지만…… 난 그를 두고 떠날 수 없어."

빅토리아가 겁에 질린 채 중얼거렸다.

"그럼 그를 이둔에 데려갈 거야? 그를 배신자로 여기는 아버지와 대결하라고? 그러라고 할 수는 없어."

빅토리아가 숨을 들이마시며 눈을 감았다.

"그래, 네 말이 맞아. 그러라고 할 수는 없어."

"그에게는 이곳이 더 나을 거야, 빅토리아. 그리고 만일……
네가…… 아니, 우리가 돌아오면……"

잭은 고쳐 말했다.

"그는 널 기다리고 있을 거야."

잭은 두 사람이 다시 돌아올 수 있을지 의문스러웠지만, 그렇게 생각하는 편이 친구에게 힘을 줄 거라는 걸 알고 있었다. 진실은 나중에 돌아왔을 때 대면하게 될 것이다.

두 사람이 도서관에 들어가자, 벌써 모두들 그곳에 와 있었다. 알렉산더와 샤일, 알레그라 그리고 크리스티안까지. 크리스티안은 문 쪽 한구석에 팔짱을 긴 채 벽에 등을 기대서 있었다. 겉으로는 편안한 듯 보였지만 언제나 그렇듯 긴장을 늦추지 않은 모

습이었다.

"늦어서 미안해요."

빅토리아가 작은 소리로 말했다.

알렉산더가 곧장 본론으로 들어갔다.

"이제 돌아갈 때가 됐다. 모두 준비됐지?"

잭이 깊이 숨을 들이마시고는 말했다.

"네, 준비됐어요."

빅토리아는 잭의 손을 꼭 잡으며 고개를 끄덕였다. 크리스티안을 슬쩍 곁눈질해 보았지만 그는 아무 반응이 없었다.

"누군가 차원의 문을 열어줄 사람이 필요할 거야."

샤일이 낮은 목소리로 말하자 모든 눈길이 셰크에게 쏠렸다.

크리스티안이 고개를 들었다.

"아직 결정을 못 내렸어요."

샤일이 그를 보며 말했다.

"이해한다. 그곳에 같은 편도 있고 그리고……"

"그 말을 하는 게 아니에요."

크리스티안이 말을 자르고는 잭과 빅토리아, 그중에서도 빅토리아를 뚫어질 듯 보았다.

"예언은 너희 둘이 아슈란을 이길 가능성이 있다고 말하고 있어. 하지만 꼭 그럴 거라고 장담한 건 아냐."

"무슨 뜻이야?"

잭이 인상을 쓰며 묻자 셰크가 설명했다.

"빅토리아가 알리스 리스반에서 추출한 에너지 덕분에 드락웬 탑은 지금 난공불락이야. 아슈란은 너희 두 사람의 존재를 알고 있고, 빈틈없이 경계를 하고 있어. 이둔에 가는 게 그렇게 수월하지는 않을 거야.

그리고 일단 그곳에 갔다고 쳐. 그다음에는? 만일 아슈란이 이기면 어떻게 되는 거지? 일말의 가능성 때문에 빅토리아의 생명을 거는 위험을 감수할 거야? 그러다 그녀가 죽기라도 하면? 최후의 유니콘이 죽을지도 모른다는 생각은 왜 안 하지? 단지 이둔에서 셰크들을 몰아내기 위해 그 정도까지 희생을 감수해야 하는 건가?"

크리스티안의 질문에 모두 얼어붙은 듯 아무 말도 못 하고 서로를 쳐다보기만 할 뿐이었다.

잭은 속으로 미소를 지었다. 크리스티안은 잭에 대해서는 한마디도 하지 않았다. 셰크에게, 용의 전멸은 전혀 비극이 아니었기 때문이다. 그러나 크리스티안을 탓할 수는 없었다. 잭 역시 셰크들을 똑같이 생각하니까.

"용과 유니콘을 전멸시킨 셰크들을 말하는 거구나."

알레그라가 엄한 표정으로 일깨웠다.

크리스티안이 알레그라에게 짧은 시선을 던지고는 고개를 저으며 천천히 말했다.

"어둠의 세계에서 수백 년을 보내고 지푸라기도 잡는 심정으로 집에 돌아갈 한 가지 가능성에만 매달리던 셰크들을 말하는 거예요."

"웃기지 좀 마."

잭이 불쑥 말했다.

"너희가 그런 것처럼 우리는 너희를 전멸시키지 않았어⋯⋯"

그러다 그는 순간 당황해하며 입을 다물었다. '우리'라는 말을 할 때 잭은 저항군이 아니라 용을 생각했다.

크리스티안의 푸른 눈에 비웃음이 떠올랐다.

"어찌 됐든 나와는 상관없다고 이미 말했잖아. 하지만 난 모든 위협으로부터 빅토리아를 지키겠다고 맹세했고, 그렇게 할 거야. 차원의 문은 열지 않을 거야. 내가 할 말은 이게 전부야."

크리스티안의 말이 무거운 돌덩이처럼 저항군을 내리눌렀다. 그가 말 한마디 없이 도서관을 나갈 때까지 아무도 입을 열지 않았다.

알렉산더가 폭발했다.

"믿을 수가 없어! 이건⋯⋯!"

"내가 말해볼게요."

빅토리아가 크리스티안을 쫓아 뛰어나갔다.

잭도 뒤따라 뛰어가 복도에서 빅토리아를 붙들었다.

"기다려. 지금 네가 하는 일에 확신이 있는 거야? 그와 함께하길 원하는 거야?"

빅토리아가 잭을 쳐다보았다.

"아니야, 잭. 이번에는 아니야. 이건 그와 나 사이의 문제야."

잭은 가슴이 쓰라렸지만 마음속으론 빅토리아의 뜻을 이해했고, 힘없이 고개를 끄덕였다. 빅토리아가 미소를 지으며 발뒤꿈치를 들어올리고는 부드럽게 입맞춤을 해주었다. 잭은 눈을 감고 그대로 숨을 멈추었다. 며칠 전부터 빅토리아는 가벼운 신체 접촉마저 피하고 있었기 때문에 이 순간 잭은 최대한 그녀를 받아들이고, 입맞춤을 통해 자신이 느끼는 모든 것을 전해주고 싶었다. 그들은 서로 몸을 떼고 긴 한숨을 내쉬었다. 그녀가 다시 가까이 다가와 귓가에 속삭였다.

"무슨 일이 있더라도, 잭, 내가 널 좋아한다는 사실을…… 정말로 좋아한다는 사실을 잊지 말아줘."

잭은 고개를 끄덕이며 무한한 애정을 담아 빅토리아를 바라보았다. 그녀가 아래층으로 가자 그의 일부도 함께 떠나버린 기분이 들었다.

빅토리아는 공터를 지나 숲속에 이르렀다. 크리스티안의 존재가 느껴졌지만 보이지 않았다. 찾을 수 있는 방법은 오직 하나였다. 그가 빅토리아를 찾을 때까지 내버려두는 것. 그녀는 버드나무로 가 늘 그렇듯 나무뿌리 사이에 앉았다. 얼마 지나지 않아 셰크의 날렵하고 어두운 실루엣이 빅토리아 옆에 섰다.

"혼자 왔구나."

크리스티안이 나지막이 말했다.

"난 언젠가는 꼭 그렇게 결단을 내려야 해."

빅토리아의 말에 크리스티안은 고개를 끄덕일 뿐 움직이지 않았다. 그녀가 어떤 기분인지 그는 잘 알고 있었다. 이렇게 버드나무 아래서 만나자, 알레그라의 저택 뒤편에서 만났던 기억이 떠올랐다. 하지만 빅토리아는 그를 만나러 마지막으로 달려갔던 때와 그가 자신을 배신하고 네크로맨서에게 넘겼던 일도 어쩔 수 없이 생각났다.

"난 그 문을 열지 않을 거야. 네가 이둔에 가지 않았으면 좋
겠어."

"나도 가고 싶지 않아. 생각 많이 해봤어. 나는 평범한 여자아
이가 아니라 유니콘이야. 그 때문에 많은, 아주 많은 고통을 겪었
고. 이제 와서 포기하면 그 모든 일이 아무 쓸모가 없어지는 거
야. 난…… 아무것도 아닌 일로 그런 괴로움을 당한 게 되는 거
야. 무슨 말인지 알겠니? 두려움, 증오, 그리고 심지어 너와 잭에
게 느끼는 사랑…… 이 모든 게 의미가 있기를 원해. 이 모든 일
을 겪어야 한다면, 사람들이 내가 세상을 구할 거라고 기대하기
때문이라고 생각하면 위로가 되겠지. 그리 큰 위로는 아닐지 몰
라도, 그래도 아무것도 아닌 일이나 단지 운명의 장난으로 견뎌
야 했다고 생각하는 것보다는 낫잖아."

크리스티안이 고개를 끄덕였다.

"무슨 말인지 알겠어."

그때 빅토리아는 크리스티안이 늘 잭의 차지였던 나무뿌리 위
에 앉아 있음을 깨달았다. 하지만 똑같지는 않았다. 잭이 나무기
둥에 등을 기대고 몸을 곧게 편 채로 편안하게 앉아 있는 걸 좋아
하는 반면 크리스티안은 고개를 가볍게 숙이고 앉아 흘러내린 앞
머리 너머로 빅토리아를 쳐다보았다. 고양이처럼 경계를 늦추지
않은 모습으로. 빅토리아는 크리스티안이 긴장을 풀고 있는 모습
을 본 적이 한 번도 없음을 깨달았다. 그 때문에 그녀는 불안하기
도 하고 또 그에게 매료당하기도 했다.

"크리스티안, 우리에게 차원의 문을 열어줘야 해. 어서 모든 일이 끝나도록. 그래야 우리 모두 같이 있을 수 있어."

크리스티안이 고개를 가로저었다.

"결코 같이 있을 수 없다는 걸 너도 알잖아."

빅토리아가 크리스티안을 똑바로 보며 진지하게 물었다.

"아무리 한순간이라 해도 내가 널 그냥 떠나게 둘 거라고 생각하니?"

셰크의 얼음 같은 눈에 열기가 떠올랐다.

"넌 그렇게 해야 해. 잭을 생각해봐. 네가 왜 그와 나, 우리 두 사람과의 접촉을 피하는지 그 이유를 나는 알아. 부분적으로는 이제 막 깨어난 유니콘이라는 너의 본질과 관계가 있기도 하지만, 무엇보다 균형을 깨고 싶지 않아서야. 넌 긴장이 더 고조되는 걸 피하려고 스스로를 억제하고 있어."

빅토리아가 머뭇거리며 눈길을 피했다. 크리스티안 앞에서는 아무것도 숨길 수 없었다. 크리스티안이 말을 이었다.

"잭에 대해서도 그래. 그가 내 존재를 얼마나 더 견딜 수 있을 것 같아? 너무 가혹한 시험이야. 그한테 너와 나의 관계를 마치 아무것도 아닌 것처럼 받아들이라고 할 수는 없어. 지금까지 그런 일을 겪었는데, 앞으로도 그렇게 하라는 건 안 되는 일이지."

빅토리아가 생각에 잠겨 아랫입술을 깨물었다. 하지만 그때 잭이 크리스티안에 대해 한 말이 떠올랐다.

'그를 이둔에 데려갈 거야? 그를 배신자로 여기는 아버지와 대결하라고? 그러라고 할 수는 없어.'

두 사람이 이렇게 비슷한 말을 하는 것이 우연 같지가 않았다. 어떤 표지임이 분명했다. 하지만 무슨? 알 수는 없었지만 무슨 일이 일어나더라도 그들은 함께하리라는 직감이 들었다.

빅토리아가 말했다.

"그를 과소평가하는 것 같아. 잭은 네가 생각하는 것보다 강해. 그가 용이라는 걸 기억하라고."

크리스티안이 눈을 가늘게 떴다.

빅토리아가 사과했다.

"미안해. 내가 하지 말아야 할 말을 했구나. 하지만 지금 넌 뱀과 관련된 말이라도 할라치면 잭이 짓는 것과 똑같은 표정을 짓고 있다고."

크리스티안은 빅토리아가 자신을, 아니 사실은 잭과 그 모두를 놀리고 있다는 느낌이 들었다. 기분 나빠해야 하는 건지, 좋아해야 하는 건지 종잡을 수가 없었다.

"이런 일로 농담하지 마."

크리스티안이 꽤 진지한 말투로 주의를 주었다.

빅토리아는 고집부리지 않고 작은 소리로 말했다.

"좋아. 한 번만 더 부탁할게, 크리스티안. 문을 열어줘. 우리 운명대로 이루어질 수 있게 해줘."

크리스티안이 고개를 가로저었다.

"아무리 한순간이라 해도 내가 널 그냥 떠나게 둘 거라고 생각해?"

크리스티안이 빅토리아가 했던 말로 되받아쳤다.

그는 빅토리아가 무슨 말을 할지 알고 마음의 준비를 한 상태였다. 적어도 그럴 거라 믿었다. 빅토리아가 그의 눈을 쳐다보자, 자신이 그 빛에 영원히 사로잡혔음을 깨달은 것이다.

　"그럼 우리와 함께 이둔에 가자. 내가 이런 부탁을 할 권리가 없다는 건 알아. 하지만…… 널 잃어버린다는 생각만으로도 난 견딜 수가 없어. 난 알아. 우리가 돌아왔을 때 네가 이곳에 없을 거라는 사실을. 부탁이야, 크리스티안. 지금 날 버리지 마. 난 아직 준비가 안 됐어."

　크리스티안이 주저하며 작은 소리로 말했다.

　"이건 너한테만 유리한 게임이야. 네가 이런 식으로 바라보면 내가 거부할 수 없다는 걸 알잖아."

　마침내 그가 고개를 들고 결심한 듯한 표정을 지었다.

　"네가 원한다면 문을 열게, 빅토리아. 하지만 난 너와 같이 가지 않을 거야."

　빅토리아가 무슨 말인가를 하려고 했지만, 크리스티안의 말은 아직 끝나지 않았다.

　"난 저항군의 일원이 아니야. 너희와 같이 가는 건 아무 의미도 없어. 단지 일을 망칠 뿐이야. 내가 언제나 너와 함께한다는 건 알잖아. 네가 그 반지를 끼고 있는 동안…… 드락웬 탑에 있을 때 나한테서마저 널 지켜준 반지야."

　빅토리아가 놀라 크리스티안을 쳐다보았다.

　"반지……? 무슨 말이야?"

　하지만 크리스티안은 더 설명이 없었다. 그는 자리에서 일어났고, 빅토리아도 따라 일어났다.

그가 말했다.

"돌아가자. 이둔에 갈 준비를 해야지."

빅토리아가 고개를 끄덕였다. 그러고는 잠시 머뭇거리다 크리스티안에게 다가가 그의 얼굴을 잡고 긴 입맞춤을 했다. 이런 일이 셰크에게 익숙한 일이 아니기에 그는 흠칫했다. 두 사람은 전기가 통하는 듯한 강렬한 입맞춤에 빠져들었다. 빅토리아가 웃으며 몸을 뗐다.

"바로 이거야."

그녀는 그렇게만 말하고는 더는 덧붙이지 않았다.

그러나 크리스티안은 그녀의 말뜻을 정확히 이해하고는 슬며시 미소를 지었다.

모두 집과 숲 사이에 펼쳐져 있는 공터에 모였다. 곁에는 최소한의 짐들만이 꾸려져 있었다. 모두 여섯 명이었다. 이둔의 태양과 달의 수처럼, 빛의 여섯 신처럼. 샤일, 알렉산더, 잭, 빅토리아, 크리스티안 그리고 알레그라. 하지만 이들 중 한 명은 함께 문을 넘어서는 데 동행하지 않을 것이다. 그리고 그것 때문에 빅토리아의 심장은 찢어질 듯 아팠다.

크리스티안은 쉽게 차원의 문을 열었다. 모두들 아주 오래전에 떠나왔던 세계로 인도하는, 빛나는 입구를 응시했다.

알렉산더가 알레그라를 따라 먼저 넘었다. 샤일이 입구 옆에서 머뭇거리며 세 사람을 바라보았다.

"이제 가는 거예요."

잭이 안심시키듯 샤일에게 말했다.

샤일이 고개를 끄덕이며 문을 통과했다.

잭과 빅토리아가 마주 보았다. 잭이 고개를 끄덕이자, 빅토리아가 어두운 표정으로 크리스티안을 돌아보았다. 그녀는 그에게 손을 내밀었다.

"같이 가자."

크리스티안이 한 걸음 뒤로 물러서며 고개를 저었다.

"아니, 빅토리아."

두 사람의 시선이 마주쳤다. 빅토리아는 크리스티안의 눈에서 고통을 읽었지만, 그가 자신을 받아들이지 못하는 무리에 끼고 싶어하지 않아한다는 것 역시 이해했다. '하지만 난 네가 필요해.' 소용없다는 것을, 설득할 수 없다는 것을 알면서도 그에게 말하고 싶었다.

그때 잭이 끼어들었다.

"네가 이런 식으로 우리를 버릴 거라고는 생각해본 적이 없어. 빅토리아를 어려운 상황에서 지켜주는 게 얼마나 힘든지 알아? 난 너랑 같이 지켜줄 생각이었어."

빅토리아는 물론 크리스티안도 예기치 못한 말에 잭을 돌아보았다. 잭은 웃으며 두 사람을 바라보면서 말했다.

"게다가 넌 잃어버린 그 검이 없으면 별로 대단한 존재도 아니잖아?"

크리스티안의 눈에서 반짝하고 생기가 돌았다.

"맞아, 하이아스."

"검도 되찾아야지."

잭이 한마디 했다.

"그래."

"우리가 널 위해 그 일까지 해줄 생각은 없다고. 이미 우린 너무 많은 일에 얽혀 있으니 네 일은 네가 알아서 해줬으면 좋겠어."

크리스티안이 속을 알 수 없는 눈빛을 잭에게 던졌다.

"그 검으로 널 단번에 꿰뚫어버릴 거야."

"먼저 검이나 찾고 그렇게 말하시지. 진심으로 찾을 수 있기를 바라. 단 오 분 동안이라 해도 방어할 능력이 없는 널 죽인다면 조금도 기쁘지 않을 테니."

빅토리아가 마치 테니스 게임을 보듯 두 사람을 번갈아 바라보았다.

그때 크리스티안이 한 발을 앞으로 내디디며 빅토리아의 손을 잡았다. 놀란 빅토리아가 물끄러미 바라보자 셰크는 어깨를 으쓱했다.

"내 검을 다시 찾아야 하니까."

크리스티안의 애정 어린 눈을 보며 빅토리아는 그가 세상 끝까지, 아니 그보다 더 멀리, 검의 존재와는 상관없이 그녀와 함께할 준비가 되었음을 알 수 있었다. 빅토리아가 미소를 지으며 다른 한 손으로 잭의 손을 잡았다.

그리고 세 사람은 운명을 향해, 세 태양과 세 달의 빛으로 빛나

는 세상을 향해, 오래전부터 그들을 기다리고 있는 세상으로 가
기 위해 차원의 문을 넘어섰다.

옮긴이의 말

2005년 11월 스페인 온라인 서점을 서핑할 때의 일이었다. 베스트셀러 목록에 『이둔의 기억』이라는 책이 있었다. '세 태양과 세 달의 천체 결합이 일어난 날, 용과 유니콘들이 전멸을 당하고……' 재미있겠다 싶어 독자 평을 살펴보니, 별 다섯 개가 부지기수였다. 책을 들자 내려놓을 수가 없었다, 하필 시험 기간에 읽기 시작해 시험을 망쳤으니 다른 사람들은 주말에 읽기를 바란다, 책이라곤 도통 안 읽던 내가 단숨에 끝까지 읽었다 등등 하나같이 찬사 일색이었다.

궁금한 마음에 서평을 찾아보니, '스페인의 조앤 롤링' '스페인의 『해리 포터』'라는 수식어와 함께 '제1부 초판 십만 부 발행'이라는 머릿기사들이 눈에 띄었다. 2004년 1부가 출간되어 독자들을 열광시켰고, 꼬박 일 년을 기다려 제2부를 읽은 독자들이 다시 다음해 나올 예정인 3부를 기다리고 있는 상황이었다.

얼마나 재미있기에 이렇게 열광적인 반응을 보이는가 싶었다. 그리고 어느새 내 손에 '이둔 연대기'의 제1부인 『이둔의 기억: 저항군』과, 제2부 『이둔의 기억: 트리아다』가 들려 있었다. 시선을 잡아끄는 표지부터 예사롭지 않았다. 나 역시 스페인 독자들과 마찬가지로 두 권을 내리 읽고는 3부를 기다리게 되었다. 그리고 1, 2부를 우리말로 옮기는 동안 일 년이 지나 작년 10월에 어느덧 제3부 『이둔의 기억: 판테온』이 출간되었다.

번역하는 동안 작가와 메일을 주고받고, 작가의 홈페이지와, 이둔 독자들이 만든 이둔 팬사이트에서 그들과 함께 환상의 세계 이둔을 오가며 독자들이 즐기고 성장하는 모습을 지켜보았다. 스페인 독자들은 우리나라의 드라마 폐인들처럼 등장인물들을 그리는 팬 아트는 물론이요, 소설에서 가수로 나오는 크리스티안의 노래에 곡을 붙이고, 작가 사인회에서 코스프레를 하는 등, 그야말로 새로운 세상을 만끽하고 있었다. 그들은 인터넷 공간에 이둔 백과사전을 만들고, 현재까지 열네 개 언어로 번역된 각 번역서의 표지를 소개하고, 작품 안의 소소한 오류까지 바로잡아 번역 작업에도 도움을 주었다. 심지어는 문학동네 홈페이지 독자게시판을 들락거리며 한국어판이 언제 나오는지, 표지 일러스트는 누가 그리는지 등 궁금증을 문의하기도 했다.

그런데 알고 보니 이들은 이미 십여 권이 넘는 작품을 발표한 작가의 꾸준하고도 충성스런 독자들이었다. 라우라 가예고는 스물한 살 때 바르코 데 바포르 상이라는 청소년 문학상을 수상하며 화려하게 등단해 발표하는 작품마다 크게 인기를 모아온 작가다. 기사문학을 전공해서인지 중세를 배경으로 한 소설들이 많다. 그렇게 십여 편의 작품들을 발표한 후, 마침내 열다섯 살 때부터 머릿속에 그려왔던 환상의 세상 이둔을 우리 앞에 내놓은 것이다.

'이둔 연대기'의 제1부인 『이둔의 기억: 저항군』에는 이 장대한 이야기의 등장인물들이 그들의 숨겨진 정체성을 찾는 이야기이다. 앞으로 이들이 활약을 펼칠 환상의 세계 이둔은 아직 신비로운 베일에 가려져 있으며, 주인공들이 모험을 펼치는 무대는 지구와 이둔 사이의 세상 '림바드'와 지구이다. 스페인 판타지이긴 하지만 등장인물 대부분이 이둔 출신이고, 지구의 인물들 역시 국적이 무의미할 정도로 다양하다. 작가의 개인적 경험을 살려 빅토리아는 태권도를 잘하는 당찬 소녀로 그려진다. '이둔 연대기'의 특징은 주인공들의 모험과 더불어 인물들 간의 감정구도가 중요하게 다루어진다는 것이다. 주인공 잭과 빅토리아 그리고 키르타슈 사이의 미묘한 감정 때문에 2, 3부를 기다리는 독자들 사이에서 열띤 설전을 벌이기도 했다. 이야기가 전개됨에 따라 새로운 세상을 탐험하는 모험도 흥미진진해지는 한편, 주인공들의 감정도 증폭되어 사랑과 선악, 존재의 의미 등과 같은 철학적 주제들이 부각되어 많은 생각할 거리들을 던져주기도 한다.

작가는 굳이 독자들에게 교훈을 남기는 설교조의 작품은 쓰고 싶지 않다고, 자신이 선물하고 싶은 것은 책읽기의 즐거움일 뿐이라고 말한다. 독자들의 열광적인 반응을 보면 작가의 그런 의도는 충분히 달성된 것 같다. 그럼에도 『이둔의 기억』에는 마지막 페이지를 덮은 후에도 깊은 생각에 잠기게 만드는, 단순한 재미 이상의 힘이 있다. 토도로프의 환상문학 이론까지 굳이 거론하지 않아도, 현실과는 아무 상관없는 별나라 이야기 같아 보이는 판타지 문학에는 그 어떤 현실적인 이야기보다 더 많은 감동과 재미가 담겨져 있다. 우리가 이미 『해리 포터』나 『반지의 제왕』을 통해 경험했듯이 말이다. 판타지의 세계야말로 우리가 살고 있는 이 세상의 은유이며, 또다른 모습인 것이다.

이제 이둔으로 가는 문이 열리고, 우리는 새로운 세상에 발을 내디딘다. 매년 스페인 청소년들을 위한 '최고의 크리스마스 선물'로 꼽히는 이 작품을 읽고 우리 독자들은 어떤 감흥을 느낄지 궁금하다.

마지막으로, 『이둔의 기억』으로 새로운 인연을 맺고 이 책이 나오기까지 애써준 문학동네 편집부 여러분에게 감사를 드린다.

2007년 여름
고인경

그때, 세 인물이 앞으로 나와 두 사람 앞에 섰다. 인간 마법사 한 사람과 천상족과 바루 족 사제 둘이었다. 둘의 이마는 황금빛 띠장식이 둘러져 있었다. 잭과 빅토리아는 이들이 중요한 인물이라는 걸 즉각 알아챘다. 그들의 몸짓에서는 권위와 위엄이 넘쳤고, 모두 그들의 말을 기다리며 숨죽이고 있었기 때문이다. 이둔의 위대한 왕의 아들인 알렉산더까지 그들 앞에 머리를 조아리고 있었다. 잭은 분위기가 어색하여 두 다리에 번갈아 가며 체중을 실었다. 마법사가 두 사람을 뚫어지게 보았다. 그는 초로의 나이에 청록색이 감도는 긴 머리카락을 뒤로 땋아내리고 있었다. 의심의 기미가 도는 그의 짙은 눈은 이미 많은 것을 알고 있다는 듯 두 사람을 주시했다.

"그대들이 예언에서 말한 자들인가?"

그가 질문했다.

잭은 무슨 말을 해야 할지 몰랐다. 빅토리아가 몇 걸음 앞으로 나와 아이셀의 지팡이를 잡고 공손하게 대답했다.

"전 루나리스, 최후의 유니콘이옵니다."

그곳에 모인 사람들 사이에서 술렁이는 소리가 들려왔다. 잭이 깊이 심호흡을 하고 대답했다.

"저는…… 얀드라크입니다."

그러고는 아무 말도 덧붙이지 않았다. 그럴 필요가 없었다. 그 이름에 그가 처한 상황과 정체성이 함축되어 있기 때문이었다.

술렁이는 소리가 한층 높아졌다. 마법사는 고개를 끄덕일 뿐 아무 말도 하지 않았다. 이번에는 바루 족 여사제가 입을 열었다.

'아와 숲에 온 걸 환영해요, 얀드라크, 루나리스.'

모든 사람의 머릿속에 여사제의 목소리가 울려퍼졌다. 바루 족도 셰크들과 마찬가지로 발성이 부족해 텔레파시로 소통을 했다.

'내 이름은 가에달루, 세 달 교단의 존자(尊者)이자 여교왕(女教王)이지요. 여기 나와 함께하고 있는 이들은 대마법사 콰이다르와 세 태양 교단의 존자, 교왕 하딘이에요.'

빅토리아는 재빨리 잭과 시선을 교환했다. 잭이 알아들었다는 표시를 했다. 마법 종단과 두 교단은 왕, 왕실, 귀족들의 우위에 있으며, 아슈란과 셰크들이 침입하기 전까지 이둔을 통치했던 세 권력이었다. 그 지도자들이 바로 눈앞에 있는 것이었다.

옮긴이 **고인경**

한국외국어대학교 스페인어과를 졸업하고 동 대학원에서 후안 고이티솔로에 관한 연구로 석사
학위를 받았다. 주한 멕시코 대사관에서 근무했으며 스페인어권 통번역 프리랜서로 활동하고
있다. 『전쟁의 풍경』 『그리고 갑자기 천사가』 등을 우리말로 옮겼다.

문학동네 세계문학
이둔의 기억 2 제1부 저항군

초판인쇄 │ 2007년 7월 20일
초판발행 │ 2007년 7월 27일

지 은 이 │ 라우라 가예고 가르시아
옮 긴 이 │ 고인경
펴 낸 이 │ 강병선
책임편집 │ 김지연 염현숙 오영나 박여영 강건모
펴 낸 곳 │ (주)문학동네
출판등록 │ 1993년 10월 22일 제406-2003-000045호

주   소 │ 413-756 경기도 파주시 교하읍 문발리 파주출판도시 513-8
전자우편 │ editor@munhak.com
전화번호 │ 031) 955-8888
팩   스 │ 031) 955-8855

ISBN 978-89-546-0362-1 04870
      978-89-546-0360-7(세트)
www.munhak.com